한국의 옛이야기에 나타난 가족 관계와 역할 정체성

전주희

서강대학교 대학원에서 「제주도 본풀이의 세계관과 에토스 연구」로 박사 학위를 받았다. 신화, 전설, 민담 등과 같은 옛이야기에서 드러나는 사회 문화와 구성원들의 사유 방식을 연구해왔다. 오래된 이야기들이 지금 우리에게 지닐 수 있는 가치가 무엇인지를 생각하면서, 결과적으로 이야기 속 인간을 통해 지금 우리가 해야 할 일들을 찾고자 한다. 총신대, 순천향대, 서강대 등에서 강의하였으며 현재 동아대학교 석당학술원 소속으로 연구를 진행하고 있다.

한국의 옛이야기에 나타난 가족 관계와 역할 정체성

초판 1쇄 인쇄 2023년 2월 14일
초판 1쇄 발행 2023년 2월 24일

지은이 전주희
펴낸이 이대현
편집 이태곤 권분옥 임애정 강윤경
디자인 안혜진 최선주 이경진 | **마케팅** 박태훈
펴낸곳 도서출판 역락 | **등록** 1999년 4월 19일 제303-2002-000014호
주소 서울시 서초구 동광로46길 6-6 문창빌딩 2층(우06589)
전화 02-3409-2060(편집부), 2058(영업부) | **팩스** 02-3409-2059
전자우편 youkrack@hanmail.net | **홈페이지** www.youkrackbooks.com

ISBN 979-11-6742-395-5 93800

한국의 옛이야기에 나타난

가족 관계와 역할 정체성

전주희

역락

머리말

"삶은 알 수 없는 때로부터 흘러오는 물 이어받아 가는 것…"[1]

가끔 수많은 세대의 흐름 가운데 존재하는 나를 생각할 때가 있다. 아무 생각없이 지은 얼굴 표정, 자연스럽게 한 행동들이 나를 있게 한 부모님과 조부모님의 그것들과 닮았다는 말을 들을 때, 내가 어렸을 때 어른들에게 물었던 엉뚱한 질문들을 내 아들이 나에게도 똑같이 물어올 때, 그리고 이유 없이 끌리는 어떤 대상들, 예를 들면 특정 지역이나 물건들이 나의 조상들의 삶과 관련이 있다는 것을 알게 되었을 때… 그래서 나는 내가 가진 자유를 생각할 때 조금 회의적인 느낌이 든다. 나는 결코 완전히 새롭게 창조되지 않았으며, 나의 몸, 말, 성격, 생각, 취향, 심지어 내 인생의 흐름까지 어쩌면 이미 앞선 삶을 살았던 가계 조상들로부터 물려받은 것은 아닌가 하는 생각이 들기 때문이다.

비단 그뿐만이 아니다. 내가 속한 인종과 성별, 나라와 지역과 같은 특정한

---

1   이 문구는 작년에 시인으로 등단하신 나의 아버님(지경수)이 쓰신 <가문>이라는 시의 한 구절이다. 마음에 와닿는 문장인데다가 가족 안에서 개인의 정체성을 논하는 데 적절한 문구라고 생각하여 머리말 첫 문장으로 인용하였다.

문화권, 특수한 가풍의 가정환경 또한 한 개인의 정체성을 형성하는 데 많은 영향을 미친다. 나를 둘러싼 이러한 조건들은 생물학적으로나 사회문화적으로나 일정한 기대와 역할을 나에게 부여한다. 그래서 서두에 쓴 말처럼 삶은 내가 알 수 없는 때로부터 흘러오는 물과 함께 흘러가는 것처럼 생각된다.

여기서 나에게 흘러들어온 '물'은 말 그대로 나에게 주어진, 하지만 시원(始原)을 모르는 나의 조건들을 비유할 것이다. 그건 내 몸을 형성한 생물학적 유전자일 수도, 내가 사는 사회의 문화일 수도, 그리고 내가 관계하는 모든 사람들에게 받은 어떤 영향들일 수도 있다. 나를 규정하는 것들, 나라고 말할 수 있는 것들에는 무엇이 있을까? 정체성은 한 개인에게도 집단에게도 중요하다. 내가 나를 어떠하다고 생각하는 방식은 행위의 지향점을 제시해 주고, 한편으로는 안정감을 준다. 그런 점에서 가정은 한 개인의 정체성을 형성하는 최초의 세상이다. 가장 작지만 가장 큰 영향을 미치는 나의 뿌리다.

이 책은 가족과 정체성의 문제를 다루려고 시도했던 몇 가지 연구의 결과물이다. 심화되는 개인주의, 코로나바이러스로 인한 비대면 사회에서 '가족'은 여전히 개인의 삶에서 배제할 수 없는 영역이다. 인간은 사회적 동물이고, 그래서 관계를 맺는 것은 끊임없이 일어나는 우리의 생활이지만, 그중에서도 혈연은 내가 선택하지 않은, '주어진 관계'이다. 그리고 그 관계 안에서 어쩔 수 없이 맡게 되는 역할이 있다. 물론 혼인을 통한 부부 관계처럼 나의 선택 여부에 따라 맺거나 맺지 않을 수 있는 관계도 있다. 그러나 역할이 생득적인 것이든 자발적으로 선택한 것이든 간에, 그것에는 사회문화적으로 공유하고 기대하는 이미지가 있다. 다시 말해, 어떤 위치에 있는 개인이 어떤 역할을 할 때에 그것이 더 자연스럽다고 여겨지는 분위기가 있다는 것이다. 예를 들어, 한국 문화에서 처가에 방문한 사위가 음식을 만들고 설거지를 하는 것이 자연스러운가? 부모가 자신의 아이를 학교에 보내지 않고 집에서 TV 시청과 게임만 하도록 내버려두는 것은 어떠한가? 그런 집이 있을 수는 있겠지만 한국 사회에서 이것이 사위와 부모에게 기대되는 보편적인 모습은 아니다. 곧 한 개인의 정체성은 그가 지닌 개성으로 인정되기도 하지만 혈연·사회·문화적으로 기대되는 역할을 수행함으로써 형성되기도 한다.

정체성은 그런 점에서 어떤 존재를 다른 존재와 변별시키는 것이면서, 동시에 사회구성원들이 공유하는 어떤 특성에 동화되려는 성질이다. 동화(同化)는 다른 것들이 하나로 수렴된다는 의미를 지닌다. 문제는 동화된 영역 안에서 많은 것들이 자연스럽고 당연한 것으로 여겨지게 된다는 점이다. 상황이 자연스럽고 어떤 행위가 당연하게 이루어지는 것은 나쁘지 않다. 그러나 이러한 익숙함이 지속되면 그 때문에 발생하는 문제들에 대해서는 둔감해지게 된다. 나중에는 그 문제들도 일상처럼 자연스러운 백색 소음이 된다. 필자는 한국 문화에서 자주 거론되는 가족 갈등들, 예를 들면 고부, 장서, 부부, 부모-자녀 간의 문제들이 사실은 만연화된 가족 역할에 대한 고정 관념에서 비롯된다고 본다. 사회는 변해왔고, 지금도 충분히 변하고 있는데 역할 관념은 크게 달라지지 않은 것이다. 국문학자인 나로서는 이러한 문제들을 사회학적으로 풀어나갈 방법은 없다. 그러나 최소한 한국의 옛이야기를 통해 오랫동안 당연하게 생각해왔던 가족에 관한 우리의 사유를 발견하고 그것을 시대에 맞게 적절하게 해석할 수는 있다고 생각한다. 옛이야기는 말 그대로 옛날부터 전해오는 이야기이고, 우리가 친숙히 알고 있으며, 미래 세대인 어린이들에게도 알려주는, 어쩌면 우리 삶에서 자연스럽고 당연한 모습들을 보여주는 이야기이기 때문이다. 옛이야기가 교훈적인 것들이 많은 것도 그러한 이야기가 권장되는 상황과 행위의 당위성을 제시하고 있어서이다.

옛이야기는 인물의 '행위'가 중심으로 드러나기 때문에 인물의 감정이나 시대적 배경 같은 것을 추측하기가 힘들다. 다행인 것은 인물의 행위와 함께 인물이 맺는 '관계'도 뚜렷하게 드러난다는 점이다. 인물의 '행위'와 인물

간의 '관계'는 옛이야기를 분석하는 데 아주 중요한 요소이다. 구술전통담화에서 인물의 행위와 그로 인한 결말은 이야기 향유자들이 그렇게 되는 것이 자연스럽다고 동의한 것들이다. 결과적으로 인물이 수행한 행동은 그렇게 되어야 하는 것이고, 인물이 맺는 관계—조력자, 반대자, 그 외 주변 인물—는 인물이 처한 세계 그 자체를 말한다. 곧 옛이야기에서 인물의 관계는 인물을 움직이게 하는 '배경'이자 그가 사는 세계의 '성격'을 뜻한다. 인물이 특정 인물들과 어떤 관계를 맺는지, 태도는 어떠한지, 무엇을 주고받는지(물질적, 정서적) 등은 인물이 지향하는 세계의 성격을 드러낸다.

필자는 이러한 관점을 가지고 가족 관계를 소재로 하는 옛이야기들을 찾아보았다. 이들 이야기에서 부부(남편과 아내), 사위, 며느리, 부모, 자녀가 주로 누구와 무엇 때문에 갈등하는지, 누구와 협력하는지, 서로 무엇을 주고받는지, 주고받는 관계에서 힘의 방향은 어떻게 작용하는지, 그 힘의 작용이 어디에서 기인하고 무엇을 뜻하는지 등을 살피려고 하였다. 마치 현실 세계에서 일어나는 다양한 사건들을 옛이야기가 몇 가지 플롯을 통해 보여주는 것처럼, 인물의 행위와 관계에서 나타나는 한국의 사회문화적 특징을 찾아내는 것이다. 물론 이야기들이 현실을 그대로 반영하는 것은 아니지만, 어느 정도 문화적 개연성을 띠고 있다는 점에서 문화 연구의 대상으로서 가치가 있다. 예를 들어, 이들 가족 관계 안에서 주로 나타나는 상황과 사건들은 그러한 관계에서 요구되었던 것들, 반복되었던 갈등이 무엇이었는지, 그것을 바라보는 태도는 어떠한지, 그리고 그것을 해결하는 방식은 어떠한지 등을 살펴볼 수 있는 것이다.

또한 앞서 언급했듯이 이들 이야기는 우리가 오랜 시간 납득할 만한 수준으로 만들고 다듬어온 것들이다. 따라서 이야기 안에는 우리가 당연하다고 여기는 것들이 많이 숨어 있다. 정확히 말하면 그것은 숨어 있는 것이 아니라 우리가 인식하지 못하는 것이다. 그만큼 익숙하기 때문에. 그러므로 당연해

보이는 행위와 관계의 구도를 다시 생각해보고 그것을 둘러싸고 있는 문화의 중층적 의미를 해석하는 것[2]이 이 책의 목적이다. 다루는 관계의 특성에 따라 문학 텍스트를 분석하는 데 더 집중한 부분도 있고, 인류학이나 사회학과 같은 사회문화적 담론을 더 참고한 부분도 있다. 그러나 어느 부분에서건 필자가 읽어낸 의미들이 우리가 당연하게 여겼던 가족 누군가의 역할을 좀 더 이해하고 돌이켜 반성해 볼 수 있는 기회가 되도록 노력하였다.

먼저 1장에서는 <선녀와 나무꾼> 이야기를 분석함으로써 한국의 가족 문화에서 부부 관계가 어떻게 관념되는지 살펴보았다. 선녀와 나무꾼은 만남과 이별을 반복하는데, 아이까지 함께 낳은 부부가 이러한 일들을 겪는다는 것은 이들을 결합하는 무언가가 부족함을 뜻한다. 이야기에서는 이들의 헤어짐이 선녀가 떨치지 못했던 천상을 향한 그리움과 나무꾼의 실수 때문으로 나타나지만, 사실은 원가정으로부터 완전히 독립하지 못한 남편과 아내의 심리를 보여준다. 이는 단지 인물의 미성숙을 가리키는 것이 아니다. <선녀와 나무꾼>을 구연하는 남성 구연자와 여성 구연자 들의 담화를 분석하면 혼인, 더 정확히 말하면 과거에 일반적이었던 시집살이혼의 구조적 문제를 발견할 수 있다. 때문에 혼인을 기점으로 남자(남편)와 여자(아내)는 질적으로 전혀 다른 삶을 살게 된다. 결과적으로 1장에서는 두 사람의 결합

---

2   문화인류학자 기어츠는 어떤 사람이 보이는 행동은 겹겹의 조건 속에서 발생하는 사건이라고 본다. 문화를 기호적 관점에서 해석한 그는 '단순히 한쪽 눈을 깜빡거리는 것'과 '윙크하는 것' 그리고 '윙크하는 사람을 흉내내는 것'을 나누면서 각각의 행위가 같은 맥락에서 발생하는 것이 아니라고 설명하였다. 하물며 여러 인물들이 모종의 관계 속에서 하는 행동들은 더욱더 복잡한 조건들 속에서 해석되어야 할 것이다. 기어츠는 어떤 행위나 현상들을 단순히 객관적으로 기술하는 것보다, 그것의 내부적 조건들을 고려하여 적절한 해석을 이끌어내는 민족지 기술을 '중층 기술'이라고 하였다. 그의 중층 기술은 이론을 내세워 다른 사례에도 일반화하는 것이 아니다. 오히려 개별 사례의 내부에서 자신의 해석을 일반화하는 것이다. 행위자의 입장에서 행위자가 속한 문화적 환경에서 그의 행동과 관련 현상들을 가장 적합하게 해석하는 것이 중층 기술이라고 할 수 있다. 클리퍼드 기어츠, 문옥표 옮김, 『문화의 해석』, 까치, 1999, 11-47쪽.

으로서 혼인과 부부 생활이 시집살이혼이라는 관습 안에서 어떠한 의미를 지닐 수 있는지를 고찰하였다.

2장에서는 1장의 논의에 이어 남성이 혼인을 통해 얻게 되는 지위와 자기 성장의 의미를 다루었다. 일반적으로 한국 문화에서 사위는 며느리에 비하여 배우자의 집안에서 후한 대접을 받는다. 그리고 그것이 당연시되어 왔다. 뿌리 깊게 박힌 백년손님으로서 사위에 대한 관념이 옛이야기에서 어떠한 방식으로 드러나는지 제시하고자 하였다. 담화에서 사위는 처가를 돕기보다는 처가로부터 덕을 보고, 심지어 처가를 욕보이면서까지 모종의 이득을 취하는 양상이 압도적으로 많이 발견되었다. 이것은 '딸 가진 죄인', '사위 자식 개자식'이라는 우리의 옛 속담이 내포하는 문화적 맥락들을 고스란히 반영하고 있는데, 궁극적으로 대부분의 사위 설화는 사위가 처가에 대해 힘의 우위를 인정받음으로써 자신의 정체성과 영역을 확고히 하는 자기 성장의 서사라고 볼 수 있다.

3장에서는 시집에서 다양한 역할들을 요구받는 며느리 설화를 다루었다. 며느리 설화는 사위 설화와 꽤 대조적인 양상을 보이는데, 사위가 주로 자신의 꾀, 거짓말을 잘하는 솜씨로 자신의 능력을 인정받는 것에 비하여 며느리는 살림을 불리는 꾀와 지혜와 더불어 성실함, 시부모에게 정성을 다하는 태도(효행에 수반되는 선한 마음, 충성심 등), 비범한 능력(담력, 변신술, 예지, 짐승의 말을 알아듣는 능력) 등을 발휘함으로써 시집의 인정을 받는다. 곧 며느리는 어떤 문제나 갈등이든 풀 수 있는 '해결사'로 등장하며, 해결사로서 요구되는 능력의 특징은 시집의 상황이 사회 경제적으로 좋거나 나쁘거나에 따라 달라진다. 분명한 것은 거의 모든 이야기에서 며느리는 끊임없이 '할 수 있다'의 자질을 증명해야 하며, 때로는 정절 문제와 관련하여 '하지 않았다'를 증명해야 하는 상황에도 놓인다. 어느 쪽이건 며느리에게 요구되는 능력이나 역할이 과도하게 설정되어 있다. 이처럼 한국의 설화에서 며느리의 역할이 가장 광범위하고 과중하게 나타나는 것은 다른 가족 구성원의 역할이나 기대는 비교적 관대하게 인식해 왔다는 것을 보여주기도 한다. 더 큰 문제는 해결사 며느리상(像)은 실제 세계에도 영향을 미침으로써 며느리들 스스로가 시집의 인정을 욕구하도록 만들 수 있다는 것이다. 아내, 엄마, 며느리 역할을 짊어진 기혼 여성들이 각각의 역할에서 완벽해지려고 할수록 삶은 피로해진다. 3장은 며느리에게 요구되는 과도한 역할이 다른 가족 구성원이 수행할 역할의 해이를 불러오며, 며느리가 욕구하는 시집의 인정이 결과적으로 며느리 스스로 시집에 종속되는 관계를 형성할 수 있음을 시사하였다.

4장과 5장에서는 효행 설화와 현대의 육아 담론을 중심으로 한국의 부모-자녀 관계에서 드러나는 문제와 지향점을 다루었다. 1, 2, 3장에 비하여 이야기 텍스트에 대한 분석보다는 인류학과 사회학의 관점을 활용하여 부모와 자녀 관계를 바라보는 새로운 시각을 확보하려고 하였다. 우선 4장에서는 효행 설화에 나타나는 '자녀희생 모티프'(부모를 위해 자신의 자녀를 죽이는 것)에 집중하여 그것이 주는 심리적 불편과 지극한 효행의 간극이 어디에서 비롯되는지를 찾아보았다. 영아살해가 실제로 인류 역사에서 행해져 왔다는 점, 효행 설화의 희생 모티프가 종교적 희생 제의 및 신화적 장치를 공유한다는 점에서 필자는 '희생'의 개념을 다시 정확하게 짚는 데서부터 논의를 시작하였다. 본래 희생이 '생명'을 제물로 주고받는 행위라는 점에서 그것은 증여 행위의 특별한 한 형태라고 볼 수 있다. 그렇다면 마찬가지로 생명을 주고받는 부모-자녀도 증여 관계로 볼 수 있다. 이러한 유사성은 희생 제의가 있었던 고대 농경 목축 사회의 세계관, 희생의 조건, 희생의 목적 등을 이해함으로써 더욱 설득력을 얻을 수 있다. 희생의 증여는 '생명'이 얼마나 가치 있는 것인지를 '생명이 흘리는 피'로써 역설한다. 희생을 인류학적 관점에서 바라볼 때, 효행 설화의 자녀희생 모티프는 부모에게서 받은 생명의 값을 '갚을 수 없는 부채'를 갚기 위한 제의로 상징화된다. 그러므로 그간의 연구자들이 논의해왔듯이 자녀희생 모티프는 지라르(R. Girard)의 폭력이나 희생 개념으로 설명될 수 없으며, 마찬가지로 효 사상 자체를 사회에서 강요하는 윤리나 억압으로 해석해서도 안 될 것이다.

한편, 5장에서는 부모-자녀 관계에서 가장 중요한 소통 행위로서 감정 표현에 관한 문제를 다루었다. 먼저 한국의 설화에는 이상적인 자녀상으로서 효자 관념과 대응하는 '이상적인 부모상(像)'에 관한 이야기가 없으며, 자녀 역할의 윤리로서 '효'와 대응하는 부모 역할 윤리가 없다는 것을 문제 삼았다. 부모-자녀가 생명을 비롯하여 물질적 지원과 정서적 안정을 주고받는 증여 관계라고 볼 때, 자녀에게 요구되는 효행에 전제되어야 할 부모의 사랑이나 역할에 관한 담론이 필요하다고 생각하기 때문이다. 설화에는 잘 찾아볼 수 없는 부모 역할상에 대한 관념은 근현대에 들어서 급증해진 '부모 서사'를 통해 발견할 수 있다. 사랑과 같은 감정 표현에 서툰 부모, 가난 때문에 맘껏 퍼주지 못한 사랑, 그리고 그것을 오해한 자식과 부모의 갈등이 주된 서사를 이루는데, 그러한 슬픔의 파토스는 기성 세대가 공유하는 자신들의 부모상에 연결된다. 그러나 부모 서사는 다시 현대의 육아 담론을 통해 '부모 되기'의 서사로 옮겨가는데, 이것은 이전 세대의 부모에게서 느꼈던 훈육 방식을 근본적으로 수정하고 보완해나가는 움직임이다. 자녀에게 사랑을 적극적으로 표현하고, 그들의 생각과 느낌을 존중하는 것이 핵심인 현대의 육아 담론은 그렇게 함으로써 키워지는 '자존감'이 결국 자녀와 부모 양쪽 모두에게 삶의 자양분이 된다는 것을 강조한다. 내가 무엇을 느끼는지, 상대는 그것을 어떻게 느끼는지, 그리고 그것을 있는 그대로 먼저 인정해주는 것이 긍정적 소통을 위한 기본임을 제시하였다. 마지막으로 부모-자녀 관계에서 '효'와 '내리사랑'의 증여가 선순환되기 위해서는 사랑과 존중을 주고받는 모습들이 모방 학습을 통해 지속되는 것이 중요함을 역설하였다.

이 글들은 제목에 제시된 것처럼 한국의 옛이야기에 나타난 '가족 구성원들의 역할'을 현대적 관점에서 다시 조명한다. 사회문화적 환경, 가치관이 판이하게 달랐던 전통 사회를 배경으로 하는 옛이야기 속 인물들은 지금도 여전히 존재한다. 아내와 어머니 사이에서 갈등하는 남편, 처가 식구들에게 늘 대접받는 사위, 시집간 이후로는 언제나 시집의 일부터 챙기게 된 며느리, 부모님에게 지극 정성인 자녀 등은 소설, 영화, TV 드라마는 물론 현실에서도 살아있다. 문제는 이러한 인물들의 성향이나 행위가 아니라 이들과 함께하는 사람들이 보이는 반응의 적절성, 곧 피드백이다. 가족과 지인들은 그의 행동을 불편하게 여길 수도 혹은 당연하게 여길 수도 있다. 특히 요즘과 같이 세대 간은 물론, 동년배들 사이에서도 가치관 갈등이 만연한 때에 이러한 인물들의 행위는 다양한 반응과 해석을 수반한다.

한 사람이 전통 사회에서 기대되었던 어떤 역할에 충실한 것 자체를 보고 나무랄 수는 없다. 그러나 그러한 역할 정체성이 어떻게 형성되어 왔는지, 어떠한 방식으로 강화되었는지를 이해한다면 그의 행위가 촉발된 우리의 문화적 배경을 더 잘 이해할 수 있을 것이다. 나아가 그러한 역할 행위들이 지금 다른 사람들과의 관계에서 문제가 된다면 우리는 그것을 조금 더 현실적인 관점에서 해결할 수도 있을 것이다. 그 사람의 존재와 지금 그가 맡은 역할을 분리하여 생각하거나 그에게 주어진 과도한 기대와 그의 실제 능력을 경계 짓는 것, 그래서 의무나 역할 중심의 관계가 아닌 존재 중심의 관계를 그려보는 것을 시도할 수 있을 것이다.

물론 여기서 역할이 전혀 중요하지 않다고 말하는 것이 아니다. 세상에 태어난 이상 우리는 각자 저마다의 탈렌트를 가지고 자신의 자리를 찾아가며 그에 맞는 일과 역할을 수행한다. 다만 나라는 존재를 내가 하는 일이나 나의 지위, 그리고 역할을 통해 규정하는 것에 경고하려는 것뿐이다. 그런 점에서 '역할 정체성'은 양날의 칼 같은 말이다. 그것은 내가 무엇을 해야 하는지 알려주지만, 동시에 때로는 내가 진짜 원하는 것이 무엇인지를 가려

버리기도 한다. 어떤 경우에서든 나의 역할은 나와 함께하는 사람들과의 관계 안에서 균형을 유지할 수 있어야 한다. 모든 이야기가 결핍에서 충족, 불균형에서 균형으로 나아가듯이 말이다.

이 글들을 쓰면서 적잖은 사람들에게 빚을 졌다. 내가 주장하고자 하는 내용이 논리적으로 잘 전달되는지 시험해보기 위해 남편과 친구들을 붙잡고 설명하면서 그들을 꽤 피곤하게 하였다. 특히 이 글에서 다룬 옛이야기들을 늘 흥미롭게 들어준 영국인 친구 Leigh에게 특별한 감사를 전달하고 싶다. 한국 문화를 잘 알면서도 옛이야기를 들을 때마다 새로운 자극을 받는 듯 나에게 뜻밖의 질문을 해준 그녀 덕분에 한국의 옛이야기를 낯선 시각으로 볼 수 있는 기회를 가질 수 있었다. 애초부터 이 주제를 가지고 글을 쓰도록 유인해준 임보람 선생과 공부하는 즐거움을 나눈 박신연 선생에게도 고맙다는 인사를 전한다. 두 사람이 초긍정의 기운을 불어넣어 준 덕분에 어떻게든 이 글을 마무리할 수 있었다. 재작년에 힘든 일을 겪은 후, 책의 원고를 어찌해야 할 줄 몰랐던 나에게 좋은 출판사를 만날 수 있도록 도와준 유정월 선생님께도 감사드린다. 책을 출간하는 과정 중에 최선을 다해서 작업해주신 이태곤 편집이사님과 강윤경 대리님께도 진심으로 감사의 말씀을 드린다. 이 밖에도 일일이 거론하지 못하지만 이 책이 나오기까지 곁에서 힘이 되어주신 모든 분들께 미안하고 감사하다.

책과 관련하여 한창 바빴던 연구 초반은 코로나 상황이었다. 당시에 집에만 있던 아들과 충분히 함께하는 시간을 보내지 못해 아들에게 가장 미안한 마음이 든다. 내가 책상 앞에만 앉으면 제발 일 좀 그만하고 놀아달라며 칭얼대던 아이가 몇 년 새 지금은 엄마가 일을 끝날 때까지 기다려주고 이해해주는 아들로 컸다. 바쁜 와중에도 내가 글을 쓰고 나면 교정을 봐주는 남편에게도 늘 고맙다. 내가 하는 말이면 무슨 말이든 일단 들어주는 남편이 있어서 큰 위안이 된다. 가족이라는 울타리 안에서 각자의 개성을 지니고,

서로 사랑하는 마음을 품고, 자기가 할 수 있는 일들을, 자기만의 방식으로 해내는 우리가 자랑스럽다.

2023년 1월 담양에서 저자 씀

차례

1장

남남이 만나
부부夫婦가 되다

<선녀와 나무꾼>, 시집살이담을 통해 본
부부의 세계

몇 년 전에 <부부의 세계>라는 드라마가 인기리에 상영된 적이 있다. 본래 영국에서 히트한 드라마의 원작을 한국 사회와 가족 문화에 맞게 설정해서 각색한 작품이었는데, 함께 자녀를 낳고 오랜 시간 같은 집에서 살아왔다고 하더라도 한 순간에 남남이 되어버리는 관계가 바로 부부가 아닐까 싶다. 그래도 옛날에는 자녀가 있으면 '애 때문에 산다'는 농담이라도 했지만 늘어나는 이혼율과 한부모 가정을 보면 이제 그렇지도 않은 듯하다. 심지어 <선녀와 나무꾼>에서 선녀는 아이 셋을 낳고도 남편을 두고 하늘나라로 올라간다. 물론 아이들을 품에 안고 말이다. 아내로서의 삶은 포기하더라도 엄마로서의 정체성은 포기할 수 없는 것인가? 이혼을 하더라도 아이를 포기하지 않으려고 양육권을 가지고 서로 다투는 부부들의 모습을 떠올려보자. 곧 <선녀와 나무꾼>의 인물들이 보이는 행동은 몇 가지 점에서 한국의 특수한 가족 문화로서 모자 애착, 부부 내외 등과 같은 현상들을 상징적으로 보여준다.

실제로 <선녀와 나무꾼>은 한국인이라면 모르는 사람이 없을 정도로 널리 알려진 옛이야기이다. 그런데 그 결말은 제각각 다른데, 어떤 이야기는 선녀가 떠나고 난 뒤에 홀로 남겨진 나무꾼이 슬퍼하는 것으로 끝나기도 하고(선녀 승천형), 어떤 이야기는 나무꾼이 선녀를 따라 하늘나라로 올라가서 몇 가지 시험을 통과한 뒤에 선녀와 아이들과 함께 사는 것으로 끝나기도 한다(나무꾼 승천형). 그러나 이들이 다시 헤어지는 결말로 끝나는 이야기도 있다. 나무꾼이 하늘나라에서 잘 살다가 홀로 계신 어머니를 뵈러 땅에 내려오는데, 선녀와 한 약속을 지키지 못하고 어머니가 주신 뜨거운 죽을 먹다가 그만 말에서 떨어져 선녀와 영영 헤어지는 이야기(나무꾼 지상회귀형)가 그러하다. 민담은 대부분 행복한 결말로 끝난다. 게다가 부부는 헤어지는 것보다 함께 사는 것이 더 자연스러운데도 불구하고 이 이야기는 반대의 경우를 더 많이 지향하는 것처럼 보인다. 사실 한국의 설화에서 남녀 관계를 주요한 소재로 하는 것들 중에는 이들이 끝까지 함께 하지 못하고 이별하거나 최소한 이별을 강요당하는 것들이 많다.[1] 필자는 이것이 한국 문화에서 남녀 간의 사랑이나 부부 관계에 관한 인식을 살필 수 있는 한 단서가 된다고 판단한다.

그러나 여기에서는 일단 <선녀와 나무꾼>에 나타난 인물들이 반복적으로 겪는 상황이자 행동으로서 만남과 이별이 의미하는 것이 무엇인지 그리고 이야기를 구연하는 구연자들의 성별에 따라 사건을 바라보는 관점이 어떻게 달라지는지 살필 것이다. 그리고 이러한 차이가 발생하게 된 사회문화적 맥락으로서 이전 세대가 경험했던 '시집살이혼'과 여성들의 '시집살이담'을 함께 살펴볼 것이다. 시집살이혼은 한때 한국의 보편적인 혼인 제도였으며, 여성들의 혼인 생활에 대한 기억은 무수히 채록된 시집살이담에서 잘 드러난다. 연세가 많으신 여성 노인들을 대상으로 한 구술 인터뷰 기록에서도 시집살이와 관련한 부분은 대중 매체나 드라마 등에서도 간접적으로 흔히 경험되는데, 이것은 혼인 생활과 부부 관계를 바라보는 집단의 공유된 기억을 형성해왔다. 무엇보다 이전 세대의 여성들이 고백하는 시집살이는 결코

1　예를 들면, <견우와 직녀>, <도미 설화>, <양산백과 추양대>(함경도 문굿무가) 혹은 <연오랑과 세오녀>도 주인공 남녀가 함께 하지 못하는 방해 요소가 나타나며 심지어 영원한 분리를 보이는 경우도 있다.

행복했다고 하기 어려운데, 그들의 억눌린 감정과 한(恨)의 정서는 구구절절 많은 말보다 <선녀와 나무꾼>에 등장하는 선녀의 단호한 행동 하나, 곧 남편을 두고 떠나는 것으로 이해될 수 있을 것이다.

한편 그동안 <선녀와 나무꾼>을 대상으로 한 연구들은 상당히 축적되어 있다. 크게 주요 부류를 나누면, 먼저 선녀와 나무꾼의 결합을 신성혼 모티프로 보고, 천상과 지상에 속한 존재 간의 만남과 헤어짐을 신화적 요소로 다루면서 다양한 이본과 세부 모티프들의 변형을 다룬 것들이 있다.[2] 이러한 관점에서부터 이 이야기를 어떤 장르로 볼 것인가에 대한 논의도 이루어졌다.[3] 이러한 연구들은 대체로 <선녀와 나무꾼>을 구술 문학의 특성 중 하나인 모티프의 보편성과 특수성, 담화 구조의 특징을 중심으로 바라본 것들이다. 반면 <선녀와 나무꾼>을 '혼인시련담'으로 바라보고, 조금 더 현실적인 층위에서 '남녀 결합'과 '혼인'의 의미를 다룬 연구들이 있다. 특히 일반 성인들, 특히 부부 관계의 문제를 해결하는 문학 치료 및 교육 자료의 관점에서 다루는 연구들이 있어 주목을 끈다.[4] 이 이야기가 서로 이질적인 공간에 있던 존재들의 만남과 헤어짐을 보여주고 있기 때문에, 다문화 가정의 부부 및 국내 부부를 대상으로 이야기를 그들의 상담 및 교육 과정에서 활용한

---

2   배원룡, 『나무꾼과 선녀 설화 연구』, 집문당, 1993; 신태수, 「나무꾼과 선녀 설화의 신화적 성격」, 『어문학』 통권 제89호, 한국어문학회, 2005; 전영태, 「<나무꾼과 선녀>에 대한 통합적 해석」, 故 김광해 교수 추모 특집호, 『선청어문』 33권, 서울대학교 국어교육과, 2005; 진영, 「<선녀와 나무꾼>의 신화적 재해석」, 『동아시아고대학』 제47집, 동아시아고대학회, 2017.

3   김대숙, 「'나무꾼과 선녀' 설화의 민담적 성격과 주제에 관한 연구」, 『국어국문학』 제137권, 국어국문학회, 2004.

4   권애자, 「<나무꾼과 선녀> 설화에 나타난 결혼관의 유형과 그 사회적 의미」, 『국학연구론총』 제22집, 택민국학연구원, 2018; 서은아, 「<나무꾼과 선녀>의 인물갈등 연구」, 서울여자대학교 대학원 박사학위논문, 2005; 서은아, 「<나무꾼과 선녀>의 부부갈등 중 '선녀의 개인적 결점'으로 인한 갈등과 그 문학치료적 가능성 탐색」, 『문학치료연구』 제2집, 한국문학치료학회, 2005; 서은아, 『나무꾼과 선녀의 부부갈등과 문학치료』, 지식과교양, 2011.

사례들도 있다.[5] 이러한 시도들이 실제로 상대 배우자가 속해 있던 집안이나 나라의 문화, 그리고 서로의 입장을 이해하는 데 도움이 되는 부분이 있었다는 점에서 옛이야기의 효용성과 자기 서사적 기능을 확인할 수 있는 연구들이라 생각한다. 이러한 연구들은 남녀 간의 결합과 이별의 서사를 인간 보편의 영역에서만 다루지 않고 한국 문화와 젠더의 시각에서 결혼을 새롭게 바라볼 수 있다는 의의가 있다.

이밖에 <선녀와 나무꾼>을 어린이들을 독자로 하는 전래동화로서 연구한 사례들이 있다. 사실 앞서 언급한 연구들은 『한국구비문학대계』 등과 같이 전문 연구자들이 민간에서 전승되고 있는 이야기들을 채록한 자료들을 연구 대상으로 삼은 것이기 때문에 이야기 유형들의 세대적·지역적 편차를 살피기에는 용이하지만, 일반 대중들에게는 이러한 날 것 그대로의 구술 서사들이 잘 알려지지 않았다. 실제로 알린다고 하더라도 "구전되던 이야기 텍스트를 특정한 쓰기의 틀에 맞춰 재생산"[6]하는 경우가 다반사이다. <선녀와 나무꾼>을 전래동화의 맥락에서 바라본 연구들에는 아이들과 그들의 부모, 교사를 주요 소비층으로 하는 다양한 콘텐츠들을 통하여 그것들의 양상 및 교육적 효과와 문제 등을 논의한 것들이 있다.[7] 어린이들을 위한 교육 담론이

---

5   김정애, 「<나무꾼과 선녀>의 결말 양상에 대한 문학치료적 해석의 의의」, 『문학치료연구』 제23집, 한국문학치료학회, 2012; 양민정, 「나무꾼과 선녀형 설화의 비교를 통한 다문화 가정의 가족의식 교육 연구─한국, 중국, 베트남, 몽골 설화를 중심으로」, 『국제지역연구』 제15권, 한국외국어대학교 국제지역연구센터, 2012; 오정미, 「이주여성의 문화적응과 설화의 활용─설화 <선녀와 나무꾼>과 설화 <우렁각시>를 중심으로」, 『구비문학연구』 제27권, 한국구비문학회, 2008; 우도혁, 김종일, 「구비설화를 활용한 한국문화교육 연구─결혼이주 여성을 중심으로」, 『동서비교문화저널』 제47호, 한국동서비교문학학회, 2019.

6   오세정, 「한국 전래동화에 나타난 설화 다시 쓰기의 문제」, 『한국문학이론과 비평』 제18집, 한국문학이론과 비평학회, 2014, 7쪽.

7   노제운, 「옛이야기의 의미와 가치의 생산적 수용을 위한 수업 사례 연구─초등학생 대상 수업활동을 중심으로」, 『동화와 번역』 제23집, 건국대학교 동화와번역연구소, 2013; 노제운, 「<나무꾼과 선녀> 그림책에 나타난 '혼인'의 의미 고찰」, 『동화와 번역』 제36집, 건국대

발전하고, 전래동화를 원소스(One Source)로 삼는 다양한 학습 매체들이 쏟아져 나오는 시류에서 <선녀와 나무꾼>이 동시대의 사람들에게 어떠한 양상으로 소비되고 인식되는지에 관한 연구들은 상당히 고무적이다. 게다가 어린이의 눈높이에 맞추어 이야기를 구성하는 성인 기획자들의 시선과 의도를 파악하고, 이전 세대와 다른 문화를 공유하는 수용자층에게 그것이 전달될 때에 문제점은 없는지까지 제시할 수도 있다는 점에서도 시사적인 의의가 있다.

이처럼 시대와 사회의 변화에 따라 <선녀와 나무꾼>을 바라보는 다양한 관점들과 해석들이 생겨나고 인물들의 행위와 관계를 현재적 관점에서 비판하는 것은 자연스럽고 또 필요한 일이다. 그러나 문제는 이러한 해석들이 층위의 구분없이 혼재되어 있어 해당 설화가 한국 문화의 맥락에서 지니는 가치와 의미를 왜곡할 위험이 있다는 것이다. 층위가 혼재되어 있다는 말은 <선녀와 나무꾼>이 위치한 '전통 구술 담화'로서의 '정체성'을 고려하지 않은 채, 무리하게 현실 세계로 소환하여 이러저러한 비판을 가한다는 것이다. 예를 들면, 선녀의 옷을 훔치고 숨긴 것으로도 모자라 집으로 데려와 아내로 삼는 나무꾼의 행위, 그를 돕는 사슴, 그리고 선녀의 금기를 어긴 나무꾼과 그의 어머니를 문화와 가치관이 달라진 현실 세계에서 근대적·논리적인 사고의 잣대로 비판하는 것이다. 더 큰 문제는 이러한 비판을 근거로 하여 <선녀와 나무꾼>이 결혼을 했음에도 성숙하지 못한 부부 관계를 보여준다거나 여성주의 혹은 양성 평등주의 관점에서 나무꾼을 범죄자로 취급하고,[8] 성불평등의 동화라고 하여 전혀 다른 결말의 서사로 재창작하는 등의 시도

학교 동화와번역연구소, 2018.
8   <정현백 여성부 장관 "나무꾼은 성폭행범">, 박서연 기자, 미디어 오늘, 2018.7.14.
     http://www.mediatoday.co.kr/news/articleView.html?mod=news&act=articleView&idxno=
     143626

들[9]이다. 물론 옛이야기를 변화된 시대의 맥락에 맞게 비판적으로 읽고 그것을 모티프로 하여 새로운 이야기를 창작해보는 것은 구성원들의 생산적이고 창의적인 사고를 돕는 유의미한 활동이다.

그러나 구술 담화로서 옛이야기는 앞서 언급했듯이 그 담화적 특성상 인물들이 처한 상황과 그들의 심리가 상세하게 묘사되지 않는다. 어떠한 행위가 일어나고 이로부터 다른 행위들이 이어지면서 대체로 빠르게 사건이 전개되기 때문에 우리는 그 과정에서 인물들이 어떠한 생각과 감정을 가졌는지 확신할 수 없으며, 다만 어렴풋이 유추할 수 있을 뿐이다. 그러한 공백은 집단 내 구성원들 간에 문화적으로 공유된 인지적·정서적 코드를 바탕으로 채워질 수 있으며, 그 이야기를 구연하는 사람들의 태도에서 나타나는 양상을 통해서도 추측할 수 있다. 그러나 구술 담화라는 것이 그 창작자가 정해져 있지 않은데다가 누구나 내용을 조금만 알면 구연이 가능하기 때문에 이러한 공백들은 구연자와 청자의 해석에 따라 왜곡될 위험이 있다.

따라서 본 연구에서는 <선녀와 나무꾼> 이야기의 각 편들 중 선녀가 하늘나라로 돌아간 이후에 나무꾼이 선녀를 따라 하늘나라로 가서 선녀와 재회하는 모습, 나무꾼이 다시 지상으로 돌아왔다가 선녀와 이별하게 되는 결말까지 나타나는 것들을 모두 대상으로 하여 분석할 것이다. 또한 이야기를 구연자들이 성별에 따라 어떻게 구술하는지, 인물들의 심리, 정서, 배경과 같은 공백들이 구연자의 성별에 따라 어떻게 다르게 메워지는지, 그리고 그것들의 차이는 어디에서 기인하는지를 사회문화적 관점에서 분석할 것이다. 이것은 <선녀와 나무꾼> 이야기에서 소거되어 재현되지 못한 전통 혼인 문화에서의 부부간 정서와 가족 문화를 재구해 보는 작업이다. 그러므로

---

9   구오, 『선녀는 참지 않았다』, 위즈덤하우스, 2019. 이 책에서는 선녀의 옷을 훔친 나무꾼과 그를 도운 사슴을 선녀들이 응징하는 이야기가 새롭게 제시된다. 응징의 과정에서 선녀들이 물리적 폭력을 행사한다는 점이 문제적이다.

본 연구는 담화 속 인물들의 행위를 표면적으로 해석하는 것을 지양하고, 그 행위 자체가 일어날 수밖에 없는, 즉 그러한 행위들만이 강조되어 나타날 수밖에 없는 구술 담화의 특질을 드러내면서, 인물들의 행위를 설명할 수 있는 집단의 문화적 기억들을 중첩적으로 이해하는 계기가 될 수 있으리라 생각한다.

1. 선녀와 나무꾼의 부부 관계: 쌍방의 이질적인 소속감

논의에 들어가기 전에 <선녀와 나무꾼> 이야기의 각 유형[10]을 간략하게 살펴볼 필요가 있다. 채록담을 보면 구술자의 기억에 따라 모티프나 세부 사건들이 변형되어 나타나지만 이 책에서는 가능한 공통적으로 나타나는 내용들을 토대로 하되, 선녀와 나무꾼의 만남과 이별이 두 번씩 반복해서 드러나는 '나무꾼 지상회귀형'('수탉유래형')의 결말을 선택하여 제시한다.

살림이 몹시 가난하여 산에 나무를 해다 팔아서 살아가는 나무꾼이 살고 있었다. 어느 날 그가 나무를 하고 있는데 사슴 한 마리가 뛰어와 사냥꾼에게 쫓기고 있으므로 살려달라고 하자 나무꾼은 사슴을 숨겨주어 살려주었다. 사슴이 고마워하며 아직 혼인을 못했다는 나무꾼에게 은혜를 갚는다며 말하기를, 여기 산속에 선녀들이 내려와 목욕을 하는 연못이 있으니 그때 나무꾼이 가서 선녀들의 날개옷 하나를 숨겨 하늘로 올라가지 못하는 선녀를 붙잡으면 그녀와 함께 살 수 있을 것이라고 말하였다. 단 아이를 셋 낳을 때가지는 절대 선녀에게 날개옷을 보여주지 말라고 하였다. 나무꾼은 사슴의 말대로

---

10   연구 자료로 삼은 각 편들은 책의 말미 참고문헌에 제시하였다.

선녀들이 내려오는 날 밤에 연못으로 가서 날개옷 하나를 집어 숨겼고, 선녀 하나가 하늘로 올라가지 못하자 그녀를 집으로 데리고 와 함께 살았다.

두 사람은 아이를 둘까지 낳고 살았는데, 하루는 나무꾼이 선녀가 여전히 하늘을 그리워하는 것 같기도 하고, 이제 아이 둘까지 낳았으니 날개옷을 보여줘도 되겠다는 마음이 들어 선녀에게 그녀가 입던 옷을 보여준다. 하지만 선녀는 그 옷을 입고 아이 둘을 양 팔에 안고서 하늘로 올라가버린다. 나무꾼은 상심하다가 사슴을 다시 만나 선녀를 다시 만날 방법을 묻고, 사슴이 방법을 알려주어 선녀를 처음 만났던 연못에서 하늘로 올라갈 수 있는 두레박을 타고 하늘로 올라가 선녀와 아이들을 만난다.

그러나 선녀의 아버지인 옥황상제(그리고 주로 선녀의 언니들이나 형부들)는 나무꾼을 보고는 그가 사위가 될 자격이 있는지를 시험하며 몇 가지 임무를 제시한다. 그때마다 선녀는 나무꾼이 그 시험을 다 통과할 수 있도록 도와서 결국 나무꾼은 옥황상제의 인정을 받고 하늘나라에서 살게 된다.

그러다 하루는 나무꾼이 지상에 홀로 계신 어머니가 걱정이 되니 한번 뵙고 오겠다고 하자, 선녀는 용마를 한 필 내어주며 어머니를 뵙고 오되, 다시 이 말을 타고 돌아오려면 절대 말 위에서 내려 땅을 밟지 말라고 당부한다. 나무꾼이 약속을 하고 땅에 내려와서 어머니를 뵙고 다시 하늘로 돌아오려고 하자 어머니는 떠나는 아들을 그냥 돌려보내기 아쉬워 박죽이라도 한 그릇 먹고 가라며 부엌에서 막 끓인 박죽을 그릇에 담아 말에 타고 있는 아들에게 건네준다. 나무꾼이 박죽을 먹다 뜨거워서 박죽을 말등에 흘리니 말이 놀라 뛰어오르는 바람에 나무꾼은 땅으로 떨어지고 말은 그만 하늘로 올라가 버렸다. 나무꾼은 슬퍼하며 울다 하늘을 바라보고 우는 수탉이 되고 말았다.

채록담을 보면 구술자에 따라 조금씩 다르게 제시되는 내용이 있다. 예를 들면, 나무꾼이 목숨을 구해준 동물(노루, 멧돼지, 심지어 호랑이도 있음), 그가 선녀들의 날개옷을 훔치는 과정(대부분 막내의 옷을 선택함), 선녀가 나무꾼을 만났을 때의 반응(옷을 돌려달라고 하거나 할 수 없이 나무꾼을 따라감. 반대로 선녀가 나무꾼을 기다렸다는 듯이 맞이하는 이야기도 있음), 두 사람이 함께 살았을 때의 살림살이(아주 부유해지거나 그럭저럭 살거나), 선녀와 나무꾼의 자녀 수(둘 혹은 셋), 나무꾼이 선녀를 만나기 위해 하늘로 올라가는 방법(두레박, 동아줄, 박씨를 심어 나온 줄기), 하늘나라에서 나무꾼이 완수해야 하는 일의 종류(변신 알아보기, 화살 찾아오기, 말타기, 옥새 찾아오기 등), 나무꾼이 지상에 내려오려는 이유(어머니 혹은 삼촌이나 고모 등의 친척을 만나기 위해) 나무꾼이 지상으로 내려오는 방법(말이나 새를 타거나 두레박, 넝쿨 줄기를 이용함), 선녀가 제시한 금기의 양상(땅에 내려서지 말기, 집 안에 들어가지 않기, 냄새나는 고기음식 먹지 않기) 등이 그러하다.

이러한 세부 사항들의 차이를 살펴야 할 때도 있지만, 일단 여기에서는 선녀와 나무꾼의 관계에서 가장 중요하고 반복적인 행위인 '만남'과 '헤어짐'에 주목한다. 그들의 첫 번째 만남은 선녀가 하늘에서 땅으로 내려오면서 이루어진다. 선녀와 나무꾼은 아이 둘(혹은 셋)을 낳을 때까지는 부부로서 지낸다. 이야기에서 그 시간 동안의 일은 거의 드러나지 않으나, 유독 나무꾼의 시점에서 봤을 때, 그가 결혼 생활에서 느끼는 행복감이나 유쾌한 감정을 추측할 수 있는 구연 사례가 있다. 그리고 이러한 양상은 남성 구연자들에게서 뚜렷하게 드러난다.

선녀가. 한참 있더니, "눈을 떠 보쇼." 허닝껀, 아, 떠 보니껀 크은 <u>고래당</u><u>(등)</u> 같은 기와집이다가설랑은 네 귀에 풍경, 핑경 달구서는 '왕그렁' '덩그렁' 허구우, 종 노속덜이 왔다 갔다허구 참 아주 어마어마허거든? 참 그거. 이상할 일이란 말여 그게에? 참. "그러냐."구 인저, 그러니 이눔이 인저 남으 집 고공 고공살이 허던 눔이 아주 지거기 지대각구설랑은 <u>아주 호이 호식허구 지내네</u>

에? 그런디 머 날마두 여전히 좋은 음석으루 그저 전부 크은 상이다가설랑은 들어 오는디 이거 당최 워트게 장만해 들어 온지 몰르겠어 당최. 이눔으 음식이. 뭐 안이서는 나오는디이 이상하거든? '그렁가 보다. 좀 이 이상허다아.' 그렁 저렁 세월을 보내는디… (충남 보령군 오천면, 편만순, 男)[11]

그래 그냥 따라왔어유, 그래 내려와 가지구선 참 이렇게 사는디 울며 집에 옹게 그 나무꾼의 즈 어머니 되시는 양반이 있는디, 여간 반가허 갔시유? 그래서 인자 그렇게 사는디 참말로 기가 먹히게 잘 살었시유. (충북 청주시 탑동, 이근식, 男)[12]

…두 손목을 마주 잡고는 즈그 집이를 내려와서 호가산천을 이뤄감시로 산다 그말이여. 수년간 아름답게 보내고 사는 것이 주고 받고 하는 정리가 무지하게 두터웁다 그말이여. 못헐 말이 없어. 대처간 일하는데, 머라겄냐 하는 세월이 흐른 것이 아들을 둘을 낳습니다. 둘을 나 가지고 있는 처지에 얼마나 정다와서 그러했등가… (전남 진도군 군내면, 박길종, 男)[13]

그래 이 반식이 머 변해가지고 집이 되가지고, 양석을 안 팔아주도 밥도 잘해 주고, 아 세상 기릴 기(아쉬울 것이) 없어. (경남 거창군 북상면, 권기동, 男)[14]

벌써 그 선녀가 그래 선녀 도실(도술)루 그냥 어떡허든지 그냥 베란간에

---

11 『대계』 4-4(충청남도), 792쪽.
12 『대계』 3-2(충청남도), 254쪽.
13 『대계』 6-1(전라남도), 85쪽.
14 『대계』 8-6(경상남도), 140쪽.

고래당 겉은 개와집이 뭐 말할 수 없는 그냥 뭐 사랑이구 뭐 기가 맥히다 이거에요. 그래 여기 앉아서 이제 그 음식을 갖다 주는 거 보니깐 당체 그냥 생전 한 번 먹어 보지두 못헌 음식을 채려 주는데 뭐 기가 맥혀. 그래 이렇게 세월 지내니 이늠이 그저 날마다 독주(毒酒)만 디리 앵겨서 먹구 잠이나 자구 그저 이거 세월을 지내는데, 이럭허다 어연간 벌써 아들 하나 낳았단 말야. 그래 이늠은 그저 그 색씨가 얼마나 잘해 주는지 만날 먹구 그저 세월이 흘러. (경기 남양주군 와부읍, 박운봉, 男)[15]

집에 와서 인자 여전히 마누라, 없는 마누라 데리고 오고 허니께 아이 즈그 어머니가, "아이 웬일이냐?" 그런게, "이렇게 됐다."고 허닌게 그때부터 인자 참 재미가 져서 집안이 더 화락허고 사는데… (전남 장성군 삽계면, 김일현, 男)[16]

이와 같이 나무꾼의 시선을 취하고 있는 남성 구술자들은 나무꾼이 선녀와 가정을 꾸려 나간 세월을 비교적 만족스럽게 말하고 있음을 알 수 있다. 흥미로운 것은 여성 구술자들이 구연한 사례들에서는 이러한 경우를 거의 찾아볼 수 없으며, 결혼 생활이 어떠했다는 언술 자체가 잘 발견되지 않는다. 오히려 여성 구연자들 이야기에서 선녀는 날개옷을 계속 찾으려고 하며, 이들의 서사는 아이를 낳은 후 나무꾼으로부터 날개옷을 돌려받는 지점으로 곧장 진행되는 경우가 많다.

그래서 인제 갔지. 쫓아가선 그 집에 가서 살잖어? 살아서 인젠 내외가

---

15 『대계』 1-4(경기도), 709쪽.
16 『대계』 6-8(전라남도), 635쪽.

되선 살지. 내외가 돼서 사는데, 아이를 참 하나 낳거던. 아이를 하나 낳구, 둘째 아이까지 낳거던. 낳았는데 맨날 성화 박쳐 한단 말야. "아휴! 난 옷을 잃어버려서 이렇게 못 찾고 있으니 그냥 나는 인제 천상에 생전 못 올라가겄다."구. 아, 이러면서 한탄을 하거던. (경기 강화군 길상면, 김순이, 女)[17]

"…삼 형제 놓걸랑 그 날개옷을 내 주고, 딱 숨카 났다가 둘 놓걸랑 내 주지 마라." 캐 놓은게 이놈우 자석(나무꾼을 말함)이 마음이 바빠, 좋아 갖고,… 그래서 고만 좋아 쌓아서 마 날개옷을 내 주뿄는 기라. 웬걸? 그만 한 쪽 팔에 하나씩 찌고(끼고) 고만 두룸박 타고 올라가 삔 기라. (경남 의령군 정곡면, 안복덕, 女)[18]

대차, 그 선녀를 시간이 되니께 줄은 올라 가쁘고 그 놈은 못 올라 가쁘러. 그러니께 할 수 없이 총각하고 왔어. 와서 그 총각하고 맥없이 앉아 묵고 그랬는디, "애기 싯 나면 거기를 가보라고 했는디, 갈라고 하면 가라."고 했는디 둘 낳은디, 애기를 둘을 낳는디, "하이고 천당에를 한번 쪼케 올라 갔다 내려 와야 쓰겄다."고 하두 그래싸서, 대차 그 시암으로 또 가는 것을 놔줬어. (전남 화순군 동복면, 오문역, 女)[19]

"왜 이렇고 우노?" 카이께네, 그래 옷이 없어서 그렇다 카이, "고마 그렇거 던 나 따라가자." 카이, 그 고마 구척없이 따라갔다. 따라갔는데, 그래 옷으는 날개옷을 감찼거던. 딴 거는 있는데, 속옷은 있고. 아들을 그래 하나 놓고 둘 놓고 만날 거 날개옷 타령이라 말이라. 그러인게 그래 보다 모해가주고

---

17 『대계』 1-7(경기도), 289쪽.
18 『대계』 8-11(경상남도), 274-275쪽.
19 『대계』 6-11(전라남도), 529쪽.

참 좋뺐어. 설마 둘 낳는데 어떨라 싶어 줬디. 한날은 낭굴 하러 갔다아 해가주오이 여자가 고만 아를 말이라 양짝 한 쭉찌이 고마 하늘 올라갔뿌고 없어. (경북 군위군 소보면, 최순금, 女)[20]

그래문 그거 노루가 그러다래… "그래가지군 그늠을 이제 아 서이 낳도록 그 나래 옷(날개옷)을 주지 말라."구 그러더래. "감추아 놓구." 그래는데. 안 고만 그놈으 총객이 그 나래옷을 두울 낳이 어쩬 마음놓구서 주었단 말이야. 그러이까 두 둘인이까는 한짝에다 하낙씩 달구선 고만 갔잖아. 아들 성제 낳아가지구. 그래가지군 하늘로 올라갔다잖아. (강원도 횡성군 둔내면, 한양숙, 女)[21]

그러니께 이 선녀두 생각을 하니 닭은 인저 울적인데 천상 어디루갈 바는 없구, 그래서 총각을 따러 갔어. 총각이 그 오두막 집에 인저 사는데. 그래 따러와 가지고 인저 그래저래 인저 사는데, 색시가 인저 애기가 있어서 살다가 보니께 애기를 하나 낳구, 둘 낳구 이래두 그 옷 땜에 항상 눈물을 흘리구 수심을 하거던. 그래두 안 줬어. 안 알켜 줬어. 그래는걸 인저 노루가 갈 적에 하는 말이, "애기 셋 낳도록은 그 옷을 주지 마라." 이랬거던. 그랬는데 하두 부인이 옷 땜에 애를 쓰구 수심을 하구 밥을 안 먹구 해서 그게 안타까워 가지구 애기 둘을 낳구서는 그 옷을 갖다 줬단 말여. "게 당신이 나하구 꼭 살아야만 하지, 내가 이 옷을 줬다고 해서 하늘루 올라가문 안 된다." 구 그러니까, "아이구 안 올라 갈거니까 내 옷을 달라."구 아이구 사정을 하거든. 좋아 갖구 그래 할 수 없어서 옷을 갖다 줬더니, 아 옷을 입구는 간다 온다

20 『대계』 7-12(경상북도), 172-173쪽.
21 『대계』 2-7(강원도), 240쪽.

말도 없이 고만 아들 형제를 날개 품에다 품구서는 그만 하늘루 등천을 하구 올라 가드라. (충북 청주시 모충동, 이화옥, 女)[22]

…선녀 한 사람이 못 올라가고 그 나무꾼과 같이 결혼 해가지고, 결혼 해가지고 살아도 그 하늘 나라 항상 그리웠는디. 아들 둘 낳고 둘 낳은 뒤에, '설마 아들 둘 낳는디, 우리 인간 같으믄 모정이 있어서 못 떠날 줄 알고, 이 아들 둘 낳는데 갈꺼냐.' 싶었어. 내(내내) 날개옷 때문에 항상 수심에 차가 있어서, "내 날개옷 한번만 입어 봤이믄, 한 번만 입어 봤이믄." 그러니까 아들 둘 낳다고 인자 믿고 날개옷을 내 줬다가, 그만 아기 둘도 안고 그만 하늘로 올라 가버렸어. (경남 하동군 악양면, 문영자, 女)[23]

이와 같이 남성 구연자들이 표현하는 나무꾼과 선녀의 결혼 생활이 비교적 긍정적으로 제시되는 반면에, 여성 구연자들은 대체로 그 세월에 대한 서술을 생략하거나 자녀를 낳는 사건으로 빠르게 진행하는 것을 알 수 있다. 남성 구연자들은 나무꾼이 선녀를 만나 부유해져서 편하게 사는 것으로, 그리고 홀어머니를 모시고 자식들과 함께 화목하게 잘 사는 것으로 구연한다. 하지만 여성 구연자들은 부부가 그냥 같이 살게 되었다는 말만 하거나 그러한 말도 없이 아이를 낳았다는 것으로 구연하는 경우가 많다.[24] 결혼 생활에 관한 언술이 있더라도 그 세월은 선녀가 날개옷을 찾으면서 하늘에 있는 가족을 그리워하는 것으로 나타난다. 또한 사슴이 제시했던 것처럼

---

22 『대계』 3-2(충청북도), 413-414쪽.

23 『대계』 8-14(경상남도), 508쪽.

24 하지만 예외적인 사례가 있기는 하다. 남성들의 몇몇 구연 사례처럼, 선녀가 요술 방망이를 사용해서 기왓집과 좋은 의복, 풍부한 곡식을 얻게 해주는 이야기가 여성 구술자의 이야기에서 하나 발견된다. 『대계』 8-14(경상북도), 508쪽.

자식을(아들을) 둘 혹은 셋 이상을 낳아야 하는 의무 이행의 시간처럼 그려진다. 즉 선녀는 이 결혼 생활이 영구적이지 않으며 자신이 돌아갈 곳은 하늘이라고 생각한다. 반면 나무꾼은 날개옷을 감추고 있었기 때문에 부부 관계의 위태로움을 인식하고 있었지만 결혼 생활이 행복하다고 느꼈으므로 어느 순간 경계를 늦추고 금기를 어겨 옷을 돌려주는 정도에까지 다다른다. 이로써 나무꾼은 첫 번째 이별을 경험한다.

이 헤어짐은 선녀와 나무꾼이 부부로 살았음에도 불구하고 자신들의 구성가정에 대한 소속감이 일치하지 않았기 때문에 발생한 결과라고 볼 수 있다. 일차적 원인은 나무꾼이 사슴이 말한 금기를 지키지 않았기 때문이지만, 근본적으로는 선녀가 하늘나라를 잊지 못한 것에 있다. 선녀는 원가정으로부터 육체적으로만 분리되었을 뿐 심리적으로는 아직 분리되지 못했다. 선녀에게 나무꾼과의 결혼은 원가정으로부터 갑작스럽게 발생한 분리이자, 원가정에게 공식적으로 인정받지 못한 혼인이었기 때문이다. 무엇보다 선녀에게는 지상에서 함께 아이를 낳고 키우는 나무꾼을 향한 소속감보다 하늘나라에 두고 온 원가정을 향한 그리움이 더 컸다. 이것은 아이들만 데리고 떠난 선녀의 행위 자체에서 이미 증명된다.[25] 그러나 나무꾼은 물리적으로든 심리적으로든 그 어떤 '분리'도 경험하지 않고 구성가정을 이루었다. 그는 그의 일상을 잃지 않았으며, 오랫동안 결혼이 간절했기에 그에게 선녀는 행복한 가정을 이루어 주게 한 선물이었다. 하지만 선녀에게 나무꾼은 오갈 데 없는 낯선 곳에서 살아남기 위해 어쩔 수 없이 받아들여야 했던 사람이었다. 따라서 나무꾼이 하늘에 있는 가족들을 그리워하는 선녀의 마음을 짐작

---

25 심지어 날개옷을 돌려받더라도 재차 떠나지 않겠다고 자기를 믿어도 된다고 하던 선녀가 날개옷을 받은 후 나무꾼에게 한마디 인사도 없이 아이들만 데리고 떠나는 이야기도 있다. 곧 선녀는 아이들과 함께라면 지상에서의 삶에 미련이 없으며, 결혼 생활에서 나무꾼과 돈독한 애정 관계가 형성되지 않았음을 뜻한다.

하고 이해할 수는 있어도 결코 그 마음을 경험할 수는 없는 것이다.

한편 이들 부부의 두 번째 헤어짐은 '나무꾼 지상회귀형'(수탉유래형)에서 보듯이, 나무꾼이 어머니를 뵙기 위해 지상으로 다시 내려오면서 일어난다. 선녀가 지상에 있는 가족을 그리워하여 승천한 것과 비슷한 맥락이다. 선녀가 목욕을 하러 지상에 왔다가 날개옷을 잃고 나무꾼을 만나 어쩔 수 없이 지상에 머물게 되었듯이, 나무꾼도 선녀를 만나기 위해 하늘로 올라갔다가 그곳에서 지내게 되면서 지상의 어머니(혹은 다른 친척들)를 그리워하기 때문이다. 흥미로운 점은 두 번째 헤어짐도 이들 부부가 서로 다른 '소속감'을 지닌 것에서 비롯된다. 선녀는 이제 천상에서 원가정으로부터 독립된 구성가정을 이루고 가족들과 잘 지내는데 반하여, 나무꾼은 지상에 계신 어머니를 걱정하고 그리워한다. 여기서 선녀가 구성가정으로서 독립하는 것은 물리적인 것보다는 심리적인 의미에 중점이 있다. 물리적으로 원가정과 가까이 있지만, 그녀가 자신의 구성가정을 심리적으로 독립된 가정이라고 인식하고, 그 가정을 유지하고 인정받기 위해 남편이 치르는 시험들을 적극적으로 도왔기 때문이다. 그러나 이번에는 나무꾼이 떠나온 고향과 어머니를 그리워하는 탓에 자신의 구성가정에 집중하지 못한다. 그 때문에 이들 부부는 동일한 소속감을 가질 수 없으며, 구성가정으로서 완전한 독립을 이루지 못한다. 그리고 그것은 이들 부부 관계를 둘러싼 다른 가족과의 관계들에도 원인이 있다.

2. 선녀와 나무꾼의 원가정 및 구성가정: 분리와 독립의 어려움

선녀는 나무꾼과 이룬 구성가정에 대한 애정보다 자신의 원가정을 향한 그리움과 귀소본능이 더 강했다. 갑작스러운 결혼으로 인해 원가정으로부터 심리적으로 분리되지 못했기 때문이다. 그녀가 만약 아이들의 부모로서 자신과 나무꾼이 함께 하는 모습을 온전한 가정으로 인식하였다면 나무꾼을 하늘로 데리고 올라갈 방법을 궁리하였을 것이다. 그러나 많은 구연 사례를 보면 알 수 있듯이, 선녀에게 나무꾼은 애초에 함께할 대상이 아니라 벗어나야 할 대상으로 인식되었다.[26] 나무꾼이 싫어서라기보다(직접적으로 드러나지 않기 때문에) 자신이 원래 있었던 곳으로 빨리 돌아가고 싶은 마음에서이다(날개옷의 행방을 계속 물었기 때문에). 그러나 선녀가 아이들과 함께 하늘에 올라갔음에도 그곳에서 선녀와 아이들은 독립된 구성가정으로 인정받기 힘들었다. 이는 나무꾼이 하늘로 올라가서 겪는 상황들을 보면 짐작할 수 있다.

그래 만족한 살림을 인자 하늘에 산다. 산께 우로 저거 언니 둘이 저거 막내동생은 내우간에 만내가 아들을 놓고 딸 놓고 저리 재미지기 잘 사는데 저거는 시집도 가도 못하고 그냥 있다. 저거 큰언니가 본께 용심이 잔뜩 나는 기라. 고만 샘이 나서 그래 한 분은 카기로, "제부, 제부 우리가 수수꺼끼를 해가 주고 어 내가 모르면 생금장을 서말로 줄게고 제부가 모르면 내한테 목숨을 바치야 된다." (경남 거창군 마리면, 김쌍근, 男)[27]

"아이구 우리 지하에 아부지 올러온다."구…아 이 잡아대려 올렸더 말여. 아뜩 올리니까, "아이그-아유." 그 마누라는, "어이구 저 인저 아부지한테 또 구박-성덜한테두 또 구박맞겄다." 구 하는데…아 그래서 인제 같이 살지.

26 물론 선녀가 나무꾼을 데리고 같이 승천하는 이야기가 전혀 없지는 않다. 본 연구에서 대상으로 한 자료 중에서 딱 하나가 있다(『대계』 7-1, 268-271쪽, 경북 월성군 현곡면, 이선재, 女). 이외에 하늘로 간 선녀가 나중에 나무꾼을 하늘로 오게 하는 이야기가 세 편 있다.(『대계』 3-2, 411-414쪽, 충북 청주시, 모충동, 이화옥, 女 / 『대계』 5-7, 418-419쪽, 전북 정읍군 칠보면, 이금녀, 女 / 『대계』, 6-11, 527-532쪽, 전남 화순군 동복면, 오문역, 女)

27 『대계』 8-6(경상남도), 916쪽.

아 같이 사는데 아 이 성- 성년덜이 즈 아버지더러 그 죽이라구 그런 말여. "그 시(세) 식구 다 죽이라."구. (경기도 안성군 안성읍, 이복진, 男)²⁸

아 가구 보니깐 말여. 그 옥황상제에 딸인디 말여, 아, 조그만한 오막 오막살이 가서 말여, 제금을 내서는 혼자 사능 기여어? 애들 애덜 즈이 자식덜허구우, "왜 여긴냐."구 허닝깐, "아버니한티 지핫(地下) 사람하구 말여 그럭해설랑은 자식 났다구 말여. 지핫 사람허구 자식 났다구, [청중: 미움박구 익구면?] 예, 귀염을 안 줘설랑은 이러구 있다."구 말여. "차암, 그러냐구 도리웂다."구 "내 시기는 대루 꼭 해야지 만약 내 시키는 대로 안 했다는 말여 당신모가지, 인저 목심이 위험혀. 그러닝깐 내 시기는 대로 꼬옥 짚이 들으쇼." (충남 보령군 오천면, 편만순, 男)²⁹

그러구 집이를 왔는디. 인저 그 아마 그 처남덜이 멫 있덩개벼. 뒷이나 있덩가 처남덜이 써억허니, 암만해두 이 잉간 사람을 천상이 올려다가서 자기 동상허구 살리기를 싫거던? 이걸 워트개래두 윤이야겄어. 그래 꾀를 내기를, "내기를 허자." (충남 부여군 은산면, 황태만, 男)³⁰

두레박을 내려 좍 올라가는 판인데, 타구서 이늠이 올라갔던 말야. 아 민간민이 왔다구, 그냥 거기서 그냥 큰 사우 둘째 사우 뭐 이것들이 괄세를 허구 말이지, 장인 장모가 괄세를 허구 헹편 없단 말야. (경기도 남양주군 와부읍, 박운봉, 男)³¹

28 『대계』 1-6(경기도), 68쪽.
29 『대계』 4-4(충청남도), 795쪽.
30 『대계』 4-5(충청남도), 309쪽.
31 『대계』 1-4(경기도), 710쪽.

하늘로 올라가이 마누래가 있어. 그 집 장모, 사우 셋이 됐는데 지하 사람 사우 봤다고 흉을 보거덩. 언니랑 형부들이 장모가 이바구 오라 하이 걱정을 더러 하는데… (경북 성주군 대가면, 이종선, 女)[32]

나무꾼은 처가 식구들로부터 배척당한다. 장인, 장모인 옥황상제부터, 선녀의 언니들이나 형부들, 혹은 오빠들까지 대상은 다르게 나타나지만 나무꾼은 지하 사람이라는 이유로, 혹은 허락없이 선녀와 결혼하여 아이를 낳았다는 이유로 사위로서, 선녀의 남편으로서 인정받지 못한다. 제시된 구연담화를 보면 짐작할 수 있듯이, 나무꾼은 하늘나라에서 가족들과 함께 살기 위해서 몇 가지 시험에 통과해야 한다. 말타기, 쏜 화살 찾아오기, 장기두기, 변신한 식구들 알아보기, 고양이에게 빼앗긴 옥새 찾아오기 등 다양한 화소들이 있지만 공통적인 내용은 주로 선녀의 적극적인 도움을 받아 이러한 임무들을 모두 완수하고 처가 식구들로부터 인정을 받게 된다는 것이다.[33]

나무꾼이 선녀를 집으로 데리고 와서 그녀를 부인으로 삼고, 나무꾼의 어머니도 선녀를 쉽게 며느리로 들인 것에 비하여 나무꾼은 선녀의 가족으로부터 인정받기 위해 많은 노력을 기울여야 한다. 이것은 나무꾼이 존재와 신분의 차이를 극복하는 과정이기도 하지만, 선녀와 나무꾼이 외부의 반대를 극복하고 함께 살기 위하여 부부로서 소속감을 가지고 결속하는 유일한 장면이기도 하다. 이때만큼은 두 부부가 자신들의 가정에 온전히 집중한다.

그러나 시험을 모두 통과한 후에 나무꾼이 지상에 계신 어머니를 그리워하고 걱정하면서 이야기는 다시 긴장의 국면에 들어선다. 구연 사례들에서

---

32   『대계』 7-4(경상북도), 166쪽.
33   이야기 중에는 나무꾼이 고양이 나라에 가서 옥황상제의 옥새나 왕관을 되찾아오기도 하는데, 이때에는 나무꾼이 예전에 밥을 먹여 키워준 쥐가 쥐나라의 왕이 된 덕분에 이 임무를 도와주는 동물보은 모티프가 종종 발견된다.

선녀는 처음에는 지상으로 가는 것을 만류하다가 나중에는 그 마음을 이해하는 듯, 용마(혹은 줄 달린 두레박)를 한 필 내어주며 잠깐만 지상으로 다녀오되, 절대 그 말에서 내리지 말라고 나무꾼에게 당부한다. 나무꾼이 오래도록 뵙지 못한 노모를 만나러 간다는 상황은 이미 선녀의 금기가 지켜지기 힘들 것임을 예상할 수 있다. 결국 그가 말에서 떨어져 금기를 깨게 된 것은 누구를 탓할 수도 없는, 안타까운 모자(母子)의 관계를 드러낸다. 자신을 떠나 천상에서 지낼 아들을 보내기 아쉬워 어머니가 뜨끈한 죽이라도 한 그릇 먹여 보내려고 하는 마음은 자식을 향한 사랑에서 비롯되었다. 그리고 그것을 거절하지 못하고 받아든 아들의 마음도 어머니를 향한 사랑에서이다. 선녀가 지상에서 그녀의 원가정을 그리워한 정서에 비해 나무꾼의 그리움은 어머니를 향해 조금 더 개별화·구체화되어 나타난다. 이전의 연구에서는 이러한 <선녀와 나무꾼>의 모자 관계를 심리학적인 관점에서 부정적 아니마, 즉 아들의 성장을 가로막는 부정적 모성으로 분석한 바 있다.[34] 일견 동의하는 부분이 있으나, 자칫 이러한 용어는 마치 나무꾼이 어머니로부터 분리되지 못해 아내와 자식을 돌보지 못하게 된 어리석은 캐릭터로 비추어질 우려가 있다. 물론 나무꾼도 어머니와 제대로 된 작별 인사를 하지 못한 채 올라갔기 때문에 심리적으로는 아직 어머니와 완전히 분리되지 못했다고 볼 수 있다.[35] 그러나 선녀가 나무꾼에게 주는 금기를 살펴보면, 선녀는 그에게

---

34 이부영, 「2. <선녀와 나무꾼> - 아니마를 찾아서」, 『韓國民譚의 深層分析 - 分析心理學的 接近』, 집문당, 2000, 188-203쪽 참고.

35 한국의 가족 문화에서 어머니와 아들은 애착 관계로 자주 나타난다. 옛이야기에 흔히 나오는 남자 주인공들은 홀어머니를 모시고 사는 경우가 많으며, <선녀와 나무꾼>에서 분리될 수 없는 관계로 나오는 '선녀와 아들들'의 관계도 그러하다. 애초에 사슴이 제시한 금기에서도 알 수 있듯이 선녀는 천상으로 아들들과 함께 떠날 수 없다면 자기 혼자서 올라가지 못한다. 모자 관계의 애착은 당연한 것으로 서술되고 있는 것이다. 또한 현대의 한국 드라마에서도 아들의 결혼을 반대하는 사람은 대부분 그의 어머니이다. 고부갈등도 이러한 애착 관계에서 비롯된다고 볼 수 있을 것이다.

어머니와의 심리적 분리를 강제하기보다는 오히려 나무꾼이 자고 나란 '터전', '지상' 그 자체와의 분리를 더 지향하고 있다. 예를 들면 말에서 내려 땅을 밟지 마라거나, 집 안으로 들어가지 말라는 것, 또는 지상의 음식을 먹지마라고 한 것이 그러하다. 그러나 나무꾼은 자신의 구성가정으로 돌아오기 위해 지켜야 할 약속을 지키지 못한다. 그렇다면 <선녀와 나무꾼>의 여러 유형들 중에서 이러한 비극적 결말은 어떻게 설명될 수 있는가. 이를 위하여 이 이야기가 전승되는 문화적 배경인 한국의 혼인과 가족 문화에서 결혼으로 인한 '분리'와 '독립'을 어떻게 이해할 수 있는지 살펴볼 필요가 있다.

3. 한국의 혼인과 가족 문화에서 '분리'에 관한 집단 기억과 공유된 정서

1) 한국의 전통적인 혼인 문화

<선녀와 나무꾼>은 한국 사람이라면 거의 대부분이 알고 있는 보편적인 이야기이다. 그리고 그만큼 오랜 시간 전승되고 기억되어 왔기 때문에 이 이야기에는 집단 구성원들의 생각과 경험이 버무려져 있으며, 그들로부터 '공감'을 얻을 수 있는 화소들이 '선택적'으로 결합되어 있다. 구술 담화가 몇몇 지점에서는 다양하게 변이되어 나타나면서도 전체적으로는 비슷한 화소들로 사람들에게 기억되는 것은 바로 그러한 보편성을 지니기 때문이다. 3장에서는 이러한 관점을 전제로 하여, <선녀와 나무꾼>을 구연하는 남녀 제보자들의 유의미한 차이들을 제시하면서 그것들의 차이를 설명할 수 있는 문화적 맥락을 살핀다. 이를 위하여 '집단 기억'과 '공유된 정서'라는 개념을

활용할 것인데, 일반적으로 '집단 기억'은 역사학이나 사회학 분야에서 특정 시대의 어떠한 사건을 함께 경험한 사람들의 개별적이고도 집합적인 역사 인식을 가리킨다. 그러나 본 연구에서는 '집단 기억'을 그 사회의 구성원이라면 대부분이 겪을 만한 '공통된 경험', 그러나 '주체별로 상이하게 전개되는 경험', 예를 들면 통과의례로서 학교 생활, 군대 생활, 혼인, 출산과 육아 등의 일들을 겪고, 이것을 기억하고 표현하는 다양한 방식이라고 규정한다. 또한 '공유된 정서'는 이러한 경험들로부터 발생하여 공통적으로 인지된 심리적 상태를 뜻한다. 이 책에서는 주로 이전 세대의 결혼에 관한 이야기들을 참고로 하여, <선녀와 나무꾼>에 반영된 부부와 가족 관계에 관한 '집단 기억'과 '공유된 정서'를 찾을 것이다. 이 책에서 자료로 삼은 결혼담에 관한 구연자와 <선녀와 나무꾼> 이야기의 구연자가 일치하지 않음에도 불구하고 이 둘을 연결하는 것은 본 연구에서 유의미하다. 왜냐하면 이러한 담화들을 통해 오랜 세월 유지되어온 혼인 문화로서 '시집살이'를 경험하였거나, 그러한 결혼 생활을 직간접적으로 인지하고 있는 후속 세대들이 공유하는 한국의 결혼 생활과 가족 문화에 관한 큰 그림을 그릴 수 있기 때문이다. 그리고 그를 바라보는 공통된 해석들이 부부와 가족을 소재로 하는 <선녀와 나무꾼> 이야기를 구연하는 데 적잖은 영향을 줄 수 있다는 가정을 하기 때문이다.[36]

본격적인 논의에 앞서 한국의 전통 혼인문화에 관하여 간략하게 살필 필요가 있다. 우리나라는 17세기에 사림(士林)이 성리학을 자신들의 기반이 되

---

[36] 물론 세대별로 조금씩 차이가 있을 수 있다. 그러나 현대의 많은 한국 드라마에서도 시대와 며느리의 갈등은 바닥나지 않는 중심 소재이다. 결혼에 관한 세대별 혹은 지역별 인식의 차이는 별도의 논의가 필요하므로 이 책에서는 전통 혼인 문화로서 당연하게 여겨져 온 시집살이를 경험한 이전 세대에 한정한다. 구연자들의 연령의 차이가 있음에도 혼인 문화는 대동소이하므로 큰 무리가 없을 것으로 보인다.

는 학문으로 삼으면서 성인식, 혼례, 상장례, 제사 등을 『주자가례』에 의하도록 하였다. 그전까지 조선사회에는 남자가 여자 집으로 장가드는 '서류부가'(壻留婦家)의 혼인 풍습이 일반적이었으나, 17세기 말에서 18세기 초에 친영(親迎: 시집살이)이 국법으로서 자리[37]하면서 조정과 사대부 집안에서부터 여자가 남자 집으로 시집가는 '여귀남가'(女歸男家)의 혼례를 행하도록 법으로 정하였다. 이는 유교 사회의 가부장적 질서를 구축하기 위한 가장 중요한 절차이자 의식[38]이었다. 그러나 실제로 조선 후기까지 사대부 집안은 물론 일반 백성에 이르기까지 친영이 보편적으로 이루어지지는 못했다고 보는 것이 학자들의 의견이다.[39] 그것은 당대의 혼례와 관련하는 몇몇 문헌에서도 확인된다.

중종 11년(1516) 병자에 교지를 내려 말하기를 '세종대왕께서 옛 제도를 지극히 사모하시어 왕자, 왕녀가 혼인할 때마다 다 친영하게 하여 사대부의 집에서 보고 본받는 바가 있게 하고자 하였으나, 옛 습관을 따라 남자가 여자의 집에 들어가므로 하늘의 도를 역행하니 옳은 것인가. 이를 중외(中外)에 효유(曉喩)하여 무도 옛 법을 따르게 하라'고 하였다.[40]

---

37 김연수, 『전통혼례 제도사와 시집살이 문화의 탄생』, 민속원, 2018, 49쪽.

38 심승구, 「조선시대 왕실혼례의 추이와 특성」, 『조선시대사학보』 제41집, 조선시대사학회, 2007, 83쪽 참고.

39 "한복용의 연구(2007)에서는 조선 500년을 통하여 절대적 세력을 가졌던 유교사상으로도 솔서혼속(率壻婚俗)의 근본 내용을 변경치 못하였으며, 조선시대 친영제도의 본래 모습은 왕실에서 엄수하고, 기타 계층에서는 반친영 내지는 서류부가의 혼속이 지속되었다고 본다. 이처럼 왕실과는 다르게 사대부친영을 비롯한 사대부반친영은 조선시대에 정착되기 어려웠던 것으로 보인다." 김연수(2018), 앞의 책, 82쪽. 한복용, 「조선시대 친영제도의 전개과정」, 『중앙법학』 제9집, 중앙법학회, 2007, 1040-1041쪽 참조.

40 김연수(2018), 앞의 책, 78쪽에서 재인용.(번역본이 없이 박물관에 소장되어 있는 책인 관계로 부득이 재인용함) 中宗十日年丙子教曰世宗大王動幕古制王子王女婚嫁皆令親迎欲士大夫親效近聞因循舊習男歸女家天道逆行其可乎其曉喩中外一皆尊古.(『春官通考』)

우리나라의 혼인 풍속은 3일 후에 상견하는 것을 3일 대반(對飯)이라 부른다. 문정공(文貞公) 조식(曹植)이 말하기를, '모든 것이 주문공(朱文公) 가례를 따르나 친영의 예만은 그 실행에 어려움이 있다. 그러므로 친영의 예를 축소하여 혼례의 처음에 교배와 상견의 예를 행한다'고 하였다.[41]

이렇듯 친영을 국법화하였음에도 불구하고 신랑이 신부집으로 장가가는 오래된 풍습 탓에 친영이 민간에서 자연스럽게 시행되기가 어려웠음을 알 수 있다.

그러나 19세기에 접어들어 신문물이 들어오고 일제의 통치가 시작되면서 점점 혼례 절차가 간소화되고 변화를 보이기 시작한다. 혼인 과정에 시집살이를 전제로 하는 친영 문화가 점점 자리잡게 되는데, 19세기에서 20세기에 이르기까지 서울 지역의 혼례 문화를 살펴보면 혼례를 치른 후 신부가 시댁으로 들어가는 우귀(于歸)가 이전과 달리 빨리 행해진 것이다. 남녀가 서로 배우자로 정해진 이후에도 실제로 합방하고 함께 살게 되기까지 일정한 기간을 뒀던 예전의 관습이 점점 혼례식 당일과 이후 몇일 간의 왕래로 바로 함께 거주하는 결혼 문화로 자리 잡은 것이다.[42] 또한 일제의 태평양 전쟁으로 인하여 갖은 공출, 징용, 위안부 소집 때문에 한 식구라도 입을 덜기 위해서 딸을 빨리 출가시킨다든지, 자녀들의 강제 소집을 막으려고 이른 나이에 급하게 결혼을 시키는 경우가 많았다. 이후에도 6.25 전쟁과 가난, 산업화 시기를 겪은 우리나라의 어려운 시대적 상황에서 비교적 이른 나이에 혼인

---

41 위의 책, 77쪽에서 재인용. 國俗婚姻, 則三日後相見, 謂之三對飯. 文貞公曹植, 一遵朱文公家禮 而親迎之禮, 則有難行之勢. 故裁損之以爲初婚交拜相見之禮, 盖以是爲復古之漸也.

42 "요즘 경성(京城)의 귀가(貴家)에서는 하루 사이에 신랑은 전안(奠雁: 혼인 때 신랑이 처가에 기러기를 가지고 가서 상위에 놓고 절하는 예)을 하고, 색시도 시부모를 뵙고 예물을 드려 이것을 "당일신부"라 하니 이 어찌 친영이 아니겠는가." 今京城貴家, 一日之內, 壻旣委 禽, 婦亦薦贄, 謂之當日新婦, 斯豈非親迎哉? 丁若鏞, 『與猶堂全書』, <嘉禮酌儀>, 婚禮.

한 이전 세대는 그들의 결혼 생활에서 많은 심적 괴로움을 겪었으리라 예상할 수 있다.

2) 시집살이에서 여성의 이방인 의식과 트라우마

조혼(早婚) 금지가 법으로 문서화됨에 따라 결혼 적령기가 늦추어졌다고는 하나, 시집살이담을 살펴보면 20세 이전에 혼인한 여성들이 상당히 많다. 또한 이전 세대 여성들은 대부분 남편이 살던 집에서 부모님을 모시며 시집 식구들과 살아야 했다. 혼인이 한 개인에게 있어 커다란 변화이자 삶의 가장 중요한 문제라는 것은 분명하다. 결혼은 남녀를 불문하고 신랑 신부 모두 자신과 다른 가족 문화에서 자라온 타인과 평생 마음을 맞추어 살아야 하는 과업을 이루어나가는 것이기 때문이다. 특히 시집살이를 하는 여성에게 결혼은 자기 생활의 터전과 가족 문화, 그리고 이전에 맺고 있던 애착 관계들로부터 '분리'되어, 자신의 몸과 마음을 시집의 생활권에 모두 맞추어야 하는 어려운 통과의례인 것이다. 그리고 이 통과의례는 한 번으로 끝나지 않고 매순간 매일 겪으면서 이루어나가는 실시간의 삶이다. 더군다나 이전 세대의 결혼은 평생 함께 살 배우자의 얼굴을 제대로 보지도 못하고 집안의 결정에 따라서 하는 경우가 많았으며, 현대와 달리 혼인 당사자 간의 상호 감정적 교류가 부족하였다.

선을 봤넌디, 우리 이모가 중신을(중매를) 했어. 선을 봤는데, 괜찮다고 그랬는데, 쏙였어, 나를. 우체국 댕긴다구 구래구서는 해서, 가보니께 아무 일두 없어, 남의 집 품팔이 일을 허는 거여. 그래갖구 글쎄 인젠, 시집을 갔는데, 막, 먹구 살게 인제 막연핸 거야. "아, 우체국 댕긴대더니 왜 거짓말 했느냐"구. 그랜게, "어 원래 결혼으는 그렇게 그짓말 허는 거야. 돌아서 그런거

야.” 중신 애비가 그려. 나두 몰랐댜. (경기도 안산시, 최영철, 1940년생, 女)[43]

그래서 오빠말 듣느라구 이렇게 그냥 그 방이루, 큰 방인데 이쪽 들어가구 저쪽들 앉으란 데 앉았는데, 난 그때만 해두 이렇게 보질 못했어. 우리 때만 해도 이렇게 맞보질 못했다구. 그런디 한참 그 식구들은 합격해 가지구서 갔는디 문틈으루 이렇게 내다보니께 선 인상이, 쯧! 남들은 다 잘생겼다는데요, 연분이 아니라 근데 이상하게 인상이 미섭드라구. 그래서 안는다구 안는다구(결혼을 안하겠다고) 해서 냥, 또 거기선 좋아하니께 어떤 땐 막, 막 오는 소리만 들으면 가슴이 덜렁덜렁 해가지구선 막 도망가구… 그렇게 헌 것이 칠월이 선 봤는디 그게 십이월 가진 끌어가지구서는 십이월 딸에 왔는디, (충남 예산, 김영분, 1935년생, 女)[44]

어른들이 허락했는데 안 가면 인제 망신당한다 그거지 인제. 동네 망신당한다고 그래민서 그래는 거야. 그래가지고서는 어떻게 해야 되나 하고 인제 밤에 인제 생각을 하니까 도망을 가까 하고 생각을 하다보니까 밤새도록 두 노인네가 자지도 안하고 지키고 있는거야. 그래가주 할 수 없이 인제 고만 아유…(중략)…할 수 없이 고마 따라야지 어떡하나 싶어서 그냥 완 거지. 그래 가지고서는 결혼을 하게 됐는데…(중략)…거기다가 상할머니(시할머님)는 무서워가지고 상할머니는 그냥 성질이 얼마나 무서운지 몰라. 저, 저 뭐야 우리 시어머니하고 둘이 좀 다퉜다하면 그냥 사흘이고 나흘이고 밥을 안 잡숫고 야단이니까…(중략)…나는 애가 닳아서 인제 자꾸 밥을 갖다 인제 뭐야 드리면서, 잡수라 하면… 그냥 밥상을 그냥 마당에다 휙 집어 내면지면 그냥 안

43 신동흔 외, 『시집살이 이야기 집성 3』, 박이정, 2013, 220쪽.
44 신동흔 외(2013), 위의 책, 336쪽.

잡숫고 이래민서 저거 해서 중간에서 내가 무척 고생했지. (강원도 원주, 구선영, 女)[45]

우리 시어머니가 그렇게 시집살이 시키는 거 아냐? 저기 말도 못하고, 여기 들어오면 가슴이 덜컥 내려앉고 마실이라도 잠깐 가서 없었음 좋겠어, 그때는. 마실도 안 가고 그렇게 시집살이를 시켜요. 아니 뭐 별거 다 시켜요. 가만 있다가도 별안간 뭐 잡아먹는 소리를 하지…(중략)… 말도 못 해고 맨날 시집살이. 물 퍼도요, 펌프 푸면은, 얼른 저기 안 하면, "요년!" 그러고 와서 머리끄댕이 확 끄들르고, 여북해면 내가 한번은 죽을라고 그랬어요. 지금 애들 같으면 그냥 얼른 내빼지. 애들 두고 내뺄 생각은 못하고, 나하나 죽으면 시집살이 안 하겠다, 그 생각 먹고, 앞치마 쓰고 저 물에 가 빠져 죽을라 그래도 몇 번 그래도 못 죽었어. 응, 그래도 목 죽었어요. 애들 때문에 죽을 수가 없더라고. (충북 음성, 이남화, 1936년생, 女)[46]

그랬는데 나를 민며느리로 줬어. 무주구천동 같은 데다가. 동상을 데리고 가는데 날 이사간다고 하니까로, 이사 가는가 했더니, 거기다 갔다가 둘을 띠어놓고(동생과 나만 떼어놓고), 아버지는 그 이튿날 가셨어. 우리 모르게 밤에…그래서 막 물어봐도 소용이 없고 이래 사는데, 산골에 아주 집도 없고 물 암 십리는 가야 되고, 쪼만한 거, "물 이어와라, 방아 찧어라." 말도 못하지 뭐. 열 세 살 먹었는데. 그랬는데 밭 메래, 근데 밭을 멜 줄 모르잖아. 그러면 내일은 언나(어린애) 둘을 맽겨. 언나 보고 너 새 해 와라(새참 해와라). 감자 쪄 와라, 그러더라고. 그러면 언나 둘을 볼 수가 있어? 막 이렇게 도망을

---

45 신동흔 외,『시집살이 이야기 집성 4』, 박이정, 2013, 214-217쪽. 구연자의 출생년도는 구연자의 요청에 따라 기재되지 않았음.

46 신동흔 외(2013), 위의 책, 316-317쪽.

가니까로, 둘은 못 보고 감자 까다가 도망가고, 하나는 업었는데, 감자를 쪄가
지고 갔어. 갔는데 기다리다, 기다리다 시어머니가 들어온 거여. 그리고 감자
를 안 끓고 그러니까 막 뚜드러 패더라고. 막 뚜드러 패니까로 내가 맞아야지
어떻게 해? 그래서 실컷 울고서는 이제, 친구 보고 싶지, 아부지 보고 싶지,
동생하고 둘이 댕겼는데, 내가 아이고 죽어야지, 이러다 살 수 있나? 죽을라고
동상을 데리고 밤에 이제 산에 가면 호랭이 물어간다 그러기에, 산을 갔어요.
(충북 제천, 조미영, 1933년생, 女)**47**

이처럼 이전 세대 여성들은 혼인 상대자나 결혼 시기가 내키지 않았어도
집안 어르신들의 명이 떨어지면 할 수 없이 결혼을 해야 하는 경우가 많았다.
또한 남편과 시집 식구들이 유별나더라도 그 성품에 맞추어 살아야 했으며,
이러저러한 조건들과 '가난'이 겹치면 생활의 이중고를 겪어야 했다. 요즘
세대와 달리 이들은 혼인 당사자들이 선택하는 결혼을 하지 못했다. 결혼은
그저 때가 되면 부모님께서 정해주신 혼처에 따라 했으며, 남들처럼 노동하
며 자식을 낳고 키우는 것이 자기 삶의 미래라고 인식하였다. 그러했기 때문
에 혼처가 맘에 들지 않고, 당장 결혼하는 것이 싫더라도 여성들은 도리없이
받아들이고 시집을 갔다. 그리고 낯선 사람들의 공간 속으로 들어가 육체적·
심리적으로 감당하기 힘든 여러 가지 변화들을 빠른 시간 내에 수용해야
했다.

이전 세대 여성들의 시집살이담에서 나타나는 공통적인 어려움들은 크게
두 가지로 나눌 수 있는데, 첫째는 시집 식구들과의 관계에서 겪는 것들,
예를 들면 시부모 시집살이, 남편 시집살이, 자식 시집살이가 그러하다. 인격

---

47   신동흔, 「시집살이담의 담화적 특성과 의의―'가슴저린 기억'에서 만나는 문학과 역사」,
『구비문학연구』 제32집, 한국구비문학회, 2011, 14쪽.

적으로 존중받지 못하는 설움, 뜻대로 되지 않는 가족 관계에서의 어려움은 '스스로 목숨을 끊고 싶다'[48]는 생각을 하게 만들 정도로 극심한 심리적 좌절감을 동반하였다. 두 번째는 외부적 환경에 관련된 것으로 역사적 사건이나 가난으로 인한 어려움이다.[49] 가뜩이나 먹고 살기 어려웠던 시절에 가난한 집으로 시집 온 여성들은 그들의 체력으로 감당하기 어려운 여러 가지 일들을 해야 했다. 예를 들면 농사(농사는 가장 힘든 노동이다), 길쌈, 품팔이, 식구들의 식사 마련을 해야 했고, 그 와중에서도 자녀를 출산하고 키우는 강도 높은 노동이 하루하루를 고단하게 하였다. 또한 시집살이의 어려운 요소들은 단독으로 작용하지 않고 서로 복합적으로 작용하는 경우들이 많았기에 이 세대의 여성들에게 결혼은 말 그대로 고난의 시작이었다.

이전 세대의 결혼 과정과 생활은 <선녀와 나무꾼>의 이야기와 유사하다. 집안끼리 혼담을 정했던 탓에 배우자 선택권이 없었다는 것(선녀와 나무꾼 모두 배우자감으로서 구체적인 인물 선택권이 없었음), 그나마 남자의 집안에서 적극적으로 혼처를 구하러 다녀서 혼사가 이루어졌다는 것(나무꾼이 연못으로 가서 선녀들 중에 제일 막내로 보이는 선녀의 옷을 훔침), 자손을 낳아야만 아내, 며느리, 어머니로서의 삶과 그들의 정체성을 인정받을 수 있었다는 것(아들을 몇 명 낳아야 날개옷[50]을 준다고 함) 등이 그러하다. 따라서 옛 시대의 여성들이 시집살이를 하며 친정 식구들과 고향이 그리워 남모르게 눈물을 많이 흘렸다는 이야기는 <선녀와 나무꾼>에서 잘 나타나지 않는 선녀의 슬픔과 그리움의 정서를 짐작하게 한다. 선녀 또한 원하지 않은 때에 원하지 않은

---

48   실제로 시집살이담을 살펴보면 여성들이 시집살이가 너무 힘겨워 자살을 생각한 적이 있었다는 이야기가 꽤 자주 발견된다.

49   김경섭, 「여성생애담으로서 시집살이담의 의의와 구연 양상」, 『겨레어문학』 제48집, 겨레어문학회, 2012, 15쪽 참조.

50   선녀에게 날개옷은 자신의 징체성과 같다.

남성과 갑작스럽게 부부가 되었고, 하늘나라에서는 해 보지도 않았던 농사일과 어른 봉양을 하며, 자녀를 낳고 어머니가 되었다. 결국 날개옷을 돌려받고는 아이들을 안고 하늘로 떠난 선녀의 이야기는 현실의 여성들에게는 시도될 수 없는 행위지만, 남편을 버려둔 채 미련없이 하늘로 떠나는 선녀의 행위는 그만큼 시집살이에서 벗어나고 싶었던 여성들의 마음을 대변한다. 이전 세대 여성들이 시집살이를 한숨과 눈물 섞인 '가슴 저린 기억'[51]으로 인식하는 것은 그 시대의 결혼이 주변 사람들의 축복을 받고 행복을 꿈꾸는 새로운 시작이 아니라, 나이가 차면 싫든 좋든 자신의 가족과 터전에서 '분리'되어야 하는 통과의례였으며, 자신에게 낯설고 배타적인 공간에서 권리는 없이 의무만 요구되는 노동의 삶이 지속되는 슬픔과 고통의 과정이었기 때문일 것이다. 그런 의미에서 과거 이 땅의 여성들에게 결혼과 시집살이는 고난과 슬픔, 즉 가슴 저림을 집단의 기억과 공유된 정서로 가지고 있다.[52] 경험담이 내포하는 이러한 의미들을 고려한다면 한국 여성들의 시집살이담에서 나타나는 비슷한 패턴들—고부갈등을 비롯한 시집과의 갈등, 남편의 외도, 병든 시부모 봉양, 가난 같은 질곡의 삶과 서러움의 파토스는 여성들의 결혼 생활에 관한 집단 기억과 슬픈 정서의 보편성을 구성한다.

시집에서 여성들은 이방인으로, 노동력을 제공하는 일원으로, 그리고 대를 이을 아들을 낳아야 하는 며느리로 인식되었으며, 심지어 남편이 외도를 하거나 군대에 가서 부재한 경우에 그들의 존재는 더욱 쉽게 무시되었다. 남편이 곁에 있었다고 해도 당시 바깥일을 하는 남자들은 집안일에 거의

---

51   신동흔(2011), 앞의 글.

52   "경험이란, 행동과 그에 따르는 감정뿐 아니라 행동과 감정에 대한 개인적 성찰을 포함하는 개념이고 따라서 주관적일 수밖에 없다. 또한 개인의 회상을 통해 말하여진다는 점에서 이야기하는 사람이 삶에 대하여 부여하는 주관적인 의미, 주관적 해석이 포함된다." 한경혜, 「생애사 연구를 통해 본 남성의 삶」, 한국가정관리학회 제38차 추계학술발표대회자료집, 2005, 13쪽.

무관심하기 십상이었다. 때문에 시부모와의 갈등, 남편과의 애정 부족과 같이 우호적이지 않은 관계 속에서 여성들은 유일하게 자신을 따르는 자녀들에게 의지할 수밖에 없었다. 특히 집안에서 자신의 지위 보전에 지대한 영향을 끼치는 아들의 존재는 남편보다 더 강력한 방어막이 되었을 것이다. 보편적으로 모성(母性)이 강하다고는 하지만, 아마 한국의 이러한 전통 혼인 제도와 가족 문화 안에서 모자 관계, 곧 아들을 향한 어머니의 애정과 집착은 다른 문화권보다 더 강하게 나타난다고 보인다. 그리고 이러한 관계의 성격이 <선녀와 나무꾼>의 비극적 결말에 일면 반영되고 있다.

한편 <선녀와 나무꾼>을 구연하는 여성 제보자들의 이야기를 시집살이담과 관련하여 살펴보면 흥미로운 점들이 있다. 먼저 선녀와 나무꾼의 결혼 생활에 관한 장면들이 남성 구연자들에 비하여 거의 재현되지 않으며(남성들은 그 결혼 생활을 꿈 같은 시간으로 그린다), 그들의 화소의 선택과 결말에서 가장 많은 비중으로 나타나는 유형은 나무꾼이 천상으로 올라와서 아무런 시험을 거치지 않고 선녀와 자녀들이 다시 만나 함께 산다는 이야기이다.[53] 남성 구연자들의 이야기에서 나무꾼이 천상 시련을 겪고 극복하는 화소들이 거의 빠짐없이 나타난다는 점과 확연히 다르다. 이것이 의미하는 바는 무엇일까?

시집살이담을 보면 대부분의 여성들은 남편이 외도를 하거나 집안일에 무관심해서 자신의 시집살이를 눈치채지 못했어도, 심지어 남편이 더 구박하는 경우에도 여성들은 남편이 자녀들의 아버지라는 생각 때문에 큰소리 한번 제대로 내지 않고 묵묵히 부부의 관계를 유지한다. <선녀와 나무꾼>을 구연하는 여성 제보자들의 이야기에는 그러한 태도들이 잘 나타나 있다.

---

53 본 연구에서 여성들이 구연한 <선녀와 나무꾼>의 자료는 총 18편이다. 그중에서 나무꾼이 천상에서 시험을 치르지 않고 선녀와 결합하는 유형(시험無+결합)은 9편(50%), 시험을 치르고 결합하는 것(시험+결합)은 4편, 시험을 치르고도 금기를 어겨 결별하게 되는 것(시험+결별)은 3편, 시험도 치르지 않고 결별하는 것(시험無+결별)은 2편이다.

그래서 인제 그건 참 우물에 가서 앉아 있으니깐, 정말 두레박이 사슴이가 가르쳐준 대루 내려와서 그걸 풀 쏟구 거기 들어앉어 올라갔드니, '인간세 사람들이 올라왔다'. 구 다른 사람들은 참 비웃구 학대가 신데(센데), 그래두 그 부인은 아들 형젤 생각해서 그 남편을 찾어서 같이 천상 극락에서 잘 사드래요. (경기도 남양주, 이순희, 女)[54]

"에라, 저 안 된다. 저 저 내라 주머 안 되고, 썩은 두룸박을 하나 내라 주머 타고 올라오다가 떨어져 못에 빠져 죽어 뿌리거로(죽어 버리게)." 썩은 두룸박을 내라 준 쿤께, 애기를 둘이나 낳고 하룻밤을 쌓아도 만리성을 쌓아라고, 애기를 둘이나, 아들을 둘이나 낳아 놓고 델고 올라갔는데, 우째지 가장 직이고 짚겠는교(싶겠는가요?) (경남 의령, 안복덕, 女)[55]

선녀 승천 이후에 벌어지는 다양한 유형의 이야기들에서, 나무꾼이 시험을 치르는 화소를 보면 선녀는 나무꾼을 사위로서, 자신의 남편이자 아이들의 아버지로서 하늘나라 식구들(장인장모, 처형, 처남, 동서 들)에게 인정받게 하려고 어느 때보다 나무꾼을 조력한다. 그러한 조력은 부부로서의 애정 관계를 기반으로 한다기보다는 자녀들의 뿌리이자 보호자로서, 그리고 '다른 가족들과의 관계'를 기반으로 이루어지는 것임을 알 수 있다.[56] 더군다나 여성 구연자들의 이야기에서 '나무꾼의 시험 無+결합' 유형이 가장 많이 발견되는 것은 여성의 입장에서는 자신의 남편이 특별한 능력을 가지거나

---

54 『대계』 1-4(경기도), 798-799쪽.

55 『대계』 8-11(경상남도), 275쪽.

56 나무꾼이 하늘로 올라오는 것을 아이들이 제일 먼저 보고 선녀에게 알리는 것도 이와 같은 맥락에서 의미가 있다. 본 연구에서 대상으로 한 이야기들을 보면, 나무꾼을 보고 아이들과 함께 기뻐하는 선녀의 모습이 나타나기도 하지만, 선녀가 나무꾼을 친정 식구들에게 소개하기 전에 고민하는 모습도 많이 나타난다.

다른 사람들의 인정을 받는 것이 결혼 생활에 중요한 조건이 아님을 나타낸다. 나무꾼이 자신의 터전으로 올라온 것만으로도 선녀는 그를 아이들의 아버지로서 가정의 가장으로서 받아들인다. 곧 여성들에게는 힘든 시집살이를 벗어나 자기가 익숙하고 편한 공간에서 아이들과 함께 사는 것, 그리고 남편이 아이들의 아버지로서 그곳에서 함께 생활하는 것만으로 결혼 생활을 영위할 수 있다고 생각한 것은 아니었을까? 옛이야기가 전승 집단의 가치관이나 이상을 반영한다면, <선녀와 나무꾼>을 구연하는 여성들의 이상적인 부부 관계나 결혼 생활은 아마도 이와 같았으리라 유추할 수 있다.

3) 가부장 문화에서 남성의 자기 터전을 향한 애착과 봉양 의무감

남성들의 구술생애담, 그중에서도 결혼에 관련된 구술 자료는 여성의 그것에 비하여 많이 조사되어 있지 않다. 몇 안 되는 남성 생애사 연구나 남녀 구연자들의 특징을 비교 대조한 연구들을 보면, 대체로 남성들이 "생애 사건을 기술하는데 있어 준거점을 주로 직업 경로 및 거시적 사건"[57]에 둔다면, "여성은 가족적 사건에 치중하는"[58]경향을 보인다. 또한 여성들이 주로 가족 설화, 소화(笑話), 신이담, 동물담 등[59]과 같은 가벼운 이야깃거리를 화제로 삼는 것에 비하여, 남성들은 마을이나 특정 가문공동체에 관련한 이야기들, 혹은 역사적 맥락이 강한 이야기들을 선호하는 것[60]으로 보인다. 예를 들면

---

[57] 한경혜(2005), 앞의 글, 27쪽.

[58] 한경혜(2005), 앞의 글, 27쪽.

[59] 통계에 따른 순서는 다음의 논문을 참조함. 김영희, 「구전이야기 연행과 공동체 경계의 재구성」, 『동양고전연구』 제42집, 동양고전학회, 2011, 158쪽.

[60] 남성 노인들의 이야기판에서 사화·실담류에 대한 청중의 반응이 대부분 긍정적인 점도 남성들이 정치나 역사와 같은 정보성을 담지한 이야기를 선호하는 것에 관련된다. 신동흔 외, 「도심공원 이야기판의 과거와 현재」, 『구비문학연구』 제23집, 한국구비문학회, 2006,

마을 지명 유래담, 마을의 자랑스러운 인물이나 특정 성씨에 관한 이야기가 그러한데, "대체로 토박이 주민들만 연행하는 이야기이며 해당 이야기를 알거나 연행할 수 있다는 것이 특정 단위 지역 공동체, 곧 특수한 마을 공동체에 소속된 존재임을 증명하는 이야기들"[61]이다. 실제로 『구비문학대계』와 『증편 구비문학대계』에서 '마을'에 관한 이야기를 보면 대부분 남성 구술자들의 제보가 많다. 이는 남성들 대부분이 스스로 '소속 집단'을 중시하면서 집단 내에 '자기 정체성'을 추구하려는 경향과도 관련한다.[62]

이러한 맥락에서 <선녀와 나무꾼>을 구연하는 남성들의 이야기에서 가장 많이 발견되는 화소가 나무꾼의 '천상시련'이라는 것은 특기할 만하다. 여성 구연자들의 이야기와 달리, 남성 구연자들의 이야기에는 나무꾼이 천상에서 '시험'을 치른 후에 가정과 결합하는 결말이 가장 많이 나타난다.[63] 그리고 구연자들의 태도에서도 나무꾼의 천상시련과 그것의 극복은 남자로서 가장으로서 그가 자신의 정체성을 확인하고 지위를 인정받는 것과 같은 것으로 나타난다.

아 이놈(화살촉)을 갖다주니께 참, "인간사위, 인간사위." 하늘사위는 뭐

551쪽 참고.

61　김영희(2011), 앞의 글, 159쪽.

62　"중세 한국남성의 자기서사가 개인의 독특한 정체성을 문제 삼거나 혹은 공적이고도 사회적인 정체성을 중시한다는 점은 여성의 자기서사와는 사뭇 구별되는 특징적인 면모라고 할 수 있겠다." 박혜숙, 「여성 자기서사체의 인식」, 『여성문학연구』 제8권, 한국여성문학학회, 2002, 16쪽.

63　이 책에서 대상으로 삼은 <선녀와 나무꾼>의 남성 구연자들의 각 편은 총 19편으로 그중에 10편이 '나무꾼의 시험+결합' 유형(52%)이다. 그 다음으로 '시험+결별'이 3편, '시험無+재회'가 3편, 시험無+결별이 3편이다. 곧 시험 화소는 총 19편 중에 13편을 차지한다. 이는 나무꾼과 선녀의 재결합 여부를 떠나서 남성 구연자들이 나무꾼이 남편과 사위로서 선녀와 처가에 자신의 지위를 인정받는 것을 필수 과정으로 생각하고 있음을 나타낸다.

돌두 안 돌아봐. 아주 뭐 꺼꾸루 돼서 아주 인간사위면 고만이여. 노다지 아주 인간사위여. 아 그래갖구 거기서 과거를 보는데 아 시람이 장원급제를…그 사람이 이름이 메꾸리여. 그 때서, "메꾸리 쉬이."하구 하늘나라에서 베실해가 주구 살았어. (충남 아산군 영인면, 유중손, 男)[64]

그래 장인헌테 떡 갖다가, 두 내우가 가서 인제 바치구서 절을 허니깐두루, "이게 실지가(진짜냐)?" '이게 내가 이거 잘못했다.'는 걸 이제 그 때 깨달았 어. '그 하늘- 이 사람을 갖다 괄세를 했구나!' 인제 큰 사우 둘째 아 사우는 개돌- 아 주 개도토리루 생각해. 이 사우만 이렇게. [두 손으로 받드는 시늉.] 그래 여적지- 시방 그저 그 사람두 아주 그냥 뭐 굉장히 잘 허구 살지. (경기도 남양주군 와부읍, 박운봉, 男)[65]

그래 저거 마느래가 생각해 '이런 사람은 하여간아 넘의 집을 살고, 없이 살았더래도 그래도 다 참 하늘에서 아는 사람이라디 아는구나. 그렇지 안하고 야 그 쥐뿔 떼서 오기는 만무하다.' 이기라. 그 옥황상제님한데 떠억 갖다 바치잉께, "그러면 그렇지 지하에서 천상꺼정 올라온 님이 어느 거석이 있어 서 올라왔지. 그 쥐국에 가면 죽는다. 인자는 내가 그런 짓 안할데잉께 그 저 여게서 갖다가 잘 살아라." 그래하고 그 삼(사람)들이 거서 잘 살드래아. (경남 거창군 북상면, 권기동, 男)[66]

그러니께 그걸 인저 옥황상제 앞이다 바쳤다 말여. 아! 참! 인간사위 참! 제주 용하다구 말여. 그 뭐, 큰 사위드른 다 젖혀 놓고 이눔만 그냥 아주

---

64 『대계』 4-3(충청남도), 413쪽.
65 『대계』 1-4(경기도), 715쪽.
66 『대계』 8-6(경상남도), 145쪽.

뭐 칙사대우허더랴. (충남 대덕군 신탄진읍, 오영석, 男)[67]

남성들이 구연하는 <선녀와 나무꾼>은 대체로 여성들의 이야기에 비하여 서사가 길고 짜임새가 있다. 가장 큰 이유는 천상시련 화소가 거의 빠짐없이 나타나기 때문인데, 그 외에도 이야기 초반에 동물 보은담(먹을 것을 주어 키운 쥐나 고양이에 관한 이야기)[68]과 선녀와 이룬 결혼 생활에 관한 설명도 많이 나타나기 때문이다. 나무꾼이 시험을 치르고 통과하는 장면에서 나타나는 경쟁과 승리, 그로써 얻어지는 사위라는 지위는 전형적인 영웅 서사의 전개와 비슷하다. 그러므로 그들의 이야기를 통해 보면, 남성에게 처가는 자신을 배척하는 사람들에 맞추어 적응할 곳이 아니라, 보통 사람이라면 쉽게 할 수 없는 비범한 일을 그곳에서 해냄으로써 자기 능력을 인정받고 대접받는 곳으로 그려지고 있다. 실제로 이전 세대 여성들이 시집을 자신에게 요구하는 것들을 해내고, 핍박을 견뎌야 하는 공간으로 인식한 것과는 대조적이다. 그리고 나무꾼이 처가에 살게 되면서 얻는 지위는 자신의 세력, 즉 선녀와 자식들, 자기가 도와주었던 동물들(사슴, 쥐 등)의 도움으로 가능한 것이다. 남성들이 집단 내에서 소속감을 공유하려고 하면서도 지속적으로 개별화를 지향하며 자기 정체성을 획득하려는 경향이 이야기 구연에서도 드러난다.

한편 앞서 언급했듯이, 우리나라는 조선시대부터 나라에서 혼례와 관련하여 친영(시집살이)을 권장하는 규범을 만들었지만 그것이 금방 보편화되지는

---

67 『대계』 4-2(충청남도), 228쪽.

68 남성들의 이야기에서 쥐 보은담은 총 19편 중 9편(47%)이 발견된다. 나무꾼은 대체로 몹시 가난하여 장가도 못 가는 사내로 등장하지만, 마음씨가 착하여 쥐를 돌봐주고 후에 그 쥐가 나무꾼이 마지막 천상 시험을 통과하도록 도와준다. 나무꾼이 시험을 통과한 후 받게 되는 보상은 아내를 비롯한 동물들의 조력을 통하여 이루어지지만, 그들의 이야기에서 이러한 조력의 근원은 동물을 도와주었던 나무꾼의 '선한' 마음씨였음을 강조한다.

못하다가, 19-20세기에 들어서면서부터 여성의 시집살이 결혼 문화가 일반화되었다. 그 때문에 남자들은 여자들과 달리 결혼을 계기로 자신의 '집과 터전을 떠나는 경험'을 할 필요가 없었다. 곧 이사나 돈벌이를 위하여 타지로 나가지 않는 이상(나갔다고 하여도 대체로 결국에는 고향으로 돌아왔다), 최소한 이전 세대의 남자들은 자신들이 태어난 고향에서 벗어나지 않았다는 말이다. 이는 결혼과 함께 원가정으로부터 '분리'되는 과정과 그 심리적 상태가 여성의 그것과 확연히 다를 수 있음을 암시한다.

이전 세대 대부분의 남성들에게 결혼은 여성에 비하여 잃는 것이 적었던 통과의례였다고 할 수 있다. 신부는 혼인과 동시에 자신이 살던 터전을 떠나야 했지만, 신랑은 자신이 살던 집에서 아내를 맞았고, 신부는 다른 자매나 어머니와 함께 식사를 준비하거나, 혹은 전혀 음식을 하지 않다가 시집에 와서 매 끼니를 준비해야 했지만, 신랑은 끼니를 챙겨주는 사람이 어머니나 누이에서 아내로 바뀌었을 뿐이었다. 남편은 아내를 얻으면서 힘든 농사일도 나누어서 할 노동력까지 얻었지만 아내는 자식을 낳고 육아와 살림을 도맡아 해야 했으며, 그마저도 출산 때마다 아들을 낳지 못하면 몸조리도 제대로 못한 채 농사일을 하며 눈칫밥을 먹어야 했다. 또한 남편은 바쁜 농사일이나 직장 일을 핑계로 육아나 집안일에 참여하지 않았으며, 출산의 고통은커녕 딸을 낳았다고 하여 직접적으로 비난받을 일이 없었다. 아들을 낳지 못한 것은 오로지 여성의 탓이라고 인식되었기 때문이다. 즉 이전 세대의 혼인 문화에서 남성은 여성에 비하여 '낯선 곳', 그리고 '이방인으로서 배척당하는 곳'에서 자신을 발견하고 단련하면서 이루어지는 '성장'을 경험할 수 없었다. 노인 남성들의 구술담에서 자주 나타나는 자기 터전에 대한 애착, 토박이로서의 자부심, 마을에 관련한 정보들도 이러한 혼인 문화와 관련이 있는 것으로 판단된다.

'나무꾼 지상회귀형(수탉유래담)' 이야기에서 금기를 어겨 지상에서 수탉이 된 나무꾼을 부정적 아니마를 극복하지 못한 남성의 '퇴행'으로 보는 심리학적 관점도 이러한 면에서 설득력을 지닌다. 그러나 필자는 이러한 비극적 결말이 혼인을 통해 '분리'를 경험하지 못한 남성들의 딜레마를 보여준다고 생각한다. 근세기의 결혼 문화와 가부장적 가족 제도의 문화에서 남성들은 자기 터전에서 땅을 일구고, 그곳에서 집성촌을 이루며 씨족 가문을 이어왔다. 자기 고향을 떠나 객지에서 산다는 것은 자신의 뿌리와 기반을 잃는 것과 같았으며, 객지에 나가 큰돈을 벌었어도 결국 고향으로 돌아왔던 이전 세대의 남성들에게 귀소본능은 자연스러운 정서였다. 그들에게는 자기가 살던 터전에서 부모를 모시고 동생들을 가르치고(장남의 경우 더 심함), 나아가 자기 가문의 일과 마을 대소사를 돌보는 것을 보람있는 일로 여기는 경향이 있다.[69] 실제로 고향에서 군대를 다녀온 기간 빼고 토박이로 살아온 반촌(班村)의 남자들은 마을에서 존경받는 어른으로 대접받는다.

<선녀와 나무꾼>에서 나무꾼은 처음에 선녀와 자식들과 헤어지고는 가정을 찾겠다는 일념으로 천상으로 찾아간다. 하지만 생활이 안정된 후 지상에 있는 어머니나 친척을 뵙고 오겠다는 생각을 하게 되면서 또 다른 갈등이 시작된다.

그래서 거기서 한참을 사는데 이 나뭇꾼이 가만히 생각하니까 늙은 어머니를 이렇게 혼자 두고 혼자 와서 아무리 호화롭고 좋은 생활을 한다 해도 참

---

69 서당에 다녀 문자속 깊은 할아버지는 연초면 동네 사람들 토정비결도 봐주고 혼인날도 잡아주고 애기들 작명도 해주었다…당제 유사를 뽑는 막중한 일을 맡고 있기도 하다… "오늘도 선산에 성묘하고 오다가 손자들 데꼬 삼부자 다섯이가 당주할마이한테 인사드리고 왔어. 문 앞에 계단 앞에서. 땅바닥에 엎드려서 두 자리 반, 긍께 재배하고 반절을 했어… 어떤 사람들은 자식들 땜에 서울 가서 쇠는디, 나는 일부러 추석 설을 여겨서 쇠. 그래야 자석들이 한 번이라도 고향을 더 찾제. 명절에도 안오문 고향이 여영 멀어져불어."(전남 완도군 넙도, 김양배, 男, 83세), 『전라도닷컴』 203호, 2019년 3월호, 43쪽.

걱정이거든요. 그래서 그냥 즈 자기 쳐보고 이야기를 했어유. "아시다시피 어머니가 지금 깊은 산기슭에서 혼자 사는데 내가 다시금 오더래도 한 번만 보고 올라 왔으면 좋겠다."…(중략)…그래서 막 인사를 하고 갈려구 하는 판인디 자기 어머니가 부엌에 들어 가면서, "지금 호박죽이 다 끓었으니께 너 참 그렇게 맛있게 먹던 호박죽이나 한 그릇 먹고 가라."구. 그래 약간 좀 멈췄어요. 자기 어머니 참 그 소원이 참 저기하다구. (충북 청주시 탑동, 이근식, 男)[70]

인제 그 선녀랑 애덜이랑 만났지. 만나설랑 인저 참 잠시라두 또 유쾌한 참 재미를 보다가 결국은 마누래두 좋구 자식두 좋지만, 나는 어머니한티 질 딱하거든(제일 딱하다는 말로, 어머니한테 제일 마음이 약하다는 뜻임). [청중: 그렇지 그렇지…음.] 그래 자기 마누래보구 그랑 겨. "나는 지하에 계시는 어머니가 나를 하나 길러 가지구서 후세 영화를 볼라구 이렇게 고상을 하셨는디 지금 우리 내외만 좋고 살면 안 됭게, 어머니를 가서 내 보고 올 수가 읎느냐."닝게, "아 보고 올 수가 있다."구. 그래 부모한티 그렇게 효성이 있응께 인저 선녀두 그걸 이해를 형 게지. [청중: 그렇지 암만…] …(중략)… 내려와서 즤 어머니를 만나닝께 "너 인저 오느냐."구 막 그냥 한 번 울며 어쩌구 나오는디 자식치구설랑은 말이 올란져서 인사할 도리가 어딨느냔 얘기여. [청중: 그럼 그게야 그렇지…] 펄쩍 뛰 내렸단 말여. 말은 그냥 깜짝 놀래서 천상으로 올라갔지. (충남 대덕군 구즉면, 김홍진, 男)[71]

거기서 그러고 살다 본께, 아들 한 두어 행제(형제) 인자 낳았던 모영이지.

---

70 『대계』 3-2(충청북도), 257-258쪽.
71 『대계』 4-2(충청남도), 345쪽.

낳아갔고, 그렇게 고모가 밉게 하고 밉게 했어도 고모집을 가고 싶거든. 그래 인자 저거 마느래 보고, "나 고모집에를 좀 가고 싶는데 어짜거냐?" 그란께, "지금 가서는 안 된다."···(중략)···그래 인자 내려오서 저거 고모집이로 온께, 앗따 좌우간 천방지방 반가이하고 기양 다시 없게 그래하거든. 그래 막 점심 묵고 가라고 어짜고 해쌓는디, 말이 인자 한 번 울어. "갈란다."고 그런께, "아이, 조까마 더 앉앙서 이액(이야기) 좀 하고 가라."거든. 또 인자 두 번 울어. 그래 나선께 꽉 잡고는 못 가게 한디, 말이 세 번 울었어. 세 번 운 뒤로 올라가서 말을 타러 간께 말은 뱉뱉이 기양 가불고 없어. (전남 고흥군 도양읍, 장갑춘, 男)[72]

남성들의 구연에서 알 수 있듯이, 나무꾼이 홀로 계신 어머니를 걱정하는 마음이나 자기를 구박했던 고모였더라도 한번 뵙고 오려는 마음은 남성들의 자기 터전에 대한 애착을 상징한다. 어머니 품과 같은 고향, 모질게 대했더라도 다시 돌아온 조카를 반갑게 맞아주는 고모는 오래도록 떠나있던 고향 땅을 다시 밟은 남성들의 심리를 보여준다. 물론 익숙한 자신의 터전을 그리워하는 마음은 인간 보편 심리지만, 나무꾼의 지상 회귀는 단순한 향수를 넘어 홀어머니 봉양에 대한 '의무'를 다하지 못한 '자책'이 섞여 있다. 이것은 자신을 낳아주고 길러준 어머니를 향한 일종의 채무 의식과도 같이 나타난다. 그리고 부모를 위하려는 나무꾼의 도리 의식은 급기야 스스로 금기를 어김으로써 자신의 구성가정으로부터 단절되는 결과를 가져온다.

이러한 점에서 <선녀와 나무꾼>에 나타나는 대표적인 금기 두 가지가 모두 나무꾼에 의해 깨진다는 것은 주목할 만하다. 첫 번째로, 아이를 셋 낳을 때까지는 선녀의 날개옷을 돌려주지 말라는 사슴의 금기는 나무꾼이

---

72   『대계』 6-3(전라남도), 115-116쪽.

'가장'이자 '남편'으로서 역할을 적절히 수행하지 못한 결과라고 볼 수 있다. 왜냐하면 나무꾼은 결혼 생활 덕분에 얻게 된 안정과 자신만의 행복에 도취되어 선녀의 마음을 헤아리지 못했을 뿐만 아니라, 그들의 혼인 관계가 지닌 위태로움을 인지하지 못한 채 선녀에게 날개옷을 돌려주었기 때문이었다. 두 번째로, 나무꾼은 어머니를 위하는 '아들'의 도리를 지키려다 말에서 내리면 안 된다는 선녀의 금기를 깨고 만다. 그는 선녀의 남편이자 자녀들의 아버지이기도 하지만, 지상에 내려온 순간 어머니의 아들 역할에 더 충실하려고 한다. 즉 나무꾼은 양쪽 집안 가장의 역할 사이에서 단호하게 행동하지 못함으로써 결국 고향집을 지키며 하늘만 바라보고 우는 수탉이 된다. 날개를 지니고는 있지만 결코 멀리 날지 못하고 땅에서만 사는 닭의 모습은 어쩌면 원가정과 구성가정 사이에서 발생하는 갈등을 해결하지 못하고 시부모님이나 본가 중심으로 결혼 생활을 했던 이전 세대의 남성들을 은유한다. 자연스럽게 발생하는 자신의 구성가정을 향한 '애정'과 부모 봉양 및 가문과 터전을 지켜야 한다는 '책임감'은 '나무꾼 지상회귀형'(수탉유래형)에 나타난 이전 세대 남성들이 겪은 결혼 생활의 딜레마이며, 이는 곧 그들의 집단 기억이자 공유된 정서이기도 하다. 실제로 이전 세대 부부들의 많은 가정에서 노년의 어머니는 자녀들에게 둘러싸여 친근한 유대를 형성하는 것에 비하여, 노년의 아버지들이 자녀들과 소통에 어려움을 겪고 그들로부터 심리적 소외를 느끼는 양상은 지상에 떨어져 수탉이 된 나무꾼의 모습과 유사하다.

나무꾼에 의한 금기의 파괴는 혼인하여 자녀까지 낳았음에도 성장하지 못한 남성의 일면을 반영하기도 한다. 나무꾼은 구성가정을 유지하기 위한 사슴의 금기도, 처가에서 어렵사리 얻은 인정과 가정의 재결합을 도모하는 선녀의 금기도 모두 지키지 못한다. 확고한 결단을 내려야 하는데도 난감한 상황이 조성되면 머뭇거리는 남자, 그래서 약속을 지키지 못하게 되는 나무꾼은 '말(조언)을 듣지 않는 남자'의 모습을 떠오르게 한다. 게다가 나무꾼은 두 가지 금기를 모두 지상에 있는 '자기 터전'에서 어겼다. 그는 자신의 터전에 있거나 자신의 터전으로 돌아온 순간 조심해야 할 것을 조심하지 않고 지켜야 할 약속을 지키지 않는다. 그가 낯선 곳에서 자기를 발견하고 단련하는 경험은 오로지 천상에서뿐이었다. 일반적인 영웅 서사, 신화, 다른 많은 이야기들에서도 주인공은 공간을 넘나들며 이전과는 다른 모습으로 성장한다. 그러나 수탉유래형 이야기에서 나무꾼은 천상에서 시련을 극복하고도 지상으로 다시 잠깐 회귀한 순간, 옛 지상에서의 환경과 관계의 관성에 따라 행동하고 만다. 자기가 머물던 터전에서 혼인 생활을 영위했던 이전 세대의 남성들이 여성들에 비하여 더 보수적인 성향을 띠는 현상도 이와 같은 맥락에서 이해할 수 있다. 그들에게 자신의 터전과 원가정으로부터의 완전한 '분리'는 받아들여질 수 없는 것이다.[73] 또한 터전에서 분리를 경험하지 못하므로 그들은 괄목할만한 성장도 이루지 못한다.

4. 고난과 성장으로서 결혼 생활

지금까지 <선녀와 나무꾼> 이야기에서 성별 구연의 차이, 이전 세대들의 혼인 관습과 가족 문화, 그들의 결혼담이나 생애사를 바탕으로 <선녀와 나무

---

[73] 한국 사회의 장남과 그의 아내를 통하여 한국의 가족 문화를 연구한 김현주는 다음과 같은 인터뷰들을 통하여 한국의 장남들이 동거와 분가를 어떻게 인식하고 있는지를 보여주었다. "부모님하고는 왜 같이 살고 싶으세요?" "'왜'라는 건 없어요. '왜'라는 건 없는데, 제가 계속 어렸을 때부터 생각을 한 게, 부모님하고 같이 살아야 된다고 생각을 했거든요. 그러다 보니까 '왜'라는 이유는 없고 그냥 당연히 부모님을 모셔야 된다…" … "같이 살면 좋은 거는 어떤 건가요?" "…일단 애를 키울 때 가족적인 유대 안에서 도움을 받고요, 또 심리적으로 안정이 된다고 그럴까요." "누가요?" "저도 그렇고 부모님들, 노인네들이 따로 계시면 불안하잖아요?" "아내도 심리적으로 안정을 갖고 계신가요?" "그런거 같지는 않더라구요."(서규철, 30세) 김현주, 『장남과 그의 아내』, 새물결, 2001, 156-160쪽.

꾼>에 나타나는 '분리'의 문제를 살펴보았다. 결혼으로 인한 원가정으로부터의 '분리'는 선녀와 나무꾼, 그리고 이전 세대 부부의 성별에 따라 다르게 의미화된다고 볼 수 있다. 선녀에게 '분리'는 낯선 세계에 갑자기 던져짐으로써 불안과 공포를 수반한다. 선녀는 준비되지 못한 분리를 극복하지 못하고 하늘로 돌아가지만, 이윽고 따라온 나무꾼을 다시 만나자 선녀는 그와 함께 어려움을 극복하고 자신의 구성가정을 재결합한다. 이전 세대 여성들에게도 혼인으로 인한 '분리'는 불안이자 공포였다. 하지만 그것은 동시대 여성들에게 부과된 공통된 과제로서 한편으로는 각오해야 할 고통이었고 스스로 감내해야 하는 것이었다. 결국 현실 세계 여성들에게 혼인으로 인한 '분리'는 낯선 곳에서 이방인의 삶을 살며 스스로를 단련함으로써 자기 성장으로 이끌었던 과정이었다고 할 수 있다. <선녀와 나무꾼>에서 재현되지 못한 이러한 '분리'의 맥락은 침묵을 강요받은 이 땅의 여성들의 삶이자 서러운 정념일 것이다.

반면 나무꾼에게 원가정으로부터의 '분리'는 선녀와의 결혼을 통해서는 겪을 수 없었다. 그에게 '분리'는 선녀와 자식들을 잃고 나서야 자신의 구성가정을 되찾기 위한 시도에서 이루어진다. 그리고 그는 천상에서 자신의 지위와 가정을 인정받기 위해 노력함으로써 든든한 가장으로 변모할 수 있었다. 그러나 어머니를 뵙기 위해 지상으로 내려온 나무꾼은 지상에서 영위했던 모자 관계의 관성에 따라 행동함으로써 자기 가정을 잃고 수탉의 모습으로 퇴행한다. 실제로 이전 세대의 남성들에게 '분리'는 혼인을 통해서는 좀처럼 경험될 수 없는 것이었다. 그리고 나무꾼이 분리하여 독립하였더라도 결국 지상으로 돌아온 것처럼 이전 세대 남성들, 특히 외아들이나 장남에게 '분리'는 자기 성장으로 이끄는 과정이나 독립의 상황이 아니라, 봉양의 의무를 할 수 없게 하는 미완의 가정 구성이었다. 때문에 그들이 원가정과 구성가정 사이에서 겪었던 애정과 책임감 사이의 딜레마는 날개를 달고도 날지 못한 채 하늘을 바라보고 우는 수탉의 모습으로 형상화된다.

필자는 <선녀와 나무꾼>이 부부와 가족 관계를 소재로 하는 이야기라는 점에서, 그 자신의 전승 맥락인 결혼에 관한 우리의 집단 기억과 공유된 정서를 반영하고 있다고 생각한다. 혼인을 통해 서로 다른 곳에서 살던 남녀가 함께 가정을 이루는 것이 얼마나 많은 노력이 드는 생(生)의 과정인지를 이 이야기는 선녀와 나무꾼의 반복적인 만남과 헤어짐을 통하여 보여준다. 또한 그들의 노력 여하에 따라 부부와 가족이 어떤 모습이 될지도 이 이야기는 다양한 결말을 통하여 시사한다. 희망적인 점은 이 책에서 대상으로 삼은 자료들을 보면, 남녀 구연자들 모두 선녀와 나무꾼의 재결합을 결말로 하는 이야기들을 더 많이 구연했다는 것이다. 필자는 이러한 결말이 자신이 선택한 가정에 집중하며, 원가정으로부터 물리적·심리적으로 분리하여 독립하는 것(물론 물리적인 것보다 심리적인 독립이 더 중요하다고 보인다), 그리고 독립을 위해 혹은 독립함으로써 자신들의 진정한 자아를 새로운 환경에서 시험하고 확장하며 자신들의 세계를 구축하는 모습을 비유하고 있다고 생각한다. 현대의 결혼과 가족 문화는 이전 세대의 그것과 많이 다르면서도 여전히 비슷하다. 배우자를 찾고 선택하는 결혼 시장이 존재하고, 혼인은 집안과 집안의 만남으로 인식되며, 양가의 혼례 절차 안에서 겪는 문제를 비롯하여 결혼 후에 겪는 고부갈등과 장서갈등은 여전히 발생하고 있다. 이러한 현상들은 결국 혼인으로 인한 원가정으로부터의 물리적·심리적 '분리'가 혼인 당사자와 양가 가족들에게 얼마나 중차대한 과업인지를 말해준다. 앞으로 <선녀와 나무꾼>이 현대의 어린이를 비롯한 어른들에게도 동물보은담, 금기를 어긴 나무꾼의 슬픈 이야기, 혹은 여성 인권을 무시하는 성불평등의 이야기로서만이 아니라, 혼인의 중차대한 의미를 보여주는, 그리고 혼인을 통한 건강한 '분리'와 '독립'을 강조하는 이야기로서도 읽힐 수 있기를 바란다.

2장

사위도 반자식?
사위 자식 개자식?

'사위 노릇하기' 위한 '사위 되기'의 서사

1장에서 보았던 <선녀와 나무꾼>에서 나무꾼은 사슴의 생명을 구해준 후 소원을 말해보라는 사슴의 말에, '색시를 얻었으면 좋겠다'라는 마음을 비친다. 전통 사회는 지금처럼 남녀의 만남이 자유롭거나 이성을 만날 기회가 적었다. 그래서 집안에 혼기가 된 자녀의 성혼은 으레 집안 어른들이나 이웃들 간의 인맥을 통해서 이루어지는 경우가 많았다. 그래서 나무꾼처럼 친인척이 없고 깊은 산골에서 이웃도 없이 지내는 노총각에게 색시를 얻는 일은 꿈만 같은 일이었을 것이다. 그런데 흥미로운 점은 나무꾼의 경우만이 아니라 대부분의 사위 관련 설화에서 남자 주인공의 혼인은 '보상'의 방식으로 이루어진다는 것이다. 대표적인 경우가 <거짓말 세 마디로 장가든 사람> 유형의 이야기인데, 거짓말 세 마디를 모두 잘한다고 인정받으면 사위로 삼겠다는 장인에게 꾀를 내어 이기고 그의 딸을 얻는다는 것이 주요한 내용이다. 이 밖에도 내세울 것 없는 남자, 하층 신분의 남자, 명이 짧은 남자들이 우연히 좋은 기회를 얻어 장가드는 이야기들은 모두 혼인을 보상으로서, 이야기의 행복한 결말로서 제시한다. 세계의 민담에서 남자 주인공이 어떤 문제를 해결하고 아름다운 여자나 공주를 아내로 삼는 결말과 비슷한 패턴이다.

이러한 이야기들에서 여성 인물은 뚜렷하게 개성화되지 않은 채, 단지 남성 인물에게 하사되는 재화처럼 등장하기 때문에 간혹 옛이야기가 전통 사회의 남존여비의 관념을 재생산한다는 비판을 받기도 한다. 하지만 관점을 바꾸어 생각해보면 남성 인물들은 일종의 임무나 시험을 거친 뒤에야 자신의 짝을 얻는다. 대부분의 민담에서 어려운 일을 수행한 뒤에 주어지는 상으로서 보화, 재산, 땅, 지위 등과 함께 배우자, 특히 남성 인물에게 주어지는 아내는 그만큼의 가치를 지닌 중요한 대상이다. 심지어 <선녀와 나무꾼>에서 나무꾼은 이미 선녀를 아내로 취했음에도 그녀의 가족들에게 자신을 인정받기 위해 몇 가지 자격 시험을 통과해야만 했다. 곧 남성들에게 혼인은 단순히 자신의 짝을 찾는 것만을 의미하지 않는다. 남성은 혼인을 통해 자기 존재를 사회로부터 인정받고 삶의 영역을 확장한다. 이는 여성이 혼인한 후에 자기 존재의 위상과 삶의 영역을 가정이라는 틀 안에서 제한적으로 구축하는 것과 상반된다.

한편 사위 관련 설화에서 주인공이 배우자를 얻기 위해 수행해야 하는 일들, 사위를 구하는 집안에서 선호하는 사윗감의 자질, 그리고 처가에서 좋은 대접을 받지 못하는 사위들의 모습 등을 보면 설화 향유층이 한 가정을 꾸릴 성인 남성에게 기대하는 것들이 무엇인지를 유추할 수 있다. 그리고 그것은 전통 사회에서 '남자다운 것', '남자가 되는 것'이 무엇인지에 대한 인식을 보여주는데, 이와 관련하여 이야기 속 사위들이 대체로 거짓말을 잘하고 꾀가 많다는 것은 특징적이다. 왜냐하면 그러한 재주는 자신이 원하는 상황을 만들어내고 통제하면서 이득을 취하는 트릭스터의 자질을 드러내기 때문이다. 또한 사위의 거짓말과 꾀로 벌어지는 사건의 흐름과 결말은 처가와 사위의 관계 및 상호 간 시선의 묘한 긴장감을 생성한다. 즉 꾀 많은 사위는 당면한 상황을 받아들이기보다 바꾸려고 하며, 그렇게 함으로써 관계 안에서 주도권을 쟁취한다. 하지만 똑똑하고 재주 많은 사위를 선호하면서도 그로 인해 웃지 못할 일들을 '당하는' 처가 식구들의 이야기는 똑똑한 사위가 아닌 어리석은 사위를 보는 이야기에서도 사정이 크게 다르지 않다. 곧 똑똑한 사위든 바보 사위든 간에 이들은 자신이 처한 상황을 변화시키는 주체가 되며 그럼으로써 그를 어찌하지 못하는 타자로부터 '시선'과 '힘'을 획득한다.

1. 사위 관련 설화의 분류와 양상들

사위와 관련된 설화[1]를 보면 독립된 모티프 유형으로 인정할 수 있을 정도로 비슷한 내용의 이야기들이 발견되는데 대략 다음의 여섯 가지로 나눌 수 있다.

1. 거짓말을 잘하거나 꾀를 내어 사위가 된 이야기: **꾀 많은 사위**
2. 거짓말이나 꾀로 처가 식구를 골리는 사위 이야기: **꾀 많은 사위**
3. 바보 사위 이야기(혹은 사위가 처가에서 실수한 이야기): **바보 사위**
4. (좋은 집에) 장가들어 사위된 이야기: **앙혼드는 사위**
5. 못나거나 괄시받던 사위가 나중에 대접받는 이야기: **나중에 잘되는 사위**
6. 귀한 사위 이야기(異人이나 잘난 사위): **귀인 사위, 이인 사위**

1~6 유형의 사위 이야기들은 크게 '사위 되기'와 '사위 노릇하기' 이야기로 나눌 수 있다. 특히 6 유형의 귀한 사위 이야기는 대체로 이 두 가지 유형이 함께 나타나는데, 어떻게 한 집안의 사위가 되었으며 그가 어떠한

---

[1] 연구 대상으로 삼은 자료의 목록은 참고문헌에 제시하였다.

능력으로 혹은 어떻게 처신하여 처가에 도움이 되었는지 그 흐름이 주요 내용이 된다.

먼저 1 유형의 '거짓말을 잘해 사위가 된 이야기'의 전형적인 줄거리를 보자.

혼인할 시기가 된 딸의 아버지가 거짓말을 잘하는 사위를 얻으려고 한다. 누구든지 자기에게 거짓말 세 마디를 하여 인정을 받으면 사위로 삼겠다는 방을 내자 많은 사윗감들이 집으로 찾아와 거짓말을 하지만 딸의 아버지는 항상 그들의 두 번째 거짓말까지만 인정하고 세 번째 거짓말에서는 퇴짜를 놓아서 딸을 주지 않는다. 하루는 가진 것 없는 한 남자가 찾아와서는 거짓말 세 마디를 해보겠다고 한다. 그는 자신의 아버지가 대추를 먹고 뱉은 씨가 은진 미륵 머리 위에 떨어졌는데 그것이 자라 대추나무가 되어 사람의 주먹 크기만한 열매가 열렸고, 그것을 따려고 긴 장대로 미륵의 콧구멍을 쑤셨더니 미륵이 재채기를 하는 바람에 열매들이 떨어져 그것들을 장에 팔아 큰돈을 벌었다고 한다. 딸의 아버지는 그가 거짓말을 잘한다고 생각하여 두 번째 거짓말을 해보라고 한다. 그는 자신의 아버지가 송아지를 아주 작은 외양간에 넣고 키웠더니 송아지가 점점 자라 외양간에 뚫어놓은 구멍으로 송아지 살이 삐져나오게 되었는데 그것을 베어 팔았더니 돈을 벌게 되었다고 한다. 딸의 아버지는 두 번째 거짓말도 마음에 들어 세 번째 거짓말을 마저 해보라고 한다. 그는 마지막으로 차용 문서를 꺼내 보여주면서 사실은 자신의 선대가 당신의 집에 많은 돈을 빌려 주었는데 그것을 갚지 않아 이제야 그 돈을 받으러 왔다고 한다. 딸의 아버지는 그것이 거짓말이라고 하면 딸을 내어주어야 하고, 거짓말이 아니라고 하면 많은 돈을 갚아야 하므로 하는 수 없이 그를 사위로 삼았다.

구연자의 이야기마다 거짓말 세 마디의 내용은 다양하게 나타나지만 공통적으로 마지막 거짓말은 '거짓 차용증서'로 제시된다. 딸을 둔 아버지는 사위 후보로 찾아온 남자의 허풍과 거짓말을 처음에는 재미있게 듣다가 세 번째 거짓말에서 퇴짜를 놓으면 될 것이라고 생각하고 있다. 그러나 사윗감의 거짓말은 이윽고 자신을 위협하는 현실이 된다. 거짓말을 '참'이라고 하자니 빌리지도 않은 큰돈을 줘야 하겠고, '거짓말'이라고 말하려니 그에게 딸을 주어야 하는 상황이 되자 딸을 둔 아버지는 하는 수 없이 그에게 딸을 주어 그를 사위로 삼는다.

2번 유형은 '거짓말로 처가 식구 골리는 사위 이야기'로서 1번 유형의 확장형이라고 할 수 있다. 대부분 거짓말 잘하는 사위 때문에 처가 식구들이 곤란한 일을 당하거나, 처가로부터 제대로 대접받지 못하던 사위가 심술이 나서 거짓말로 처가 식구들을 골탕먹이는 이야기들이다.

장모가 거짓말하는 사위가 좋다고 하자 사위는 장모 버릇을 고치고자 한다. 하루는 사위가 장인어른과 벌집을 뜯으러 갔는데 사위가 집에 무엇을 두고 왔다고 혼자 집으로 다시 내려와서는 장모에게 장인어른이 산에서 고꾸라졌다고 거짓말을 한다. 장모는 깜짝 놀라 울며 산으로 가고 사위는 그보다 빨리 장인어른에게 달려가서는 집에 갔더니 장모님이 집에 불을 냈다고 거짓말을 한다. 장인과 장모가 서로 급하게 가다가 도중에 만나게 되자 사위가 거짓말한 것을 알고 사위에게 이제는 바른말만 하라고 한다. 그 뒤에 장인이 다리를 저는 소를 팔려고 하니 사위는 소를 사려는 사람에게 이 소는 다리를 절어서 농사 일을 못한다고 말하여 장인은 소를 못 팔게 된다. 장인 장모가 사위에게 다음부터는 본 척 만 척 아무 말도 하지 말라고 한다. 하루는 장인이 목침을 베고 자다가 탕건을 화롯불에 다 태웠다. 장인이 다 탄 탕건을 보고 왜 말을 하지 않았냐고 사위를 탓하자, 사위는 보는 둥 마는 둥 하라고 하여 그랬다고

한다. 장모가 그때부터는 거짓말 잘하는 사위가 좋다는 말을 하지 않았다.[2]

거짓말 장난으로 장인과 장모를 골렸던 사위는 다시는 거짓말을 하지 말고 바른말만 하라는 주의를 받는다. 얼마 후 사위는 다리를 저는 소를 거짓으로 속여 팔려는 장인을 따라가서는 소를 사려는 사람에게 소 다리가 부러졌다고 진실을 말한다. 사위가 하는 말이 두려워진 장인과 장모는 사위에게 이제 무엇을 보아도 아는 척하지 말고 아무 말도 하지 말라고 한다. 그러자 사위는 위급한 상황을 보고 말을 해야 하는 때에도 아무런 말을 하지 않고 있다가 장인을 다시 한번 골린다. 여기서 '거짓말 잘하는 사위'는 '꾀가 많다'고 볼 수 있다. 그리고 꾀 많은 사위는 다음의 이야기에서처럼 자신을 부당하게 대하는 처가에 골탕을 먹인다.

> 한 대감이 김정승의 사위를 보았는데 김정승이 죽고 나서는 사위네 집의 가산이 기울어 사위와 딸 식구들이 매일 집에 와서 밥을 얻어먹었다. 대감이 그것이 싫어 눈치를 주고 대접을 제대로 해주지 않자 하루는 사위가 아내와 함께 꾀를 내고는 장인이 타던 백마를 훔쳐 와 까맣게 먹물을 발라서 흑마로 만든다. 장인이 말을 잃어버렸다고 속상해하자 사위는 자기가 타던 말이라고 거짓말을 하며 가짜 흑마를 선물로 드린다. 장인은 고마운 마음에 사위에게 평양감사 벼슬을 준다. 그러나 장인이 나중에 그 말이 원래 자신의 백마인 줄 알고 나서는(대체로 비 오는 날 흑마를 타고 나갔다가 속은 사실을 알게 된다) 노하여 큰아들을 시켜 사위를 파직시키고 오라고 한다. 사위가 그것을 알고 아내와 함께 거짓으로 곡을 하고 있다가 처남이 오자 장인의 부고를 받았다며 처남이 상주를 맡아야 하니 급히 집으로 돌아가라고 한다. 장인이

---

2   <엇질이 사위>, 『대계』 7-7(경상북도), 485-489쪽.

둘째 아들을 올려보내자 사위는 둘째 처남을 신선당이라는 곳으로 유인하여 신선놀음을 하는 것처럼 꾸며서는 독주를 먹여 잠이 들게 한 뒤에 신선 세계에서 아주 오랜 세월이 지난 것처럼 상황을 꾸며 둘째 처남을 집으로 돌려보낸다. 처남은 집으로 돌아가서 아버지가 자신의 후손인 줄 알고 자신이 너의 고조할아버지니 인사하라며 웃지 못할 일을 만든다. 장인이 할 수 없이 셋째 아들까지 올려보내자 사위는 주막에 예쁜 여자를 두고는 처남을 유혹하게 한다. 마침 여자의 본 남편이 들이닥치자 막내 처남은 알몸으로 궤짝에 들어간다. 주막의 부부가 이혼을 이야기하며 서로 그 궤짝을 가지겠다고 싸우면서 평양감사에게 판결을 내려달라고 한다. 사위인 평양감사가 그 궤짝을 둘로 나누라고 하니 부부가 궤짝을 온전히 평양감사에게 선물로 드리겠다고 하고, 사위는 그것을 처가에 선물로 들려보낸다. 장인이 아들 셋이 매형 하나를 못 이긴다며 사위가 평양감사를 하도록 그냥 내버려둔다.[3]

위의 <꾀로 평양감사된 사위> 이야기 유형에서는 자신을 제대로 대접하지 않는 처가를 골려주려고 장인의 백마를 훔쳐 먹물을 발라 흑마처럼 보이도록 속임수를 부려 장인에게 다시 선물하는 사위가 등장한다. 장인은 도둑맞은 백마 때문에 안타까워하던 참에 미워하던 사위로부터 흑마를 선물로 받자 미안하고 고마운 마음에 사위에게 평양감사 벼슬을 내린다. 그러나 사위가 평양으로 떠난 뒤에 흑마가 원래 자신의 백마였음을 알고 사위를 징치하러 아들들을 올려보낸다. 하지만 꾀 많은 사위에게 아들들이 속절없이 당하고 내려오자 그는 할 수 없이 사위를 내버려둔다. 이야기 속 사위는 꾀를 써서 장인으로부터 벼슬도 얻고, 그 벼슬을 지킴으로써 자신과 가정의 안위를 도모하였다. 이러한 이야기에서 거짓말을 잘하는 재주는 비교적 긍

---

3   <정승과 꾀 많은 사위>, 『대계』 4-2(충청남도), 578-589쪽.

정적인 자질로 나타난다.

사실 1과 2의 유형은 복합적으로 나타나는 경우가 많아서 '꾀 많은 사위' 유형으로 묶을 수도 있다. 왜냐하면 이것들은 꾀 많은 사위가 처가를 속이거나 골림으로써 어떤 이득을 취하는 구조의 이야기로 볼 수 있기 때문이다.[4] 1 유형의 꾀 많은 사위가 혼인한 후에 벌어지는 사건들이 2 유형과 합쳐지면서 이야기가 길어지는 경우가 있는데, 이렇게 거짓말과 꾀로 사위가 되거나 사위가 된 이후에 처가 식구들을 골리는 이야기들은 앞서 제시한 여섯 가지 사위 유형별 모티프로 헤아려보면 전체 사위 관련 설화의 50%를 차지한다.[5]

그러므로 거짓말 잘하는 사위는 그의 아내에게는 든든한 남편일 수는 있으나 처가에는 신뢰할 수 없는 가족 구성원이 될 수 있다. 주목할만한 점은 이렇게 거짓말을 하는 행위가 윤리적인 문제를 지니고 있음에도 불구하고, 처가에서는 이것을 두고 크게 문제 삼지 않는다는 것이다. 결과적으로 거짓말에 속아 잃게 되는 재산이 혈육인 딸과 그의 배우자인 사위에게 돌아갔기 때문이다. 이렇듯 사위가 거짓말을 하여 이익을 챙길 줄 안다는 것은 곧 똑똑하고 영리함을 뜻한다.

그러나 이와는 정반대로 똑똑하기는커녕 멍청한 사위, 곧 '바보 사위 이야

---

4   여기서 사위가 취하는 이득은 배우자가 될 자신의 아내이거나 처가의 땅, 돈 등을 포함한다. 또한 사위는 실체적인 이익을 얻지 않음에도 불구하고 꾀를 내어 처가 식구들을 골리는 경우도 있는데 이런 경우, 그는 처가에서 그를 무시하지 못하도록 만드는 어떤 '힘'을 얻게 된다. 그리고 이러한 힘은 나중에 논의하겠지만 처가가 가지는 사위 관념과 관련하여 중요한 요소라고 할 수 있다.

5   필자가 연구 자료로 삼은 사위 관련 설화는 총 149편이다. 그러나 한편의 이야기에서라도 앞서 제시한 여섯 가지 유형의 사위가 복합적으로 나타나는 경우가 있기 때문에 여기에서는 이야기 편수보다는 사위의 여섯 가지 유형을 모티프로 보고 그 비율을 헤아리는 것이 적절하다고 판단하였다. 따라서 사위 관련 설화를 유형별 모티프 6개로 분석한 결과 약 180개 정도의 모티프가 포함된 작은 이야기들로 나눌 수 있었다. 그중에 1의 유형이 33~40개, 2의 유형이 35개로 거짓말 재주나 꾀가 있는 사위의 이야기는 총 75개로 추산되었다. 이는 전체 비율의 50%를 차지한다.

기'도 많다는 사실은 흥미롭다. 바보 사위는 행동이 어수룩하다 못해 사리분별을 못하고, 자신이 해야 할 말이나 행동을 기억하고 수행하는 능력이 현저히 떨어져서, 주변 사람들을 당황하게 하고 답답하게 한다. 그의 바보스러운 행동은 다양한 상황에서 발생하는데, 주로 사위가 혼인을 위해 처가에 이바지 음식을 가져다주면서, 혹은 그곳에서 음식을 먹다가, 또는 혼례를 치르는 날이나 처가에 문상을 갔다가, 아니면 부모님이나 아내가 가르쳐준 대로 똑같이 말하려다가, 심지어 아내와 잠자리를 할 줄 몰라 생기는 일 등으로 이루어진다.

한 모자란 사람이 장가를 가려고 처가를 찾아가는데 처가 마을의 이름을 '염통머리'라고 계속 입으로 외우면서 갔다. 그러다 냇물을 한번 폴짝 뛰어서 건너는 동안에 그 이름을 잊고 말았다. 남자는 그 말을 냇물에 빠트렸으니 다시 건지면 기억이 날 줄 알고, 자기가 쓰고 있는 삿갓으로 냇물을 계속 퍼 올렸다. 지나가던 사람이 그것을 보고는 '염통머리 없는 녀석'이라고 욕을 하고 가자, 남자는 잃었던 '염통머리'를 건져 올려서 생각이 났다고 다시 가던 길을 갔다. 다행히 처가에 가서 장가를 든 후 집에 돌아왔다가 다시 재행을 가게 되었는데 근처 우물가에서 처가에서 키우는 개를 만난다. 그는 그 개를 따라가면 처가에 가겠다 싶어 개를 따라다니다가 여기저기 더러운 곳을 다 누비며 엉망인 모습으로 처가에 도착한다. 그 후로 아들딸 낳고 잘 살다가 한번은 이바지 음식을 들고 처가에 다시 가게 되었다. 사위의 어머니는 아들에게 당부하기를, 차린 것이 없으니 꼴이나 보시라고 사돈어른들께 말씀드리라며 가르쳐주었다. 사위는 처가에 도착해서 닭, 찰떡, 흰떡을 보이면서 이건 꼬꼬달, 늘어지기, 흰뜩번데기인데 먹을 것은 없고 꼴이나 보라고 한 뒤에 다시 짐을 싼다. 장인이 그걸 보고 "그러게 못난 사위를 보지 말자고 이야기했더니 당신이 끝끝내 보자고 해서 이런 일이 났다"며 장모를 혼내며 작대기를 들고 때리려고 하니 장모가 무서워 키 밑으로 숨었다. 장인이 장모를 못 찾아 사위에게 그년 어디갔냐고 물으니, 사위는 그년 키 밑에 숨었다고 한다.[6]

바보 사위는 다른 마을에 있는 처가를 잘 찾지 못한다. 이야기에서 처가는 주로 '염통'마을에 있는데, 이 염통이라는 마을 이름도 금방 잊어버렸다가 지나가는 행인에게 '염통머리 없는 놈'이라는 욕을 듣거나 그 비슷한 말을 듣고 나서야 기억해내어 찾아간다.[7] 제시된 이야기에서 알 수 있듯이 바보 사위는 기억력이 좋지 않을뿐더러 상대가 하는 말을 듣고서 무조건 그대로 따라하다가 낭패를 본다. 말뿐만 아니라 시키는 행동도 상황에 따라 조정하지 못하고 융통성 없이 그대로 하기 때문에 무척 우스꽝스러운 상황이 발생한다.

한편, 4 유형의 '앙혼드는 사위'의 이야기는 민담에서 전형적으로 발견되는 행복한 결말로서 주인공의 혼인이 성사된다는 것이 특징이다. '사위 되는' 경위가 조금씩 다르게 나타나면서 이야기가 길어지고 흥미로워지는데, 사주팔자가 좋지 않거나 어려운 처지의 남자가 액운을 면하고 우연히 좋은 가문의 여자를 만나 결연하는 경우가 많다.

시골 이정승의 집 아들이 하나 있었는데 시주를 얻으러 온 중으로부터 아들이 호식당할 팔자라는 말을 듣고는 살 방도를 알려달라고 하니 중이 그 집에 제일 몸이 불편한 개떵이라는 종과 함께 아들을 밖으로 내보내라고 한다. 개떵이는 주인 아들을 절에 모셔놓고는 글공부를 시켜가며 키우는데 과거를 볼 수 있는 나이가 되자 두 사람은 모아둔 돈으로 서울에 과거시험을 보러

6   <모자란 사위>, 『대계』 6-3(전라남도), 260-263쪽.
7   <바보 사위>, 『대계』 8-9(경상남도), 1057-1061쪽; <바보사위>, 『대계』 7-6(경상북도), 642-645쪽.

간다. 그러나 점쟁이를 만나 김정승의 집의 딸을 취하지 않으면 죽을 것이라는 말을 듣고는 김정승 집 근처에 있는 노파의 집에 들어가서 묵으며 노파의 도움을 청한다. 노파는 자기 딸이 김정승의 딸의 몸종이라며 두 사람을 도와주 겠다며 그 딸을 불러다 거짓말을 한다. 즉 딸에게 네가 모르고 살았던, 숨겨둔 오빠 두 명이 집에 돌아왔는데 작은 오빠가 김정승의 딸을 취하지 못하면 호식당할 것이라며 그렇게 되면 작은 오빠를 공부시킨다고 몸이 상한 큰오빠 의 공이 모두 허사가 될테니, 딸에게 작은 오빠를 정승의 집 안에 데려다 놓을 방법을 찾으라고 한다. 노파의 딸은 치마폭에 이정승의 아들을 숨기어 정승 딸의 방에 들어가게 해주는데 마침 그날 밤 아가씨의 문 앞에 호랑이가 찾아온다. 아가씨가 축귀문을 외우고 나서 마당에 있는 개를 먹으라고 쫓아보 낸 후 남자를 살리고 그는 과거를 보게 된다. 아가씨는 이정승의 아들에게 약을 주며 세수를 할 때 그 약을 볼에 바르라고 한다. 한편 호랑이의 보복으로 정승의 딸과 혼인하기로 약속했던 집의 아들이 죽는다. 김정승은 과거장에서 심사를 하다가 예비 사위가 죽었다는 말을 듣고는 이정승의 아들의 글이 좋다 고 그를 과거급제를 시킨다. 그가 과거급제를 하고 행차를 하는데 김정승의 딸이 그것을 본다고 나오자 대감이 꾸짖는다. 딸은 꿈을 꾸었는데 청룡황룡이 싸우는데 황룡이 청룡의 왼뺨을 치자 황룡이 득천했다고 한다. 그러고 보니 과거 급제하고 오는 이정승의 아들 왼뺨이 발그레해서 대감은 저 사람이 하늘 사람이라고 생각하고 사위로 삼는다. 이정승의 아들은 몸종 개똥이와 고향에 가서 자기 부모를 찾아 인사를 하고 잘 산다.[8]

이 이야기의 남성 인물은 본래 정승집의 아들이었으나 호식당할 팔자를 가진 탓에 어려서부터 부모와 떨어져 절에서 지내게 된다. 몸종이 그를 잘

---

8   <호식 면하고 김정승 사위된 이야기>, 『대계』 8-6(경상남도), 342-357쪽.

보살핀 덕분에 과거시험까지 보게 되었지만 점쟁이가 김정승의 딸을 취하지 못하면 곧 죽을 것이라고 하는 말을 듣고 몸종과 정승의 아들은 죽기 살기로 방법을 찾는다. 결국 주변 인물들의 도움으로 정승의 아들은 김정승의 딸을 만나게 되고 호식을 면하게 된다. 게다가 김정승의 딸이 물리친 호랑이가 이정승의 아들 대신 그녀와 약혼한 남자를 죽이게 되자, 이정승의 아들은 과거에 급제까지 하게 되면서 김정승의 딸과 혼인하게 된다. 4 유형의 이야기들은 남성 인물들이 배우자를 얻게 되는 것, 특히 좋은 집안의 사위가 되는 것을 행복한 결말로 하는데, 언뜻 보면 이들은 사위 관련 설화라기보다 어려움에 처한 주인공이 자신의 상황을 극복하고 행복하게 살게 되는 일반 민담의 서사를 따른 것처럼 보인다. 그럼에도 이 유형의 이야기들을 사위 관련 설화로서 다루는 것은 이들이 남성 인물의 시선에서 배우자를 취하는 것의 의미와 사위 되기의 의례적 성격을 보여주기 때문이다.

5 유형의 '나중에 잘 되는 사위'는 이야기 초반에 처가가 사위를 탐탁지 않게 여긴다는 점에서 '바보 사위'를 바라보는 처가의 시선과 겹친다. 하지만 이 유형의 사위들은 어떤 기회에 어려움에 빠진 처가를 도와 자기 존재와 위치를 확보하기도 하며, 처가의 괄시를 자기 발전의 계기로 삼아 스스로 노력하거나, 아내의 권유에 호응하여 변화를 시도함으로써 결국 이전의 나와는 다른 새로운 사람이 된다. 이후에 사위가 처가의 위신을 살림으로써 사위를 대하는 처가의 대우가 달라지는 결말은 전통 사회에서 가장의 위상을 세우는 일과 관련된다.

서당 훈장을 하는 남자가 딸이 셋 있었는데 딸 둘은 좋은 집에 다 시집보냈으나 막내딸만은 글공부는 잘하지만 가난한 남자에게 시집을 보냈다. 하루는 사위 셋이 과거를 보러 가게 되었는데 첫째와 둘째는 형편이 좋아 말도 타고 좋은 곳에 머물면서 가는데 막내 사위는 머물 곳이 없어 어느 집 담장 아래서

"월백설백천지백(月白雪白天地白)허니 천심야심객수심(天深夜深客愁深)이라"
고 읊으니 담장 안에서 그 집 며느리가 이것을 듣고는 시아버지에게 아뢴다.
시아버지는 정승으로서 과거 상시관이었는데, 그에게 노자를 주어 그 사람이
과거를 볼 수 있게 해준다. 첫째와 둘째 사위는 참봉과 진사가 되고 막내
사위는 과거에 떨어져서 그가 죽으려고 하자 순시를 돌던 사람에게 발견되고
그는 노자를 주었던 정승을 다시 만나게 된다. 그 정승이 막내 사위에게 어사
벼슬을 내려주어 고향에 내려오게 되는데 다른 사위들은 잔치를 열고 즐기고
있을 때, 막내 사위가 허름한 옷차림으로 내려오니 식구들을 그를 무시한다.
그러나 막내 사위가 어사 출도패를 내어놓자 장인이 나와 춤을 추고 그의
아내가 기뻐한다.[9]

남자의 입신양명은 현실에서나 서사에서나 항상 추구되는 이상적 결말이
다. 비록 가난한 집안의 출신이고 집안에서 제일 어린 막내 사위일지라도
높은 벼슬에 오르면 그것만으로 사위는 처가에서 융숭한 대접을 받는다.
사회적 지위가 가장으로서의 권위를 더욱 높이는 중요한 요인이 되므로 사
위 관련 설화에서 괄시받는 사위가 글공부를 열심히 하여 과거에 급제하는
이야기는 쉽게 발견된다.

한편 6 유형의 '귀한 사위, 이인 사위'는 주로 앞날을 예견하여 처가를
구하거나 글재주가 좋고 유식하여 벼슬을 얻게 되는 사위의 이야기들이다.
이 유형의 이야기들은 결과적으로 사위가 처가를 돌보고, 처가의 위신을
살린다는 점에서 5 유형의 사위들과 일부분 겹치기도 하지만, 그 행위의
동기는 다르다. 5 유형의 사위들이 주로 처가로부터 대우를 제대로 받지
못하자 먼저 자신의 지위를 높임으로써 부수적으로 처가의 위신을 세운다

---

9   <훈장의 사위>, 『대계』 5-4(전라북도), 902-905쪽.

면, 6 유형의 사위들은 처가의 대우에 관계없이 스스로 때가 되면 자기 할 일을 함으로써 처가를 돕는다. 그리고 처음부터 한 인물이(주로 장인) 그를 마음에 들어하여 적극적으로 그를 사위로 삼으려고 한다. 또한 이야기의 초점이 사위의 타고난 '이인'(異人)적 면모에 있고, 이야기에서 그의 비범함을 알아보는 사람이 등장한다는 점에서 5 유형과 변별된다.

동고 이준경이 행랑아범으로 부리던 피씨가 그의 외동딸을 시집보내려고 동고에게 중매를 서달라고 부탁한다. 1년을 두루 보던 동고가 어느 날 종로 밖의 문 앞에서 나이 사십이 다 되고 생강을 파는, 못생긴 노총각을 데려다 사위로 삼으라고 한다. 그 사람은 성정이 고분고분하지 않았다. 그럼에도 피씨가 사위로 들였으나 일을 제대로 하지 않고 집에서 놀고먹기만 하였다. 어느 날 사위가 옷을 갖추어 입고 사람을 기다리고 있으니 동고가 찾아와서 중요한 이야기를 나누고 간 듯하였다. 그 사위는 동고의 임종일을 맞혔는데, 동고가 임종하면서 자식들에게 유언하기를 피씨집과 우리집은 한 집과 같으니 그 사위의 말을 잘 듣고 그가 시키는 대로 하라고 하였다. 동고가 죽고 나서 피씨 사위는 장사를 하겠다며 돈을 여러 번 빌려가지만 수익 없이 그냥 돌아온다. 그러던 어느 날 자기를 따라 같이 가자며 식구들을 데리고 어느 높은 산골까지 힘들게 데리고 올라간다. 그는 그때까지 빌린 돈을 그곳에 쏟아 마을을 일구어 놓은 것이었다. 사위와 식구들은 거기서 잘 지내며 임란 [壬辰倭亂]까지 피해 잘 살다가 결국 서울로 다시 돌아오는데 그때 좋은 터를 잡아 집을 짓고 잘 살았다.[10]

---

10 <동서 이준경과 피서방 사위>, 『대계』 1-1(경기도), 726-738쪽. 이와 비슷한 이야기는 다음 과 같다. <동고의 사위>, 『대계』 1-2(경기도), 74-77쪽; <임란 피난지를 마련한 이인 사위>, 『대계』 7-15(경상북도), 518-520쪽.

누가 봐도 탐탁지 않게 여길 남자를 사위로 삼으라고 하는 상황은 대체로 관상혼 관련 설화에서 나타난다. 관상혼 이야기에서는 누군가를 며느리나 사위로 삼기에 적절한 인물인지 아닌지를 인물의 관상을 보고 판단하는데, 며느리의 경우에는 아들을 낳아 큰 인물로 키우고 집안을 잘 꾸려서 가문을 빛낼 수 있는지가, 사위의 경우에는 벼슬을 하여 큰 인물이 될 수 있는지, 건강하고 지혜와 기개가 있어 가정을 잘 돌볼 수 있는지가 중요하였다. 제시된 이야기에서처럼 겉으로 보기에 행색이 초라하고 보잘것없어 보이는 남자를 한 권위있는 인물이 지인지감으로 알아보고 혼인을 치르게 하니 주변 인물들과 처가 식구들은 반기지 않는다. 사위가 되어서도 일은 하지 않고 놀고먹기만 한다든지, 자꾸 돈을 빌려가 이득을 보지 못하고 탕진만 하는 사위를 가족들은 어찌하지 못하지만 결국 사위는 앞일을 내다보고 가족들과 함께 화를 피해 집안을 잘 돌보게 된다. 결과적으로 6 유형의 사위는 좋은 평가를 받지 못하다가 위기를 극복하는 가장의 모습을 보여 처가의 인정을 받게 된다는 점에서 5 유형의 사위와 유사하지만, 특별하게 타고난 이인적 면모가 성품에 무게감을 부여하고 있어 특징적이다.

지금까지 사위 관련 설화에서 하나의 유형을 형성할 수 있는 이야기들을 6가지로 나누어 살펴보았다. 이 6가지 유형은 사위의 캐릭터와 행위, 그리고 그에 따른 결말을 고려하여 비슷한 패턴을 보이는 이야기들을 중심으로 편성한 것이지만, 1에서 6까지의 유형이 모두 독립적으로 분명하게 나누어지지는 않는다. 곧 사위의 캐릭터가 같더라도 결말이 달라지는 이야기도 있으며(거짓말 재주로 처가를 골리는 이야기와 처가를 돕는 이야기가 있다), 행위가 같더라도 그것을 수행하는 인물이 다르게 나타나기도 하며(사위가 아니라 딸이 거짓말로 식구들을 골리는 경우가 있다), 인물이 처한 상황이 같더라도 결말이 달라지기도 한다(괄시받던 사위가 어떤 기회를 계기로 삼아 처가에 보복하거나 반대로 처가를 돌보는 경우가 있다). 이는 스토리가 박제화되지 않는 구술문학의 근원적인 특징에서 비롯된 것이기도 하다. 따라서 사위 관련 설화에 나타나는 '사위'에 관한 시선과 좋은 사윗감에 대한 관념이 어떠한지를 논의하기 위해서는 이 6가지 유형의 이야기를 인물의 캐릭터와 그들의 행위, 그리고 그에 따른 결말이나 효과를 고려하여 구조적으로 분석하는 것이 타당할 것이다. 곧 이야기 흐름 안에서 보이는 사위의 '행동이나 자질'을 중심으로 사위 유형을 분류하되 그러한 사위의 유형들이 처가와 어떠한 '관계'를 형성하는지 살펴야 한다.

2. 처가와 관계에 따른 사위의 유형들

이야기 속 사위와 처가가 맺는 질적인 관계를 중심으로 사위들을 분류해 보면 크게 '**처가를 욕보이는 사위**'(-), '**처가에 득이 되는 사위**'(+), '**처가로부터 덕 보는 사위**'(=)로 나눌 수 있다. 하나의 대상이자 타인으로서 사위에 대한 관념을 논의하기에는 얼핏 기능적인 분류이지만, 이야기에서 사위가 처가 식구들과 맺는 관계의 성격, 사위가 처가를 인식하는 방식을 따져보았을 때 이러한 구분은 꽤 유용하다. 사위들이 지닌 인물적 특성들과 이야기의 결말을 고려하였을 때에도 이 분류는 다양한 유형의 주인공들을 모두 포괄할 수 있다. 왜냐하면 한 편의 이야기에서도 시간의 흐름에 따라 사위가 처가에 득이 되거나 해가 되기도, 혹은 처가로부터 득을 얻기도 하는 복잡한 양상이 다수 발견되기 때문이다. 따라서 이러한 분류는 이야기 속 사위를 모티프 유형으로 명확하게 구분한다기보다 처가의 시선에서 포착되는 사위의 다양한 모습을 시사한다. 이는 곧 사위의 일인칭 시점과 처가의 관찰자 시점이 복합된 사위 이야기의 특성을 보여줌과 동시에 혼인 관계 안에 놓인 가족 구성원 간의 역동적인 영향 관계를 드러낸다.

다음의 [표 1]은 이야기에서 시간의 흐름에 따른 사위의 행동과 그 영향 관계를 나타낸 것이다. 이는 사위가 처가와 맺는 관계의 양상을 단적으로 보여준다.

[표 1] 시간의 흐름에 따른 사위의 행동과 처가와의 관계

혼인 전(Before)	혼인 후(After)	기호	해당 유형
욕보이고	덕을 보는	-=(B)	꾀 많은 사위
욕보이고	욕보이는	--	바보 사위
	덕을 보면서 욕보이는	=-	꾀 많은 사위
	덕을 보고 득이 되는	=+	나중에 잘 되는 사위
	욕보이면서 득이 되는 욕보이고 득이 되는	-+	이인 사위 이인 사위, 꾀많은 사위
	욕보이고 덕을 보는	-=(A)	꾀많은 사위
	득이 되고 덕을 보는	+=	이인 사위(희소함)
	득이 되다 욕보이는	+-	주인공의 동서 사위들

*(처가를) 욕보이는: - (7개)
*(처가에) 득이 되는: + (4개)
*(처가로부터) 덕을 보는: = (5개)

논의에 앞서 -, +, = 와 같은 기호의 의미를 먼저 설명할 필요가 있겠다. 사위가 처가를 '욕보이는' 상황은 '-'로 표현하였다. 왜냐하면 그러한 상황 이후에 어떠한 결과가 도래되었던 간에 사위가 처가를 욕보이는 행동이나 상태는 처가 입장에서는 부정적인 상황이다. 또한 사위의 입장에서도 처가를 욕보이는 행위나 상태는 그것이 의도적이든 의도적이지 않은 혼인으로 이루어진 관계 안에서 긍정적인 모습은 아니기 때문이다. 반면 사위가 처가에 '득이 되는' 상황은 '+'로 표시하였다. 이러한 상황은 사위와 처가의 관계 양쪽 모두 이상적이고 긍정적인 모습이라 할 수 있다. 마지막으로 처가로부터 '덕을 보는' 상황은 '='로 표시하였다. 사위가 처가로부터 받은 이익은

결과적으로 처가의 입장에서 시집 보낸 딸에게 준 것과 같고, 이야기에 등장하는 사위 또한 그것을 인지하는 듯이 보이기 때문이다.

또한 [표 1]은 한국의 사위 관련 설화에서 나타나는 사위들이 처가와 주로 어떠한 관계를 맺는지를 보여준다. '−' 표시가 가장 많이 나타나는 것으로 보아 이야기의 결말과 상관없이 사위들은 처가를 욕보이는 경향이 짙다. 반대로 '+' 표시가 가장 적은 것으로 보아 사위들이 적극적으로 처가에 도움이 되는 이야기는 상대적으로 많지 않다. 그리고 '='는 '−'보다는 적지만 '+'보다는 많으며, 양쪽과 조합되는 빈도에서도 '−'와 더 자주 조합된다.

한편 며느리 관련 설화에 나타나는 시집에서 며느리의 처지와 비교하였을 때, 사위는 상대적으로 처가에서 대우가 호의적인 것으로 나타난다. 물론 사위의 평소 언행과 결혼 생활의 질에 따라 가족들의 평가는 달라지겠지만, 처음 사위를 들이는 처가의 마음은 며느리를 맞는 시가의 그것과 사뭇 달라 보인다. 이는 사위에게 불러주는 <사위 권주가>와 같은 민요[11]나 사위와 관련된 속담,[12] 그리고 여기서 다루는 이야기들에 나타나는 사위의 행동과 처

---

11   공양미//삼백석에
     앵미걸이//가린사우(가려낸 사위)
     초가삼칸//내집안에
     금실걸은//내사우야
     놋쟁반에//앵두담아
     사랑하는//내사우야
     진주못둑//버들잎에
     잎이많애//우이왔나(어떻게 왔나)
     밀양삼랑//유리잔에
     술을가뜩//실어고
     나비한쌍//춤질하네 (구연자: 심연이, 『한국구비문학대계』 8-11, 752-753쪽).

12   '사위는 백년손님이요, 며느리는 종신식구라', '미운 열 사위 없고 고운 외며느리 없다', '사위가 무던하면 개구유를 씻는다', '사위 반찬은 장모 눈썹 밑에 있다', '사위가 고우면 요강 분지를 쓴다', '가을 아욱국은 사위만 준다', '첫 사위가 오면 장모가 신을 거꾸로 신고 나간다' 등을 보면 알 수 있듯이 사위를 대하는 처가의 태도는 귀한 손님을 대하는

가 식구들의 대응 양상을 통해서도 알 수 있다. 대표적으로 사위를 칭하는 '백년손님'이라는 오래된 관용적 표현이 이를 단적으로 보여준다. '언제까지 깍듯이 대해야 할 어려운 손'이라는 뜻의 이 말은, 부모가 키워온 딸을 한 남자에게 내어주면서 부디 딸이 그와 함께 살면서 평탄하게 지낼 수 있길 바라는 기원의 마음, 딸의 인생을 책임질 사위에게 가지는 부탁과 어려움이 깃든 말이다. 그렇기에 처가가 사위의 집안보다 훨씬 부유한 경우가 아니고서는 처가 식구들은 사위가 늘 조심스러웠고 그에 대한 대접을 소홀히 할 수가 없었다. 물론 혼인 문화의 양상에 따라 사위를 바라보는 시선은 달라질 수 있다. 데릴사위라든지 사위가 처가에 가까이 기거하는 방식의 혼인 문화에서는 사위의 언행이 대부분 처가에 노출되고 한 식구처럼 가까이 지내기 때문에 처가 입장에서 그렇게 어렵기만 한 존재는 아니었을 것이다. 그러나 이전 세대가 대부분 행해온 시집살이 결혼 문화에서 사위는 딸의 인생을 좌지우지할 수 있는 힘을 가진 것으로 인식되었기 때문에 처가에서 결코 무시될 수 없는 존재였다.

1) 처가를 욕보이는 사위

이야기에서 등장하는 사위들 대부분은 처가에 일종의 위협을 가하거나 곤란한 상황을 만듦으로써 자신이 원하는 것을 얻는다. 한국의 사위 관련 설화에서 이처럼 처가를 욕보이는 사위가 등장하는 횟수는 전체 이야기에서 약 51%를 차지할 정도로 아주 많다.[13] 여기서 처가를 욕보인다는 것은 처가

듯하다.

13   사위 관련 설화들 149편을 세 가지 사위의 유형들을 중심으로 하여 분석하면 약 160개의 모티프로 분절할 수 있다. 그중에 처가를 욕보이는 사위는 약 83회 정도 나타나며 이는 전체 비중의 51%가 된다.

식구들을 속이거나(처가 식구들이 속은 것을 인지하였건 못 하였건), 처가를 걱정시키고 곤란하게 만드는 상황에 놓이게 하거나, 대외적으로 처가의 위신을 낮추는 일들을 말한다. 주로 혼인 전에 남성 인물이 재산이나 지위를 가진 예비 장인과 거짓말 내기를 하여 그를 꼼짝없이 당하게 만들어서 자신을 사위로 삼게 만들거나, 귀한 집 딸의 병을 낮게 해준다는 명목으로 딸의 정절을 훼손하여 어쩔 수 없이 자신을 사위로 맞아들이게 한다. 또한 <꾀로 평양감사된 사위> 이야기에서처럼 자신을 홀대하는 장인과 장모를 속여 평양감사 벼슬을 얻어내고 처가 식구들을 골탕 먹이는 이야기도 그러하다. 그래서 '처가로부터 덕 보는' 사위는 사실 '처가를 욕보이는' 행위를 통해 얻게 된 하나의 상태이자 목표로서 나타난다. 곧 '처가를 욕보이는 행위'는 사위의 최종 목적을 위한 전략적 과정이다. 그래서 1과 2 유형의 '꾀 많은 사위'들이 '처가를 욕보이는 행위'들은 '처가로부터 덕을 보기' 위한 과정으로서 나타나며, 때문에 '처가를 욕보이는 사위'와 '처가로부터 덕 보는 사위'들은 종종 하나의 이야기에서 결합한다. 이러한 양상은 4 유형의 '앙혼드는 사위'의 이야기에서도 적지 않게 발견된다.

　　이진사 집에 예쁜 딸 하나가 있었는데 건너 마을 머슴이 그 아가씨를 색시로 삼고 싶어서 매일 신령님께 기도를 올렸다. 어느 날 꿈에 신령이 나타나 머슴에게 붉은 씨앗 세 개를 주면서 그 집 아가씨가 목단꽃을 심고 가꾸는 화초밭이 있는데 아가씨가 목단을 크게 키우려고 매일 아침 그곳에 오줌을 눈다며, 그 자리에 세 개의 씨앗을 심어놓으면 좋은 일이 있을 것이라고 말한다. 머슴이 시킨대로 하였더니 이진사의 딸이 그날부터 걸을 때마다 아래쪽에서 릴리리 쿵더쿵하는 소리가 난다. 아무도 이 병을 못 고치자 이진사는 이 병을 고친 사람에게 재산의 반을 주겠다고 한다. 그때 머슴이 이진사의 집에 가서 자기가 병을 고친다면 재산 반이 아니라 이 집의 사위로 삼아달라고 한다. 이진사가 허락하자 머슴이 병을 고친다고 하면서 몰래 화초밭에 심어둔 씨앗 하나를 빼니 아가씨 밑에서 나는 소리가 쿵더쿵으로 작아진다. 그러고 나서 머슴이 며칠 나타나지 않으니 진사 집에서는 딸의 병을 빨리 마저 다 고쳐달라고 한다. 하지만 머슴은 신령이 시킨 대로 말하며, 병을 다 고치려면 아가씨와 한방에서 계속 머무르면서 고쳐야 한다고 한다. 진사가 할 수 없이 그렇게 하도록 허락하자 머슴은 한동안 아가씨와 함께 지내며 정을 붙인다. 그러나 아가씨 병이 다 낫자 진사는 약속을 지키려고 하지 않았다. 머슴은 괘씸한 생각이 들어 다시 씨앗을 들고 가서 화초밭에 심었다. 아가씨의 병이 다시 도지자 진사는 하는 수 없이 머슴을 사위로 맞이하였다. 이후에 머슴은 글공부를 하여 벼슬도 하고 두 사람은 행복하게 산다.[14]

머슴은 신령의 도움과 자신의 꾀로 주인집 아가씨에게 병을 주기도 하고 그 병을 낫게도 한다. 아가씨 몸에서 나는 소리는 남부끄러운 소리라서 만약 주인집에서 딸의 병을 고치지 못하면 혼처도 구하지 못할 것이고, 소문이 난다면 집안의 흉이 될 것이었다. 머슴은 이를 이용하여 아가씨의 병을 고쳐 준다면서 그녀에게 전략적으로 접근하여 그녀를 차지하고 부잣집의 사위가 된다. 이야기에서는 결국 이들 부부가 잘살게 되었다고 하지만, 사실은 아무 죄도 없는 아가씨를 머슴이 욕보임으로써 그녀의 부모가 할 수 없이 머슴을 사위로 들이게 된 것이다.[15] 이처럼 주인공이 꾀를 부려 모험을 시도하고 그를 통해 결국 행복한 결말을 맞는 이야기는 사위가 되는 남성 인물의 시점

---

14   <양반 딸 엉큼하게 병 고치고 사위된 머슴>, 『대계』 3-2(충청북도), 500-509쪽.
15   여자나 여자의 집안을 궁지에 빠뜨려 구해주는 척하며 여자를 차지하고 장가를 드는 이야기의 패턴은 1장에서 본 <선녀와 나무꾼>에서 나무꾼이 혼인을 하게 되는 과정과 무척 유사하다. 나무꾼도 선녀의 옷을 숨기고 선녀를 궁지에 빠뜨렸으며 하늘나라 선녀와 혼인을 한 것이므로 그도 결국 약혼을 한 것이라고 할 수 있다.

을 중심으로 진행되기 때문에, 그가 처가를 욕보이는 행위는 이야기에서는 단순한 오락적인 요소로 윤색된다. 가진 것 없는 주인공이 행복을 성취해내는 일반적인 민담의 서사처럼 '사위 되기' 이야기들이 이처럼 비슷한 양상으로 많이 발견된다.

하지만 사위가 된 이후에도 처가를 욕보이는 행위는 끝나지 않는다. 주로 2 유형의 이야기에 등장하는 사위들은 혼인 후에 처가가 가진 재산을 거짓말과 꾀로써 빼앗는다. 이 과정에서 그의 아내가 남편을 조력하는 장면은 흔하게 발견된다.

> 한 남자가 장가를 들었는데 처가가 부자인 것을 알았다. 그 집 재산이 탐이 나 첫날밤에 아내에게 자기 말을 잘 들어야 한다고 하면서 시키는 대로 하라고 한다. 아내가 그리 하겠다고 하자, 남자는 아내에게 옷을 벗고 칼을 들고 깨금발로 춤을 추라고 말하고는 자기는 장인의 방에 들어가서 색시가 지금 제정신이 아닌 듯한데 자기가 책임을 져야 할지 소박을 줘야 할지 결정을 해달라고 한다. 장인이 확인해보니 정말이어서 논을 스무 마지기를 줄 테니 딸을 책임져 달라고 한다. 사위가 스무 마지기로는 안 된다고 하니 서른 마지기를 주겠다고 한다. 그렇게 사위는 서른 마지기 논 문서를 받아놓고 방에 들어가 색시에게 이제 논 서른 마지기 얻었다고 그만하라고 한다. 따라 들어오던 장인이 그 말을 듣고는 사위보다 딸년이 더 도둑이라고 한다.[16]

꾀 많은 사위는 혼인한 첫날밤에 자신의 아내에게 이제부터는 내 말을 들어야 한다며, 그렇지 않으면 소박을 주겠다고 협박한다. 아내가 시키는 대로 다 하겠다고 하자, 사위는 아내가 제정신이 아닌 사람처럼 행동하도록

---

16 <사위보다 딸년이 더 도둑이다>, 『대계』 7-11(경상북도), 720-722쪽.

시킨 후에, 장인 장모의 방에 들어가서 신부가 이상하다며 어떻게 해야 하냐고 묻는다. 장인이 딸의 이상한 모습을 보고 혼인하자마자 소박을 맞을까봐 사위에게 자신의 논을 주겠다며 달랜다. 사위가 장인이 제시한 논보다 더 많은 면적의 땅을 요구한 뒤에 논문서를 받고 나서는 아내에게 이제 되었다고 한다. 장인은 속은 것을 알았지만 사위에게 뺏긴 것이 어차피 딸에게 준 것과 마찬가지였으므로, 사위보다 딸이 더 도둑이라는 말만 할 뿐 사위에게 별다른 불만을 표시하지 않는다.

또한 처가로부터 실질적인 이득을 보지 않음에도 불구하고 처가를 욕보이는 사위의 이야기가 있다.

한 노인이 똘똘한 사위를 보고 싶어서 거짓말 잘하는 사람을 사위로 삼겠다고 광고를 한다. 하루는 늦도록 장가를 못 간 사람이 찾아와서 거짓말을 해보겠다고 하자, 노인은 그 노총각에게 당신이 거짓말을 하고, 내가 '그렇지'라는 맞장구를 못하게 되어야 이기는 것이라고 말한다. 노총각은 회오리 바람에 어떤 사람이 쓴 패랭이가 날아갔는데, 처음에는 동동동하고 날아가더라고 말한다. 노총각이 패랭이가 날아가는 장면을 동동동동하고 천천히 묘사할 때는 노인이 '그렇지', '그렇지'하고 맞장구를 쳐주었는데, 노총각이 점점 그 소리를 빨리 뱉으니 결국 노인이 '그렇지' 맞장구를 못하게 되었다. 하는 수 없이 노인은 그를 사위로 맞아들이게 되었다. 하루는 사위가 또 장인을 골려줄 요량으로 꿀벌이 모아둔 꿀을 따러 산에 가자고 한다. 장인과 함께 산에 간 사위가 장인을 앞세우고 자기는 다시 집으로 와서는 장모와 아내에게 장인이 산에서 꿀을 따다가 넘어져서 돌아가셨다고 거짓말을 한다. 그리고 다시 장인에게로 뛰어가서는 장인에게, 방금 집에 갔다왔는데 집에 불이 났다고 한다. 장인은 산에서 급히 내려가다가 산으로 올라오는 딸과 아내를 만나 사위의 거짓말에 속은 것을 알고는 그에게 다음부터는 무엇을 보더라도 아무말도 하지 말라고 한다. 사위가 하루는 장인이 화롯불 앞에서 꾸벅꾸벅 졸다가 감투를 화로에 떨어뜨린 것을 보고도 아무 말을 하지 않아 감투가 다 타버리자 장인이 사위에게 왜 보고도 말해주지 않았느냐고 그를 나무란다. 사위는 무엇을 봐도 아무말하지 말라고 해서 하지 않았다고 한다. 장인은 다음부터는 보면 본대로 그대로 이야기하라고 한다. 하루는 또 장인이 엉덩이가 부러진 소를 장에 내다 팔아야겠다고 사위와 같이 장에 갔는데, 소값을 치루려는 사람에게 사위가 엉덩이 부러진 소를 사려고 하냐고 사실을 말해버려 장인은 소를 못 팔게 된다. 장인이 또 혼을 내자 사위는 바른대로 말하라고 해서 그랬다고 한다. 사위는 이렇게 거짓말 좋아하는 장인의 버릇을 고쳤다.[17]

위 이야기의 주인공은 거짓말 좋아하는 장인 덕분에 그의 사위가 되어 노총각 신세를 면하게 되었지만, 무슨 연유에서인지 거짓말 소동을 일으켜 장인과 처가 식구들을 골탕먹인다. 이와 비슷한 유형의 다른 이야기들에서도 장인이 거짓말을 너무 좋아한다거나 도둑질하는 버릇이 있어 사위가 그것을 고치려고 꾀를 내어 장인을 골탕 먹이기도 한다. 이러한 이야기들에서 사위는 처가를 욕보임으로써 얻는 물질적 이익이 없음에도 꾀를 부려 처가를 골탕 먹인다. 그러나 그는 처가에 미치는 자신의 영향력을 확인함으로써 모종의 '힘'을 얻었다고 볼 수 있다. 이러한 맥락에서 사위들이 가진 거짓말 재주와 꾀는 상대를 다룰 수 있게 하는 지력(知力), 즉 '힘'이라고 할 수 있다. 처가에서 선호하는 거짓말 잘하는 사위는 아이러니하게도 그 재주로 처가를 좌지우지하는 권력자가 되는 것이다.

반면 거짓말 잘하는 말재주나 유식해 보이는 글재주도 없는, 재치와 똑똑함과는 거리가 먼 사위가 있다. 바로 3 유형의 '바보 사위'이다. 바보 사위는

---

17   <거짓말 좋아하는 장인 버릇고친 사위>, 『대계』 3-2(충청북도), 679-682쪽.

다른 사위들처럼 처가에 미치는 영향이 다변화되지 않는다. 즉 처가를 욕보이다가 처가에 득이 되거나, 처가를 욕보임으로써 처가로부터 덕을 보거나, 아니면 처가로부터 덕을 보고 나중에 처가에 득이 되는 식의 변화를 보이지 않는다. 바보 사위는 무지와 어리석음, 사회생활에 필요한 상식이 결여된 말과 행동으로 처가를 욕보이기만 한다. 우연히라도 그들이 처가에 득이 되는 경우는 결코 없다.

신혼 첫날밤에 신랑이 신부에게 낮에 먹었던 빨갛고 납작한 것이 무엇이냐고 묻자 신부는 나박김치라고 한다. 부엌에 가면 있다고 해서 신랑이 부엌에서 항아리를 찾았는데, 얼른 먹고 싶은 마음에 두 손을 함께 넣었다가 손이 빠지지 않자 이리저리 들고 다니다가 항아리를 깨버리고 만다. 신랑이 다시 방에 들어와 그럼 낮에 먹었던 빨갛고 동그란 것이 무엇이냐고 묻자 신부는 감이라며 마당에 있는 나무에 열려 있다고 한다. 사위는 벌거벗은 채로 감나무에 올라가서 감을 따려는데 윗방에서 자던 장인이 사위가 감을 먹고 싶어 하는 줄 알고 따라갔다가 사위 불알을 밑에서 쳐다보고는 감인 줄 알고 올가미로 따려고 하였다. 사위가 너무 아파서 똥을 싸는 바람에 장인은 아래에서 그 맛을 보고는 감이 곯았다며 다시 방에 들어온다.[18]

바보 사위는 작은 항아리에 든 김치를 요령있게 퍼내는 법을 몰라 두 손을 모두 넣었다가 빼지 못해 결국 항아리를 깨고야 만다. 사위는 그대로 잘 수가 없어 감이라도 따 먹으려고 감나무 위에 올라갔지만, 감을 따주려던 장인의 실수로 그는 불알을 다치게 된다. 그가 통증의 충격으로 변까지 보는 바람에 장인은 정체 모를 감의 쓴맛을 본다. 이러한 바보 사위의 행동은

18   <감나무 위의 사위>, 『대계』 4-4(충청남도), 894-896쪽.

웃음보다 한숨이 나오기 쉽지만 어수룩하고 천진난만한 그의 행동은 급기야 웃으면 안되는 상황에서도 웃음이 터지게 만든다.

장가간 사람이 처가에 문상을 가야 해서 아내에게 문상가는 예법을 묻는다. 아내는 상주가 '아이고아이고'하면 당신은 '어이어이'하면 된다고 알려준다. 남자는 처가로 가는 길에 개울을 건너는데 물고기가 올라갔다 내려갔다 하는 것을 보고는 처가에 가져다 주려고 물고기를 잡았다. 물고기가 신발에 들어가지 않자 아랫도리를 벗어 고기를 묶어서 가는데 개가 물어가 버린다. 의복도 잃고 물고기도 잃은 남자가 겨우 처가에 도착했더니 어이어이하는 법을 잊어 머뭇거리다가 마침 뻐꾸새가 우는 소리를 듣고는 '뻐꾹뻐꾹'이라고 한다. 상주들이 웃음을 참다가 피식 웃자 사위는 처남이 웃는 것을 보니 내 옷을 훔쳐 간 게 처남이구나한다.[19]

처가에 문상을 가야 하는 사위는 그래도 점잖게 머물다 오려는 마음에 아내에게 곡하는 법을 묻는다. 그리고 처가에 무엇이라도 들고 가고 싶은 마음에 물가에서 물고기를 잡았지만 그마저도 운이 없었는지 개가 물어가는 바람에 물고기도 의복도 잃게 된다. 처가에 도착한 사위가 아내가 일러준 곡하는 방법을 기억하지 못하다가 마침 뻐꾸새 우는 소리를 듣고 따라하니, 처남은 웃음을 터뜨리고 바보 사위는 그 처남이 자기 옷을 훔쳐가서 옷이 없는 자기 꼴이 웃겨 웃는 줄 알고 처남에게 엉뚱한 말을 하고야 만다.

바보 사위는 처가를 욕보이는 존재일 뿐만 아니라 함께 사는 가족 구성원들의 걱정거리이다. 언제 어디서 엉뚱한 일을 하여 식구들을 당황하게 하거나 위험하게 할지 모르기 때문이다. 그런 면에서 바보 사위는 꾀 많은 사위처

---

19   <바보 사위>, 『대계』 8-7(경상남도), 346-349쪽.

럼 처가에서 다루기 힘든 대상으로 나타난다. 훈계와 충고가 소용없는 바보
는 같은 실수를 반복할 수 있으며, 그의 행위로 인한 결과를 예측할 수 없게
한다는 점에서 그러하다. 그러므로 바보 사위는 꾀 많은 사위와 비슷한 방식
으로 처가로부터 어떤 '시선'과 '힘'을 얻는다. 일을 제대로 수행하지 못할
것이라는 걱정과 그의 실수로 어떤 피해를 입을 줄 모른다는 두려움의 시선
은 결과적으로 바보 사위에게도 상황의 변화를 만들어내는 힘을 부여하게
된다.

2) 처가에 득이 되는 사위

이 유형의 사위는 주로 5 유형의 '나중에 잘 되는 사위', 6 유형의 '귀인
사위, 이인 사위' 들이다. 이야기들의 패턴을 고려하였을 때, 6 유형의 '귀인
사위, 이인 사위'는 처가에 득이 될 것이 보장된 인물이므로 이 유형을 대표
한다. 간혹 1, 2의 유형의 '꾀 많은 사위'가 재치를 발휘하여 처가의 어려움을
해결해주기도 하는데, 이러한 경우는 앞서 살펴본 '처가를 욕보이는 사위'
이야기와 결합하기도 한다. 여기서 처가에 '득이 되는 행위'는 처가에 경제
적인 도움을 주는 물질적 지원 행위를 포함하여, 자신의 지혜를 발휘해서
처가의 어려움을 해결하는 것, 혹은 벼슬을 통해 출세함으로써 처가의 위신
을 세우는 것을 뜻한다. 사위들은 일반적으로 가정의 안위를 돌봄으로써
집안 내 가장의 지위를 확고히 한다. 5 유형의 '나중에 잘 되는 사위' 이야기
의 경우, 그들은 먼저 사회적 성공을 성취함으로써 가내와 가외에서 자신의
위상을 드높임과 동시에 처가의 대외적 위신까지 세운다. 그러나 다른 유형
의 사위들에 비하여 처가에 '득이 되는' 사위는 상당히 적게 나타난다.[20]

---

20   전체 유형에서 약 15% 정도 차지한다.(이야기들을 세 가지 사위 유형의 모티프로 분절하면

5 유형의 이야기에서 뒤늦게 출세하는 사위가 처가의 위신을 높이는 경우는 다음과 같다.

> 해독에 송진사라는 사람이 딸이 하나 있었는데 광신 김씨인 김진사의 아들을 사위로 삼으려고 김진사 집으로 갔다. 송진사는 김진사의 아들이 글 읽는 소리를 듣고 흡족하여 서로 사돈이 되기로 약속하고는 집으로 돌아왔다. 그러나 김진사가 막상 아들을 장가보내려고 하니, 조실부모하고 장가가기 어려울 듯한 자신의 당질이 마음에 걸려, 혼례일에 자기 아들 대신 당질을 송진사 집으로 장가를 보냈다. 송진사 집에서는 김진사 보낸 사윗감을 보고 영 맘에 들지 않아 부부를 따로 나가 살게 하였다. 하루는 송진사가 딸네 집에 찾아갔더니 오두막집에서도 잘 지내는 것을 보고 놀란다. 딸이 아버지에게 마당에 묻은 장독 세 개를 보여주며 거기에 찬 돈이 모두 남편이 나뭇짐을 해다가 판 돈이라고 말해준다. 사위는 사실 어떤 집에 정기적으로 나무를 매일 해다 팔면서 글공부를 하고 있었다. 그 사위는 과거를 보러 가서 급제를 하였는데 원하는 벼슬을 말하라고 하니 해독 군수를 원한다고 하였다. 사위가 처가 동네에 내려가자 장인이 그를 알아보고, 사위는 처가 식구들을 모아놓고 자기가 이렇게 된 것은 모두 처가 덕택이라며 이제 사이좋게 잘 지내자며 해독 군수를 지내면서 선군으로 지냈다.[21]

송진사는 평소에 알고 지내던 김진사의 아들과 자신의 딸을 혼인시키려고 했으나, 김진사가 혼인날 약속을 어기고 자신의 아들보다 사정이 좋지 않은 당질을 대신 보내자 하는 수없이 둘을 혼인시키고 살림을 따로 나가 살게

약 160개 정도로 나누어지며 여기에서 처가에 득이 되는 사위들은 24번 정도 나타난다.)

21   <송진사 사위>, 『대계』 8-6(경상남도), 379-383쪽.

한다.[22] 송진사가 딸이 어떻게 지내는지 궁금하여 찾아갔더니 변변치 않은 살림에도 딸이 잘 지내고 있고 사위가 성실하고 부지런하게 지내어 놀라워한다. 사위는 열심히 글공부하여 마침내 장원 급제를 하고 처가가 있는 지역의 군수가 된다. 이와 비슷한 내용의 다른 이야기에서는 사위가 자기를 괄시하던 처가에 보복을 하거나 잠깐이라도 자신의 설움을 해원하는 장면이 나오기도 하는데,[23] 이 이야기에서는 사위가 자신의 출세를 처가의 덕택이라고 생각하고 벼슬자리도 처가가 있는 지역을 선택하여 간다. 처음에는 탐탁지 않았던 사위였지만 나중에 출세함으로써 처가를 기쁘게 하는 사위는 결국 처가에 득이 되는 사위라고 볼 수 있다.

한편 6 유형의 이야기에 나타나는 귀한 사위는 대체로 처음에는 볼품없고 사위로 삼기가 꺼려지는 사람이었으나 앞일을 예견하는 능력이나 지혜를 발휘하여 어려울 때에 처가를 돕거나 자신의 타고난 복으로 성공함으로써 결국에는 처가에도 득이 되는 인물이다.

한 사람이 아들 셋과 딸 몇을 두었는데 남은 막내딸 한 명을 혼인시켜야 할 때가 되었다. 그는 자기 집의 하인을 불러서 어떤 동네를 가보라고 하며, 거기서 처음 보는 남자를 데리고 오라고 한다. 하인이 지나가는 걸인 같은

---

22 이처럼 혼인 전에 봐두었던 사윗감이나 며느릿감이 막상 혼례날에는 오지 않고 다른 사람이 오는 이야기가 종종 발견된다.

23 출세한 사위가 자신을 괄시하던 처가에 보복하거나 해원을 하는 이야기도 발견되는데, 이는 처가를 욕보이는 행위라고 볼 수 있다. 그러나 그 처벌이나 해원이 영구적이지 않고, 출세한 뒤에 처가를 찾아가서 마을에 그 집안 사위가 벼슬살이를 하게 되었음을 결과적으로 알리게 되므로 결국 사위의 성공이 처가에 득이 되는 형국이 된다. 또한 최소한 자신을 뒷바라지하던 아내에게 자신의 출세로 그 고생을 보상하므로 이러한 이야기들의 사위도 처가에 득이 되는 사위로 분류할 수 있겠다. <정승된 곰보사위>, 『대계』 7-8(경상북도), 515-525쪽; <처가집에 나팔소리 들려 준 사위>, 『대계』 3-3(충청북도), 89-95쪽; <가난한 셋째 사위의 등과>, 『대계』 6-4(전라남도), 676-682쪽; <구박한 사위에게 망신 당한 장모>, 『대계』 4-2(충청남도), 228-223쪽.

사람을 발견하여 데리고 오려고 하니 그 걸인이 대뜸 나는 장가가지 않겠다고 했다. 그래도 하인이 그를 대감에게 데리고 와서 대감이 그를 설득하여 그를 사위로 삼았다. 그러나 그가 매일 잠만 자고 일을 하지 않자 장인이 돈을 주며 장사를 좀 해보라고 한다. 사위가 돈을 들고 나가서는 하라는 장사는 하지 않고 보은 속리산 근처에 집을 짓기 시작하였는데, 돈이 모자라 다시 집으로 와서는 장사를 실패했다고 거짓말을 하였다. 그러자 장인이 돈을 조금 더 주었다. 사위가 그 돈으로 마저 집을 완성하였는데 마침 임진왜란이 나서 피신할 곳이 없어 온 식구들이 걱정하게 되었다. 그때 사위가 본가이든 처가 식구이든 자기를 따를 사람은 나서라고 하며 식구들을 데리고 보은으로 갔는데 식구들은 모두 사위가 지은 집에서 안전하게 살았다고 한다.[24]

황정승이 벼슬을 퇴직하고 집에 있었는데 하루는 대국에서 조선의 임금에게 함을 보내놓고는 그 안에 무엇이 들어있는지 맞히어 아뢰라고 한다. 임금이 황정승을 불러 이 일을 해결하게 하니 황정승은 고민이 되어 식음을 전폐한다. 그의 외동딸이 아버지의 고민을 듣더니 마침 찾아온 손님이 있으니 그분에게 물어보면 될 것 같다고 말한다. 황정승이 그 손님에게 함 이야기를 하니 그 손님은 자기에게 외동딸을 주시어 자기를 사위로 삼아주시면 답을 해주겠다고 한다. 황정승이 그리하겠다고 하자 손님은 혼례를 먼저 치르자고 한다. 할 수 없이 황정승이 혼례까지 먼저 치르고 신방까지 차려주고 난 뒤에야 그 사위가 글로 써주기를, "단단석중물(團團石中物)은(단단한 돌 가운데 물건은), 반백반황금(半白半黃金)이고(반은 하얗고 반은 노란 금이고), 야야지시명(夜夜知時鳴)하니(밤에도 시간을 알고서 우니), 함정(含情)에 미토음(未吐音)이라(함정 속에 들었으니 소리를 토하질 못합니다)."라고 하자, 황정승이 그것

---

24   <임란 피난지를 마련한 이인 사위>, 『대계』 7-15(경상북도), 518-520쪽.

이 달걀임을 알고 그대로 임금에게 아뢰어 대국에게 보내게 한다. 대국의 임금이 감탄하여 큰 상을 내려보내니 임금이 그것을 황정승에게 주어 황정승이 잘 살게 된다.[25]

위의 첫 번째 이야기는 앞에서 제시한 동고 이준경이 고른 사윗감의 이야기와 거의 유사하다. 이야기의 주인공은 앞으로 일어날 전쟁을 예견하고 자신의 본가와 처가를 모두 구한다. 두 번째 이야기는 대국의 임금이 낸 어려운 문제를 풀어야 하는 임무를 맡은 황정승이 마침 우연히 찾아온 손님에게 그 문제를 묻게 되었는데 손님이 그 대가로 외동딸을 요구하자 딸을 주고 그를 사위로 삼은 뒤에 답을 구하여 나라와 가문의 위신을 세웠다는 내용이다. 안을 들여다 볼 수 없는 함에 든 물건이 무엇인지 알았고, 그것을 당시의 문식 코드인 한문으로 글을 지어 표현한 것, 그리고 답을 주기도 전에 장인에게 딸과 결혼부터 시켜달라고 요구했다[26]는 점에서 황정승의 사위는 배짱이 있고 글재주 있는 이인(異人)이라 할 수 있겠다. 거의 모든 사위 관련 설화에서 이러한 이인 유형의 사위는 처가에 도움을 준다.

경주 최씨의 장자네 집에서는 혼례복을 가져다 놓고 마을 사람들에게 누구든지 필요할 때 빌려주는 일을 하고 있었다. 어느 날 나이 서른이 다 된 노총각이 장가를 가려고 최씨 집에서 혼례복을 빌려다가 결혼을 하려고 했으나 갑자

---

25 <이인 사위 얻은 황정승>, 『대계』 3-3(충청북도), 57-61쪽.

26 황정승이 어려움에 처한 것을 알고 그것을 해결해준다는 빌미로 황정승의 딸을 달라고 한 손님은 그 딸을 두고 거래를 한 것과 같다. 즉 처가를 도와주는 대가로 자신도 처가로부터 그에 맞는 보상을 받는다. 그런 점에서 이 이야기는 '처가에 득이 되었다가 처가로부터 덕 보는 사위'로도 볼 수 있다. 그러나 주인공의 이인적 면모에 초점을 두고 있으므로 여기서는 '처가에 득이 되는 이인 사위'로 분류하였다. 이처럼 사위 관련 설화에서는 주인공의 행위와 결과만 가지고 그 유형을 단적으로 규정할 수 없는 복합적인 양상이 많이 나타난다.

기 신부집에서 퇴혼을 놓는 바람에 그 옷을 되돌려주려고 최씨 집으로 갔다. 그러나 이미 문이 닫혀서 밤새 그 집 담벼락에 기대어 잠을 잤는데, 경주 최씨가 마침 꿈에 담벼락 근처에서 청룡황룡이 꿈틀대는 꿈을 꾸고는 밖으로 나와 담벼락에 있는 남자를 발견하고 집으로 들어오게 한다. 사내의 상을 보니 괜찮아 보여 자기 동생에게 그를 사위로 삼으라고 하였으나, 동생은 그의 나이가 많아 꺼려진다며 맘에 들면 형님이 사위를 삼으라고 한다. 그 뒤로 경주 최씨는 노총각의 집에 풍족한 재산을 주고는 그 사위를 10년 공부를 시킨 다음에 장원 급제를 시켰다.[27]

딸을 낳고 혼자 그 딸을 키운 어머니가 있었는데 그 딸을 어찌나 아끼면서 키웠는지 아무에게나 주기 싫어 꼭 어사 사위를 얻게 해달리고 절에 가서 빌고 또 빌었다. 이것을 본 그 절의 중이 부처상 뒤에 앉아있다가 그 어머니가 빌 때마다 당신은 그 딸을 중에게 주고 그를 사위로 삼아야 한다고 부처님이 말하는 것처럼 꾸몄다. 그 어머니가 고민을 하다가 할 수 없이 부처님이 시키는 대로 해야 한다며 총각 스님을 집으로 데리고 와 딸을 데리고 가서 함께 살라고 한다. 그 중이 딸을 데리고 다시 산으로 올라가는 길에 대변을 보러 잠깐 사라진다. 딸이 혼자 서 있을 때 한 어사가 그 곁을 지나다가 어여쁜 처녀가 있는 것을 보고 탐이나 그녀를 가마에 태우고 가버린다. 중은 다시 나왔지만 여자가 없어진 것을 알고 그냥 가버린다. 결국 그 어머니는 어사를 사위로 맞았다.[28]

제시된 첫 번째 이야기는 경주 최씨 부자가 현몽을 꾸고 사람을 알아보아

---

27   <경주 최부자 사위>, 『대계』 7-6(경상북도), 494-499쪽.
28   <불공드려 어사또 사위를 얻은 사람>, 『대계』 5-5(전라북도), 640-642쪽.

그를 사위로 삼은 뒤에 뒷바라지하여 결국 그를 출세시킨다는 이야기이다. 결과적으로 사위가 잘된 것이니 처가에도 득이 된 것이지만, 이는 사실 근본적으로 든든한 처가의 지원이 뒷받침되었기에 가능한 것이었으므로 이 이야기에서 나오는 사위의 유형은 처가로부터 덕 본 뒤에 다시 처가에 득이 되는 경우라 할 수 있겠다. 실제로도 처가나 아내의 지원으로 뒤늦게 출세하는 사위, 남편 들의 이야기가 꽤 많이 발견된다.

마지막 이야기는 딸을 키우던 홀어머니가 딸을 귀한 사람에게 보내고 싶어 어사 사위를 볼 수 있게 해달라고 열심히 불공을 드렸더니 영악한 중의 계략에도 불구하고 정말로 어사 눈에 딸이 띄게 되어 어사 사위를 보게 되었다는 내용이다. 이 이야기가 흥미로운 점은 정작 사위의 캐릭터는 드러나지 않고 다만 사위가 가진 '어사라는 지위' 자체에 초점이 맞추어져 있다는 것이다. 여타 사위 관련 설화에서 사위들의 시점이나 사위들을 바라보는 시각이 구체화된 것에 비하여 이 이야기는 한미한 처가의 입장에서 그저 높은 벼슬의 사위를 얻은 것만으로도 처가가 득을 본 것처럼 서술된다. 어사가 이후에 처가에 어떤 도움을 주었는지는 나타나지 않음에도 불구하고 그저 어사 사위를 봤다는 사실 자체가 처가에는 영예가 된 것이다.

한편, 주로 처가를 욕보이는 꾀 많은 사위가 결국 그 꾀로 처가에 득이 되는 경우도 있다.

부모도 잃고 문전걸식하는 아이를 한 여관집 부부가 거두어 심부름을 시키며 키웠다. 아이가 커서 장성하여 장가를 보낼 때가 되었는데 마땅한 곳이 없어 여관집 부부는 그를 자기 딸과 결혼시키기로 하고 사위로 맞는다. 혼례를 치르려고 하는데 남자가 갑자기 고향에 다녀오겠다고 하여서 보내주었는데 남자는 한밤중에 다시 돌아와서는 닭의 피를 아내의 잠자리에 뿌려놓고는 아내만 데리고 사라진다. 그리고 아내를 이모집에 숨겨두고 다시 처가로 돌아와서는 없어진 아내를 찾는다. 집에서는 딸이 없어져서 어쩌지도 못하고 딸의 가묘를 만들어 장례를 치렀다고 거짓말을 한다. 사위는 막무가내로 가묘까지 찾아가 아내의 형체를 보겠다고 한다. 결국 딸의 시체가 없는 것이 발각되자 장인과 장모는 재산의 반을 나누어 사위에게 준다. 남자는 재산을 얻어 다시 이모집으로 돌아가 아내를 데리고 살았는데, 하루는 처가에서 급하게 부름이 온다. 처남이 사람을 때렸는데 그 사람이 죽어서 난처하게 되었다고 하자 사위는 동네에 힘센 사람을 구하여 그에게 술을 먹이고는 처가 동네로 가서 처남이 죽였다는 사람집에 찾아간다. 힘센 사람이 그 시체를 빼내어다가 못에 빠뜨려 주는데, 사위는 연못에 빠져 죽은 사람을 맞아 죽었다고 거짓말을 한다며 소동을 일으킨다. 결국 처가는 사위 덕에 억울한 일을 면했다.[29]

비록 미천한 출신의 남자이지만 영특한 면이 있었던지 그는 자신을 길러 준 여관집 주인의 딸과 혼인을 하게 된다. 그러나 사위는 거기에 만족하지 않고 아내를 이용하여 처가의 재산을 얻으려고 하는데, 아내를 이모집에 숨겨놓고는 마치 처가가 자기 몰래 아내를 빼돌린 것처럼 만들어 아내를 돌려달라고 횡포를 부린다. 처가는 이에 당황하였고, 없어진 딸을 찾지 못하여 딸이 죽었다고 거짓말까지 하였지만 사위가 그냥 넘어가지 않고 가묘까지 파헤치자 처가는 하는 수 없이 재산의 반을 사위에게 넘겨준다. 그 뒤로 처남이 실수로 사람을 때려 살인을 했다는 소식이 들리자 사위는 마을의 힘센 사람과 공모하여 처남이 죽였다는 사람의 시체를 빼돌리고 처남과 처가를 어려움에서 구한다.

일반적인 양자 관계에서 상대에게 무엇인가를 준 쪽은 그것을 받은 쪽에 비하여 우위에 선다. 마찬가지로 처가에 도움을 준 사위는 그것으로 인해

---

29 <사위 덕에 재앙 면한 이야기>, 『대계』 8-6(경상남도), 453-459쪽.

권위를 부여받고 처가는 사위를 그에 맞게 대접한다. 그 바탕이 처가가 가지는 부채 의식에서든 사위에 대한 진정한 애정이든 간에 둘 사이의 관계는 사위가 더 힘을 가지게 되는 형국이 된다.

주목할 만한 것은 이처럼 사위가 처가에 득이 되는 행위를 하더라도 대부분 반드시 처가를 힘들게 하는 과정을 거친다는 점이다.

> 부잣집 딸이 가난한 집에 시집을 갔다. 친정아버지가 딸 집에 가보니 피죽을 끓여 먹으면서 힘들게 살고 있었다. 집이 워낙 가난했기 때문에 만약 그 집에 손님이 오면 딸이든, 사위든, 사돈이든 자기 손님이 와서 먹은 만큼 자기는 몇 끼를 굶어야 했다. 친정아버지가 오는 바람에 친정아버지가 드신 만큼 자기가 더 굶어야 했던 딸이 아버지가 가실 때 울면서 그 사실을 말하니 친정아버지가 논 서른 마지기의 양식을 딸네 집에 가져다준다. 그럼에도 사위는 그 양식을 잘 먹지 않고 계속 피죽을 먹으며 글공부를 하는데, 하루는 장인이 돌아가셨다는 부고를 받고 사위가 처가에 가서 처남의 얼굴을 봤더니 장모마저 죽으면 그는 빌어먹을 관상이었다. 그 후에 장모가 마저 돌아가시고 처남이 얼마 안 있어 살림을 모두 거덜내자 사위는 자기가 받은 식량을 반으로 나누어 처남을 구했다.[30]

이 이야기의 사위는 앞서 본 사위들처럼 적극적인 의도와 목표를 가지고 처가를 욕보이지는 않았다. 단지 그 자신이 너무나 가난하게 살았기 때문에 아내를 고생시키고 딸을 시집보낸 친정아버지도 염려하게 한 것이었다. 그가 처가로부터 받은 양식도 그가 꾀를 부려 얻은 것이 아니라 처가의 동정에서 나온 자발적인 지원이었다는 것도 꾀 많은 사위들, 양혼을 드는 사위가

---

30   <앞일을 잘 아는 사위>, 『대계』 8-2(경상남도), 284-287쪽.

처가 덕을 보는 것과 다르다. 하지만 그가 빈털터리가 된 처남을 도움으로써 처가에 득이 되는 사위가 되었다고 해도 그것은 이미 처가로부터 받은 양식으로 도운 것에 불과하다. 이처럼 사위 관련 설화에서 주인공들 대부분은 처음부터 처가에 득이 되는 경우가 없으며 득이 될 경우, 처가를 욕보이는 사위들과 마찬가지로 처가에 대해 우위를 점하게 된다.

3) 처가로부터 덕 보는 사위

연구의 대상으로 삼은 자료들을 보면 **처가에 득이 되는 사위**들의 이야기보다 **처가로부터 덕 보는 사위**들의 이야기가 더 많다.[31] 시기상으로 크게 두 가지 경우로 나눌 수 있는데 미혼의 남성 인물이 앙혼(仰婚)을 들게 되면서 처가의 재산이나 사회적 지위를 등에 업게 되는 경우와 혼인하여 사위가된 후에 처가의 재산을 갈취함으로써 이득을 보게 되는 경우가 그러하다.[32]

---

31 처가로부터 덕 보는 사위들은 전체 사위 유형들에서 약 32%를 차지한다.(이야기들을 세 가지 사위 유형의 모티프로 분절하면 약 160개 정도로 나누어지며 여기에서 처가로부터 덕 보는 사위들은 51회, 처가에 득이 되는 사위는 24회 정도 나타난다. 전자가 후자에 비하여 거의 두 배에 가깝다.)

32 앞서 제시한 세 가지 사위 유형에서 처가에 득이 되고 처가로부터 덕 보는 사위(+=)의 이야기는 해당 분류에서 다루지 않는다. 여기에 해당할 만한 이야기가 하나 있으나 논란의 여지가 있기 때문이다. 명당 빼앗긴 사위의 이야기로 내용은 다음과 같다.

　"남매가 살았는데 누이는 결혼하여 따로 살았다. 하루는 어머니가 돌아가셔서 남동생이 누나에게 연락을 하니 누나만 오고 자형은 출타 중이라 오지 않았다. 처남은 자형이 올 때까지 장사를 못 치르고 기다렸는데 처남이 어느 골짜기에 좋은 묘자리를 봐두고 있었다. 자형이 돌아오자 세 사람은 묘자리를 찾아 올라가는데 그 자리는 자형이 예전부터 봐둔 자리였다. 사위는 할 수 없이 그 자리에 장모를 묻고 돌아왔는데, 어느 날 또 사위가 나간 중에 장인이 돌아가셨다. 처남이 다시 누이 집에 와서 기다렸다가 자형이 오는 날 장사를 치르는데 이번에는 자형에게 타고다니던 나귀만 좀 빌려달라고 한다. 하는 수 없이 자형이 처남에게 나귀를 빌려주었더니 나귀는 풍수지관이었던 자형이 자주 다니는 자리를 기억하고는 다시 장모가 묻힌 골짜기 자리로 가서 장모 옆자리로 갔다. 처남이 그곳에다가 아버지를 묻자 자형은 그 두 자리가 사실 우리가 묻힐 자리였다면서 아내에게 불평한다. 그러나 먼저 혼인 전의 남성 인물이 앙혼을 하여 처가의 덕을 보는 이야기는 다음과 같다. 주로 4 유형의 '앙혼하는 사위'들이며 이들은 운명적으로 혹은 우연히 좋은 가문의 사위가 된다.

한 거지가 평생 지팡이와 바가지만 들고 얻어먹으면서 다녔다. 그 사람이 죽을 때가 되자 아들에게 너도 평생 얻어먹고 살아야 한다며 꼭 지팡이와 바가지만 들고 다니라고 말한다. 아들이 아버지 말대로 그것들을 들고 걸식하고 다녔는데 하루는 날이 어두워지고 인가에서 멀어져 길을 잃게 되었다. 그러다 공동묘지가 보여서 거기서라도 자려고 누웠는데 누군가 귀신같은 목소리로 김서방, 이서방을 부르며 서울 김정승 집에서 굿을 한다고 하는데 거기 가서 음식을 좀 얻어먹고 오자고 한다. 아들이 이 말을 듣고 나도 같이 가면 안 되겠냐고 하여 같이 가다가 물을 건너게 되었다. 귀신들은 쉽게 건너는데 아들은 못 건널 것 같아 귀신들에게 나는 한 번도 물을 건너지 못해서 물이 무서우니 좀 업어달라고 한다. 귀신 한 명이 업어주었는데 너무 무겁다고 혹시 산 사람이 아니냐고 하니 아들은 아니라며 자기 몸을 만져보라고 지팡이를 내민다. 귀신이 뼈다귀밖에 없다고 믿어주지만, 아무래도 너무 무겁다고 머리를 내밀어보라고 한다. 아들이 바가지를 내미니 해골머리가 맞다며 귀신이 믿는다. 정승댁에 가니 굿을 하지 않아서 귀신 한 명이 외동딸 방에 들어가 그의 혼령을 꺼내와 파란 구슬을 보여준다. 아들이 그것을 보고 나도 한번

장인과 장모를 거기에 묻은 뒤로 그 부부도 잘 산다." <장인 장모에게 묘자리 빼앗긴 사위>, 『대계』 8-6(경상남도), 683-689쪽. 주인공이 장인과 장모의 묘자리를 잘 써서 잘살게 되었다는 결말은 행복한 결말이지만, 그러한 복을 제공하는 실체가 분명하지 않기 때문에 이를 사위가 처가로부터 덕을 보았다고 판단할 수는 없다. 또한 이 이야기를 제외하면 '처가에 득이 되고 처가로부터 덕 보는 사위' 유형으로 볼 만한 이야기는 발견되지 않으므로 여기에서 논의하지 않는다(앞에서 살펴본 <이인사위 얻은 황정승>, 『대계』 3-3(충청북도), 57-61쪽이 이에 해당될 수는 있으나 이미 6 유형의 이인 사위에 포함시켰으므로 마찬가지로 다루지 않는다).

만져보자고 해놓고는 뺏어서 자기가 들고 있는 막대기와 바가지로 귀신들을 때리자 귀신들이 모두 도망간다. 정승 집에서는 딸이 죽었다고 난리가 나고 아들이 그때 집안으로 들어가 딸을 살려보겠다고 한다. 대신에 자기가 딸 방에 들어가면 아무도 들어오지 못하게 하라고 한다. 아들이 파란 구슬을 딸의 코에 넣어 살리고 하룻밤을 데리고 잔다. 그 다음날 정승이 그것을 알고 할 수 없이 그를 사위로 삼는다.[33]

아버지가 남겨주신 바가지와 지팡이를 들고 다니며 얻어먹고 다녔던 거지는 우연히 공동묘지에서 귀신들을 만나 정승집에 가게 된다. 그리고 귀신들이 굿 음식을 얻어먹으려고 정승 딸의 혼령을 빼내오자 그것을 뺏고는 자신이 들고 있던 바가지와 지팡이를 가지고 귀신들을 때려 쫓아보낸다. 그리고 거지는 딸이 죽은 줄 알고 걱정하는 정승을 찾아가서 자신이 딸을 살리겠다고 말하고는 딸의 방에 아무도 들어오지 못하게 한 후, 여인의 혼령을 다시 몸속에 넣어준다. 그리고 딸과 함께 하룻밤을 지낸 후에 정승의 사위가 되는데, 이 이야기의 남성 인물은 불행한 처지에서 우연히 잡은 행운을 자신의 기지로 꽉 붙들어 자기 삶을 바꾼다. 거지가 하루아침에 정승집의 사위가 되었다는 것은 배우자를 얻어 가장이 됨과 동시에 넉넉한 재산과 좋은 지위를 가지게 되었음을 의미한다.

강원도에 사는 형제가 있었는데 큰형이 재산을 갈라 동생을 주었더니 동생이 재산을 다 탕진하여 둘 다 가난뱅이가 된다. 동생이 그 길로 올라가 서울에 갔다가 밤늦게 순찰꾼들에게 잡혀 어느 대감집 딸 방에 들어간다. 사실 그 순찰꾼들은 어느 부잣집 딸의 상부상을 막으려고 그녀가 시집가기 전에 희생

---

33   <정승 사위된 거지>, 『대계』 7-16(경상북도), 369-375쪽.

대상을 찾아다니다가 동생을 잡아 온 것이었다. 동생이 그 사실을 알고 마음속으로 이래나저래나 죽겠다며 주는 술상을 실컷 먹고 나니 그 집 딸이 그를 측은하게 여겨 금덩이를 조금 주면서 밖에서 당신을 잡아 포대기에 넣고 나가면 바닷가 모래밭쯤에 왔을 때, '나를 꺼내어 살려주면 보화를 주겠다'고 말하여 목숨을 구하라고 일러준다. 남자가 그렇게 하니 사람들이 금을 받고 그를 풀어주고 그는 다시 강원도로 돌아와 부자가 되어 산다. 근처에 사는 다른 남자가 이 소문을 듣고 자기도 부자가 될 요량으로 서울에 가서는 밤늦게 돌아다니다 순찰꾼에게 잡히어 대감집 딸의 방에 들어갔지만 딸은 아무런 보화를 주지 않는다. 그가 방에 있던 홍두깨 방망이만 들고 나와서 사람들을 다 때리고 나오다가 물웅덩이에 빠진다. 그가 꼴이 엉망이 되어서는 다른 집의 별당으로 들어갔다가 주역을 읽고 있는 과부의 방에 들어간다. 그가 목욕을 하고 나와 새 옷을 받아 입으니 과부의 눈에 나빠 보이지 않았고, 결국 그 남자가 과부를 설득해 두 사람은 그날 결연한다. 그 과부는 훈련대장의 딸이었는데 어느 날 훈련대장이 집을 돌아보다 딸의 방에 외간 남자가 있는 것을 알고는 재산을 정리하고 딸과 사위에게 재산을 조금 주고는 자기도 일을 그만 두고 산속으로 들어간다. 결국 강원도 형제와 마을 남자는 둘 다 잘 살게 되었다.[34]

이 이야기는 예외적으로 두 명의 남성 인물이 등장한다. 재산을 다 날린 동생은 상부상을 당할 팔자를 가진 여자의 액막이 감으로 잡혔다가 여자의 동정심을 얻고는 자기 목숨을 구하고 황금까지 얻어 고향으로 돌아온다. 이 이야기를 들은 이웃 남자는 자신도 황금을 얻고 싶어 무작정 서울로 갔는데, 대체로 옛이야기에서 이렇게 남을 따라 하는 인물들은 실패하기 마련인

---

34   <벼락부자 된 형제와 훈련대장 사위>, 『대계』 7-11(경상북도), 48-53쪽.

데도 이 이야기에서는 오히려 이렇게 따라 했던 남성 인물이 더 많은 것을 얻어 온다. 곧 그는 황금을 얻지는 못했지만 계획에 실패하여 우연히 도망쳐 들어간 과부의 방에서 과부를 자신의 배필로 얻게 되고 과부의 아버지로부터 재산까지 얻어 고향으로 함께 돌아오게 된다. 앙혼하는 사위들의 이야기는 이처럼 배우자를 취함과 동시에 재산을 얻게 되며 때로는 정승집의 사위라는 지위까지 얻게 된다. 곧 남성 인물에게 행복하고 이상적인 혼인은 앙혼으로 나타나며 이와 동시에 주어지는 지위는 부잣집이나 정승집의 사위이다.

또한 1, 2 유형의 꾀 많은 사위에게 어쩔 수 없이 딸을 주거나 재산을 뺏기는 처가의 이야기가 많이 발견된다. <거짓말 세 마디로 사위된 사람>의 이야기처럼 재산이 넉넉한 집안의 딸을 얻어 사위가 되는 것은 처가로부터 덕을 보았다고 할 수 있다. 그리고 혼인의 대상이 반드시 재산이 넉넉하거나 집안이 좋은 딸이 아니더라도, 거짓말을 잘하는 인물들은 대체로 혼처를 구할 수 없는, 내세울 것 없는 처지의 나이 많은 남자들로 나타난다. 즉 이들에게 혼인은 그 자체로 행운이다.

이러한 양상을 고려한다면 전체 사위 관련 설화에서 '꾀가 많은 사위'에 관한 관념이 상당히 두텁게 형성되어 있음을 알 수 있다. 사위 관련 설화에서 거짓말을 잘하거나 꾀가 많은 사위들은 말을 잘 꾸며서 자신이 만들고자 하는 상황으로 처가 식구나 관련된 다른 사람들을 유인하여 속이고 그로부터 이익을 취하며, 그러한 재주로 난관을 돌파하기도 한다. 그런 점에서 거짓말 재주와 꾀는 삶을 살아가는 데 도움이 되는 지혜가 되며, 입말로 표현되는 '말재주'인 '재치'와 '기지'에도 연결된다. 5, 6 유형에서 종종 발견되는 유식하거나 벼슬하는 사위들의 글재주인 문식성(文識性)과는 그 결이 다른 자질인 것이다.

주목할 만한 것은 전체 대상 자료에서 꾀 많은 사위가 처가를 돕는 이야기보다 그 재주를 이용하여 처가로부터 이익을 얻는 경우가 훨씬 더 많다는 점이다. 주로 자신보다 넉넉한 형편의 집안 딸을 아내로 삼은 남성 인물들이 혼인 후에 아내와 함께 처가의 재산을 갈취한다.

조실부모하고 머슴살이를 하던 남자가 그래도 재주가 있어 어느 집 딸과 결혼을 했다. 그러나 처가 식구들은 그 사위가 와도 제대로 대접해주지 않고 무시하였다. 남자가 괘씸한 마음이 들어 마을 이장과 계획하고서 처가 살림을 조금 뺏을 계획을 꾸민다. 사위는 자기 부모님 제삿날에 장인 장모 내외를 초대하여 대추나무 방망이 하나를 꺼내 보여드린다. 사위는 그것을 '또드라 따악'하고 두들기며 '밥 나와라', '떡 나와라' 말을 하니 아내가 음식을 방안으로 가지고 와 제상을 차렸다. 그건 마을 사람들이 이장의 명을 받고 각기 자기가 맡은 제사음식을 만들어놓은 것이었다. 장인 장모는 영문을 모르고 그것이 진짜 도깨비 방망이인줄 알고 자기 집의 논 열 마지기와 대추나무 방망이를 바꾸자고 한다. 사위가 마지못해 주면서 대신에 화를 내지 말고 이 방망이를 두드려야 음식이 나온다고 한다. 장인 장모는 다음 제사 때에 며느리들에게 아무 음식을 하지 말라고 해놓고는 제사 당일 그 방망이를 두드리지만 음식이 나오지 않자 아들을 사위에게 보내 방망이를 다시 돌려주고 논을 돌려받으려고 한다. 그러나 사위는 자기 집안의 귀한 가보를 이렇게 두들겨서 망쳐놓고는 어떻게 논을 돌려달라고 하냐며 다섯마지기만 돌려준다.[35]

처가로부터 무시를 당하던 사위는 심술이 나서 마을 이장과 함께 처가 재산을 뺏을 계획을 꾸민다. 그것이 진짜였다면 누가 봐도 탐을 낼 만한 요술방망이를 자기 집안의 가보라고 속이고는 장인 장모에게 논 열 마지기

---

35 <꾀많은 사위>, 『대계』 4-5(충청남도), 124-131쪽.

문서를 받고 그것을 판다. 장인 장모가 방망이가 말을 듣지 않는다며 다시 바꾸어달라고 할 때도 이 사위는 대추나무 방망이가 엉터리여서가 아니라, 장인 장모가 그 용법을 제대로 몰라 마구 두들겨서 가보가 상하였다고 대응함으로써 자기가 받았던 논의 반만 돌려준다.

이처럼 사위가 처가 식구들을 속여서 이득을 보는 이야기들은 '문제적 인물'로서 사위를 바라보는 하나의 시선을 보여준다. 왜냐하면 사위가 처가의 덕을 보게 되는 계기가 처가의 자발적인 지원으로 이루어지지 않고, 사위의 꾀나 거짓말을 통하여 비윤리적인 방식으로 만들어지기 때문이다. 그리고 사위가 자신들의 혈육인 딸의 배우자이자 가족이라는 이유로 처가 식구들은 사위가 부당하게 취한 금전적 이익을 심각하게 따지지 못하게 된다.

또한 처가를 속여서(욕보이고) 그로부터 이득을 얻는 사위들의 이야기는 비단 결혼 후에 그들이 받은 부당한 대우에서만 발단이 되지는 않는다. 남자 주인공의 처지에 비해 아내가 될 여자의 집안이 더 부유하거나 장인이 될 사람이 거짓말 잘하는 사위를 좋아할 경우, (1)절에서 살펴본 바와 같이 남자 주인공들은 결혼 전에 예비 처가 식구를 곤혹스럽게 만들어놓고 그에 대한 대가로 딸을 취함으로써 처가의 덕을 본다. 남자 주인공에게 그러한 혼인은 곧 신분 상승의 기회이다.[36] 이처럼 처가로부터 덕 보는 사위들마저도 처가를 어려워하지 않고 자신들의 뜻대로 처가를 다룬다는 점은 놀랍다. 앞서

---

[36] 이야기 속 남성 인물들의 양혼 양상과 혼인 후에 남자가 주거지를 처가로 옮겼던 서류부가혼(壻留婦家婚) 풍습은 서로 연관이 있을 수 있다. 조선 시대 적어도 16세기까지는 서류부가혼이 일반적이었다. 남편이 아내 집에서 머무른다고 하였어도 사회적 활동 반경이 넓었던 남자들은 본가에 정기적으로 다녀올 수 있었기 때문에 처가와 본가 양쪽 모두 돈독한 유대 관계를 맺을 수 있었다. 또한 처가가 부유하거나 벼슬하는 집안일 경우, 사위와 사위 집안에 대한 처가의 든든한 지원이 보장될 것은 당연한 수순이었던 것이다. 이러한 맥락을 참고한다면, 경제적 지원과 사회 신분의 신장을 원하는 신랑집에서 자신의 아들을 도와줄 신부집을 찾으려 했을 것이라는 추측은 충분히 설득력이 있다. 이순구, 「조선시대 가족제도의 변화와 여성」, 『한국 고전문학 속의 가족과 여성』, 월인, 2007, 16쪽 참고.

언급했듯이 일반적인 증여 관계에서는 주는 자가 받는 자에 비하여 우위를 점하게 되는데, 한국의 설화에서 사위들은 처가로부터 덕을 봄에도 불구하고 처가에 대한 부채 의식을 느끼지 않는 것처럼 보인다. 이와 관련하여 사위가 처가로부터 덕을 보는 과정에서 처가를 속이거나 욕보인다는 점은 상당히 주목할 만한 패턴이다. 이러한 사위의 모습은 처가 입장에서 다루기 녹록지 않은 상대로서 그가 가진 지위의 양면성을 보여준다.

3. 백년손님의 두 얼굴

지금까지 살펴본 바와 같이 한국의 사위 관련 설화에서 사위들은 처가의 입장에서 잘난 사위든 못난 사위든 처가를 욕보이는 경향이 짙다. 그리고 처가에 득이 되기보다는 그들 자신이 처가로부터 덕을 보는 경우가 훨씬 많다. 이러한 두 가지 양상은 한국의 가족 문화에서 사위가 지닌 지위의 양면성을 시사한다. 미우나 고우나 사위가 거짓말로 딸을 차지하거나 재산을 가져가더라도, 거짓말로 골탕을 먹이더라도, 심지어 바보같은 행동으로 처가에 망신을 줄 때도 처가는 사위를 어찌하지 못한다. 처가는 사위를 잘 대접해야 하지만, 대접한 만큼 처가에 득이 되는 경우가 적고 가족이긴 하지만 여전히 어려운 손님이기도 하다. 결과적으로 사위는 처가에서 '다루기 힘든 대상'으로 나타난다.

처가에서 다루기 힘든 사위는 단연 '꾀 많은 사위'이다. 거짓말을 잘하고 자신에게 유리한 상황을 만들어낼 수 있는 꾀도 많다. 어려운 상황을 헤쳐나갈 궁리가 있고 자신에게 우호적이지 않은 상대를 제압할 묘수도 생각해낸다. 그래서 사위 관련 설화에서 딸을 가진 부모, 특히 장인이 될 아버지는 사윗감으로서 거짓말 잘하는 남자, 궁리가 넓은 남자를 구하기 위하여 사위

시험까지 준비한다.

그런데 옛날 어느 산골에 이거 참 뭐 이, 이 아매 저저 서낭골이나 저 밤골끝은 산골에 이 독가촌에서 떡- 사는 양바이(양반이). 이른데 가마-욕심이 많애…(중략)…가마 이래 동네를 댕겨보이, **여러 사람을 접촉을 해보니 참 이견 (의견) 너린(넓은) 사람이, 이 이견 너른 게 뭔가 궁리가 많고, 뭐가 이거 인자 뭐를 남을 협잡도 하고 뭐 이런 인자**…(중략)…자식이라꼬는 무남독녀 딸 하나 밖에 못 낳았어요. 나는 인자 도적질 잘 하는 놈으로 사우를 볼라이, 이거 참 도적놈이라 관가에 잡헤 갔부만 내 딸이 과부 될 판이고. "예이놈! **거짓말 잘 하는 놈을 사위를 볼밖에 없다고.**"[37]

그래 한분은 광고가 나붙는데 아주 좋은 집에서, 땅도 많은 부자고 처지도 좋은 집에서, 딸도 단 외동딸 하나 가주 있는 집 이래, 그래 광고를 내붙이길 뭐라 카는고 아이라, **'세상에서 거짓말만 잘하면 말이지 거짓말만 대우(아주). 잘하믄 내가 사위를 보겠다'** 카는 광고를 내붙있다. 요새 말하만, 그래 이 사람도 가마이 광고를 차츰 알아들으니, **거짓말 잘 해가지고 대우 잘하만 장개를 간다카이,** '에라 이놈 나도 한번 해 볼 빼끼없다고' 길이 엄치(엄청나게) 먼데 요새 말하마 수 백리가 되는데, 근근히 인제 그 찾아가서 근방에 가서 물으니…[38]

하도 하도 사우를 볼라 카이 아무리 골라도 없이. 음, 자인 장인 영감으는, 장인 영감으는 거짓말 사우 필요 없다이랬고, 장모는 빨리 빨리, **사람은 남자**

37 <거짓말 잘하는 사위>, 『대계』 7-10(경상북도), 710쪽.
38 <거짓말 잘하는 사위 고르기>, 『대계』 7-11(경상북도), 599쪽.

는 좀 거짓말 쫌 해야 된다. 거짓말도 쫌 하고 머 이래야 된다이거라.[39]

이 경상도 어느 산골에 외딴집으루 이렇게 사는 분이 있는데 마치 아들두 없구 무남독녀루 딸 하나 두구서 사는 집이 있었어. 그래 딸 마침 딸을 하나 두구서 보니께 **사위를 그래두 좀 똘똘한 놈을 봐야 되겠거덩.** 그래 이놈의 **사위 재목을 어떻게 골라야 똘똘한 놈을 고르는지 알 수가 있어야지.** …(중략)… 아주 좌우간 광고를 내붙인겨. **좌우간 그짓말 잘하는 놈은 뭘 잘해두 잘할테니께 그짓말 잘하는 놈으루 사우를 삼아야 되겠다구 말여.** 그짓말 아주 잘하는 놈이 있걸랑 오라는겨.[40]

장인 혹은 장모는 사윗감으로 꾀가 있거나 지혜롭게 생각하는 능력이 있는 남자를 원한다. 그리고 그런 능력을 하필이면 '거짓말 잘하는' 재주라 여긴다. 여기서 거짓말을 잘한다는 뜻은 금방 탄로 날 거짓말을 자주 한다는 의미가 아니라 '거짓말로 다른 사람을 잘 속인다'는 의미이다. 일반적으로 거짓말 혹은 사기 행위로 누군가를 속이는 목적은 두 가지이다. 자신의 안전을 위해서, 즉 어떤 불리한 상황으로부터 자신을 보호하기 위해서, 혹은 상대로부터 어떤 이득을 취하기 위해서이다. 거짓말의 목적과 기능이 이러하기 때문에 거짓말 잘하는 재주는 세상을 살아가는 데 필요한 능력처럼 보인다. 누군가를 속이려면 그만큼 치밀하고 기민해야 하기 때문이다. 특히 아내와 자식들을 책임져야 하는 가장인 남자들에게 자신을 지키는 힘과 상대로부터 이득을 취할 수 있는 능력은 일종의 처세술과도 같다. 어쩌면 번듯한 가문의 출신으로, 혹은 글공부를 많이 하여 벼슬살이를 하는 남자들에 비하여 삶에

---

39   <엇질이 사위>, 『대계』 7-7(경상북도), 486쪽.
40   <거짓말 좋아하는 장인 버릇고친 사위>, 『대계』 3-2(충청북도), 679쪽.

서 부딪혀야 할 일들이 더 많은 보통의 남자들에게 거짓말 잘하는 재주는 험한 세상을 살아갈 수 있게 하는 생존 능력과도 같을 것이다.⁴¹ 그러므로 딸을 가진 부모는 그러한 딸의 인생을 책임질 남자로서 '거짓말 잘하는 남자'를 사윗감으로 고르고 싶은 것이다.

그러나 사위의 거짓말 재주는 딸에게는 도움이 될 수 있을지언정 처가에는 좀처럼 득이 되지 못한다. 거짓말 잘하는, 곧 꾀가 많은 사위를 찾았건만 사위는 오히려 그러한 재주로 처가를 욕보인다. 주지하듯이 사위는 딸과 공모하여 장인 장모를 속이고 재산이나 벼슬을 얻기도 하고, 거짓말로 소동이 난 것처럼 하여 처가 식구들을 골탕 먹이기도 하며, 자신을 홀대하는 처가에 보복하기도 한다.

사람이 어느 집안에 둘째 사위로 들어갔는데 장모가 잘난 맏사위만 좋은 음식으로 잘 대접해주고 자기에게는 영 대접을 해주지 않았다. 하루는 사위들이 장인의 환갑이라고 처가에 갔는데 맏사위가 오늘은 좋은 날이니 글짓기를 겨루어보자고 한다. 먼저 맏사위가 '학지선명(鶴之善鳴)은 장경고(長頸枯)'[학이 잘 우는 것은 목이 길어서이다]라고 하자, 둘째 사위는 대구로 '와지슨명(蛙之善鳴)두 장경고(長頸故)냐?'[개구리가 잘 우는 것도 목이 길어서냐]라고 한다. 집에 놀러온 빈객들이 맞다며 박장대소를 한다. 또 맏사위가 '노초부장(路草不長)은 과인고(過人故)니라'[길가에 풀이 길지 않은 것은 사람들이 지나다녀서이다]고 하자, 둘째 사위는 '장모부장(丈母不長)두 과인고(過人故)냐'[장모가 키가 작은 것도 사람들이 많이 거쳐서냐]라고 하여 장모 키가 작은

---

41 사실 사위 관련 설화에서 유식하고(글재주 있고), 과거에 합격하여 벼슬하는 사위들이 거짓말 재주까지 겸비하고 있는 경우는 거의 없다. 대체로 미천한 집안의 출신, 하층 신분, 가난한 노총각과 같이 좋은 혼처를 구하기 힘든 남자들이 거짓말 잘하는 사위로 등장하는데, 이는 거짓말 잘하는 재주가 불평등한 상황에서 생존을 돕는 지혜가 됨을 의미한다.

것을 대구로 빗대었다. 이 말로 망신을 당한 장모가 그때부터 둘째 사위를 잘 대접하였다.[42]

    딸을 셋 둔 집에서 첫째와 둘째 딸은 모두 재산이 있는 집으로부터 사위를 들였으나 막내딸만은 가난한 집의 사위를 보았다. 막내딸은 친정에서 다른 윗동서 두 명에 비해 자신의 남편이 괄시받는 것을 보고 남편에게 글공부를 권한다. 남편이 선생님을 두 번이나 바꾸어가며 글공부를 제대로 하지 않자, 아내는 남편에게 글공부 십 년을 채워서 돌아와야지 그러지 않으면 자신과 살 수 없을 것이라고 엄포를 놓는다. 남자가 하는 수 없이 호식이라도 당해야겠다며 산속에 누워있었는데 한 노인이 나타나 자신을 꾸짖으며 글을 가르쳐준다. 남자가 결국 글을 알게 되어 한 마을에서 서당 훈장을 9년하고는 집으로 돌아간다. 아내가 십 년이 차지 않았다고 받아주지 않아서 마지막 1년을 채우고 집에 돌아온다. 아내가 형부들이 과거를 보러 가는 것을 보고 돈을 마련하여 남편에게 과거시험을 보러가라고 권하고, 남자는 동서들이 말을 타고 갈 때 자신은 걸어서 한양까지 간다. 과거 시험날 막내 사위는 자기 글을 금방 써놓고 동서들을 찾아 만나는데 동서들이 여기엔 왜 왔냐며 무시를 한다. 그는 동서들에게 글 하나씩을 써주고 작은 벼슬이라도 하게 해주는데, 자신은 급제를 하여 높은 벼슬을 얻게 된다. 그러나 그는 처가 마을의 어사 벼슬을 내려달라고 하여 마패를 숨기고 집으로 돌아온다. 막내 사위는 동서들의 과거 시험 합격을 축하하는 잔치에 가서 출도 명령을 내리고 자신을 괄시한 처가 식구들을 잡아들였으나 처형들이 동생에게 빌고 부탁하면서 잘못을 뉘우치고 앞으로 말을 잘 듣겠다고 하자 막내 사위는 처가 식구들을 풀어주었다.[43]

---

42   <글 잘 짓고 위신 세운 사위>, 『대계』 4-5(충청남도), 846-848쪽.
43   <가난한 셋째 사위의 등과>, 『대계』 6-4(전라남도), 676-682쪽.

첫 번째 이야기는 맏사위만 위하는 장모에게 불만을 품었던 둘째 사위가 장인의 환갑 때에 모인 사람들 앞에서 글재주를 뽐내려는 맏사위와 자신을 무시했던 장모를 망신시킨다는 내용이다. 사물의 현상을 겉모습으로만 판단하여 그 인과관계를 설명하는 맏사위의 글을 둘째 사위는 그것과 비슷하지만 속내가 전혀 다른 사물을 선택하여 대꾸[對句]함으로써 맏사위의 글을 우스꽝스럽게 전복시킨다. 두 번째 이야기에 등장하는 셋째 사위도 처가에서 괄시를 당하는데 이를 본 아내가 자존심이 상하여 작정하고 남편이 글공부를 하게 만든다. 결국 셋째 사위는 함께 과거를 보러 온 동서들의 글귀를 써주고 그들은 작은 벼슬을 얻게 하고 자신은 과거 급제를 하여 높은 벼슬을 얻게 된다. 그러나 그는 오히려 그것을 마다하고 처가 마을의 어사를 청하여 내려오게 되는데, 그는 동서들의 과거 합격을 축하하는 잔치에 나타나 마패를 꺼내어 처가 식구들을 모두 결박하여 감옥에 가둔다. 처가 식구들이 셋째 딸을 통하여 셋째 사위에게 잘못을 빌자 그는 그제서야 처가 식구들을 풀어주었다. 즉 사위 관련 설화에서 사위들은 자신을 무시하는 처가에게 설욕한다.

사위들은 비록 자신의 실수로 처가에 폐를 끼친 경우라도 당당하게, 심지어 뻔뻔하게 행동한다. 다음은 처가에서 술을 많이 마시고 실수로 장모의 귀와 옷장에 소변을 눈 사위의 이야기 중 한 대목이다. 장모는 사위가 부끄러워할까봐 자신의 귀에 오줌을 눈 사실을 사위에게 말하지 않았으나 옷장에 소변을 눈 것은 아내와 동서가 보고 말았다. 그날 밤 사위가 동서에게 비밀을 지켜달라고 부탁하고 집으로 가버렸는데 다음 제사 때 처가에 온 사위는 자신의 실수가 소문난 것을 안다.

아 이놈으 것 요리 가도, "술 쪼끔만 묵어, 오늘 저녁에 또 오줌 쌀라고?" 저리가도, "술 쪼끔만 묵어. 또 오줌 쌀라고. 저리가도 싸고, 요리가도 싸고." 이 사람이 비야(화)가 나. 즈그 각씨보고 허는 말이, **"아이 나가 술먹고 오줌**

잠 쌌기에 대장부 남잔께 그런다 오줌을 싸지 남자가 아니면 그런다 오줌을 싸겠냐? 근디 나보고 요리 가도 싸보고 저리가도 싸보고 나 깨깟헌 그리도 공무원이다."고. "근디 나보고 싸보라 그래? 요놈 집구석을 걷어불고 간다." 고 그러거든. "오줌 싼 놈이 그런 놈이지 싸보란 사람이 그런 놈이여." 각씨가 뭐이라 그러건든. 근께 즈그 장모가 똑 나오도만, "이 사람아 나는 귀가 애렀어." "왜 귀가 애리어?" "자네가 나 귀여다 오줌을 싸뿌리갖고 나 시방 귀가 애리갖고 돈이 많이 들었네." 근께로, "아이 집구석도 썩어빠진 놈으 집구석이네, 그날 저녁으 본께 손발이 물을, 고이 자빠짐서 귀여 물이 들어가드만 어이가 나가 오줌 쌈서 물이 들어가? 에이 나 여그 올디 아니라." [자기가 장모 귀에 오줌을 눈 것이 아니라, 장모의 손발에 물이 묻었거나 자리끼가 엎어져 물이 들어간 것이라고 우기는 모양] 곰서 걍 평생을 내달려 불더라요.[44]

일반적인 경우라면 사위는 잘못을 인정하고 장모에게도 용서를 빌어야 한다. 하다못해 사람들에게 미안해하거나 부끄러워하는 모습이라도 보여야 하는데, 이야기 속 사위는 장모의 마지막 폭로에 더 화를 내며 자기가 저지른 실수를 인정하지 않고 오히려 처가를 욕한다.

이야기들에서 사위들은 대부분 당당하고 뻔뻔하다. 거짓말을 하여 처가를 속인 것이 밝혀지는 경우, 예를 들면 거짓말로 장인 장모를 속여 처가의 재산을 가져거나, 거짓말 소동으로 처가 식구들을 고생시키는 사위들은 그의 잘못에 대한 일체의 책임을 지지 않는다. 또한 <활 못 쏘는 사위> 이야기에서 애초에 없는 활솜씨를 있는 것처럼 속여 장가를 들었던 무지랭이 사위가 그것이 들통날 위험을 모면하고서는 도리어 처가 탓을 하며 활을 다시는 쏘지 않겠다고 화를 내는 경우도 마찬가지이다.

---

44   <오줌싸개 사위>, 『대계』 6-4(전라남도), 308-309쪽.

"장인 땜에 아무것두 안되. 가만 뒀으믄은 저기 두 마리 다 잡는긴데 장인이 발길루 차는 바람에 한 마리만 잡구 한 마리는 놓쳤다." 구 말여. "내가 그걸 꼭 알구서 딱- 이렇게 겨누구 있는데 활촉두 그래 두 개를 잡은 기라."구. …(중략)… "근데 내가 이 활 종사를 끝끝내 하다가는 장인한테 맞어 죽어. 그러니까 이거 그만 할끼여. 안햐. 아 활 더디 쏜다구 발길루 찰적에 뭐 노루나 산돼지 잡으러 가서 저기하믄은 나 장인한테 죽어. 그러니까 이 종사 안한다." 구. 그 푸진 놈의 대나무 활, 푸진 놈의 대나무 활촉, 고거 다 똑-똑 꺾었어. "이제는 활 다시 안 쏜다."구. "내가 활을 또 쏘면 개잡놈이라." 구 말이지. 맨 꺾어 집어내버렸단 말입니다.[45]

활을 쏘지 못하는 사람이 활 잘 쏘는 사위를 구하는 집에 가서 명궁인 척 행세하여 사위가 된 것부터가 그의 뻔뻔함을 말해준다. 사실 앞에서 보았던 '거짓말로 좋은 집에 장가드는 사위'들은 이미 혼인 전부터 처가 식구들을 자신이 만들어내려는 상황에 끌어들일 준비가 되어 있는 인물들이다. 즉 그들은 '처가를 잘 다룬다'. 그리고 처가에서 자기 관상을 알아보고 가진 것이 없는 자신을 사위로 삼겠다고 할 경우에도 그는 쉽게 허락하지 않는다. 마치 '당신들이 그렇게 나를 필요로 하니 혼인해 주겠소'[46] 한다. 앞일을

45 <엉터리 명궁 사위>, 『대계』 3-2(충청북도), 790-791쪽.
46 총객이 나이 한 사십 된기 배짝 말라 배틀어진기 말이지 아주 손을 치알라봉께 아주 악산 더덕같이 마 어글어글한디…(중략)…아이그 저걸 데버다 사우 삼으라쿠는데 말이지 낯빤대기엔 마 숯검정이 때가 올라도 뚝뚝 올랐단 말이라…(중략)…"우리 대감님이 좀 모시고 오라쿠는데 갑시다." 쿵께, **"아갸, 대갬이 뭐이건데 날 오락해. 할 말이 있으믄 제가 오지. 할 말 있으믄 제가 오지. 내가 넘(남) 덕으로 살건데? 안 가."**…(중략)…그래 인제 데리구 갔다. 데리구 가서 그랗께 동고대감 옆에다 뜩 불러다 안치놓으께 그 정승자리 사랑에 가 절두 없어. 절두 않고 이렇게 떡 앉는기라. 긍께 동고대감이 똑 열리 본 사람 매니로(모양으로) 말이야, "니 장게 안 들래?" 그리 묻는기야. 긍께, **"어이구 이 세상에 장개 들어 뭐하고로요."** 안 간다는기야…(중략)…동고대갬이 사정을 하는기야. 피씨도 옆에 앉아 들

예견하고 준비할 줄 아는 능력이 있는 이인 사위가 아니라 지체 높은 집안의
사위를 맞을 때에도 상황은 비슷하다.

안동부사가 외출을 하다 비를 만나 주막에 들어가서 방에 들어가려고 하니
이미 별감의 아들이 거기서 원노름을 하고 있었다. 안동부사가 들어오니 방을
치우라고 하자 별감의 아들이 자기도 군수인데 누구보고 방을 치우라고 하냐
며 비키지 않자 안동부사가 동석하자고 하여 동석을 하는데 둘이 글짓기 내기
를 한다. 글짓는 솜씨를 보니 안동부사가 보기에 별감의 아들이 나이는 어리지
만 뛰어난 듯하여 사위를 삼고는 벼슬을 시켜 잘 살게 한다.[47]

이쯤 되면 처가에서 원하는 사위는 '늘 당당하고 자신있는 사람'으로 보인
다. 사람이 자신있어 보이는 것은 자부심을 가질 만한 어떤 능력이나 배경이
있다는 뜻인데, 이야기들에 나타나는 귀한 사윗감들은 재산이 많거나 벼슬
하는 집안의 출신이거나 혹은 사위 당사자가 벼슬을 하거나 글재주가 있는
똑똑한 사람들이다. 위의 이야기에서 별감 아들이자 군수는 이러한 조건들
을 다 갖춘 사람이며 그래서 안동부사를 대할 때도 그는 당당했다. 그리고
사위 관련 설화에서 가장 많이 등장하는 '꾀가 많은 사위'는 출신의 귀천에
관계없이 선호되는데, 그것은 '꾀 많음', '지혜'가 사람을 당당하고 자신있게
만들어주는 가장 분명한 자질로 보이기 때문이다. 즉 처가에서 '꾀 많은 사
위'를 선호하는 이유는 '꾀가 있어서 어떤 상황에서든 문제를 해결할 수 있
고, 그래서 당당하고 자신있는 남자'가 자신의 딸과 집안에 도움이 될 것이라
는 생각이 바탕되어 있기 때문이다.

지, 인자 보지. 보렁께, **"대감, 이 참 그렇게 간곡히 권고하는데 거절할 수가 있입니까?"**
싱락을 받았다 말이야. <동서 이준경과 피서방 사위>, 『대계』 1-1(경기도), 728-729쪽.
47　<안동부사의 사위가 된 별감 아들>, 『대계』 7-17(경상북도), 160-162쪽.

하지만 사위의 그러한 당당함과 자신감이 정작 처가에는 긍정적인 영향을 주지 않는 경우가 많다. 심지어 혼인도 하지 않은 상태에서 사위가 되고 싶다고 찾아와 꾀를 써서 장인 장모의 딸을 차지하는 사위는 그 꾀 덕분에 딸을 믿고 맡길 수 있는 든든한 사위이기도 하지만, 눈뜨고 코 베이듯 딸을 훔쳐가는 도둑놈이자, 언제 어떻게 자신들을 또 속임으로써 난처하게 할지 모르는 무서운 사위이다. 또한 그러한 사위는 처가에는 '위협적인 외부인'이 면서도 지속적으로 '외교적인 관계[48]를 유지해야 하는 가족'이기도 하다. 그래서 처가에 사위는 마치 속임수를 써서 언제라도 자신을 골탕 먹일 수 있는 '트릭스터'이자, 밉보이는 일 없이 항상 잘 모셔야 하는 집안의 조상단 지처럼 늘 조심스러운 대상이 된다. 하지만 사실 사위는 조상단지보다 더 무서운 존재이다. 집안의 조상이나 귀신들은 잘 모시면 잘 모시는 대로 보답을 주지만, 이야기들을 통해 살펴본 바와 같이 처가에 사위는 잘 모시면 본전, 못 모시면 망신을 주는 존재이다. 이는 처가로부터 덕 본 뒤에 처가를 돕는 사위 이야기가 흔치 않다는 사실에서도 증명된다.

4. 남자의 통과의례담 '사위 되기'와 '사위 노릇하기'

처가에서 사위를 바라보는 이러한 관념들은 비단 이야기에 등장하는 사위들의 독특한 캐릭터에서 비롯된 것만은 아니다. 처가에 득이 되든 폐가 되든, 사위가 잘났건 못났건 장인 장모가 사위의 '사위 노릇'[49]을 지켜보고 대우해

---

48 거짓말 잘하는 사위에게 속아 불리한 상황에 놓인 처가 식구들이 사위에게 재산을 주며 타협하려고 하거나, 장가들지 않으려는 남자를 사위 삼으려고 설득하거나, 뒤늦게 출세한 사위에게 지난날의 괄시를 용서해달라며 사위를 달래는 모습들은 양측의 이러한 외교적 관계를 잘 보여준다.

쥐야 했던 건 오랫동안 우리 사회에서 이어져 온 가부장제 및 혼인 문화와 같은 사회적·문화적인 배경에서 성인 남성에게 주어진 어떠한 힘이 바탕이 되어 있다. 특히 근대 이후에 지속적으로 행해져 온 시집살이혼은 딸을 시댁으로 데리고 가는 사위에게 잘 대접해야 할 수밖에 없는 구조였다. 딸은 혼인과 동시에 출가외인(出嫁外人)이 된다는 사회적 담론은 모든 집안의 딸들에게 교육되었으며 그것은 여자의 미래상을 제안하는 하나의 예언이기도 하였다. 그래서 딸 본인도 혼인을 한 순간부터 여필종부(女必從夫)해야 한다는 생각으로 신랑의 협박에 가까운 제안을 따라 친정의 재산을 빼앗기도 한다. 이러한 사고와 혼인 문화는 딸 가진 부모에게도 내재화되었기 때문에, 딸이 사위와 함께 친정의 재산을 빼앗아 자신들의 가산을 불리더라도 처가는 별다른 대응을 하지 못한다. 기껏해야 "사위보다 딸년이 더 도둑이다"[50]라고 한마디 할 뿐이다. 게다가 만약 사위가 꾀가 없고 능력도 없는 사람이라 할지라도 처가는 딸을 생각하여 사위를 도와주어야 했다.

　서화담에게 딸이 하나 있었는데 난봉쟁이에게 시집을 보내서 딸이 고생이 많았다. 하루는 서화담이 딸네 집에 갔다가 딸이 빈궁한 것을 보고는 딸에게 북 하나를 주며, 북을 한 번 치면서 쌀을 내놓으라고 하면 쌀이 나오니 두 번도 치지 말고 딱 한 번만 치되 남편에게는 보여주지 말라고 한다. 딸이 끼니마다 쌀을 내서 밥을 하니 난봉쟁이 남편이 이상히 여겨 자꾸 사실을 말하라고 한다. 딸이 아버지의 말을 생각하며 답을 하지 않자 남편은 아내를 때리고, 아내는 하는 수없이 사실을 말한다. 그 뒤에 사위가 그 북을 쳐서

49　여기서 '노릇'은 어떤 지위나 일을 가리켜 낮추어 이르는 뜻으로 사위라는 가내 지위를 조금 얕잡아 이른 것이다.

50　"이전부텀 사위가 도둑놈이라 카디 딸년이 더 도둑놈이라." <사위보다 딸년이 더 도둑이다>, 『대계』 7-11(경상북도), 722쪽.

쌀을 많이 쓰게 되자 나라 곳간이 비게 생긴다. 서화담이 다시 와서 북을 뺏고는 평양 감사를 갔는데, 사위가 장인 덕을 보려고 평양까지 따라갔다. 하루는 장인이 사위에게 자기 발자국만 따라오면 서축을 갈 수 있다고 하여 사위가 장인을 따라 서축을 간다. 거기서 화담이 사위에게 돌 하나를 주으라고 하자 그는 작고 검은 돌 하나를 주워 오지만 별 쓸모가 없는 듯하여 집안 아무 곳에 던져놓았다. 어느 날 나라에서 보니 조선에 오금 서기가 비추길래 그 빛을 따라 왔더니, 난봉쟁이 사위 집에 닿는다. 나라에서 보물이 있으면 내놓으라고 하자 남자가 그 검은 돌멩이를 보여주고 많은 값에 팔아 부자가 되었다. 사위가 장인에게 그런 돌을 더 구하러 서축에 다시 가자고 하자 장인이 지금은 못 간다며 그때 간 날이 독오금이 삼천 년 만에 한번씩 땅밖에 널어서 바람 씌워 간직하는 날이었다고 한다.[51]

서화담은 화담 서경덕을 가리킨다. 서경덕의 이인적인 면모를 보여주는 이야기들이 더러 있는데 그러한 화담도 말썽쟁이 백수 사위 앞에서는 속수무책이다. 딸이 안타까워 사위에게 경제적 지원을 해줄 수밖에 없는 것은 딸과 맺는 혈연 때문이기도 하지만, 딸이 속해 있는 세상으로서 사위를 대우하는 것에 다름 아니다. 그리고 못난 사위라도 품을 수밖에 없는 처가의 입장은 바보 사위를 대할 때에도 마찬가지이다.

"여보 당신하고 **초례를 지냈으니 내가 아**, 지금 안 산단 말할 수두 없구 이거, 내 신세를 생각하니 기가 맥히요."[52]
그넘이 그래 어긋지더래여. **그래도 아들 딸 놓고 와가 지키고 아주 잘 살더**

51 <화담 선생과 건달 사위>, 『대계』 4-2(충청남도), 491-495쪽.
52 <바보 사위의 실수>, 『대계』 3-4(충청북도), 584쪽.

래여. 그 둥신겉에도.[53]

그래 먹어가주. 바보짓을 했드래. 그래 **그 마누라가 만구고생을 하고 만날 책상앞에 글도 갈체고.** 그인제 마누라한테 배웠는데, 내중에는 마이 능통해가주 잘 살드래.[54]

무능한 난봉꾼, 바보 남편의 걱정스러운 행동을 보고도 아내와 처가는 그를 내칠 수 없다. 정상적인 혼인 생활을 기대하지 못하더라도 아내는 그것이 자기의 운명이라고 생각하고 받아들였고, 처가 또한 딸이 그러한 사위를 잘 이끌어가며 지내길 바랄 수밖에 없었다. 전통 사회는 기혼녀가 남편의 무능함이나 지능의 부족함을 이유로 혼인을 취소하고 다른 곳으로 자유롭게 시집갈 수 있었던 시대가 아니었다. 위에 제시된 구연자들의 말에서도 알 수 있듯이, 남편이 바보더라도 신랑으로 맞아 혼례를 치렀으면 신부는 그와 함께 평생 살아야 했다. 만약 바보 신랑이 이혼의 사유가 될 수 있었다면 바보 사위나 바보 신랑 이야기가 이렇게 많지 않았을 것이다.

여자에게 많은 희생을 요구했던 시집살이혼 문화는 전통적인 가부장제와도 맞물려 있다. 남자에게 중요한 결정권이 주어지고, 모든 사회 활동이 남성 중심으로 이루어졌던 시대에 남자는 타고난 생물학적 정체성만으로 여러 가지 의무와 힘을 지니게 되었다. 더군다나 혼인하여 가정을 이룬 가장(家長)은 그의 작은 세계를 이끌어갈 권력자였으며, 가족과 친지를 포함한 모든 사회적 관계 안에서 그에게 주어지는 마땅한 대우를 받았다. 곧 아버지, 남편, 아들들이 그들의 삶에서 갖게 되는 힘과 지위들, 예를 들면 가내 결정권, 제사 봉양, 재산상속권 및 치산권 그리고 대외활동의 영향력 등은 본가의

---

53   <바보 사위>, 『대계』 7-16(경상북도), 38쪽.

54   <바보 사위>, 『대계』 7-6(경상북도), 645쪽.

아들이자 가장인 사위에게도 있었다. 만약 처가에 아들이 없고 딸만 있을 경우, 그러한 힘은 고스란히 사위에게 이전되었다.

그러므로 가정을 가진 남자의 힘은 컸으며 남성에게 결혼은 그러한 권력을 가질 수 있게 되는 출발점이 되는 것이다. 1장의 <선녀와 나무꾼>에서 보았듯이 남성에게 혼인은 잃을 것이 없는, 오히려 그것을 통해 얻을 것이 많은 성인식과 같았다. 이야기 속 남성들이 어떤 일을 성공적으로 수행한 뒤에 보상처럼 얻게 되는 아내와 사위라는 지위는 전통 사회에서 남자에게 혼인이 의미하는 바가 무엇인지를 보여준다. 즉 남성들에게 혼인은 반드시 획득하고 성취해야 할 하나의 통과의례이다. 우리나라의 사위 관련 설화에서 형편이 좋은 집에 장가들기 위해 거짓말을 잘해야 하거나 꾀를 내어야 하는 자격시험을 보는 남자들의 이야기가 많은 건 우연이 아니다.

며느리 관련 설화에도 며느리가 되기 위해 시험을 보거나 시부모가 며느리를 고르는 이야기가 있지만, 신부가 정승집이나 부잣집에 시집가기 위하여 꾀를 쓰지는 않는다. 오히려 시부모 될 사람이 지혜로운 며느릿감을 가려 내어 데려간다. 이에 비해 남성 인물이 우연하게 정승집에 장가들게 되거나 부잣집의 사위가 되기 위하여 애를 쓰는 이야기가 훨씬 많다. 그만큼 이야기에서 혼인은 여성보다는 남성에게 더 긍정적인 보상이 됨을 보여준다. 실제로도 다양한 문화권에서 과거의 혼인 풍속을 보면, 남자들이 먼저 혼처를 구하러 다녔으며 여성은 상대적으로 조용히 혼처가 들어오길 기다리는 편이었다. 이는 남자에게 혼인이 더 긴요했기 때문이다. 실제로 결혼한 남자들은 사회에서 성인 대우를 받으며, 남자에게 후손을 보는 일은 더 중요하게 여겨졌다. 우리나라의 경우에도 그러했으며, 결혼 생활의 만족도에서도 일반적으로 남편이 아내에 비하여 보다 긍정적인 평가를 보인다는 것도 이를 증명한다.[55] 지금껏 사위들의 이야기를 보아왔듯이, 남자는 혼인과 동시에 자신의 영향력이 본가를 넘어 처가에도 미칠 수 있게 되면서 자신의 세계를 넓히며, 그럼으로써 사회에서 일반적으로 인정되는 남자의 삶, 가장(家長)의 삶을 살 수 있게 된다.

이러한 맥락에서 다음과 같은 거짓말을 잘하여 사위가 된 이야기는 주목할 만하다.

재상 자리에 있다가 퇴직하고 시골로 내려온 사람이 과년한 딸과 어울리는 잘난 사위를 얻기 위해 누구든 거짓말 세 마디를 잘 하면 사위로 삼겠다고 한다. 그는 늘 거짓말을 하러 온 사람에게 두번째까지만 거짓말이라고 하고 마지막 세번째에는 거짓말이 아니라고 하여서 계속 퇴짜를 놓았는데, 어느 날 장난치기를 좋아하는 한 사람이 찾아와 거짓말을 해보겠다고 하자 허락하고 이야기를 들어주었다. 첫번째 거짓말은 그가 은진 미륵상 앞에 배가 아주 많이 열린 배나무를 보고는 배를 따려고 긴 대나무 장대를 구해와서 은진 미륵의 콧구멍을 찌르자 미륵이 재채기를 하여 그 바람으로 배를 수십 포대 채웠다는 거짓말을 한다. 재상은 이것을 거짓말이라고 인정하였다. 또 그는 송아지를 아주 작은 외양간에서 키웠는데 그것이 점점 커지면서 외양간에 뚫어 놓은 구멍 사이로 살이 삐져나와 그것을 베어서 고기로 팔아 돈을 벌었다는 거짓말을 한다. 재상은 그것도 거짓말로 인정하였다. 그는 마지막으로 재상에게 한 차용 문서를 보여주며 자기 할아버지가 당신 할아버지에게 돈을 많이 빌려주었는데 사실은 그 돈을 이제야 받으러 왔다고 한다. 재상은 참말이라고 하면 그 많은 돈을 돌려주어야 할 판이 되자 하는 수없이 그것을 거짓말

---

55 서광희, 「농촌부부의 배우자역할평가와 결혼만족도」, 한국교원대학교 대학원 석사학위 논문, 1992; 양순미·유영주, 「농촌부부의 배우자에 대한 역할기대, 역할수행평가, 역할상이성이 결혼만족감에 미치는 영향」, 『한국가족관계학회지』 제7권 1호, 한국가족관계학회, 2002a. 전통 사회의 일반적인 결혼 만족도를 가늠하기 위하여 이 책에서는 의도적으로 농촌생활을 하는 부부의 결혼 만족도를 연구한 자료를 참고하였다.

이라고 인정하고 그를 사위로 들였다. 혼인을 한 뒤에 하루는 사위가 장인과 나무를 하러 갔다가 도끼를 숨겨놓고는 집에 도끼를 두고 왔다며 다시 집에 다녀오겠다고 하고 간다. 그는 집에 와서 장모에게 지금 장인이 나무를 하다가 목이 뚝 부러져서 돌아가시게 생겼다고 거짓말을 하고는 다시 산에 올라가서 장인에게는 지금 집이 불타고 있다고 거짓말을 하다. 장인과 장모는 허둥지둥 움직이다 도중에 서로 만나고 결국 사위가 거짓말을 한 것을 한다. 한편 사위가 또 장난을 치고 싶어 집안 사당에 불을 질러놓고는 사당에 불이 났다고 말을 하니 장인 장모는 그가 또 거짓말을 하는 줄 알고 믿지 않는다. 사당이 다 타고 나서야 장인 장모가 뒤늦게 사위를 질타하자, 사위가 나는 진작에 말을 했는데 어르신들이 믿지 않아서 일이 이렇게 되었다고 말한다.[56]

이 이야기에서 사위는 거짓말로 자기가 원하는 상황을 이끌어내고 그로부터 이득을 얻거나 재미를 본다. 이처럼 거짓말 잘하는 사위의 이야기들에서 사위는 자신의 발화를 통하여 어떠한 상황을 유도하고 통제하는 '힘'을 가지고 있다. 힘은 남성성의 대표적인 상징이다. 그리고 그 힘을 누가 가지는지 다투는 것은 주도권을 쟁취하기 위한 경쟁이기도 하다. 앞에서 살펴보았듯이 처가에 거짓말을 하여 평양감사 벼슬을 얻었던 사위도 그것이 발각되자 또 다시 거짓말과 연기, 극적인 상황들을 꾸며냄으로써 자신을 벌하려는 처가 식구들을 완전히 제압한다. 즉 자신에게 유리한 상황을 만들어내는 힘은 하나의 '권력'이며, 사위는 그러한 힘을 자유자재로 발휘할 수 있는 권력자로 나타난다.

어느 사회에서나 힘을 가진 사람은 사람들의 시선을 받는다. 보편적으로 대중은 평범한 사람들의 사생활과 행동에는 관심을 가지지 않지만, 대통령

---

56 <거짓말 잘 하는 사위>, 『대계』 4-4(충청남도), 946-950쪽.

과 같이 높은 지위에 있거나 공적인 자리에서 영향력을 끼칠 수 있는 유명인들에게는 집중한다. 곧 힘을 가진 사람은 뭇 사람들의 시선을 받는 위치에 선다.[57] 또한 처가에서 거짓말 잘하는 사위의 발화는 그것이 진실인지 거짓인지를 늘 판단해야 하는 중요한 행위가 된다. 마치 그의 말은 마이크를 독점하고 있는 사회자의 목소리처럼 집중해서 들어야 할 하나의 방향이 되며, 이러한 방식으로 시선과 목소리를 독점하는 사위는 처가로부터 우세한 지위를 인정받게 된다. 이는 마치 남성들이 자신의 힘을 과시하고 그러한 시선을 통하여 자기 존재를 인정받는다고 느끼며 정체성을 형성하는 과정과 비슷해 보인다. 실제로 다른 많은 남성 관련 담화에서 그들이 사회적 구성원으로서 자신의 위치를 찾고 소속감을 느끼는 것을 중요시하면서도 개별적인 정체성을 추구하는 경향이 있다는 것은 확인된다.[58] 따라서 사위 되기 이야기는 어떤 힘을 가지고 자기 영역을 넓히고 확보하며, 가치 있는 것을 획득하거나 성취해냄으로써 나를 발견하고 확인하는 남자의 성장 서사로 볼 수

---

[57] 지위가 높은 사람들은 타인의 주목을 받고 싶어하며, 지위가 낮은 사람들은 자세와 시선 모두 지위가 높은 사람쪽으로 향한다. 또한 남성이 여성에 비해 지위와 권력을 드러내 보이는 경향이 더 높다. 이것은 남성의 사회화가 이러한 방향으로 진행되기 때문인데, 남성은 지배적이고 우월한 모습을 보이도록 '훈련'받는다. 남자아이들은 보답을 할지 고통을 안길지 결정할 권한이 있는 아이들에게 상이 주어진다는 점을 일찍이 배운다. 이는 성별에 따른 사회화의 차이, 생물학적 요소와도 관련이 있다. 로버트 치알디니 외, 『사회심리학』, 웅진지식하우스, 209-208쪽 참고.

[58] 박혜숙은 이와 관련하여 한국 한문학의 장르로서 남자들이 주로 창작했던 자전 문학인 '자서'와 '자찬묘지명'에서 드러나는 남성 서사의 특징을 다음과 같이 지적한 바 있다. "자신의 가계를 상세히 서술한 다음, 관직 생활이나 학문과 관련된 자신의 공적인 생애를 매우 구체적으로 기록하는 특징이 있다. '자서'와 '자찬묘지명'은 작자 자신을 주인공으로 삼은 '개인의 공적인 역사'라고 할 수 있다. 자서와 자찬묘지명의 작자는 자신을 특정 가문의 일원으로서, 그리고 공적인 사회의 구성원으로서 파악하고 그에 입각하여 자신의 생애를 기록으로 남기고 역사화하려는 의식을 가지고 있다. 이처럼 중세 한국남성의 자기서사가 개인의 독특한 정체성을 문제삼거나 혹은 공적이고도 사회적인 정체성을 중시한다는 점은 여성의 자기서사와는 사뭇 구별되는 특징적인 면모라고 할 수 있다." 박혜숙, 「여성 자기서사체의 인식」, 『여성문학연구』 8권, 한국여성문학학회, 2002, 16쪽.

있다.

이러한 맥락에서 명문가의 며느리가 된 여성 인물의 이야기보다 좋은 집안의 사위가 되는 남성 인물의 이야기가 훨씬 더 많이 발견된다는 사실은 흥미롭다. 혼인으로 인하여 주어지는 혜택들이 많은 만큼 이야기들에서 남성 인물들이 배우자를 얻는 것은 그들이 이룰 수 있는 행복한 상태이자, 최종적으로 도달해야 할 최상의 결말로 나타난다. 주목할 만한 것은 한국의 사위 관련 설화에서 그들의 혼인이 남성 인물의 혹독한 시련이나 어려운 임무 수행을 통하여 이루어지지 않고 대부분 거짓말이나 꾀, 우연히 잡은 기회를 통하여, 혹은 운명적으로 이루어진다는 점이다.

> 옛날에 한 남자가 꿈을 꾸었는데 동쪽에서 뜬 해가 바른편으로 딱 붙어서 다니더니 그 다음에는 서쪽에서 해가 떠서 왼편으로 붙어 다니는 것이었다. 그 꿈을 꾼 뒤에 남자에게 좋지 않은 일이 생겨 그가 감옥에 갇히게 되었다. 그가 감옥 안에 있는데 한쪽 구석에 난 작은 구멍으로 쥐 하나가 들어오는 것을 보았다. 그가 그 쥐를 잡아 죽였더니 입에 바늘같은 것을 물고 있는 큰 쥐 한 마리가 다시 들어 와서는 그것으로 작은 쥐를 살렸다. 남자는 그 바늘을 뺏어서 가지고 있었다. 마침 임금의 딸이 병을 앓아 곧 죽기 직전이라는 말을 듣고 그 남자가 큰 쥐가 작은 쥐를 살린 것처럼 바늘을 이용하여 임금의 딸을 고쳐서 임금의 사위가 되었다. 얼마 뒤에 또 대국 천자의 딸이 다 죽어간다며 그를 살릴 사람을 구하니 남자가 가서 천자의 딸도 살려서 천자의 사위도 된다. 그 꿈은 결국 남자가 귀한 아내를 둘 얻을 꿈이었다.[59]

두 개의 해가 다른 방향에서 떠서 함께 움직이는 꿈을 꾼 남자는 얼마

---

59 <꿈 때문에 임금 사위 된 사람>, 『대계』 4-1(충청북도), 486-487쪽.

후 감옥에 갇히게 되었다가 쥐가 물고 온 바늘 하나를 얻은 덕분에 임금의 딸과 천자의 딸을 모두 자신의 아내로 삼게 된다. 이 이야기에서 남성 인물은 감히 얻기 어려운 임금의 딸을 한 번 얻은 것도 모자라 천자의 딸까지 아내로 맞이하게 된다. 그리고 이를 위해 그가 한 일은 쥐가 물고 온 바늘 한 개로 그녀들의 병을 고친 것뿐이었다. 서양 민담에서 흔히 보이는 레파토리로서 불을 뿜는 용을 무찌르거나 위험한 곳에 납치된 공주를 살려오기 위해 모험을 겪은 후 공주를 얻게 되는 남성 인물들에 비하면 한국의 사위 관련 설화에 등장하는 남성 인물들은 비교적 손쉽게 혼인을 한다.[60] 이는 <선녀와 나무꾼>, <도미 설화>류와 같은 이야기에서 사위 혹은 남편으로서 자신의 아내를 차지할 자격이 있는지 시험을 보게 되는 남성 인물들과도 변별된다.

하지만 혼인을 위한 시험의 유무나 난이도와 관련없이 남성 인물들의 혼인은 승자에게 주어지는 상처럼 보인다. 비교적 어려운 시험을 통과해야 했던 나무꾼이나 거짓말 몇 마디로 사위가 될 수 있었던 남성 인물들은 양쪽 모두 상대가 제시한 게임에서 이기고, 이긴 대가로 딸을 차지할 수 있게 된 것이다. 곧 남성 인물들은 승부가 걸린 게임에서 이긴 대가로 혼인이라는 행복한 결실을 획득한다. 남성 인물들의 이러한 승부 근성은 심지어 자신과 적대적인 관계에 있는 상전의 사위가 되는 것도 주저하지 않게 한다.

마음씨 고약한 상전을 실컷 골린 방학중이 상전이 써준 편지를 들고 상전의 집으로 가는 길에 어떤 며느리와 시모가 함께 아이를 보며 떡 찧는 모습을

---

60 이는 어디까지나 사위 관련 설화에 등장하는 인물에 한하여서이다. <지하도적퇴치 설화>류와 같이 도적이나 괴물을 처치하기 위해 먼 길을 떠나는 남성 인물이 그것을 퇴치하는 힘든 모험을 수행한 후에 아리따운 아가씨와 혼인하게 되는 이야기는 한국의 민담에서도 찾아볼 수 있다. 하지만 양쪽 경우 모두 남성에게 행복한 결말로서 혼인이 제시된다는 점은 달라지지 않는다.

보게 된다. 장난기가 생긴 방학중은 아낙네들에게 다가가서 아이를 봐준다고 하며 안고 있다가 보리떡 한 덩이를 얼른 훔쳐내고 떡 구덩이에 아이를 넣고는 달아난다. 방학중은 그것을 들고 길을 가다 배고픈 중을 만나 그에게 훔친 떡을 준다. 중이 얻어 먹은 보답으로 방학중이 받은 상전의 편지를 읽어주는데 그 내용은 집에 도착한 방학중이를 죽이라는 내용이었다. 방학중은 중에게 그 내용을 없애고 대신 자신을 극진히 대접하고 집안의 사위로 삼으라는 내용을 써달라고 부탁한다. 중이 그렇게 써주어서 방학중은 상전의 집에 도착한 뒤에 그 집의 사위가 되고 상전은 뒤늦게 돌아와 할 수 없이 그를 사위로 데리고 산다.[61]

제시된 이야기에서 방학중은 오히려 상전의 딸을 취함으로써 상전과 자신의 지위를 역전시킨다. 곧 상전이었던 장인이 이제 더 이상은 자신을 함부로 대할 수 없게 만든 것이다. 좋은 집안의 사위가 됨은 물론이고, 자신을 괴롭히던 상전을 완전히 제압하게 된다.

한편 거짓말이나 꾀를 부리는 재주도 들이지 않고 그야말로 타고난 운으로 좋은 집안의 사위가 되는 이야기도 적지 않다. 다음의 이야기들은 모두 내세울 것이 없어 장가들기 힘든 남성 인물이 운 좋게 좋은 집안의 사위가 되는 내용들이다.

나이 마흔이 다 되도록 장가도 못 가고 남의 집살이를 하는 남자가 있었다. 어느 날 돈 천 냥을 내면 육효를 뽑아 점을 잘 봐준다는 홍판서라는 사람이 있다는 말을 듣고, 그는 평생 모은 돈 천 냥을 들고 홍판서를 찾아간다. 홍판서가 천 냥을 받고 점을 보더니 대뜸 하인들을 시켜 그 남자를 포박하여 나무에

<hr />

61   <상전의 사위가 된 방학중>, 『대계』 7-10(경상북도), 43-45쪽.

묶어놓으라고 한다. 남자가 포박을 풀기 위해 밤에 계속 몸부림을 치다가 묶인 끈이 하나 풀렸는데 어디서 사람 살려달라는 소리를 듣는다. 그가 소리나는 곳으로 가보니 한 여자가 널에 빠져서 살려달라고 하였다. 알고보니 그 여자는 손님병에 걸렸는데 식구들은 그녀가 죽을 줄 알고 내버린 것이었다. 남자가 살려준 여자를 주막에 데리고 가서 살려놓고 보니 그 여자는 어느 정승집의 딸이었는데, 정승이 딸이 살아난 것을 알고 혼처를 구하려고 하니 여자는 자기를 살려준 남자와 살겠다고 하여 정승은 할 수 없이 그 남자를 사위로 맞는다. 정승의 친척과 주변 사람들은 어디 머슴같은 사람을 사위로 삼았냐고 흉을 보면서, 한 흉가집에 하룻밤만 자면 사람이 죽는다며 사위를 그곳에 보내놓고 딸을 다른 곳으로 시집보내라는 말을 한다. 정승이 사위에게 자기가 집을 한 채 새로 샀으니 그곳에 가서 하룻밤만 자고 있으면 딸을 보내겠다고 한다. 남자가 정승의 말을 믿고 그 집에 가서 하룻밤을 자는데 한밤중에 노란 것이 쏟아져 움직인다. 그것은 황금이었는데 황금에 사귀(邪鬼)가 붙어 그런 것이었다. 다음날 정승이 집에 찾아가서 남자가 살아남은 것을 보고 그 집 기운과 그 남자의 기운이 잘 맞아 살아남은 것으로 생각하고 딸과 그곳에서 함께 살게 하였다. 그 남자는 황금을 팔아 큰 부자가 되어 잘 살았다.[62]

옛날 의성에 김진사의 아들이 자기 종인 황도령을 데리고 서울에 과거를 보러 갔다. 김진사 아들은 서울 가는 길에 인사할 집이 있다고 밖으로 나가고 혼자 방에 있는 황도령은 심심해서 돌아다니다가 어느 대감집 근처에 가게 되었다. 대감에게는 마침 시집가서 얼마 되지 않아 과부가 된 딸이 있었는데, 그 딸이 이상한 행동을 하는 것이 걱정되어 얼른 다른 사람에 몰래 주어 시골

62 <전낭점으로 판서 사위된 사람>, 『대계』 7-18(경상북도), 328-333쪽.

로 보내버리려고 하는 중에 황도령을 발견한 것이었다. 대감은 황도령에게 다른 옷을 입혀 인물을 좋게 한 뒤에 밤에 딸과 도망보냈다. 황도령은 김진사의 아들한테 말도 못하고 다시 의성으로 내려오는데 김진사는 아들과 함께 오지 않고 웬 양반댁 규수처럼 보이는 여자를 데리고 온 황도령을 보고 이상하게 여겼지만 감히 대하지는 못한다. 김진사의 아들이 돌아와서는 황도령을 혼내려고 하지만 김진사가 말린다. 어느 날 황도령의 아내가 서울에 있는 집처럼 만든 집을 사려고 김진사에게 부탁하여 흥정하여 그런 집을 사서 사는데, 황도령은 여전히 김진사네 식구들의 청지기 살림은 그대로 봐주었다. 한편 서울의 대감은 딸 소식이 궁금하던 차에 아들이 과거에 급제하여 감사를 하게 되자 의성에 가서 딸 소식을 알아봐달라고 부탁한다. 대감의 아들이 의성에 와서 서울집처럼 만든 집을 알아보고 들어가서는 누이를 만나게 되고 황도령의 사정을 듣고는 앞으로 김진사가 누이 부부를 우습게 보지 못하도록 방안을 쓴다. 대감의 아들은 매형이 되는 황도령에게 모든 수령들이 모인 자기 잔치에 오라고 초대하는 편지를 보냈는데도 황도령이 거절하는 척하게 만들어놓고는 결국 가마까지 보내어 잔치에 오게 한다. 그리고 김진사가 보는 앞에서 황도령을 자기 매형이라고 소개하며 그에게 절하게 하고, 매형이 술을 먼저 들기까지 자기는 먹지 않고 깍듯이 대하자 김진사를 포함해서 모든 사람들이 황도령을 쉽게 대하지 못한다. 처남이 말하기를 살인, 강도 빼고는 모든 송사가 생기면 자기가 다 해결해주겠다고 매형에게 힘을 실어주자 의성 마을에서 황도령은 양반이 되어 그가 예전에 종살이했다는 말은 싹 사라졌다.[63]

두 이야기 모두 남의 집 종살이를 하는 가난한 남성 인물들이 타고난 운으로 부잣집이나 벼슬살이하는 집안의 사위가 된 것을 보여준다. 남성 인물들

---

63   <정승의 사위가 된 황도령>, 『대계』 2-7(강원도), 457-469쪽.

이 모종의 게임에서 승리하거나 시험을 통과하여 자신의 능력을 인정받은 후 혼인을 하게 되는 것과 달리, 위의 이야기에서 혼인은 남성 인물이 별다른 힘을 들이지 않았음에도 주어지는 행운처럼 보인다. 그래서 이러한 이야기 들에는 처가의 시선에서 사윗감으로써 선호되었던 지혜나 말재주로서의 꾀 는 소거되고, 남성 인물들의 시선에서 단지 좋은 집안의 사위가 되고 싶어하 는 바람만이 비현실적으로 그려진다. 특히 위의 황도령의 이야기는 구연자 에 의하여 마치 실화처럼 제시됨으로써 이야기의 흥미를 높이고 있는데, 하층 신분의 남자가 우연히 정승집의 과부를 만나 아내는 물론 재산, 권력까 지 가지게 되어 남 부러울 것 없는 양반으로서 삶을 살게 된 것이 바로 '사위' 라는 지위를 통해 가능하게 된 것임을 강조하고 있다.

그러므로 한국의 사위 관련 설화는 사위라는 키워드를 중심으로 두 개의 시선을 내포한다. 하나는 처가에서 선호하는 사윗감의 자질이 무엇인지, 그 리고 그러한 자질을 지닌 사위가 처가와 어떠한 관계를 만들어나가는지를 보여준다. 이는 나아가 전통 사회에서 남성, 가장으로써 그들이 행사했던 힘과 누려왔던 삶의 사회문화적 배경을 조명한다. 다른 하나의 시선은 남성 인물의 관점에서 '사위 되기'와 '사위 노릇'의 의미 및 그것이 주는 혜택의 양상을 보여준다. 사위 관련 설화에서 혼인은 남성 인물이 모종의 경쟁 구도 에서 자신의 힘을 발휘하거나 승리자로서 자신의 정체성을 사회로부터 인정 받게 되는 하나의 통과의례로 나타난다. 또한 그들은 거짓말, 재치, 꾀와 같은 말재주로 사위가 되기도 하고, 뒤늦게 과거시험에 합격함으로써 처가 와 사회의 인정을 받기도 하며, 별다른 노력을 들이지 않고 타고난 운으로써 좋은 집안에 사위가 되어 부귀영화를 누리기도 한다. 어느 경우에서나 그들 에게 '혼인'과 '사위 되기', '사위 노릇하기'는 모종의 대결 구도에서ー그것 이 실체로 나타나는 경쟁자이거나 처가이거나 혹은 행복한 미래를 기대하기 어려운 자신의 어려운 처지이거나 간에ー자신을 시험하는 어려움을 이기고 획득하게 되는 보상이자 그를 위한 통과의례이다. 소요되는 노력에 비하여 가장 많은 것을 얻을 수 있는 통로인 혼인, 때가 되면 언젠가는 될 백년손님으로서 사위라는 지위는 따라서 이야기 속 남자들에게 놓칠 수 없는 기회로 제시되는 것이다.

5. 가부장제의 그림자, 바보 사위

『구비문학대계』에 게재된 사위 관련 설화들 중에서 바보 사위 이야기는 가장 많은 편수를 차지한다.[64] 바보의 행위로 인하여 발생하는 우스꽝스러운 상황과 폭소는 유희담으로 소비되기에 충분한 조건이 된다. 부부가 함께 삶을 살아가면서 마주하게 되는 수많은 순간들, 예를 들면 혼인, 출산, 장례 등과 같은 통과의례를 비롯하여 때마다 뵈어야 할 친인척들과의 관계, 그리고 생업이나 의식주와 관련한 다양한 상황들을 바보 신랑, 바보 사위가 어떻게 인식하고 다루는지를 보고 듣는 것은 그야말로 시선과 관심이 집중되는 이야기일 것이다. 하지만 바보 사위 이야기를 단순히 혼인 의례와 부부 생활에서 일어나는 사건들의 소화(笑話)로만 볼 수는 없다. 잘나고 똑똑한 사위의 반대급부로서 바보 사위의 이야기가 이토록 많이 존재한다는 것은 한 사회에서 높은 가치를 부여하는 대상의 그림자를 반영하는 것으로 보이기 때문이다. 사실 '꾀 많은 사위', '글재주 있는 사위' '벼슬 좋은 사위'는 처가의 입장에서 효용 가치가 높다. 가장 선호되는, 글재주 있고 벼슬 좋은 사위는 가문의 위신을 세워주며, 꾀 많은 사위는 처가를 욕보이기도 하지만 최소한

---

64   이는 구비문학대계에서 '바보 사위'라는 키워드로 찾은 이야기들에 한해서이다. 만약 '바보 신랑'이라는 제목의 이야기까지 포함한다면 그 수는 훨씬 더 많아질 것이다.

딸에게는 도움이 되는 배우자이다. 하지만 바보 사위는 그렇지 않다. 그는 처가를 부끄럽게 하고 욕보이게 할 뿐 처가에 결코 도움이 되지 않는다.

미련한 아들을 결혼시켜 처가에 보내려니 아버지가 아들에게 항상 어른이가 있는 자리는 뵈어야 한다고 일러준다. 사위가 처가에 와서 장인이 지붕 위에 올라가 짚을 이는 것을 본다. 그래서 올라가려고 하니 장인이 그냥 있으라고 하는데도 어른 있는 자리는 뵈어야 한다고 지붕까지 올라가서 인사를 한다. 또 장모님이 뒷간에 있는데도 거기까지 가서 사위는 인사를 한다. 한편 처가에서 콩을 삶아주자 사위는 그것을 껍질째 먹는다. 집에 돌아가서 아버지에게 있었던 일을 그대로 아뢰니 아버지가 콩을 껍질째로 먹다니 소냐고 나무라면서 그 뒤로는 오히려 아들에게 아무것도 가르쳐주지 않는다. 그 뒤에 사위가 또 처가에 가서 송편을 먹게 되었는데 껍질을 버리고 알맹이만 먹으니 사람들이 이를 보고 수군수군 뭐라고 한다. 사위가 듣고는 사람들에게 내가 소인줄 아냐며 음식을 껍질째 먹게 하고 말한다.[65]

아버지는 미련한 아들이 처가에 가서 실수할 것을 염려하여 웃어른에게 예의 바른 행동을 가르칠 셈으로 어른이 보이면 가서 꼭 인사를 하라고 당부한다. 아들은 처가에 가서 장인 장모가 인사를 받기가 난감한 장소에 있는데도 불구하고 찾아 들어가 인사를 하고야 만다. 또 그는 한 번도 먹어보지 못한 음식이었는지 처가에서 주는 삶은 콩을 껍질도 벗기지 않은 채 먹고 돌아온다. 아버지에게 소도 아닌데 왜 그렇게 먹었냐고 핀잔을 들은 아들은 다음에 처가에 가서는 송편을 먹으면서 엉뚱하게 껍질(쌀반죽)을 까서 알맹이를 먹고는 자신의 우매함을 드러낸다. 일반적으로 바보 사위는 상황과

---

65   <바보사위>, 『대계』 4-2(충청남도), 205-208쪽.

사물의 다름을 인식하지 못할 뿐만 아니라, 그에 따라 언행을 조절할 수 있는 융통성도 결여되어 있다.

어떤 집에서 숙맥 아들을 두었는데 며느리를 보았지만 도저히 손자를 볼 일이 없었다. 옆집 할머니가 아들의 어머니를 나무라며 손자를 얻을 방법을 알려주는데, 며느리에게 밑이 뚫린 속옷을 입혀서 비탈밭에 일을 보내라고 한다. 부부가 비탈밭에서 일하다가 아래쪽에서 일하는 남편이 아내에게 밑이 왜 그렇게 생겼냐고 묻자, 아내가 말하길 한잔하는 곳이라고 한다. 남편이 그럼 한잔하자고 하여 부부는 밭에서 관계한다. 그 후로 재미가 들린 남편이 시도 때도 없이 아내에게 한잔하자고 하고, 시가족들은 이것을 알고 모두 경사가 날 것이라며 좋아한다. 하루는 친정아버지가 딸네 집에 오셨는데, 사위는 장인은 챙기지 않고 아내에게 한잔하자며 함께 방에 들어가서는 잠시 뒤에 둘 다 얼굴이 벌겋고 머리가 헝클어져 나온다. 친정아버지는 사위와 딸이 괘씸하다며 자신에게는 술 대접을 해주지 않고 자기네들끼리만 먹는다고 집에 돌아와서 마누라에게 딸 교육을 잘못시켰다고 혼을 낸다. 친정어머니가 딸을 찾아가서 혼을 내니 딸은 사위를 제대로 된 사람을 봤어야지 숙맥에게 보내놨으니 자기가 그런 일을 겪는다고 한다. 친정어머니가 집으로 돌아가 영감에게 알려주니 그가 이해를 한다.[66]

바보 사위를 '숙맥'(菽麥: 콩과 보리)이라고 표현한 것은 '콩'과 '보리'를 구분하지 못할 정도로 사리분별을 하지 못한다는 것이다. 앞서 보았듯이 음식 이름도 잘 기억하지 못하고, 음식을 제대로 먹지도 못하는 바보 사위는 일반 세상의 질서나 법칙에도 어둡다. 혼인을 하였어도 아내와 관계하는

66   <한 잔하는 딸과 사위(1)>, 『대계』 7-17(경상북도), 340-344쪽.

법을 몰라서 그의 부모가 손자를 보지 못하자, 급기야 옆집 할머니가 나서서 방법을 일러준다. 마침내 바보 사위는 아내와 잠자리를 할 수 있게 되지만, 관계하고 싶다는 신호를 잘못 배운 남편은 장인어른 앞에서 실수하여 오해를 사게 되고, 그것은 다시 딸을 탓하고 트집 잡게 되는 웃지 못할 상황으로 이어진다.

그렇지만 처가와 그의 아내는 사회문화의 질서를 잘 모르고, 오히려 역행함으로써 사람들의 웃음거리가 되고, 정상적인 결혼 생활을 영위할 수 있을지 염려되는 바보 사위를 쉽게 내치지 못한다. 무지에서 비롯된 잘못을 윤리적으로 비난하지 못하기 때문에, 그의 어리석은 행동은 처벌의 요건이 되지 못한다. 또한 당대의 보수적이고 폐쇄적인 혼인 문화에서 남자의 무능은 이혼의 조건으로 받아들여지지 않았다. 따라서 바보 사위의 행동은 적절하게 제어되지 못함으로써 다음과 같이 파괴적이고 비극적인 양상을 띠기도 한다.

한 사람이 장가를 갔는데 그의 처남이 그를 매형이라고 부르면서 편, 감주, 진지를 권한다. 사위가 그 말을 못 알아듣고 아무것도 먹지 않고 집에 오자 아버지가 꾸짖으며 그것이 다 떡, 식혜, 밥을 이야기한 거라고 말한다. 남자가 그 말을 기억하려고 진지, 감주 하면서 다시 처가로 가는데 그만 진지라는 말을 잊어버린다. 뭘 잊은 것처럼 길에 서서 있으니 지나가는 사람이 그에게 '진즉 잃었냐'고 묻는 바람에 다시 진지라는 말을 기억해낸다. 그가 또 길을 가다가 감주라는 말을 잊었다. 마침 지나가는 사람이 '감서 잃었냐'고 물으니 다시 감주라는 말이 생각나서 처가로 갔다. 처가에 도착했더니 처남들이 아무개네 매형이냐고 묻자 사위는 내가 누구 매형이냐고 도로 묻는다. 그가 물 길러 간 색시에게도 내가 누구 서방이냐고 물어서 색시는 애가 터진다. 그가 색시에게 집이 어디냐고 묻자, 색시는 저 개만 따라가라고 했는데 개는 어디

개구멍으로 가버리고 사위는 칙간에 들어가 앉아있었다. 장모가 사위를 보고 다시 방안에 들어가라고 한 후 그에게 밥을 주는데 색시가 방귀를 뀌니 그는 색시에게 음식이 뜨겁지 않으니 바람을 불지 말고 먹으라고 한다. 그리고 색시와 함께 본가에 돌아와서는 키우는 개를 잡아먹자며 방 안에서 개 목에 줄을 매어 바깥에서 잡아당기자고 하는데 그가 바깥에서 힘껏 줄을 잡아당기고 방 안에 들어와 보니 색시가 밧줄에 목이 걸려 죽어 있었다.[67]

바보 사위의 아둔한 행동은 시간이 지날수록 점점 수위가 높아진다. 그는 음식 이름을 모르고, 가르쳐주어도 금방 잊으며, 자기 색시를 만나도 잘 알아보지 못한다. 처갓집도 제대로 찾지 못할뿐더러 도착해서도 방으로 들어가지 않고 변소에 앉아있다. 식사를 할 때에도 아내의 방귀 소리조차 입에서 나는 소리인 줄 알고 입김을 불지 말라는 엉뚱한 말을 한다. 급기야 본가에 돌아와서는 개를 잡는다고 밧줄을 잡아당긴다는 것이, 자기도 모르게 아내 목에 걸린 밧줄을 졸라 아내를 죽음에 이르게까지 한다. 스스로 도구를 사용하여 일을 수월하게 한다는 것이 결국 처가와 바보 자신에게 끔찍한 사고를 초래한 것이다. 그럼에도 이 이야기에서 바보 사위에 대한 어떠한 처치는 나타나지 않는다. 이는 앞서 살펴보았던 '꾀 많은 사위'에게 속수무책으로 당하는 처가의 모습과 별반 다르지 않다. 딸 가진 부모는 똑똑한 사위에게는 당하고, 바보 사위에게는 한숨만 내쉴 뿐이다.

이처럼 바보 사위의 어리석은 행동이 꾀 많은 사위의 술수와 같이 예측하기 어렵고, 그에 따른 결과가 처가에 해가 되기도 하므로 처가 식구들의 눈은 그에게로 향하게 된다. 이러한 방식으로 바보 사위는 처가를 욕보이는 그 바보스러운 행동 때문에 역설적으로 처가의 시선을 독점하는 대상이 된

---

67   『대계』 5-7(전라북도), 215-217쪽.

다.[68] 그가 저지르는 엉뚱한 일들은 꾀 많은 사위의 그것처럼 의도된 것이 아니며, 행위 주체 자신이 유도하는 상황으로 사건이 벌어지지도 않는다. 오히려 그의 행동은 돌발적이고, 상식을 뒤엎으며, 그에 대한 처가의 반응이나 지도를 수용하지 못함으로써 지속적으로 처가 식구들을 무력화한다. 곧 꾀 많은 사위든 바보 사위든 그들이 처가에 미치는 영향력과 파장의 효과 때문에 처가에서는 두 유형 모두 다루기 어려운 사람이 된다. 꾀 많은 사위는 처가 식구들을 '자기 뜻대로 통솔함'으로써 힘을 얻고, 바보 사위는 처가 식구들을 '자기 스스로 만드는 불확실한 상황으로 빠지게 함'으로써 시선을 획득한다. 사위가 잘났거나 못났거나 양쪽 모두 처가에 미치는 부정적인 영향력이 달라지지 않는다는 것은 상당히 흥미롭다. 이러한 관점에서 보면 사위는 딸을 사이에 두고 있는 처가와의 외교적 관계 때문에, 출가외인(出嫁外人) 혹은 여필종부(女必從夫)라는 전근대적 담론에 의해서 견고하게 보호받는 지위처럼 보인다. 실제로 바보 남편이 첫날밤에 일으키는 소동을 친정집에서 키우는 개가 벌인 것으로 덮어씌워서 남편의 허물을 감추는 이야기[69]가

---

68 이처럼 남보다 뛰어난 능력으로 시선을 받는 사람도 있지만, 남보다 못한 조건으로 관심의 대상이 되는 사람도 있다. 설화에서 '바보 온달'이 시정 사람들은 물론 고구려 평원왕과 그의 딸 평강공주까지 아는 사람이 된 것은 온달이 지닌 남보다 못한 형편, 행색, 용모 때문이었다. 또한 바보 사위가 받는 시선에 관하여 다음과 같은 강성숙의 논의 또한 흥미롭다. "'바보 사위'의 이야기는 여성 집단 내에서는 깔깔대며 즐길 수 있었던 이야깃거리였다. 주변의 남성들로부터 늘 '보이는 자'로서 존재했던 여성들에게 '바보 사위' 이야기는 '보는 자'가 되는 경험을 제공해준다. 동시에 남성에게는 '보는 자'에서 '보이는 자'가 되는 경험을 갖게 한다는 의의가 있다." 강성숙, 「<바보 사위> 설화 연구─바보 우행의 의미와 수용 양상을 중심으로」, 『한국고전여성문학연구』 13권, 한국고전여성문학회, 2006, 169쪽.

69 <미련한 사위(1)>, 『대계』 2-6(강원도), 594-596쪽. 한 사람이 장가를 갔는데 낮에 처음 먹어본 김치가 맛있었는지 또 먹고 싶어서 아내에게 박죽하고 납작납작하게 썬 달콤한 것이 무엇이냐고 묻는다. 아내가 나박김치라고 답하자 남편은 그것이 어딨냐고 묻고, 아내는 부엌 백항아리에 있다고 한다. 남자가 부엌에서 그것을 발견하고는 두 손을 집어넣고 두 주먹 한움큼 잡으니 손이 빠지질 않아 어디에다 갖다대고 항아리를 깬다는 것이 장인의 이마에 대고 깨버렸다. 장인이 도둑놈이 들어왔다며 소리를 지르면서 사위의 바짓가랑이를

있으며, 사실 대부분의 바보 사위 이야기에서 그를 보호해주는 인물은 유일하게 그의 아내이다. 간혹 바보 온달과 평강공주처럼 부족한 남편을 아내가 조력하여 잘 보살피는 이야기도 보인다.

하지만 그렇다고 해서 바보 사위의 지위가 늘 안정적인 것만은 아니다. 정확히 말하면 '바보 사위'는 어쩔 수 없다 해도 '바보 신랑'은 소박맞을 수 있다. 여필종부하는 아내에게서까지 버림받는 남편이 바보 신랑인 것이다.

모자란 남자와 모자란 여자가 혼인하여 친정집에서 첫날 밤을 보내는데 신랑이 목이 말라 물을 찾는다. 신부는 신랑에게 첫날 밤에는 부엌에 들어가면 안 된다고 하지만 신랑은 너무 목이 말라 결국 부엌에 가서 물을 찾아 마신다. 그는 아내가 목이 마를 것이 걱정되어 아내에게 물을 주려고 자기 입 안에 물을 머금고 방에 들어간다는 것이 장모가 자는 방으로 들어갔다. 장모가 그날따라 옷을 벗고 엎드려서 자고 있었는데 사위는 장모 엉덩이가 색시의 입인 줄 알고 물을 넣어주려고 뿜는다. 장모가 깜짝 놀라 그가 영감인 줄 알고 어디다 오줌을 누냐며 일어나자 사위는 오줌이 아니라 물이라고 한다. 장모가 영문을 알기 위해 불을 켰다가 사위를 보고 깜짝 놀라 옷도 제대로 챙겨 입지 못하고 딸의 방으로 뛰어간다. 딸은 또 신랑이 들어온 줄 알고 장모를 껴안았는데 남편이 아닌 것을 알고 도둑이 들었다며 소리를 친다. 어머니가 딸에게 그게 아니라고 하자 딸은 불을 켜보고는 깜짝 놀란다. 사위가 부엌에 있다가 장모가 방에서 나가는 것을 보고는 아내에게 장모와 무엇을 했냐고 묻고, 딸은 이야기를 좀 하고 갔다고 대답한다. 그리고 신랑은 아내에

잡으며 딸에게 불을 들고 오라고 한다. 딸이 자기 남편인 줄 알아보고 아버지에게 자기가 도둑을 붙잡고 있을테니 아버지가 불을 가지고 오라고 한다. 아버지가 불을 가지러 간 사이 남편을 방으로 들여보내고 딸은 키우는 삽살개를 붙잡고서는 아버지에게 개가 그리한 것처럼 보인다.

게 장모님 엉덩이에다 물을 뿜은 사실을 말했는데, 신부가 그 이야기를 듣고는 신랑을 보지 않으려고 해서 신랑은 다음 날 소박맞고 집으로 가버렸다.[70]

위의 이야기에서 바보 사위는 혼인 첫날밤에 어리석은 행동을 하여 한바탕 소동을 일으킨다. 장모는 사위가 모자란 만큼 자신의 딸도 부족한 것을 알기에 서로 그 일에 대해서 말하지 않기로 딸과 약속하고 다시 방으로 들어갔지만, 사위가 자신이 저지른 실수를 아내에게 이야기하자 아내는 남편을 소박한다. 바보 신랑과 바보 신부는 둘 다 부족하지만 친정어머니를 욕보이게 한 남편을 아내는 용서하지 못한다. 이 이야기에서 바보 신랑은 그와 비슷한 바보 신부에게서조차 버림받는 무용지물처럼 그려진다.

옛날에 한 엿장수가 있었다. 어느 날, 한 사람으로부터 함 안에 든 것 세 개를 맞히면 사위 삼는 곳이 있다는 말을 들었는데, 찹쌀, 팥, 쌀 세 가지가 들어있다는 답도 듣게 되었다. 그래서 엿장수는 그 집에 찾아가서 답을 맞히고 그 집의 사위가 된다. 그러다 하루는 그가 이웃 마을에 불이 난 것을 보고 불이야라고 외쳤더니 장인 장모가 나와서는 뭐하러 불 난 것을 말하냐며 이제 봐도 본 것을 말하지 말라고 한다. 이후에 그가 아래채에 불이 난 것을 보고도 놔두었더니 건물이 다 타고 말았다. 장인 장모가 아래채를 다시 지어야 한다며 사위에게 소를 끌고 가서 나무를 해오라고 개와 함께 산으로 보냈다. 사위는 소를 나무에 묶어놓고는 그 나무를 베는 바람에 나무가 기울어 소를 덮쳐 죽게 만든다. 그가 하는 수없이 도끼를 들고 내려오다 연못에 오리가 있는 것을 보고는 오리를 잡으려고 도끼를 던졌다가 오리도 못 잡고 도끼도 잃어버린다. 그가 벗어둔 옷은 개가 물어가 버려서 그가 벌거벗은 몸으로 어두운

70   〈바보 사위〉, 『대계』 8-3(경상남도), 383-387쪽.

밤에 집에 들어오려고 담을 넘다가 장독을 깨서 장을 다 망친다. 방안에 들어와서는 모르고 자신의 아이를 밟아 아이가 죽었다. 그뿐만 아니라 그는 먹을 것을 찾다가 장롱에 올려둔 면도칼을 떨어뜨리는 바람에 자신의 국부가 잘린다. 이불을 덮고 누워있으니 마누라가 들어와서 언제 왔냐고 묻는데 남편이 있었던 일들과 잘못을 다 말하자 아내가 소와 도끼는 하나 더 사면 되며, 장독도 다시 사면 된다고 한다. 또 아이도 다시 하나 낳으면 된다고 한다. 하지만 그가 마지막으로 자신의 고추까지 잘렸다고 하니 아내는 그러면 소용 없다며 그를 집에서 쫓아낸다.[71]

마찬가지로 바보 신랑은 처가 부모님으로부터가 아니라 아내로부터 소박을 당한다. 그러나 그 소박을 당하게 된 결정적인 원인이 그가 저지른 어리석은 행동의 총합이 아니라 그의 생식기의 훼손이라는 점은 흥미롭다. 처가 소유의 물건들을 잃어버리거나 못쓰게 만들고, 소를 죽이고, 심지어 자신의 자식까지 실수로 죽였는데도 아내는 다 괜찮다고 하였다. 그러나 남편이 스스로 자신의 생식기까지 상하게 했다는 고백을 들은 아내는 이제 그가 소용이 없다는 이유로 그를 쫓아낸다. 이처럼 바보 사위는 생물학적 남자로서 가진 가장 기본적인 생식 기능마저 상실한 후에야 그 지위를 박탈당한다. 후사를 볼 수 없는 사위는 그의 가장 기능적인 역할마저도 수행할 수 없게 되므로 처가에서 그를 내쫓는 것이 합리화되는 것이다.

다양한 사위의 유형들과 비교해봤을 때 바보 사위의 이야기에는 그들이 사위가 된 계기가 잘 나타나지 않는다. '꾀 많은 사위'는 나이, 신분, 재산과 같은 조건에서 불리한 상황에 놓여있음에도 그가 가진 '꾀' 하나로 사위가 된다. '엉혼드는 사위'는 우연한 기회에 행운을 잡아 집안의 사위가 된다.

---

71 <바보 사위>, 『대계』 8-9(경상남도), 802-806쪽.

'나중에 잘 되는 사위'는 처음에는 처가의 무시를 받았지만 끈기와 성실, 명석한 글재주로 대접받는 사위가 된다. 그리고 '귀인 사위'는 타고난 관상과 비범한 능력, 높은 지위 덕분에 처가에서 적극적으로 사위로 삼는다. 이와 비교하면 바보 사위는 다른 모든 종류의 사회적 성공을 위한 인지적 능력이 부족할뿐더러, 타고난 운도, 좋은 집안 배경도 없으며, 행운이 온다고 해도 그 기회를 잡을 재치도 없다. 그러한 최악의 사윗감이 한 가정을 책임지는 가장(家長)과 대접받는 백년손님이 되었을 때 연출되는 부조화는 웃음과 비웃음을 동시에 유발한다.

그런 점에서 바보 사위 이야기가 대체로 혼인, 재행, 문상과 같은 통과의례인 상황을 배경으로 한다는 것은 주목할 만하다. 왜냐하면 예나 지금이나 가정의례와 통과의례에서 남성들이 맡는 대외적인 역할은 중요하게 여겨지기 때문이다. 경조사의 손님맞이에서부터 절차에 따라 적절하게 이루어져야 하는 예식(禮式)은 가부장제 사회에서 남성들이 그들의 권위를 보장받게 해주는 하나의 실천적 수행이었다. 가장이 그러한 예식을 알고 잘 수행하는지를 알 수 있는 대표적인 기회가 혼례, 상례인데 이것들은 가족은 물론 이웃 사람들의 이목이 집중되는 행사이다. 특히 혼례의 경우, 그것은 전통사회에서 성인식과 같은 의미였다. 또한 신랑이 외부인에서 내부인으로 변화하는 입사의례를 무사히 잘 마치는지는 최대의 관심사가 되었을 것이다.

사위 관련 설화에서 입사식은 서사의 중요한 지점이 된다. 꾀 많은 사위, 나중에 잘 되는 사위 유형의 이야기에서 인물들이 마주하는 혼인, 과거시험, 활쏘기 대회는 그들을 사회적 영역으로 진출시키는 하나의 관문이 된다. 바보 온달이 활쏘기 대회에서 기량을 발휘하여 왕의 사위로서 인정받고 사회적 시선을 획득한 것[72]을 참고하면, 꾀 많은 사위가 활쏘기 대회를 마주하

---

72 신연우도 온달의 활쏘기 대회를 남성의 입사식으로 해석하였다. 그는 바보 사위 설화의

는 모티프들이 적지 않게 발견된다는 점은 이와 같은 맥락에서 주목할 만하다. 활쏘는 솜씨는 강한 남성성이 지닌 무(武)를 상징한다. 마찬가지로 나중에 잘 되는 사위가 과거시험에 합격함으로써 이전과 다른 인물로 대우받는 것도 그러하다. 과거시험은 해당 사회에서 통용되는 문식성과 지식을 시험하는 공적인 심급으로서 남성들에게는 관직 사회로 나아가기 위한 성인식과 같다고 볼 수 있다.

그러나 바보 사위는 성인식으로서의 혼례는 물론, 상례, 심지어 아내와 잠자리도 하지 못해 남들의 부끄러움을 산다. 인생에서 하나의 변환점과 같은 의례를 적절히 수행해내지 못하는, 심지어 후손까지 볼 수 없는 바보 사위는 남성 사회에서 요구하는 남자 되기로서의 일반적인 과정들을 소화해내지 못한다. 우리는 삶의 주요한 시점들을 상징하는 입사식(入社式)을 통하여 그 이전의 세계와 이후의 세계를 구분하고 달라진 환경에 적응해가며 새로운 나를 발견하며 정체성을 형성한다. 앞서 논의한 바와 같이 '사위 되기'와 '사위 노릇' 하게 되는 이야기들이 주인공이 혼인을 성취하고 이후의 가내 주도권을 획득하는 과정을 보여주면서, 남성들의 성인식·통과의례를 보여준다면, 바보 사위 이야기는 처음부터 그러한 통과의례를 수행할 능력이 없는 비주류 남성의 실패를 보여준다.

그러므로 바보 사위 이야기는 남성 중심의 가부장제 사회에서, 대우해야 하는 백년손님의 자리에 무능한 남자를 위치시킴으로써 역설적으로 그에게 모종의 시선을 부여한다. 하지만 그는 사윗감으로써 선호되는 모든 자질을

신화적 소인을 <바보 온달> 이야기와 <주몽>, <탈해> 신화 등과 비교하면서 주인공들이 거치는 입사식을 인물이 '안다'('무엇을 알거나, 할 줄 아는'으로 이해됨)의 행위를 승인받는 과정이라고 논의하였다. 이는 일반적으로 입문의식, 통과의례를 거친 사람을 '아는 자'라고 일컫는다는 현상적, 학문적 사실에 바탕한다. 신연우, 「바보사위 설화의 신화적 소인」, 『연민학지』 9권, 연민학회, 2001, 321-322쪽.

결여하며, 따라서 일반적인 성인 남성에게 요구되는 입사의례를 적절하게 수행할 수 없다. 작은 변화에도 적응하지 못하는 바보 사위는 자기 영역을 벗어나 확장함으로써 성장할 수 없는 존재인 것이다. 이처럼 바보 사위의 융통성 없음, 상황 대처 능력의 부재로 나타나는 어리석음은, 난관을 돌파해 냄으로써 자기 영역을 확장하는 남성상의 반대편에 존재하는 어두운 그림자라고 할 수 있다. 그리고 그 그림자는 선악을 판단하는 윤리적 잣대를 피해감으로써 자신은 물론 주변 인물들을 무력화하기도 한다.

3장

자고로 집안에 여자가
잘 들어와야 하는 법이다

며느리의 진화상, '해결사' 며느리

1. 해결사 며느리의 피로감

'사위는 백년손님, 며느리는 종신 식구'라는 말이 있다. 사위는 늘 어렵고 조심스러우며 대접해야 하는 손님이지만 며느리는 한번 시집오면 우리 사람이 된다는 뜻이다. 사위와 며느리를 주제로 하는 많은 속담과 옛이야기에서는 이 두 대상을 바라보는 대조적인 시선이 나타난다. 이는 한국 문화에서 혼인을 통해 맞아들이는 새로운 가족을 향한 관심을 드러내기도 하지만, 이러한 담론이 현실을 반영하면서 그것을 지속하고 강화하기도 한다는 점에서 반성적 고찰이 필요하다. 왜냐하면 전통 사회의 혼인 제도, 가족 문화, 성 역할, 생업 환경 등이 모두 달라진 현대 사회에서도 사위와 며느리를 대하는 태도의 차이는 여전히 존재하기 때문이다. 특히 여권이 이전 시대에 비하여 높아진 사회에서 여성들은 높은 수준의 교육을 받고, 자유롭게 경제 활동에 임할 수 있게 되었음에도 그들이 결혼 후에 경험하는 전통적인 가족 문화는 배우자와 시집 식구들 간의 갈등을 일으키는 주요한 원인이 된다.

사위와 며느리가 등장하는 많은 설화에서 양쪽 주인공들의 주요한 캐릭터와 행위는 상반된 모습으로 나타난다. 2장에서 보았듯이, 사위가 처가에 도움이 되는 일을 하는 경우는 많지 않고, 주로 처가와 관계에서 우위를 점하며 독자적인 개체로 등장하는 데 반하여, 일반적으로 며느리는 시집과 더 밀착된 관계 안에서 시집에 도움을 주고 가족 구성원으로서 책임을 다한다. 이제 이야기들을 통해 살펴보겠지만, 며느리는 시집의 상황(물리적 조건, 자신을 향한 태도 등)에 따라 꽤 상호적으로 유연하게 행동하는 편이다. 며느리 설화에서 며느리는 시집에서 맞닥뜨린 어떤 임무나 극복해야 할 문제 상황을 늘 마주하며, 그것은 거의 공동체 내부의 문제와 관련된다. 그리고 그녀는 그 문제를 해결함으로써 '잘 얻은(들어온) 며느리'가 된다. 사위 설화에서 주인공(사위)이 자신의 개인적인 목표로서 혼인하기까지 오로지 자신을 위하여 행동하는 것과는 사뭇 대조되는 양상이다.

필자는 이러한 맥락을 바탕으로 한국의 며느리 설화에 나타나는 며느리의 주요한 이미지가 '해결사'(troubleshooter)라고 생각한다. 무엇인가를 '해결한다'는 것은 갈등을 조정하고 문제를 풀어냄을 의미한다. 그리고 이 말에 붙은 '-사'(士)라는 접미사는 이러한 분야에 특화된, 이것을 잘 처리하는 사람을 뜻한다. 곧 '해결사'는 나의 문제가 아니라 타인의 문제에 관여하고 도움을 준다는 의미가 내포되어 있다. 흥미로운 점은 타자로서 시집의 문제가 결코 며느리 자신과 따로 떼어내어서 생각될 수 없다는 것에 있다. 시집살이를 하는 며느리에게 시집의 문제는 곧 자신의 문제로 다가온다. 시집의 문제를 처리하는 해결사로서 며느리를 설정하는 이야기들은 며느리의 지위와 정체성과 관련하여 꽤 복잡한 주제를 소환한다. 바로 '인정'과 '의지'의 문제이다.

'인정'과 '의지'는 특정한 존재에게 요구되는 기대와 관련되어 있다. 이것들은 공동체 안에서 각자가 맡은 역할의 기능적 수행을 가능하게 한다. 일반적으로(특히 한국 문화에서), 인정이 주로 타자에게서 주어지는 긍정적 평가라면, 의지는 스스로 무엇을 성취하고자 하는 마음이다. 그런데 며느리 설화에서는 며느리의 행위 의지가 인정의 시선 안에서 작동함으로써 행위자의 피로감이 서사 내부(주인공)는 물론 외부(독자 및 청자)에서도 감지된다. 그뿐만 아니라 며느리의 행위 능력도 점차 강화되면서 초현실적인 방식으로 문제를 해결하기까지에 이른다. 하지만 며느리가 그러한 놀라운 능력을 행사한 후에 얻는 보상이라고는 시집의 인정이며, 며느리로서 지위를 보장받는 것일 뿐이다.

여기서 지적하고자 하는 것은 이러한 인정과 의지가 며느리 설화에서뿐만 아니라 현실 가족 관계, 나아가 모든 사회적 관계에서 주체의 피로감을 높인다는 사실이다. 그리고 주체가 스스로 의지를 가지고 행동한다고 생각하는 것들이 사실은 타인의 인정을 얻기 위해 촉발되는 자기기만(self-deception)의 상태일 수 있음을 논하고자 한다. 며느리 설화에 표면적으로 드러나지는 않지만 일반적으로 '며느리'에게 기대되는 역할 의식은 이들 이야기의 결말로서 가정의 행복이 모두 그에게서 창출됨을 드러낸다. 곧 '며느리가 잘 들어와야 집안이 잘 된다'라는 식의 담론은 '며느리가 잘하지 못해서(부족해서) 집안에 문제가 생기게 되었다'라는 잘못된 현실 인식을 낳는다. 이는 혈연 중심의 가부장제 문화에서 외부자인 며느리에게 가해지는 가스라이팅[1]의 일면이라 할 수 있다.[2] 같은 방식으로 며느리 설화 또한 암묵적으로 한국 사회가 며느리에게 기대해왔던 자질들이나 비혈연 식구를 향한 혐오를 전제한다. 그 안에서 며느리는 전통 사회가 규정해왔던 여성의 삶을 수용하고 있으

---

1 타인의 심리나 상황을 교묘하게 조작해 그 사람이 스스로를 의심하게 만듦으로써 타인에 대한 지배력을 강화하는 행위로, <가스등(Gas Light)>(1938)이란 연극에서 유래한 용어이다. 가스라이팅은 가정, 학교, 연인 등 주로 밀접하거나 친밀한 관계에서 이뤄지는 경우가 많은데, 보통 수평적이기보다 비대칭적 권력으로 누군가를 통제하고 억압하려 할 때 이뤄지게 된다. [네이버 지식백과] 가스라이팅(시사상식사전, pmg 지식엔진연구소)

2 실제 할머니들의 시집살이담에서 시집 식구들이 구술자 할머니의 능력을 평가절하하고 존재를 비하해서 자살을 생각한 적도 있다는 사례들이 있다. 그러나 여기서 강조하는 것은 가스라이팅 자체가 아니라 시집이 만족할 때까지 무엇인가를 해야 하는 며느리들의 압박과 피로감이다.

며, 시집의 문제를 해결함으로써 자신의 존재를 인정받는다. 이것이 진정한 의미에서 여성의 건강한 자아실현이나 타인의 진정한 인정이라고 볼 수 있을까? 이것이 며느리 설화에서 제기되는 문제의식의 출발점이다.

한편, 제기한 문제의 지점을 정확히 하기 위하여 며느리 설화를 '사회와 가족 문화'의 관점에서 분석한 선행 연구를 간략히 짚어볼 필요가 있다. 이러한 연구들은 설화에 반영된 전승 집단의 의식 및 사회 문화를 지적한 것들과 그러한 설화의 장르적 특징을 살려 다문화 가정 교육에 활용하기 위한 목적을 지닌 것들로 나눌 수 있다. 전자에 속하는 연구들은 대체로 특정한 며느리의 캐릭터나 모티프가 드러나는 이야기들을 중심으로 하여 이야기에 투영된 며느리들의 욕구,[3] 며느리에 대한 관념[4]이나 전통 사회의 시대적 특징 및 문제를 지적하였다.[5] 그리고 후자에 속하는 연구들로서 설화를 실제 현대 사회에서 존재하는 다양한 가족 문화와 갈등 상황에 활용할 수 있는 콘텐츠로 다룬 연구들이 있다.[6] 특히 결혼을 통해 한국으로 이주해온 여성들, 외국

---

3 손문숙, 「韓國 며느리 說話 硏究」, 동아대학교 대학원 박사학위논문, 2004; 이인경, 「기혼여성의 삶, 타자 혹은 주체-구비설화로 본 이면적 진실」, 『한국고전여성문학연구』 16권, 한국고전여성문학회 2008; 박현숙, 「<시어머니 길들인 며느리> 설화에 반영된 현실과 극복의 문제-실제 시집살이 체험담과 비교를 중심으로」, 『구비문학연구』 제31집, 한국구비문학회, 2010.

4 김금숙, 「부의 권력 유지와 며느리 리스크-부자 패망담 중 <며느리의 손님 끊기> 유형을 중심으로」, 『동양고전연구』 제74집, 동양고전학회, 2019; 최운식, 「며느리감 고르기 설화에 나타난 부자 며느리의 조건과 경제의식」, 『한국민속학』 제41집, 한국민속학회, 2005; 조남득, 「지혜로 살림 일으킨 며느리설화 연구」, 한국교원대학교 교육대학원 석사학위논문, 2008.

5 이영수, 「'며느리가 장모되고 시아버지가 사위된 이야기형' 설화 연구」, 『어문론집』 제60집, 중앙어문학회, 2014; 이은희, 「설화에 나타난 고부관계 연구: 문제상황주체로서의 며느리를 중심으로」, 강원대학교 대학원 석사학위논문, 2003; 김희정, 「며느리 설화 연구」, 전북대학교 교육대학원 석사학위논문, 2000.

6 양민정, 「효부 설화를 활용한 결혼 이주여성의 가족의식 교육 방안 연구」, 『세계문학비교연구』 제37집, 세계문학비교학회, 2011; 김정희, 「세대 갈등 해결을 위한 구비설화 기반 서사

인 노동자의 가족을 위한 문화교육에 관한 오정미[7]의 연구는 주목할 만하다. 그동안의 동화주의적 자국 문화 교육 방식에 문제점을 제기하고 이방인의 문화 적응이라는 새로운 패러다임의 관점에서 다양한 며느리 설화들을 문화 교육의 도구로서 분류화하고 이론화했다는 의의가 있다. 그 외에 며느리 설화가 며느리를 희생양으로 삼아 집단의 기존 가치를 수호하는 폭력성을 보이고 있으며, 동시에 다양한 주체들의 담론이 갈등을 일으키는 소통의 장이 되기도 함을 지적한 김신정[8]의 논의가 있다.

필자는 선행 연구와 동일선상의 맥락에서 며느리 설화를 분석하되, 이야기에서 나타나는 해결사 며느리들이 어떻게 시집(시집의 문제)과 더 상호 연계된 모습을 보이는지, 시집의 상황에 따라 며느리들이 어떠한 자질을 선보이며, 어느 정도까지 능력을 발휘하는지를 제시할 것이다. 그리고 해결사 며느리가 가진 태도, 능력, 자질 등이 한국 사회에서 규정하는 며느리의 이상적인 상이라고 해석할 수 있다면, 그러한 이상적인 기대가 며느리들에게 어떤 방식으로 자기 소모적인 인정 욕구를 불러일으키는지 논의하고자 한다. 마지막으로 며느리에게 투영된 바람들이 사실은 한국의 가족 문화에서 기울어져 있는 가족 역할을 드러내고 있음을 주장할 것이다.

우선 이 책에서는 『한국구비문학대계』에 채록된 며느리 설화들 중에 서사 내의 문제 상황이 며느리를 통해 해소되는 것들을 주로 다루었다.[9] 수백 편에 달하는 며느리 설화를 읽다 보면 다양한 캐릭터의 며느리들이 여러 가지

지도 구축 연구」, 『문화콘텐츠연구』 16, 건국대학교 글로컬문화전략연구소, 2019.

7   오정미, 「설화에 대한 다문화적 접근과 문화교육 – 며느리 설화를 중심으로」, 건국대학교 대학원 박사학위논문, 2012; 오정미, 「결혼이주여성을 위한 문화교육과 문화적응: 설화 <시부모 길들인 며느리>를 중심으로」, 『한국언어문화학』 9, 국제한국언어문화학회, 2012.

8   김신정, 「한국 며느리 설화 연구」, 서강대학교 대학원 석사학위논문, 2008.

9   대상 자료는 본문의 각 절에 목록표로 제시하였다.

문제 상황들을 극복하고 행복한 결말을 맺는 것을 볼 수 있다. 모든 이야기들이 해피엔딩으로 끝나는 것은 아니지만 그렇다고 해서 비극적인 이야기들이 많은 것도 아니다. 며느리 설화는 다른 이야기 유형들에 비하여 눈에 띄게 시집과 며느리가 원만한 조화를 이루어내는 것들이 아주 많다. 말 그대로 며느리들은 필요한 일들을 성공적으로 수행하는 '해결사'로 등장한다.[10] 이 맥락에서 '해결'은 며느리가 집안의 문제 상황을 주도적으로 해결하거나 구성원들의 요구와 결핍을 충족시킴으로써 그들이 바라는 바를 이루어주는 행위를 뜻한다.

며느리 설화를 시집과 며느리의 상호 연계성, 의지와 인정의 문제로 접근하는 것은 가부장제 문화와 시집살이혼에서 늘 약자로 인식되었던 며느리들의 모습을 다시 확인하는 수준에 그치는 것이 아니다. 서두에서 지적하였듯이, 지금 문화적 성별 관념과 성 역할 인식이 많이 달라졌음에도 불구하고 우리는 전통적 성 관념 안에서 현실과의 균열을 경험하며 세대 간 갈등을 겪고 있다. 특히 기혼 여성과 시집 식구의 갈등은 변화한 시대에도 불구하고 여전히 통용되는 전통적인 성 역할 관념에서 비롯되는 경우가 많다. 갈수록 개인의 행복을 추구한다지만 개인이 속한 가정의 행복 역시 중요하다. 가정의 한 구성원으로서 비단 여성뿐만 아니라 특정 구성원에게 당연시되는 의무, 혹은 마치 스스로가 그것을 바라는 것처럼 보이는 가장(假裝)된 '인정

---

10 해결사 며느리의 이미지는 이인경(「기혼여성의 삶, 타자 혹은 주체－구비설화로 본 이면적 진실」, 『한국고전여성문학연구』 16권, 한국고전여성문학회, 2008)의 연구에서 이미 대략적으로 파악된 바 있다. 다만 그의 연구에서는 구비설화의 아내와 며느리 들이 처해 있었던 전근대적인 사회 상황과 가부장적 가족 문화의 문제점이 본격적으로 다루어지지 않았다. 타자로서 여성들이 가장 낮은 지위에서 자신의 존재와 지위를 인정받기 위해 주체적인 인물로 성장하는 과정에 더 집중한 것으로 보인다. 이 책에서는 그러한 주체적이고 강인한 며느리들의 이미지가 한국의 가족 문화에 의하여 만들어진 것이며 며느리들이 스스로 성취하려는 인정 욕구마저도 사실은 외부로부터 강요되어 내재화된 것이라 본다.

욕구'는 관계에서 자유로울 수 없는 모든 사람들에게 피로감을 안겨준다. 가부장제에서 해결사 며느리는 사실상 현대 사회에서 인정 욕구에 지친 우리들의 얼굴이기도 한 것이다.

2. 해결사 며느리 이야기의 분류와 양상

1) 시부모를 돌보는 며느리

해결사 며느리의 유형 중 하나인 '시부모를 돌보는 며느리'에 속하는 이야기는 다음과 같다.

[표 1] 시부모를 돌보는 며느리 이야기 목록

번호	제목	출전	구연자
1	시아버지 장가 들인 며느리	1-1, 255-259쪽	유신락
2	며느리가 장모된 이야기	1-2, 319-323쪽	김복남
3	집안 이룩한 며느리	1-2, 517-519쪽	신흥준
4	자식 죽여 효자효부 노릇한 아들과 며느리	2-5, 367-368쪽	김남수
5	며느리에 효심	2-8, 590-592쪽	정순봉
6	시아버지 장가 들인 며느리	2-9, 768-770쪽	이상진
7	시어머니 눈 띄운 며느리	3-1, 451-452쪽	한기문
8	며느리가 장모된 이야기	3-4, 146-148쪽	장태호
9	시아버지 사위되고 며느리가 장모되다	4-2, 307-315쪽	이병일
10	며느리의 효행	5-2, 408-409쪽	백옥련화
11	복 받은 효성있는 며느리	5-2, 545-549쪽	김현녀
12	자식을 죽여 효도하려고 한 며느리	5-4, 839-842쪽	고아지
13	며느리의 지극한 효성	5-7, 13-15쪽	김형섭
14	머리털 팔아 젯상 차린 며느리	6-2, 146-147쪽	김정균

15	며느리와 딸	6-2, 603-607쪽	정기덕
16	시아버지 장가 보낸 며느리	6-6, 81-82쪽	박연복
17	아버지 결혼시킨 며느리와 봉효자	6-8, 735-740쪽	양세묵
18	효부인 둘째 며느리	7-2, 335-337쪽	임문혁
19	며느리가 장모되고 시애비가 사위된 이야기	7-3, 47-49쪽	김경달
20	삼절집 며느리의 효성	7-4, 162-163쪽	조복순
21	하늘이 감동한 며느리의 효성	7-4, 180-182쪽	이근순
22	며느리한테 매맞고 부자된 이야기	7-5, 178-181쪽	김말선
23	효성 많은 며느리와 호랑이	7-6, 220-225쪽	이중락
24	호랑이도 감동한 며느리의 효성(1)	7-8, 779-786쪽	김모하
25	호랑이도 감동한 며느리의 효성(2)	7-8, 786-792쪽	김모하
26	사위 되고 장모 된 시아버지와 며느리	7-9, 279-283쪽	김필한
27	막내 며느리의 효성과 금덩어리	7-9, 1050-1056쪽	임지섭
28	과부 며느리의 처세술	7-10, 670-677쪽	박영상
29	며느리 덕에 재혼한 시아버지	7-13, 464-465쪽	김진식
30	숙종대왕과 효부 며느리	7-14, 114-116쪽	이용수
31	시아버지가 사위 되고, 며느리가 장모된 이야기	7-15, 538-541쪽	지세해
32	효부상 받은 며느리	7-16, 55-56쪽	김영애
33	시아버지 장가 들여 혈손 얻은 며느리	7-16, 289-291쪽	조목희
34	딸보다 나은 양며느리의 효성	7-17, 638-641쪽	임동선
35	효부 며느리와 호랑이가 데려다 준 아들	7-18, 202-209쪽	안영순
36	다섯 며느리 중 하나는 효부	8-9, 226-229쪽	김상옥
37	며느리의 효도	8-14, 511-512쪽	김순자
38	며느리의 효도	9-2, 638-644쪽	양구협

이 유형의 이야기들에서 며느리는 효부(孝婦)로 등장한다. 말 그대로 시부모를 잘 봉양하여 물질적으로, 심리적으로 시부모를 만족스럽게 하는 며느리를 말한다. 여기서 며느리가 주로 처해 있는 상황은 봉양을 제대로 수행할 수 없게 만드는 가난, 시부모의 신체적 장애, 홀시아버지를 홀로 돌보아야 하는

과부의 처지 등이다. 예를 들면, 눈먼 홀시아버지를 모셔야 하는 가난한 과부가 힘든 봉양의 의무를 어떻게 수행해내는지가 서사의 관건으로 나타난다.

앞을 못 보는 아버지를 모시고 사는 아들이 있었다. 며느리가 일찍 죽어서 새 며느리를 들였는데 어느 날 아들이 먼저 죽는다. 그래서 홀시아버지와 과부 며느리 둘이 사는데 친정에서는 이 딸을 다시 집으로 돌아오게 하려고 가짜 부고를 내서 집에 오게 한다. 딸은 친정에 갔다가 그 사실을 알고는 다시 시댁으로 돌아오는데 오는 길에 호랑이를 만나 거의 죽게 된다. 며느리가 호랑이에게 자신의 죄라고는 홀시아버지를 잠깐 두고 친정에 다녀온 죄밖에 없다고 하자, 호랑이는 며느리에게 자기 등에 업히라는 신호를 보낸다. 며느리가 무사히 호랑이와 함께 시댁에 오고 시아버지에게 사연을 말씀드려서 호랑이에게 개를 주어 보낸다. 얼마 뒤에 호랑이가 사람들에게 잡혔는데 며느리가 그 호랑이는 산신령이니 놓아달라고 하며 관가에 알린다. 관가에서 며느리 말을 듣고 호랑이를 풀어주고, 며느리 이야기가 마을에 퍼져서 사람들이 며느리를 도와 그 집이 전보다 더 잘 살게 된다.[11]

숙종대왕은 하룻밤에 삼천리를 다닐 수 있는 사람이었다. 하루는 숙종대왕이 길을 다니다가 한 집을 지나게 되었는데, 어떤 여자가 머리를 깎은 채춤을 추고 있고, 남편으로 보이는 사람은 바가지를 엎어놓고 두들기고, 노모는 울고 있는 모습을 보았다. 모습이 예사롭지 않아 남편에게 연유를 물으니, 오늘은 어머니의 생신인데 대접할 것이 없어 며느리가 머리를 깎아 돈을 구해 고기를 대접하고 춤을 추니, 남편은 바가지를 두드리고 노모는 그걸 보고 마음이 아파 운다고 하였다. 숙종이 감탄하여 가지고 있던 금덩어리를 주고

---

11   <호랑이도 감동한 며느리의 효성(1)>, 『대계』 7-8(경상북도), 779-786쪽.

떠나자 그 집이 그것으로 잘 살게 되었다.[12]

　앞을 보지 못하는 홀시어머니를 모시고 사는 며느리가 있었다. 시집이 너무 가난하여 며느리가 일을 하지 않으면 두 사람은 먹고 살 수가 없었다. 하루는 며느리가 모를 심으러 가서 품을 팔아야 하는데, 어머니가 드실 아침 식사를 해드릴 것이 없어서 고민하고 있었다. 마침 한 강아지가 보살을 먹고 흰 똥을 누는 것을 보고는 그것을 씻어다가 밥을 해서 자기가 몇 숟갈 먼저 먹어보고 어머니를 드렸다. 어머니가 흡족하게 드시자 며느리는 안심하고 모를 심으러 나왔는데, 갑자기 마른 하늘에 벽력이 쳐서 일하던 사람들이 모를 심지 못하였다. 사람들이 누군가 이 중에 죄를 지어서 날씨가 이렇다며 누가 죄를 지었냐고 하니 그 며느리가 나서며 자기가 죄를 지었다며, 오늘 아침에 자기가 개똥을 씻어 어머니를 봉양했다고 한다. 그러자 날이 갑자기 맑아지면서 궤짝 하나가 하늘에서 내려와 열어보니 돈이 많이 들어있었고 그것으로 며느리와 시어머니 두 사람이 잘 살았다.[13]

　며느리는 의식주가 넉넉하지 못한 시집에서 홀시아버지 혹은 홀시어머니를 모시느라 어려움을 겪는다. 며느리는 개가의 유혹을 받기도 하고, 끼니를 걱정할 정도의 경제적 곤란에 처한다. 며느리가 이것을 극복하는 방법은 오로지 부모를 향한 공경심을 잃지 않는 것이다. 즉 효(孝)를 향한 의지와 의무는 주인공이 난관을 헤쳐나가기 위하여 지녀야 할 자질로 나타난다. 다른 이야기들에 등장하는 며느리처럼 가산을 불리기 위해 재치와 지혜를 발휘하는 양상은 나타나지 않으며, 말 그대로 효부라는 이미지와 상응하는

12　<숙종대왕과 효부 며느리>, 『대계』 7-14(경상북도), 114-116쪽.
13　<하늘이 감동한 며느리의 효성>, 『대계』 7-4(경상북도), 180-182쪽.

가치들로서 시부모를 향한 애정, 충심, 공경심과 같은 '정서적 상태'가 강조된다. 이 유형의 며느리들은 시부모와 갈등을 일으키지 않으며 심리적으로 시집과 일치되어 있다.

또한 효부는 시부모의 의식주를 돌보기도 해야 하지만 그들의 심리적 안정과 애정 욕구를 돌볼 필요도 있다. 이는 과부와 홀시아버지의 동거라는 특수한 상황에서 발생하는 문제와 관련있다.

아들 내외와 함께 사는 영감이 있었다. 집안이 넉넉하여 먹고 살 걱정은 없었으나 어느 날 하나밖에 없는 아들이 후손 없이 죽고 며느리는 과부가 되었다. 집에 과부 며느리와 홀시아버지만 살게 되자 시아버지는 며느리에게 재산을 조금 나누어주며 개가를 권유하였다. 그러면서 집을 나가거든 제일 처음 마주치는 남자를 따라가서 살라고 하였다. 며느리가 하는 수 없이 짐을 싸들고 길을 나서는데, 마침 보리밭에서 오줌을 누고 가는 남자를 보고 그를 따라간다. 그는 작은 집에서 혼기가 찬 딸과 함께 살고 있었다. 며느리는 부엌에서 일하고 있는 딸에게 이런저런 이야기를 하다가 당신 아버지와 내가 부부가 되어 살면 안 되겠냐고 묻는다. 딸이 아버지에게 전하여 마음을 물으니 생각은 좋긴 하나 가난하여 선뜻 함께 살자고 하지 못하겠다고 한다. 며느리는 자신이 들고 나온 재산으로 살 수 있다고 남자를 설득하여 그 집에 들어가 살게 되었다. 얼마 뒤에 며느리는 남편에게 과년한 딸을 시집보내야 되지 않겠냐며, 홀로 계신 시아버지에게 보내는 것이 어떻겠냐고 묻는다. 남편이 선뜻 답을 못하자 며느리는 다시 시아버지를 찾아가 사정을 말씀드린다. 거절하던 시아버지는 며느리 뜻에 따라 그 딸을 맞아들여 함께 산다. 그래서 며느리는 이전 시아버지의 장모가 되고 시아버지는 이전 며느리의 사위가 되었다.[14]

---

14 <며느리가 장모된 이야기>, 『대계』 1-2(경기도), 319-323쪽.

아들 내외와 함께 사는 홀아비가 있었다. 하루는 술을 많이 마시고 잠이 들었다가 목이 말라서 깨어나 부엌에서 물그릇을 찾고 있었는데, 며느리가 그 소리를 듣고 부엌에 송아지가 들어온 줄 알고 송아지를 쫓아내려고 들어온다. 시아버지는 부끄러워 엎드려서 몸을 숨겼는데 며느리는 그것이 송아지인 줄 알고 매를 때렸다. 시아버지가 아파서 "아이고 나다, 나다." 하고 방으로 뛰어들어가자 며느리는 부끄러워 그 다음 날 얼굴도 내보이지 못하고 남편에게 무조건 새 시어머니를 구해오라며 그렇지 않으면 내가 이 집에서 살 수가 없겠다고 한다. 남편이 산길을 가다가 정처없이 길을 다니는 할머니 한 분을 만나 이야기를 나누다 자기 아버지와 함께 사시면 좋지 않겠냐고 묻는다. 할머니가 허락하여 집으로 모시고 와 그날부터 새어머니로 모시었는데, 마침 새어머니가 가지고 있던 재산이 있어 시아버지는 그것으로 결국 논을 사서 부자가 되어 함께 살았다.[15]

첫 번째 이야기는 <며느리가 장모 되고 시아버지가 사위된 이야기>의 대표적인 유형이다. 남편이 죽고 돌보아야 할 자식이 없는 과부가 자신과 같은 홀아비에게 개가한 뒤에 그 집의 과년한 딸을 홀로 계신 시아버지에게 시집보낸다는 내용이다. 과부 며느리가 개가하지 않고 친정에서 여동생을 데리고 와 시아버지의 배우자로 삼고 그 후손을 돌보기까지 하는 이야기도 있다.[16] 이러한 모티프의 이야기는 과부의 개가보다는 '시아버지의 재혼'에 초점이 있으며, 그것이 '며느리의 주도'로 이루어진다는 것이 특징이다. 곧 며느리는 부양자 없이 홀로 남은 시아버지, 게다가 후손이 없는 집안이라는 문제 상황을 해결하는 행위 주체로 나타난다. 그래서 이러한 파격적인 혼인

---

15 <며느리한테 매 맞고 부자된 이야기>, 『대계』 7-5(경상북도), 178-181쪽.
16 <며느리에 효심>, 『대계』 2-8(강원도), 590-592쪽.

은 가문의 절손을 막고 대를 잇는다는 명분으로 합리화되며 이러한 충성은 며느리의 효로 해석된다. 곧 이 이야기들에서 며느리는 시집에서 친자식처럼 기능한다.

한편, 두 번째 이야기는 며느리가 남편과 상의하여 홀시아버지의 새로운 배우자를 맞아들인다는 내용이다. 이 경우에는 후손을 잇는다는 명분보다는 단순한 봉양의 행위로는 며느리가 채울 수 없는 홀아비의 불편함을 해소하는 일에 초점이 있다. 노후의 홀아비가 마주하는 불편함은 여러 가지가 있을 수 있는데, 이야기에서처럼 늦은 밤 물 한잔을 떠다 줄 아내가 없다든지, 몸이 쇠약해져서 혼자서 의복을 착용하거나 상투를 매만지는 것이 어려운 상황 등이 그러하다. 곧 측근에서 배우자만이 자연스럽게 도울 수 있는 일들이 있는데, 두 번째 이야기의 경우 며느리는 그러한 친밀한 관계에서 이루어져야 할 행위들을 자기가 수행할 수 없다 보니 웃지 못할 해프닝을 겪은 것이다.[17] 사실 며느리 입장에서도 홀시아버지에게 짝이 생기면 봉양의 부담이 덜어진다. 집안 살림을 같이 할 여성이 들어옴으로써 노동력을 얻기 때문이다. 또한 노후에 기댈 배우자가 있다는 시아버지의 심리적 안정은 가족들과 맺는 관계에서 긍정적 영향을 끼칠 수 있다.[18] 이렇게 보면 며느리는 실생활의

---

17   심지어 홀시아버지가 상투 매는 것을 며느리가 돕다가 저고리 앞섶이 들려서 젖가슴이 드러나는 경우를 모티프로 삼는 이야기도 있다. 시아버지는 며느리의 젖을 물게 되는데 나중에 아들은 아내로부터 그 이야기를 듣고 아버지에게 따지지만 아버지는 도리어 "너는 내 마누라 젖을 삼 년이나 물어놓고 너는 내가 네 마누라 젖 한 번 물었다고 그 난리냐." 하고 응수한다. <시부의 상투 쫓던 며느리의 봉변>, 『대계』 7-14(경상북도), 480-482쪽. <며느리 젖 빠는 이야기>, 『대계』 8-5(경상남도), 388-390쪽.

18   이인정, 「며느리와 딸로부터 수발받는 노인의 우울수준 및 우울관련요인의 차이」, 『보건사회연구』 33, 2013, 125쪽. 우리나라에서는 전통적으로 며느리가 노인을 수발하는데 반하여 서구에서는 주로 자녀 가운데 딸이 그 역할을 맡는다. 양쪽의 경우 모두 배우자가 수발을 맡을 때보다 세대 차이, 애정과 유대감 같은 친밀함의 차이 때문에 노인의 부담이나 우울 수준이 높은 것으로 알려져 있다고 한다.

기능적인 면에서 새어머니를 들이는 것처럼 보이기도 하지만, 많은 구연자들은 홀시아버지에게 새로운 짝을 구해주는 며느리를 효부라고 평한다.

"그래 일시 부자되고 **효부 효자** 소리 듣고 했어."[19]
"그래가지고 지금 냉중에 여게 또 **효부비**가 섰다고. [조사자: 효부비가?] 효부비가 자기 동생을 갖다가 시어밀 삼고. [웃으며] 그런 일이 있더라. 그래 **그 참 효부 아니여?**"[20]
"그렇게 **효녀든 모냥이제. 효녀제. [청중: 효녀고 효부제.]** 효부제. 효녀에 그런 효부가 있어. 효녀 효부가 있어."[21]

홀로 된 시아버지는 자신이 느끼는 외로움이나 애정 욕구를 쉽게 토로하지 못한다. 더군다나 자기 감정을 자유롭게 표현하는 것이 어려웠던 전통 사회에서 시아버지는 체면 때문에 자식이나 며느리에게 재혼을 거론하는 것이 더욱 힘들었을 것이다. 그런데 말하지 않아도 며느리가 가려운 곳을 알아 긁어주니 시아버지 입장에서는 참 고마운 것이다. 이러한 상황은 다음의 이야기에서도 잘 드러난다.

어매이는 마 작고하시고 자가(자기) 아부지 혼자 있는데, **자가 아부지가한 오십 좀 모지랬던 모냥이지.**(오십이 채 못되었다는 뜻) 그 그런데 멀 갖다 [청취 불능]도 **잘 안자시고 화만 내고 이라는 기라. 그래노이 자기 부인이 알아묵었는 기라.** 내우간이 없어노니 재미가 없단 말야, 독수공방이. 그래가 지고 자기 남편한테, "아버지를 좀 면환(2)[주]免鰥(홀아비가 다시 장가들거

---

19 <며느리한테 매 맞고 부자된 이야기>, 『대계』 7-5(경상북도), 181쪽.
20 <며느리에 효심>, 『대계』 2-8(강원도), 592쪽.
21 <며느리와 딸>, 『대계』 6-2(전라남도), 607쪽.

나 홀어미를 얻음)을 시기는 기 안 낫났나?" 이래 캐노이, **"자기가 말 안 하는데 우이 면환을 시기노?"**…(중략)…중이 제 머리 몬 깎는다꼬, 마 **좋다 소리는 할 수 없고 그런 얘기를 하니 얼굴이 조금 화기(和氣)가 도는 것 같고 기분이 좋아 보이거던.** 고마 그 식모로 있는 걸 비녀로 찔러갖고 마 고만 자기 시어머이로 만들었는 기라…(중략)… **"야야, 나한테 인사하지 말고 내 대포로 그리 절 한문 더 해라(나 대신 너희 마누라에게 절해라)."** 좋다꼬 말이 야. [청중: 웃음] 시상에 그런 기가 있는 기라. 그라니 혼자 있다가 아 그참 마 애미마난 상처하고 면환을 하니, **그게 마 참 마 딴 물질보담도 그기 제일 좋던 모양이지.**[22]

'시부모를 돌보는 며느리' 이야기에서 며느리는 노후의 시부모가 스스로 극복할 수 없는 문제들, 예를 들면 가난, 질병, 그리고 홀몸으로서 느끼는 소외감 또는 외로움을 해결한다. 그래서 가난하고 몸이 성하지 않은 홀몸의 시부모는 며느리가 돌보아야 할 '약자'로 등장한다. 며느리는 시부모에게 이러한 결핍들을 충족해주는 '해결사'로 등장하며 이는 며느리의 효심을 통해 이루어진다. 즉 시집의 형편이 열악할수록, 시부모가 신체적인 결함이 있고 과부나 홀아비와 같은 불완전한 가족 구성 안에 놓여 있을수록, 며느리는 어떤 뛰어난 능력을 발휘하기보다는 시부모를 향한 효성과 봉양에 대한 강한 책임감을 보인다.[23] 또한 다른 두 유형의 며느리 설화와 달리 '시부모를

---

22 <며느리 덕에 재혼한 시아버지>, 『대계』 7-13(경상북도), 464-465쪽.

23 팽정옥, 「며느리가 지각하는 시어머니 부양스트레스와 고부관계의 질 연구」, 인제대학교대학원 석사학위논문, 2010, 34-40쪽. 이 논문에서는 시부모를 부양하는 며느리의 경제적 상황이 나쁠수록 부양 스트레스가 증가하는데 이것은 이러한 상황에 처한 며느리들이 주로 '정서중심의 대처'를 많이 하기 때문이라고 논하였다. 곧 처한 상황을 객관적으로 분석하여 문제되는 환경을 변화시키기보다(문제중심의 대처), 상황을 회피하거나 침묵하고, 부정적 상황에서 억지로 긍정적인 가치를 찾으려고 하는 인지적 노력을 한다는 것이다. 하지만

돌보는 며느리' 유형에서 며느리는 시부모와 갈등하지 않는다. 이 유형의
이야기에서 며느리는 사회에서 공유하는 효 담론 및 규범에 적극적으로 순
응하고 협력하여[24] 문제를 해결함으로써 효부로서 인정받는다.

2) 시부모를 길들이는 며느리

'시부모를 길들이는 며느리'에 속하는 이야기들은 다음과 같다.

[표 2] 시부모를 길들이는 며느리 이야기 목록

번호	제목	출전	구연자
1	시어미 꺽은 며느리	1-2, 84-87쪽	안평국
2	예절바른 며느리와 시아버지	2-8, 433-436쪽	고근록
3	며느리 지혜로 한 환갑 잔치	3-2, 397-401쪽	이화옥
4	극성스러운 시어머니를 잡은 며느리	3-3, 366-372쪽	이원식
5	왕신단지를 둘러엎은 며느리	4-6, 140-143쪽	전세권
6	정승의 며느리가 된 기한림의 딸	5-5, 598-599쪽	김동수

효부 이야기에서 며느리들이 경험하는 심리적 스트레스는 드러나지 않는데, 이는 며느리가
윤리적 가치와 효 규범을 스스로 강제하는 방식으로 행동함으로써 상쇄된다. 실제 수행되
었던 사회학 연구에서, 부양해야 할 시부모의 경제적 상황과 건강이 좋지 않음에도 부양
스트레스가 높지 않게 나오는 며느리들은 부양의식, 즉 부모에 대한 효와 책임감이 상대적
으로 높게 나타나는 것이 확인되었다. 이현지, 「부양책임이 부양부담과 향후 부양의지에
미치는 영향－심신기능손상 노인의 부양가족을 중심으로」, 『한국노년학』 제27권 4호, 한
국노년학회, 2007, 1027쪽.

24 이와 관련하여 며느리가 시집 문화에 적응하는 과정을 논의한 오정미의 논의를 참고할 만하
다. "'벙어리 행세하는 며느리'형의 모든 이야기가 직간접적인 사회의 영향 아래서 며느리가
벙어리 행세를 하는 것으로, 벙어리 행세의 주체는 며느리가 아니라 사회의 이데올로기이다.
설화 '벙어리 행세하는 며느리'형의 며느리는 주체성이 없는 이주자의 모습으로, 정주문화
혹은 사회 이데올로기에 의해서 행동하는 인물인 것이다. 한편, 벙어리 행세는 주체성 없는
며느리의 삶을 표상하기도 하지만 며느리의 가장 현실적인 삶의 전략을 상징하기도 한다."
오정미(2012), 앞의 논문, 91쪽. 여기서 다루는 '시부모를 돌보는 며느리'는 '벙어리 행세하
는 며느리'처럼 사회 규범에 순응하면서 그 가치를 옹호하는 캐릭터로 볼 수 있다.

7	가짜 업을 만들어 부자 되게 한 며느리	5-7, 51-56쪽	조철인
8	시어머니 도둑 버릇 고친며느리	6-2, 675-678쪽	정점암
9	시어머니 버릇 고친 며느리	6-5, 509-513쪽	진성진
10	시아버지의 버릇 고친 며느리	6-5, 524-529쪽	진성진
11	시어머니 길들인 며느리	7-4, 27-28쪽	배상오
12	시아버지를 길들인 며느리	7-4, 36쪽	배상오
13	시아버지를 길들인 며느리	7-4, 36-37쪽	배상오
14	시어머니 길들인 며느리	7-5, 184-185쪽	백이흠
15	(1)거센 시어머니 길들인 며느리	7-8, 436-439쪽	채정석
16	(2)거센 시어머니 길들인 며느리	7-8, 446-451쪽	유우임
17	시집살이를 이겨낸 며느리의 지혜	7-9, 295-298쪽	류남걸
18	미천한 며느리의 범절	7-9, 335-339쪽	류남걸
19	시부 버릇 고친 며느리	7-12, 115-120쪽	이현욱
20	(1)가짜 구렁이업으로 치산한 며느리	7-13, 279-283쪽	김분선
21	(2)가짜 구렁이업으로 치산한 며느리	7-13, 628-635쪽	정기조
22	거센 시어머니 길들인 며느리	7-15, 220-224쪽	김덕선
23	시어머니 버릇 고친 며느리	7-15, 537-538쪽	지세해
24	시아버지 길들인 며느리	7-16, 65-68쪽	김우용
25	억센 시어머니를 길들인 며느리	7-17, 325-334쪽	김끝녀
26	억센 시어머니를 길들인 며느리	7-17, 565-566쪽	안분교
27	억센 시어머니 길들여 산 며느리	7-17, 605-609쪽	임동선
28	밀양 손씨 집안 며느리	8-4, 110-119쪽	김영숙
29	시어머니 버릇 고친 며느리	8-9, 185-192쪽	김석환
30	며느리와 오촌	8-9, 986-990쪽	최명숙
31	시어머니 길들인 며느리	8-10, 442-445쪽	김채란
32	며느리 덕으로 잘살게 된 작은집	8-12, 524-532쪽	김두화
33	욕심 많은 큰아버지를 길들인 며느리	8-13, 349-357쪽	박만석
34	훌륭한 자식을 낳은 줏대 센 며느리	8-13, 409-411쪽	황복임
35	시어머니 길들인 며느리	8-13, 509-511쪽	김묘남
36	시어머니 버릇 고친 며느리	8-14, 757-758쪽	김필명
37	목신을 이긴 며느리	9-1, 208-213쪽	안용인

이 유형의 이야기들에서 며느리는 시집에서 마주한 반갑지 않은 상황들, 예를 들면 가난, 시집의 악습, 시부모의 괴롭힘이나 시집 식구가 가진 나쁜 버릇을 고치기 위하여 '기지'(機智: 경우에 따라 재치있게 대응하는 지혜)를 발휘한다. 그래서인지 이 책에서 분류한 며느리 설화의 세 가지 유형들 중에 이 유형의 서사가 가장 흥미진진하게 펼쳐진다. 시부모 또는 시집 식구들과 며느리의 갈등 이야기는 이제 갓 시집에 들어온 며느리의 적응기(適應記)이자 집안의 새로운 리더로서 외부인 여성이 자신의 자리를 굳건히 하는 투쟁담(鬪爭談)이기도 하다. '시부모를 길들이는 며느리' 이야기에서는 시집의 형편이 나쁘지 않으며(나타나더라도 며느리가 곧 가산을 불린다), 오히려 비교적 형편이 넉넉하여 집안 살림을 제대로 이끌어 갈 며느리의 특별한 능력으로서 '지혜'와 '재치'가 부각되는 방향으로 서사가 진행된다.

옛날에 한 집에 며느리가 들어왔는데 그 시집의 큰집이 논 부자였다. 그 논에 한가운데 서너 마지기가 며느리 시집의 재산 전부였는데 큰집에서는 그 논마저 사고 싶어서 안달이 났다. 하루는 며느리가 큰집에 가서 우리 시아버지 환갑을 지내야 하니 시집의 논을 곡식으로 바꾸어 사달라고 한다. 큰아버지는 흔쾌히 그리하겠다고 하였다. 그리고 며느리는 그날 밤에 아픈 척을 하고는 남편에게 누런 뱀 한 마리를 잡아다 주면 배가 낫는다고 거짓말을 하고서는 뱀 한 마리를 구하여 숨겨놓고 키웠다. 그리고 큰집에서 쌀섬을 옮겨다가 집에 두고는 환갑을 치르는데, 큰집에서 도와주러 온 하인들이 며느리가 자꾸 고방에 들락나락하는 것을 이상하게 여겨 몰래 고방을 보니 업구렁이가 있는 것을 보게 되었다. 하인들이 큰집에 돌아가서 자기네 업구렁이가 작은 집에 가 있다고 일렀다. 큰아버지는 자기 업구렁이가 쌀가마니에 딸려 갔다고 생각하고 자기 집의 논 열 마지기만 남기고 모든 재산을 바꾸어 그 업을 질부로부터 다시 얻어왔으나 그 뱀은 곧 죽고 말았다. 며느리가 살림을 불려 논을 더 크게 사고 십 년이 지난 뒤 큰집에 가서 논 문서를 다시 드리면서 이제부터 욕심을 부리지 말고 사이좋게 지내자고 하니 큰아버지가 깨달았다.[25]

위의 이야기는 <가짜 업구렁이로 시집 재산 불린 며느리> 유형의 대표형이라고 할 수 있다. 가난한 집으로 시집온 며느리가 욕심 많은 시숙을 가짜 업구렁이를 이용하여 속임으로써 그로부터 재산도 얻고 욕심부리는 버릇도 고친다는 내용이다. 주인공이 버릇을 고치는 대상이 시부모가 아니라 시숙이지만, 시숙 또한 시부모뻘이 되는 시집의 식구이므로 이 유형에 속한다고 보았다. 이 이야기에서 며느리는 지혜로우며 상대방의 약점을 파악하여 상황을 자기 쪽으로 유리하게 변화시키는 기민함을 보인다.

한편, 며느리의 지혜와 예지력으로 시아버지의 성품을 변화시키는 이야기도 있다.

며느리가 시집을 와보니 시집 조상들이 대대로 해온 일이 한심해 보여 웃을 일이 없었다. 시아버지는 웃지 않는 며느리를 늘 걱정하였는데, 하루는 며느리가 웃으며 시아버지에게 인사를 하였다. 시아버지가 이상히 여겨 물으니 오늘 새 지저귀는 소리를 들으니 곧 나락이 다 시들어 먹을 것이 하나도 없어지게 될 터이니 논을 팔아 돈을 만들어서 곡식을 사야 한다고 말한다. 시아버지가 며느리의 말대로 논을 팔고 돈을 받아서 곡식을 쌓아둔 창고를 하나 샀다. 곧 곡식이 귀해지자 사람들이 돈을 들고 와 곡식을 나누어달라고 하였다. 며느리가 사람들에게 곡식을 나누어주고는 노잣돈을 시아버지에게 주며 여기저기 다니시면서 구경 좀 하시라며, 혹시 짐승을 만나게 되더라도 해치지 않으니 눈여겨 보고 오시라고 한다. 시아버지가 구경을 다니다 집으로

25   <욕심 많은 큰아버지를 길들인 며느리>, 『대계』 8-13(경상남도), 349·357쪽.

돌아오는 길에 구렁이 하나를 길에서 보았는데 구렁이가 집 근처 방천에 가더니 큰 구멍을 놔두고는 하필 작은 구멍에 들어가려고 허물을 다 벗겨가며 흉칙한 모습으로 들어가는 것을 보았다. 그가 집에 와서 며느리에게 말하니, 며느리가 작은 구멍으로 들어간 구렁이는 돌아가신 시어머니이고, 나머지 큰 구멍은 시아버지가 나중에 들어갈 구멍이라고 말하였다. 시아버지가 어떻게 하면 그것을 면할 수가 있겠냐고 하자, 며느리는 가진 논을 사람들에게 나누어 베풀면 된다고 한다. 시아버지가 마을 사람들을 대접하며 자기 살림의 필요한 만큼만 남겨두고 논을 모두 나누어준다. 그 뒤로 그 집은 계속 잘 살게 되었다.[26]

며느리는 시집 어른들이 인색한 것이 마땅치 않았다. 마침 그녀에게는 짐승의 말을 알아듣는 재주가 있었는데 덕분에 며느리는 흉년을 짐작하고 준비할 수 있었다. 다른 사람에게 인색하고 아끼기만 하는 사람은 내세에 구렁이가 된다는 이야기의 설정이 민간 신앙에 기반한 것인지 아니면 주인공이 가진 예지력에 바탕한 것인지는 모르겠지만 아무튼 며느리는 시아버지로 하여금 남은 재산을 이웃과 나누면서 현세에서 덕을 쌓아 그가 내세에 구렁이가 될 것을 면하게 해주었고 시집의 부를 유지하였다. <가짜 업구렁이로 시집 재산 불린 며느리>에서처럼 시어른의 좋지 못한 점, 곧 욕심이 많거나 인색한 것을 변화시킨다는 점은 동일하다. 또한 시집과 며느리의 심리적 갈등이 표면으로 드러나지 않는다는 점도 마찬가지이다.

이와 달리 며느리가 시부모의 나쁜 버릇을 고치고 시집의 악습을 없애는 것과 같은 이야기들에서는 양쪽의 갈등이 이보다 더 직접적으로 드러난다.

---

26   <이인 며느리 얻어 구렁이 면한 부자>, 『대계』 7-13(경상북도), 146-151쪽.

심보가 못된 부잣집이 있었는데 그 집은 소문이 나서 아무도 딸을 며느리로 보내려고 하지 않았다. 하루는 그 부자가 딸 가진 어떤 사람의 집에 가서 자기 재산을 좀 줄 테니 딸을 며느릿감으로 달라고 하지만 부모는 주지 않으려고 한다. 그러나 그 집의 딸이 자진해서 시집을 가겠다고 고집하여 할 수 없이 시집을 보냈다. 첫날부터 시아버지가 며느리를 길들이려고 사관을 받으려고 하는데, 며느리는 시아버지가 먼저 사당에 가서 사관을 드리면 가겠다고 한다. 밤에도 시아버지가 사관을 받으려고 하니 며느리는 그것도 시아버지가 먼저 사당에 가서 인사를 하고 오시면 하겠다고 하였다. 시아버지가 그렇게 이틀을 하고 나서는 자기가 힘든 나머지 사관을 없애 버렸다. 제사를 지낼 때도 시부모는 그들이 지내던 대로 하는데, 며느리는 쌀부터 시작해서 장까지 모두 조상을 위해 따로 준비해둔 정결한 제물만 찾았다. 제사도 어떤 양식의 가례로 치를 것인지 며느리가 자꾸 따져 물으니 이에 지친 시부모는 며느리가 하자는 대로 모두 따랐다.[27]

시어머니가 흉악하기로 유명하여 며느리를 여러 명 갈아치운 집이 있었다. 아무도 그 집에 딸을 시집보내지 않으려고 하였는데, 한 집의 처녀가 자진하여 그 집에 며느리로 가겠다고 하였다. 처녀는 시집가기 전에 다듬이용 방망이 하나를 잘 만들어서 치마폭 안에 몰래 숨겨 갔는데, 시집에 가서 밥상을 차리고 솥에서 밥을 푸려고 하니, 시어머니가 부엌에 들어와서 며느리를 밀어내고 자기가 밥을 푸려고 하였다. 며느리는 자기가 푸겠다며 뒤에서 시어머니를 방망이로 푹푹 찔렀다. 시어머니가 '이 년이 날 때린다'고 소리를 지르자 시아버지는 저 여자가 또 며느리 내쫓으려고 한다며 아내의 말을 들어주지 않았다. 시어머니가 속이 상해 그때부터 방에 들어가 나오지 않고 밥을 굶었다. 다음날

---

27 <시아버지의 버릇 고친 며느리>, 『대계』 6-5(전라남도), 524-529쪽.

며느리가 닭을 잡아 맛있게 만들어 시어머니에게 가져다 드리자 배고픈 시어머니는 그것을 잘 먹었다. 그 뒤부터 시어머니는 며느리에게 잔소리도 하지 않고 잘 지냈다고 한다.[28]

왕신단지를 오래도록 모신 집안이 있었다. 풍습이 까다롭고 거리끼어 아무도 며느리로 들어오지 않으려고 하였는데, 한 처자가 자진해서 그 집으로 시집을 갔다. 혼례날 가마 안에서 신부가 요강에 소변을 보자 그 소리를 듣고 가마꾼들이 수근거렸다. 신부는 재상 낳을 사람이 오줌 누는데 이게 무슨 병이냐며 오히려 큰소리로 호통을 친다. 며느리가 시집에 오자 시집 식구들이 왕신단지에게 먼저 인사를 하라고 하니 며느리는 왕신단지를 던져 박살을 낸다. 놀란 시댁 식구들이 이제 집안이 망하겠다며 걱정을 한다. 이후에 며느리가 첫아들을 낳았는데 며느리 꿈에 백발 노인이 나타나 네가 집에 들어온 뒤로는 찬물 한 그릇도 못 얻어 먹었다며 대신 너의 아들을 잡아가겠다고 하니 며느리는 눈 하나 깜짝하지 않았다. 정말로 첫아들이 죽고 다시 둘째 아들을 낳았는데 백발 노인이 다시 나타나 둘째까지 데려가겠다고 하자 며느리는 그럴 것 없다며 자기가 둘째 아들 목을 눌러 죽인다. 셋째 아들까지 낳았을 때는 백발 노인이 나타나서 셋째는 나중에 재상이 될 감이라 자기가 죽이지 못하겠다며 잘 키우라고 하면서 당신처럼 독한 사람은 못 보겠다며 그 집을 떠났다.[29]

첫 번째 이야기에는 시집의 형편은 부유하지만 시부모 성품이 좋지 않아 아무도 그 집에 며느리로 가지 않으려고 한다는 문제 상황이 나타난다. 그러

---

28   <시어머니 길들인 며느리>, 『대계』 8-13(경상남도), 509-511쪽.
29   <왕신단지를 둘러엎은 며느리>, 『대계』 4-6(충청남도), 140-143쪽.

나 재치 있는 며느리는 '내가 원하지 않는 것은 상대도 원하지 않는다'는 아주 간단한 논리를 들어 매일 아침저녁으로 인사를 받으려는 시아버지의 짓궂은 버릇을 고친다. 두 번째 이야기에서도 성품이 고약한 시어머니가 등장하는데, 새로 들어온 며느리가 꾀를 내어 시집 식구들을 자기 편으로 만들고 시어머니를 제압하여 가정의 질서를 회복한다는 내용이다. 세 번째 이야기는 귀신을 모시는 집에 시집온 며느리가 자식들을 희생시키면서까지 귀신과 싸워 결국 귀신을 내쫓고 크게 될 자손을 낳았다는 내용이다.

'시부모를 길들이는 며느리'들은 주로 자신의 지식, 꾀, 지혜와 같은 지능적인 자질을 통해서 문제를 해결한다. 며느리가 시집의 규범이나 가풍과 충돌할 때는 예(禮)의 본질에 대한 숙고, 제사법에 관한 지식을 무기로 삼는다. 또한 욕심 많은 시숙, 인색한 시아버지 등과 같은 문제적 인물의 버릇을 고칠 때에는 이들을 움직일 수 있는 민간 신앙의 지식을 활용하기도 한다. 마찬가지로 문제적 인물인 시어머니와 갈등할 때에는 상황을 자기 쪽으로 유리하게 할 꾀를 쓰면서 동시에 물리적 힘을 사용한다는 것이 특징이다. 이는 시어머니로 대표되는 기존 세력의 힘을 새로 들어온 며느리가 무력화하는 양상을 가시적으로 보여주는 효과가 있다. 이 유형의 며느리들은 시집의 문제 상황에 적극적으로 관여하며 서로 갈등을 일으키더라도 자신의 지혜와 재치를 발휘하여 시집에서 주도권을 획득하게 된다.

3) 시부모에게 인정받는 며느리

'시부모에게 인정받는 며느리' 유형의 이야기들은 다음과 같다.

[표 3] 시부모에게 인정받는 며느리 이야기 목록

번호	제목	출전	구연자
1	억울한 며느리 도운 엉터리 풍수	3-4, 838-841쪽	남장묵
2	계모의 흉계를 밝혀낸 며느리	3-4, 865-878쪽	전경남
3	영웅 며느리 맞은 박문수	4-5, 295-298쪽	노정표
4	불씨지킨 며느리와 동자삼	4-5, 1014-1016쪽	권영대
5	복진 며느리와 생금장	7-1, 58-63쪽	이봉재
6	짐승의 말을 알아듣는 며느리	7-2, 678-682쪽	정복순
7	앉은뱅이 며느리	7-3, 347-357쪽	박병도
8	칠삭만에 해산한 며느리와 서투른 풍수	7-3, 648-653쪽	손재덕
9	정승집 며느리의 슬기	7-4, 214-216쪽	박삼선
10	정승 낳을 며느리	7-6, 479-481쪽	이기백
11	타파리 며느리	7-6, 571-577쪽	조유란
12	어린 며느리와 시광포	7-8, 160-162쪽	김돌룡
13	신랑찾은 며느리	7-8, 355-359쪽	정학임
14	엉터리 풍수와 칠삭동이를 낳은 며느리	7-10, 367-372쪽	홍병옥
15	변신의 능력을 지닌 며느리	7-10, 849-854쪽	권수이
16	짐승의 소리를 듣는 며느리	7-11, 437-440쪽	최귀식
17	십 년만에 남편 찾게 된 며느리	7-12, 686-692쪽	김원규
18	신이(神異)한 병신 며느리가 낳은 아들	7-13, 415-419쪽	김위교
19	천상 사람인 이인(異人) 며느리	7-14, 65-75쪽	김판암
20	천상 사람인 이인(異人) 며느리	7-14, 295-301쪽	권중원
21	짐승의 말을 알아듣는 며느리	7-14, 383-387쪽	강임순
22	삼 정승 낳은 봉사 며느리	7-15, 621-623쪽	이정직
23	백정 딸을 며느리로 삼은 사람	7-17, 177-179쪽	남우영
24	짐승의 말을 알아 듣는 대인 며느리	7-18, 362-365쪽	임원기
25	김치둑이 아들을 낳고 오해 받은 며느리	7-18, 575-578쪽	이옥녀
26	불씨와 복 닳은 며느리	8-3, 569-571쪽	김숙분
27	용왕국 여장사가 변신한 며느리	8-10, 384-387쪽	김채란
28	신포리 오부자 며느리의 살림 솜씨	8-10, 563-568쪽	전용재
29	원한을 푼 며느리	8-11, 149-156쪽	정복련
30	꺼지는 불씨 때문에 동삼얻은 며느리	8-13, 297-301쪽	이감출

이 유형의 이야기에서 며느리가 시부모로부터 '인정받는다'는 의미를 언급할 필요가 있다. 며느리 설화를 보면 며느리가 집안에 도움이 되는 일, 예를 들면 며느리의 특별한 재주, 지혜, 성실함 덕분에 시집이 부유하게 되거나 화를 면하게 되는 이야기들이 많다. 하지만 이야기에서 그런 며느리를 시부모가 직접적으로 칭찬하거나 인정하는 경우는 많지 않다. 그저 며느리 덕으로 잘살게 되었다는 결말만이 나타나거나 구연자의 평을 통해서 '집안에 며느리가 잘 들어와서 그렇게 되었다'는 언술로 마무리되는 경우가 더 많다. 그러나 이 책에서 논하고자 하는 며느리에 대한 시부모의 인정은 이처럼 며느리 덕에 시집이 잘살게 되었다는 결과를 기준으로 하지 않는다. 그보다는 며느리의 존재와 능력에 대한 시부모의 '뚜렷한 인정'이 나타나는 경우를 뜻한다. 그러나 그러한 인정은 여전히 직접적인 발언으로 표현되지 않으며, 오히려 며느리가 처해 있던 불리한 상황이 역전되거나 며느리를 바라보는 시선의 변화를 통해 그려진다. 이 유형의 이야기에서 며느리는 대체로 억울한 누명을 쓰거나 오해를 받아 사랑받지 못한다. 시부모는 며느리의 진면목을 감추는 며느리의 출신, 외모, 행동 때문에 처음에는 그녀를 오해하고 구박하거나 평가 절하한다. 그러다가 모든 의혹이 벗겨지고 며느리의 결백이나 능력이 드러나면서 며느리가 집안으로 수용된다. 즉 이러한 이야기들의 문제 상황은 며느리에 대한 오해와 저평가이며 며느리는 그것을 스스로 해결해야 하는 상황에 놓인다.

한편, '시부모에게 인정받는 며느리'들은 대체로 부유한 양반가의 며느리로 들어간다. 그래서 재산을 늘릴 수 있는 지혜나 재치있는 언행과 같은 자질은 부각되지 않는다. 그보다는 더 높은 수준의 능력을 보여줌으로써 인정을 받게 되는데, 대표적으로 도술을 부려 외모를 변화시키는 것이 그러하다. 시집의 형편이 부유하고 지체가 높은 집안일수록 며느리에게 요구되는 능력의 정도도 높아짐을 알 수 있다.

다음의 이야기들에는 못난 외모와 출신 때문에 시집으로부터 무시당하거나 존재를 인정받지 못하는 며느리들이 등장한다.

아주 못난 딸을 둔 사람이 돈 삼백 냥을 받고 자기 딸을 어느 대감집에 며느리로 주려고 하였다. 신랑과 시아버지가 신부집에 혼례를 치르러 왔는데 며느리가 변변치 않은 것을 보고 돌아가려고 하지만 며느리가 따라와서 하는 수 없이 시집에서는 며느리를 고방에 가두어놓고 밖에 내보내지 않았다. 하루는 며느리가 종을 시켜 삼베 만들 재료를 달라고 해서 가져다주니 며느리는 석 자 삼베를 만들어서는 종을 주고 시장에 내다 팔라고 하였다. 하인이 종일 못 팔다가 주인을 만나 그것을 삼천 냥에 팔아왔다. 그 삼베는 죽은 사람에게 덮으면 죽은 사람이 살아나고 아픈 사람이 덮으면 병이 낫는 삼베였다. 이후에 며느리는 허물을 벗고 미인이 되었다. 또 하루는 시아버지가 임금으로부터 용포를 만들어 오라는 명령을 받았다. 시부모는 옷을 만들지 못해 걱정하지만 며느리가 학 두 마리를 수놓은 용포를 만들어서 주자 임금이 그것을 보고는 조선에 인재가 있다는 것을 알아보았다. 후에 그 며느리는 삼정승 육판서를 낳고 잘 살았다고 한다.[30]

아들을 셋 둔 어느 양반이 첫째, 둘째 며느리는 집안 살림을 이어갈 재량이 못 되는 것 같아 막내며느리라도 지혜로운 며느리를 얻으려고 알아보고 다니다가 한 가난한 집의 딸을 만나게 되었다. 얼굴도 천하일색이라 혼례 약속을 하고 아들을 데리고 와 신행을 하려고 하는데 그날 밤에 아들은 색시 얼굴이 곰보라서 마음에 들지 않는다며 아버지와 함께 다시 집으로 돌아갔다. 아버지가 그럴 리가 없다고 다시 그 집에 가보니 예쁘던 색시 얼굴이 정말 곰보로

30   <정승집 며느리의 슬기>, 『대계』 7-4(경상북도), 160-162쪽.

변해 있었다. 그 집에서 딸을 며느리로 데리고 가라고 해서 하는 수 없이 데리고 왔지만 며느리는 글공부만 하고 아들은 색시를 거들떠보지도 않았다. 하루는 시아버지가 며느리 글 읽는 소리를 들었는데 실력이 보통이 아니라 생각해서 방구멍으로 한번 들여다보니 며느리 얼굴이 다시 아름답게 변해 있었다. 아들을 불러 그 모습을 보게 하니 아들 또한 놀랐다. 결국 며느리가 본래의 모습으로 돌아와서 잘 살게 되었는데 후에 시아버지가 사돈을 찾아갔더니 사돈집은 정승 기와집이었고, 사돈의 말이 자신이 장난을 좀 쳐보았다고 하였다. 사실 친정아버지와 그 딸이 모두 이인이었다.[31]

외동아들을 둔 아버지가 복이 있는 며느리를 얻어야 아들이 잘 살 것을 예상하고 며느릿감을 구하기 위해 삼 년을 전국으로 돌아다녔다. 그러다 우연히 물 길러 나온 백정집의 딸을 보고 맘에 들어 며느리로 들이지만, 아들은 아내의 출신이 천하다고 아들 삼 형제를 낳아도 계속 무시하였다. 급기야 아버지가 돌아가시고 나서는 아내를 쫓아냈다. 여자는 집을 나와 길을 가다가 숯을 굽는 노총각을 만나 함께 살았는데 숯 굽는 총각이 일할 때 쓰는 이마돌이 황금인 것을 알고 두 사람은 풍족하게 살게 된다. 어느 날 그들의 황금을 탐내는 아랫집 황부자가 자기 재산인 논 백 마지기와 황금을 맞바꾸자고 하여 그들은 황금을 팔고 부자가 된다. 그 뒤에 아내는 걸인 잔치를 벌여서 거지가 된 옛 남편을 찾아 집에서 머물 수 있게 해주고 자신이 숯 굽는 노총각 사이에

---

31 <천상 사람인 이인(異人) 며느리>, 『대계』 7-14(경상북도), 295-301쪽. 이외에도 신체 장애, 예를 들면 몸이 성치 않거나(<앉은뱅이 며느리>, 『대계』 7-3(경상북도), 347-357쪽) 말을 하지 못하는 며느리를 홀대하는 이야기(<벙어리 노릇한 며느리>, 『대계』 6-4(전라남도), 305-307쪽)도 있다. 후자의 경우에는 며느리가 시집에 가면 벙어리 3년, 귀머거리 3년이라는 친정의 말을 그대로 믿고 시집에서 말을 하지 않다가 벙어리로 오인받아 쫓겨나는데, 친정으로 가는 길에 며느리가 날아가는 꿩을 보고 그것을 잡아다가 시부모님께 음식을 해드리고 싶다는 혼잣말을 하는 것을 보고 다시 시집으로 돌아오는 내용이다.

서 난 아들 삼 형제와 전 남편 사이에서 낳은 아들들을 모두 데려와 잘 키워 벼슬살이를 하게 한다.[32]

이들 세 개의 이야기는 시집과 남편이 며느리의 외모와 출신을 두고 그를 배척하는 것에서부터 갈등이 시작된다. 혼인 당사자 간에 사전 접촉 없이 집안끼리 일방적으로 정혼을 맺는 혼인 관습에 따르면 배우자의 외모는 상대가 선택할 수 없는 사항이었다. 그럼에도 신랑과 신부의 외모는 혼인 당사자는 물론 가족과 이웃들의 관심에서 배제될 수 없는 중요한 요소였는데, 못난 외모 때문에 남편의 사랑을 받지 못하는 신부는 시부모도 어찌할 수가 없었던 모양이다. 심지어 첫 번째 이야기에서는 며느리의 얼굴이 변변치 않자 아예 그를 고방에 가두어 밖에 나가지도 못하게 하였다. 또한 며느리가 이미 못난 외모를 충분히 상쇄시킬 정도의 능력을 발휘하더라도 식구들이 며느리를 인정하게 하는 가장 큰 계기는 며느리가 자신의 얼굴을 아름답게 변신시킬 때이다. 며느리 외모의 변화는 이들 이야기에서 가장 절정을 이루는 부분이다. 한편 세 번째 이야기에서 출신이 미천한 며느리는 외동아들인 남편에게 아들 셋을 낳아주고도 인정을 받지 못하여 결국 집에서 쫓겨나게 되었는데, 복이 있었던 며느리는 집을 나와서도 다른 사람을 배필로 만나 자기 복으로 잘 살지만 아내가 떠난 후에 복을 잃은 전 남편은 거지가 되고 만다. 며느리는 그런 전 남편을 용서하고 양쪽 남편 사이에서 낳은 아들들을 모두 잘 키워 집안을 일으킨다.

이들 이야기는 공통적으로 며느리가 가진 외적 조건인 외모와 출신을 '편견'을 가지고 바라봄으로써 그가 가진 잠재적 능력이나 진면목을 알아보지 못하는 문제 상황을 보여준다. 외모와 신분은 본래 타고나는 것으로 달라질

---

32 <복진 며느리와 생금장>, 『대계』 7-1(전라남도), 58-63쪽.

수 없는 조건이다. 그러나 이야기에서 며느리는 외모 뒤에 가려진 자신의 능력을 발휘하면서(신이한 삼베나 임금의 관심을 끄는 의복을 만들고, 글재주[文理]를 발휘함) 급기야 허물을 벗듯이 아름다운 얼굴로 변신하기까지 한다. 또한 며느리는 시아버지의 예상대로 타고난 복을 증명함으로써 자신을 박대하던 전 남편을 끝까지 보살펴 집안을 일으킨다. '시부모에게 인정받는 며느리' 유형의 이야기는 이처럼 며느리가 자신에 대한 저평가와 오해를 극복하기 위하여 초현실적인 능력을 발휘하기도 하며 이 때문에 서사가 다소 비현실적으로 흐르는 경향이 있다.[33]

한 남자가 장가를 들어 첫날 밤에 처가에서 자는데 옆에 누운 색시가 잠결에 자꾸 웃는 것을 들었다. 남자는 미친 여자에게 장가든 줄 알고 다음 날 바로 퇴혼을 놓고 집으로 돌아왔다. 처가에서 이를 이상히 여겨 중매쟁이를 시켜 알아보게 하니 색시가 잘 때 자꾸 웃어서 신랑이 도망간 것이라고 하였다. 친정 부모가 딸에게 그 일을 물으니 그날 잘 때 다락방에서 쥐들이 무엇을 먹으려고 자기들끼리 의논하는 이야기가 들려서 웃었다고 하자 친정 부모는 이 사실을 사돈집에 알렸다. 시집에서는 며느리가 정말 짐승들의 이야기를 알아듣나 싶어 시험을 해보려고 하였다. 시아버지는 자기네 집에 둥지를 튼 제비의 새끼 하나를 소매 폭에 넣어 감추고는 며느리에게 왜 이렇게 제비가 우는 것 같냐고 물었다. 며느리는 제비가 자기 새끼를 내놓으라고 우는 것이라고 하니, 시아버지가 대인 며느리를 소박할 뻔했다며 다시 맞아들였고 정말 며느리 덕분에 그 집이 잘 되었다.[34]

---

33 이러한 양상은 효부담에서도 나타난다. 가난한 상황 속에서 몸이 불편한 노부모를 모시는 며느리의 지극한 효성은 사실 현실에서 보상받기 힘든데, 이는 하늘이나 호랑이에 의해 상을 받는 것으로 마무리되면서 비현실적인 양상을 보인다. 결과적으로 며느리가 극복하기 힘든 현실의 문제는 초자연적인 힘으로 해결되는 경우들이 종종 있다.

삼정승 집의 딸이 육판서 집으로 시집을 갔다. 시집에서는 5대째 내려오는 불씨가 있었는데 며느리가 시집 온 뒤로 그 불씨가 계속 꺼졌다. 식구들은 겉으로 티는 안 내고 있었지만 며느리가 잘못 들어온 것이 아닌가 싶어 걱정하고 있었다. 며느리 마음이 불안하여 부엌에서 잠을 안 자고 불씨를 지키고 있었는데 한밤중에 사람의 형상을 한 것이 부엌에 들어와 부엌 불씨에 물을 붓는 것을 본다. 며느리가 쫓아갔지만 그 사람도 쏜살같이 도망가서 잡지를 못한다. 며느리는 날이 다 밝도록 산으로 쫓아갔으나 범인을 잡지 못하고 그가 땅에 꽂아놓고 간 작대기 근처에서 큰 삼을 발견한다. 그것을 들고 집에 내려왔더니 시댁 어른들이 며느리가 도망간 줄 알았다가 그것이 아닌 것을 알고 안심하고 며느리가 가져온 삼을 깨끗이 다듬어 조상 제사를 올리게 한다. 시댁 식구들은 며느리가 살림을 제대로 이끌 것이라 믿고 잘 지냈다고 한다.[35]

어느 가난한 집에 글만 읽고 사는 선비가 있었다. 하루는 그의 아내가 지관들이 들고 다니는 패철을 내어주며 풍수지리라도 하면서 돈을 좀 벌어오라고 내보낸다. 선비가 정처없이 돌아다니다 어느 큰 집에 사람들이 많이 모여있는 것을 보고 시장기라도 덜까 싶어 그 집에 들어갔더니 풍수 보는 사람들이 모여서 이 집 선산에 관해서 이야기하고 있었다. 이유는 그 집 며느리가 팔삭둥이를 낳아서 이게 무슨 일인가 싶어 묘를 다시 써야 하는지였다. 선비는 자기도 풍수지리사인 척 거기에 끼었다가 하룻밤 묵게 되었는데 밤에 변소에 갔다가 그 집 며느리를 만나 부탁을 받게 된다. 그것은 내일 선산에 가면 자신의 시아버지에게 이 자리는 집에 며느리가 큰 자식을 낳을 묘자리인데 아이를 여덟 달 만에 낳을 자리라고 한마디만 해달라는 것이었다. 선비가

34   <짐승의 말을 알아듣는 대인 며느리>, 『대계』 7-18(경상북도), 362-365쪽.
35   <꺼지는 불씨 때문에 동삼얻은 며느리>, 『대계』 8-13(경상남도), 297-301쪽.

다음날 부탁받은 대로 말을 해주니 그 집 대감이 기뻐하며 그 선비에게 얼마든지 묵어가라고 환대해주며 선비의 어려운 살림도 도와주었다. 그렇게 양쪽 집이 잘 되었다고 한다.[36]

첫 번째 이야기는 신랑이 신부가 잠자리에서 자꾸 웃는 것을 듣고는 이상히 여겨 소박했다가 짐승의 소리를 알아듣는 재능 때문에 일이 그리된 것을 알게 되자 시집에서 그를 다시 며느리로 맞아들였다는 내용이다. 앞에서 본 이야기들과 마찬가지로 외모를 변신하거나 신이한 삼베를 만들어 큰돈을 벌었던 며느리처럼 비범한 능력을 지닌 며느리가 등장한다. 두 번째 이야기는 5대째 지켜온 불씨가 며느리가 새로 들어온 이후부터 자꾸 꺼지자 시집에서는 며느리가 잘못 들어와서 그런 것으로 생각하였지만 며느리가 불씨를 꺼뜨리는 범인을 쫓아갔다가 큰 산삼을 발견하고 돌아오자 다시 며느리를 믿게 되었다는 내용이다. 세 번째 이야기는 풍수장이로 위장한 가난한 선비가 주인공으로 등장하는데, 부잣집의 한 며느리가 팔삭둥이를 낳아 혼전 임신을 했다는 의심을 받고 있는 것을 선비가 도와줌으로써 그 집 며느리가 누명을 벗고 선비도 잘 살게 되었다는 내용이다.

이 부류의 이야기들은 며느리의 외적 조건이 아니라 며느리와 관련하여 일어난 일들의 '현상을 오해'함으로써 갈등이 빚어진다. 첫 번째의 경우 짐승의 말을 알아듣고 웃는 며느리의 행동을 이상히 여김으로써, 두 번째는 불씨가 꺼지는 이유를 며느리가 잘못 들어왔기 때문이라고 생각함으로써, 세 번째는 며느리가 여덟 달 만에 아이를 낳자 혼전의 정절을 의심함으로써 문제가 발생한다. 며느리 설화에서 '정절 의심'의 모티프는 적지 않게 발견되는데, 심할 경우 며느리가 해원하지 못하거나 해원을 하더라도 시집을

---

36 <억울한 며느리 도운 엉터리 풍수>, 『대계』 3-4(충청북도), 838-841쪽.

떠나거나 자결을 하기도 한다.[37] 혈연 공동체에 들어온 외부자로서 며느리를 향한 경계나 혐오, 의심 등이 가장 많이 나타나는 경우가 이 부류의 이야기들이다. 이 유형의 며느리들은 처음부터 자신에게 비우호적인 시집 식구들에게 자신의 뛰어난 능력을 보여줄 기회가 올 때까지, 혹은 자신에 대한 오해를 풀기 위하여 기다리거나 애써야 한다.

결과적으로 며느리들은 어느 집으로 시집을 가더라도 자신들이 해결해야 할 문제 상황을 마주하게 된다. '시부모를 돌보는 며느리' 유형의 이야기에서 며느리는 대부분 열악한 환경에 처해 있다. 그러나 그러한 상황은 오롯이 시부모를 향한 며느리의 '효심'으로 극복된다. '시부모를 길들이는 며느리' 유형의 이야기에서는 시집의 경제적 상황은 나쁘지 않지만, 대신에 규모 있는 살림을 꾸려나가기 위하여 혹은 가산을 불리기 위하여 며느리들은 '지혜'와 '재치'를 발휘해야 한다. 이는 시부모의 나쁜 버릇이나 시집의 악습을 고치는 양상으로도 나타나는데, 시집에 들어온 며느리는 자신과 시부모의 가치관 및 관점의 차이에서 빚어지는 충돌을 지혜롭게 비켜가거나 정면 돌파함으로써 자신의 지위를 확보한다. '시부모에게 인정받는 며느리' 유형의 이야기에서는 시집의 경제적 상황이 부유하고 사회적 지위 또한 대체로 높게 나타나는데, 이러한 풍족한 상황에서도 며느리는 또 다른 문제에 봉착한다. 오히려 지체 높고 부유한 시집에서는 며느리의 인물이나 출신을 두고 구박하거나 며느리를 오해하여 그가 집안 식구가 되기에는 부족하거나 부정(不貞)한 여자라 생각하고 쫓아내려고 한다. 곧 며느리는 '진실'을 밝혀내야 하는 문제 상황에 놓이며 며느리는 시부모의 편견과 판단이 잘못되었음을 증명하기 위하여 상황을 바로잡을 '지혜'를 발휘하거나 '비범한 능력'을 보

---

37   <며느리의 억울한 죽음>, 『대계』 4-2(충청남도), 431-432쪽; <사명당의 후처와 누명 쓴 며느리>, 『대계』 7-9(경상북도), 898-907쪽; <임대장과 한을 푼 며느리>, 『대계』 8-8(경상남도), 176-182쪽; <원한을 푼 며느리>, 『대계』 8-11(경상남도), 149-156쪽.

여야 하기도 한다. 그리고 비범한 능력은 타고난 복이든 무엇을 할 수 있는 놀라운 재주든 간에 그것이 발휘되기까지 일정한 시간이 소요되며 그 시간 동안 며느리는 고난을 견뎌야 한다.

따라서 해결사 며느리 이야기의 세 가지 유형을 보면 며느리에게 요구되는 자질들−효심, 지혜와 재치, 비범한 능력이 추려진다. 그리고 이것들은 시집의 여건에 따라 달라지며, 경제 상황이 넉넉할수록, 시부모의 영향력이 클수록 점점 강화되는 양상을 보인다.

3. 며느리의 인정 욕구를 부추기는 역할 담론과 가족 문화

해결사 며느리들의 이야기들을 보면 그동안 한국의 가족 문화와 여성 역할 담론에서 기혼 여성, 곧 며느리들에게 사회가 얼마나 많은 임무들을 부여해왔는지를 알 수 있다. 어떤 상황에서든 닥친 문제를 해결하고 가정을 슬기롭게 이끌어나가는 며느리들의 이미지는 한국 여성들의 영웅적 면모, 예를 들면 '지혜롭고' '진취적'이며 '현실 극복'의 의지가 강하다는 수사로 표현되기에는 아쉬운 점이 있다. 비현실적으로 보이기까지 하는 해결사 며느리는 모든 문제를 자신이 해결할 수밖에 없었던 절실한 상황에서 배태된 이미지일 수도 있기 때문이다.

며느리 설화에서 불효하는 며느리 이야기는 많지 않다. 며느리가 불효하더라도 회유나 협박에 의해 결국 며느리가 효도하는 결말로 끝나는 이야기[38]가 많기 때문에, 결과적으로 며느리 설화는 효부 이야기와 집안을 이롭게

---

38 이러한 이야기는 시부모나 남편이 불효하는 주인공을 어떤 계기를 통하여 깨우치게 하여
    효부가 되게 하는 내용이다. '효부 만들기' 이야기라고 볼 수 있다.

한 며느리 이야기들이 대다수라고 할 수 있다. 문제는 효심 있는 며느리, 가산을 불린 며느리, 후손과 가문을 번성하게 한 며느리 등의 이야기들이 너무 많아서 이러한 며느리 상이 구연자들은 물론 현실 담론에서도 평준화되어 있다는 것이다. 어떤 역할이나 지위의 이미지가 이러한 방식으로 상향 평준화되면 해당 역할에 자리한 인물에게 요구되는 기대치가 높아진다. 그래서 그 인물은 웬만해서는 칭찬이나 인정을 받기가 어렵다. 특히 며느리들이 칭찬보다는 핀잔을, 사랑보다는 미움을 많이 받았다는 시집살이담을 들여다보면 해결사 며느리 이미지를 그저 행복하게 끝나는 민담의 한 단면으로 즐길 수가 없게 된다.

'시부모를 돌보는 며느리' 이야기에서 며느리의 효행은 마지막에 보상을 받게 된다. 자신이 부양해 온 시부모로부터가 아니라 외부의 존재, 예를 들면 이웃, 임금이나 신이한 대상인 호랑이, 하늘로부터 보상을 받는다. 며느리에게 주어지는 이러한 사회적 인정은 중요하다. 왜냐하면 그것은 긍정적인 의미에서 일반적인 수준을 상회하는 대상이나 현상에게 주어지며 그러한 수준을 달성한 상태가 바람직하고 훌륭하며 모범이 될 만한 것이라고 여겨지면서 자연스럽게 그 상태는 '되어야 할 이미지'가 되어가기 때문이다. 또한 서사 내에서 이루어지는 사회적 인정은 서사 바깥의 구연 맥락에서도 이루어지는데, 이것은 곧 효행과 효부 되기가 하나의 사회적 담론, 윤리 가치로서 수용되고 있음을 보여준다. 효성있는 며느리에게 주어지는 보상과 사회적 인정은 시부모를 잘 봉양하기 위해 갖추어야 할 효심, 다시 말해 그것을 구성하는 정서적 태도로서 애정, 충성, 공경심과 같은 것들을 '며느리 되기'의 요건으로서 제시한다. 이는 다른 유형의 며느리 설화에서 강조되는 며느리의 지혜와 재치, 비범한 능력, 타고난 복과 같은 자질의 경우에서도 마찬가지이다. 이야기에서 며느리는 끊임없이 '할 수 있다'와 '해야 한다'의 영역을 확장하면서 자기 역할과 능력의 지평을 넓힌다.

며느리 설화는 집안에 들어온 이방인 여성이 시집의 의도대로 길들거나, 마주한 문제 상황을 해결하면서 적응 과정을 마친 후에 결국 가문의 영화를 이룬다는 내용을 주요 골자로 한다. 이러한 담화적 상황은 전통 사회에서 아들을 둔 모든 부모의 바람이기도 하며 실제로 며느리 설화의 구연자들이 생각하는 여성의 이상적인 삶의 패턴이기도 하다. 다양한 삶의 선택지가 없었던 시대에, 더군다나 여성은 결혼과 동시에 삶의 영역이 가정 내부로 제한되었기 때문에 자기 능력을 발휘하고 인정받을 수 있는 영역은 오로지 시부모 봉양, 남편 내조, 자녀 출산 및 양육, 집안 살림 경영이었다. 모든 일들이 관계 안에서 이루어졌으며 가족 구성원마다 결과에 대한 판단이나 만족의 기준이 달랐으므로 며느리는 적절한 수준의 기대치를 충족시키기 위해 부단히 노력해야 했다. 자신을 있는 그대로의 모습으로 인정하거나 사랑해주는 혈연이 없는 시집에서 며느리는 자기 역할에 부여된 기대를 충족함으로써 지위를 보전할 수밖에 없게 된다. 이러한 구조적 상황은 며느리가 '사회적 인정'을 욕구하게 만든다. 곧 설화에 등장하는 해결사 며느리상은 현실의 며느리들을 더 노력하게 만들고, 더 인내하게 만들며, 더 강하게 만들 수 있다. 그리고 실제로 이전 세대의 많은 어머니들의 삶이 그러하였다.[39] 그래서 설화 속 해결사 며느리 이미지는 규범이나 요구로서 기능하는 사회문화 담론과 그러한 구조 안에서 자기 삶의 의미를 찾으려고 노력했던 인간 의지의 역사를 압축적으로 반영한다.

한편, 며느리 설화를 보면 결혼한 자녀 세대가 부모로부터 분가하지 않고

---

[39] 서소영, 김명자, 「며느리의 시부모부양에 따른 보상, 부양의식, 부양행동 분석」, 『한국가족관계학회지』 3권 2호, 한국가족관계학회, 1998, 101쪽, 103쪽. 이 연구에 따르면 며느리들은 시부모 부양을 함에 있어 자기 만족, 시부모 및 배우자를 포함한 <u>타인의 인정과 평가,</u> 자녀 교육의 긍정적 영향과 같은 '정서적 보상'에 의해 동기화되고 만족감을 느끼는 경향이 있었다. 이와 더불어 부양 의식(책임감 및 효행의지) 자체에 의한 동기화도 높게 나타났다.

며느리가 남편의 식구들과 동거하는 확대 가족의 문제점이 드러난다. 시집살이에서는 고부 간의 가계 '승계 구도'가 만들어지는데, 며느리가 들어오면 시집은 살림의 주인이 바뀌는 과도기를 거친다. 시아버지는 며느리에게 기존의 가풍을 전수하려고 하며 시어머니는 새댁에게 살림을 가르치려고 한다. 며느리는 그것을 배우면서도 자기가 주도적으로 살림을 꾸려나가고자 하는 '자율성'의 욕구가 있기 때문에 양자 간에는 긴장이 발생할 수밖에 없다. 특히 부엌은 고부 간의 힘겨루기가 가장 치열하게 이루어지는 공간이다. 이는 '시부모를 길들이는 며느리' 이야기에서 가장 분명하게 드러난다.

> 시어마시가 밥 풀 때 되몬 똑 늙은이가 들와가 밥을 푸고 이래 가 며느리로 밀어내뿌고 이런데, 그래 인자 질들일라고(길들이려고) 밥 풀 때 치매 밑에 방마치로 떡 차고, 시어마시가 밥 풀라고 이래 솥에 엎드리가 밥을 푸몬, "어무이요, 가시이소." 쿠미 자꾸 방맹이로, 쿡 지이박고 하이, "아이구, 이 년이 날 때린대이." 이러이께나, "나가시이소. 나가시이소." 카미 그마 옆구리로 지이박으이, "아이구, 영감…." 영감은 아랫방에, 사랑에 쳐억 지키고 있는데, 그래, "아이구, 이년이 날 친대이."[40]

며느리는 부엌에서 밥을 푸는 시어머니를 밀어내려고 한다. 가족들의 밥을 퍼준다는 것은 누가 얼마만큼의 양을 먹는지를 결정하는 행위이다. 그래서 시어머니가 밥을 푸는 경우, 어떤 며느리들은 밥을 먹지 못하는 경우도 있었다.[41] 부엌 살림을 이끄는 주체는 집안의 실질적인 주인이라고 할 수

---

40 <시어머니 길들인 며느리>, 『대계』 8-13(경상남도), 510쪽.

41 "…밥해 놓으믄 시어마이 푼다 카재. 그래 밥을 해 놓고 나믄 큰 메느리 가운데 메느리하고 판을 들어 반찬 시일(슬쩍) 놔 놓고, 집 뒤 정지 문악에 우두라이(우두커니) 서가 있거든…(중략)…동시(동서), 니가 들어서 우리 두 동시 지레(저렇게) 밥 배대로 묵고 참 좋다."(막내

있다. 그러므로 며느리가 새로 들어올 경우, 시어머니는 이제 살림을 며느리에게 조금씩 맡기는 인계 과정을 밟아야 한다. 그러나 설화에 등장하는 못된 시어머니는 그런 주도권을 여전히 자신이 쥐고 며느리를 자기 영향력 안에 가두려고 한다. 이는 시어머니 자신의 신체적 노화와 가내 지위 상실로 인한 심리적 소외감을 거부하거나 상쇄하려는 의도일 수도 있다. 그러나 역할 승계가 적절하게 이루어지지 않고 후계자로서 일하려는 며느리를 계속 간섭한다면 며느리의 자율성 욕구가 훼손됨으로써 자기주도적으로 살림을 꾸려나가려는 의욕이 꺾일 수 있다. 또한 책을 잡히지 않으려고 소극적으로 일할 수 있다.

동거 가족 내에서 형성되는 승계 구도는 친밀한 분위기 안에서 평화롭게 이루어질 수도 있지만, 한편으로는 불필요한 긴장과 갈등을 유발할 수 있다. 권력자가 권력을 이양받을 사람을 믿지 못하면 그 힘을 쉽게 이양하지 못할 뿐더러 오히려 끊임없이 자신이 건재함을 보여주면서 후계자를 감시하고 억압한다. 고부 관계도 이와 비슷하다. 이런 구도에서 시어머니는 끊임없이 며느리의 부족함을 들추고 며느리는 시어머니의 기준과 요구를 충족시키기 위해 노력한다. 이때 며느리가 추구하는 인정 욕구는 칭찬이나 보상을 목적으로 한다기보다 핍박과 억울함을 면하기 위한 것이다. '시부모로부터 인정받는 며느리' 유형의 이야기에서 아무 잘못도 없는 며느리를 인물이나 출신을 이유로, 혹은 일어난 현상을 오판함으로써 구박하는 시부모 때문에 초인적인 능력을 발휘하는 며느리는 이러한 관계의 그림자를 반영한다. 곧 이러한 이야기는 시집에서 며느리가 수용되고 인정되기까지 며느리들이 배타와 억압의 시간을 거쳐야 했음을 은유적으로 보여주며, 실제로 핍박받았던 며

며느리가 들어와 시어머니 밥주걱 푸는 일을 막아서 며느리들이 제대로 밥을 먹게 됨을 뜻함). <시어머니 버릇 고친 며느리>, 『대계』, 8-9(경상남도), 191-192쪽.

느리들이 막상 자기가 시어머니가 되어서는 또다시 며느리를 구박하는 모순을 보인다.[42]

마지막으로 설화에 나타난 해결사 며느리 이미지는 기이한 가족 신화를 양산하는데, 가정의 행복과 번영이 오로지 며느리의 능력에 달려있는 것처럼 보인다는 것이다. 시집의 가난, 외로운 홀시아버지, 무후(無後), 시부모나 시집의 악습(고약한 성격, 인색함, 도둑질, 미신) 등의 문제 상황은 그것이 며느리만이 당면해 있는 문제가 아님에도 가족들은 그것을 해결하려는 뚜렷한 노력을 보이지 않으며, 심지어 그것이 문제가 되고 있다는 것을 인식하지 못하는 경우도 있다.[43] 간혹 아들의 관상이 좋지 않아 며느리라도 똑똑한 사람으로 구하려는 아버지의 이야기[44]가 있으나 그마저도 결국은 며느리의 지혜와 성실함 덕분에 행복한 결말을 맞는다. 이는 앞서 언급한 해결사 며느리 상의 비현실성과도 관련된다. '며느리가 잘 들어오면 집안이 잘 된다'는 담론은 사람들에게 경험상의 진실이 될 수 있지만, 한편으로는 집안의 불행을 초래한 원인으로서 며느리를 비난할 수 있는 터무니없는 근거가 될 수도 있다. 그래서 '집안에 사람이 잘못 들어와서…'라는 말은 가정에 생긴 어떤 문제를 누구의 탓이라고 간편하게 단정지음으로써 상황의 원인을 면밀하게 관찰하여 문제 해결에 필요한 조치를 고민하고 수행하는 과정을 생략한다. 하지만 애초부터 이러한 경험을 하지 못한 채, 어느 한 사람의 노력과 희생으

---

42 김선희, 「한국 가족내 여성의 갈등에 대한 철학적 분석」, 『한국여성철학』 창간호, 한국여성 철학회, 2001, 101쪽.

43 물론 기존의 가족 구성원들은 자신들의 상황을 객관적으로 바라볼 수 없기 때문에 외부에 서 들어온 이방인인 며느리가 상황을 더 정확하게 판단할 수도 있다. 이처럼 가족이 아닌 외부인이나 새로 들어온 식구가 국가나 가족의 오래된 고민, 당면한 문제를 해결해주는 이야기들은 이인 설화, 사위 관련 설화, 며느리 설화 등에서 볼 수 있는데, 이는 공동체의 개방과 교류, 다양성을 통해 발전해 나가는 사회의 모습과 닮아있다.

44 <지혜로운 부잣집 맏며느리>, 『대계』 7-12(경상북도), 55-59쪽.

로만 내부의 문제가 해결된다면, 가족 역할의 인식이 희미해질 수 있으며 심지어 다른 가족 구성원의 기능과 역할에는 공백이 생길 수도 있다. 그리고 그 몫은 오롯이 며느리가 짊어지게 된다.[45] 효성으로 부모를 봉양하고 가산을 불리며 후손을 잘 낳아 큰 인물로 키워 가문의 번영을 이루는 일들은 비단 며느리만의 임무가 아니라 그 집안의 자손인 아들의 일이기도 하며, 시부모가 살아있는 동안 자신들이 조력할 수 있는 일이기도 하다. 그러나 대부분의 시집살이담을 보면 알 수 있듯이, 자녀들을 제외한 가족 구성원들은 며느리에게 대립적인 인물로 나타나며 며느리에게 온갖 책임을 지우는 행태를 보인다. 곧 이러한 양상은 며느리 설화에서 혼자서 모든 문제를 해결함으로써 가정의 행복을 이루는 '해결사 며느리'를 탄생하게 한 가족 문화의 그림자라고 할 수 있다.

4. 역할의 인정에서 존재의 인정으로

공자는 "군군, 신신, 부부, 자자.(君君, 臣臣, 父父, 子子.)"라고 했다.[46] 그의

---

45 바람둥이 건달 남편, 게으름뱅이 빚쟁이에 술주정꾼, 모든 문제를 며느리탓으로 돌리는 시어머니와 폭력적인 시아버지, 모함꾼 시누이와 동서들은 가혹한 시집살이와 결혼 생활을 경험한 어머니들의 이야기에 등장하는 전형적인 가족 캐릭터들이다. 특히 남편의 경우, 아들 노릇은커녕 자기가 꾸린 가정에 충실하지 않은 그들의 모습은 고스란히 무책임한 가장이자 아버지의 모습으로 자녀들에게 각인된다. 이러한 불우한 상황들 속에서도 가정이 유지될 수 있었던 건 시부모 봉양과 자녀 양육, 가정 살림의 책임을 오로지 어머니이자 며느리인 여성이 책임졌기 때문이었다. 신동흔 외, 『시집살이 이야기 집성』 3, 4, 5, 박이정, 2013.

46 『論語』, 「顏淵」篇, '齊景'章. "齊景公, 問政於孔子, 孔子, 對曰, 君君, 臣臣, 父父, 子子. 公, 曰, 善哉. 信如君, 不君, 臣, 不臣, 父, 不父, 子, 不子, 雖有粟, 吾得而食諸."['제경공'이 공자께 정사(政事)를 물었는데, 공자께서 대답해서 말씀하시기를, "임금이 (제대로) 임금 노릇하며, 신하가 신하 노릇하며, 부모가 부모 노릇하며, 자식이 자식 노릇하는 것입니다." 하셨다. '공'(公)[제경공]이 말하기를, "좋은 말씀입니다. 진실로 만일 임금이 임금 구실을 하지 못

정명론은 이처럼 각자가 자신의 위치에서 해야 할 도리를 다 하는 것의 필요성을 논한 것이다. 또한 공자는 "인부지이불온, 불역군자호.(人不知而不慍, 不亦君子乎.)"라고 했다.[47] 자신이 제 할 일을 올바로 다 했다면 굳이 다른 이의 인정을 구하려고 애쓰지 않아도 된다는 뜻으로 여겨진다. 물론 군자의 경지에 이르기는 쉽지 않다. 그러나 나에게 과도한 것들을 요구하는 사람들로부터, 그리고 그것을 해내게 되면 내가 더 많은 사랑을 받고 인정을 받을 것이라는 생각으로부터 우리는 객관적 거리를 둘 필요가 있다.

옛이야기에서 며느리는 집안에 없으면 안 될 꼭 필요한 인물이자 모든 행복의 근원이 되는 인물처럼 보인다. 하지만 그러한 가정의 행복은 오로지 며느리를 통해서만 이루어지는데, 이는 며느리 자신이 가정의 행복을 성취함으로써 획득하게 되는 모종의 '인정'이 자신의 최종 목표가 되기 때문이다. 인정 욕구가 나쁜 것은 아니다. 다만 그것에 목마르게 될 때 삶은 피폐해지게 된다. 인정은 인간관계에서 상당히 중요한 사회적 행위 중의 하나이다. 그것은 관계 안에서 서로 존중한다는 것을, 한 개체를 향한 격려를 나타내며, 이를 바탕으로 인간은 성장한다. 문제는 이야기들에서 며느리에게 주어지는 인정이 그 존재 자체로서 주어지지 않고 타인의 욕구나 필요를 충족시켜주는 역할을 수행했을 때만 주어진다는 것이다. 그들은 자신을 시험하는 시집의 다양한 상황, 즉 경제적 조건과 가문의 명망에 따라 다른 자질을 요구받으며 결국 그 기대에 부흥하는 태도를 갖추거나 능력을 발휘함으로써 집안에 잘 들어온 며느리로 인정받는다. 이야기 안팎에서 강력하게 작용하는 해결

하며, 신하가 신하 노릇 하지 못하며, 부모가 부모 노릇 하지 못하며, 자식이 자식 노릇 하지 못한다면, 비록 곡식이 있더라도 내가 먹을 수 있겠습니까?" 하였다.] 번역은 정요일, 『논어 강의』 地, 새문사, 2010, 912쪽 참고.

47 『論語』, 「學而」篇, '時習'章. "人不知而不慍, 不亦君子乎." (남이 알아주지 않아도 안타까워하지 않으면, 또한 군자답지 않겠는가?) 번역은 정요일, 『논어 강의』 天, 새문사, 2010, 23쪽 참고.

사 며느리 상(像)은 며느리 스스로 공동체의 인정을 욕구하게 만든다. 즉 이야기에서나 현실에서나 해결사 며느리 상은 며느리에게 무능하기보다는 유능하기를, 평범하기보다는 비범하기를, 개체로서 분리되기보다는 공동체에 종속되어 충성하기를 바란다. 시집에 동화되어 살아가야 하는 며느리에게 이러한 요구와 기대가 충족되지 않을 경우, 며느리는 생존의 위협을 받게 되는데 그런 점에서 해결사 며느리 상은 여성들이 당면한 사회적 환경에서 살아남기 위한 적응 기제로서의 진화상(進化像)이라고도 볼 수 있다.

며느리가 온갖 행복의 근원을 창출하는 매트릭스처럼 나타나는 이야기들은 며느리의 역할을 중시하면서도 한편으로는 다른 가족들의 역할은 배경화하는 양상을 보인다. 가정 내부의 문제는 사실 공동체 전원이 협력해서 해결해야 할 문제임에도 불구하고 그로 인한 가정의 불행을 며느리의 부족함으로 탓하는 담론은 자연스럽게 다른 가족 구성원의 역할 소홀에 면죄부를 주게 된다. 무엇이든 해결하는 며느리는, 그러한 아내, 그러한 어머니로서 곧바로 확장되며 지속적으로 가중된 역할 부담을 지게 된다. 슈퍼맨, 슈퍼우먼은 영화 속 이상적인 인물일 뿐이다. 마찬가지로 각종 미디어 매체에서 갈수록 이상적인 아버지, 어머니, 그리고 자녀로서 아들과 딸의 모습이 양산되는 것은 모범적인 가정상을 제시하는 것이기도 하지만, 한편으로는 그러한 상에 부합해야만 좋은 가족이 될 수 있다는 잘못된 인식을 심어줄 수 있다. 모방 욕구가 인정 욕구로 이어지고, 만약 그것이 충분히 만족되지 못하면 우리는 우울감을 느끼고 불행해진다. 타인에게서 얻어지는 인정이 결코 인간을 완전히 행복하게 하지는 않는다. '미움받을 용기'가 한때 시대의 화두가 되었던 것처럼 다른 이의 어떠한 반응에도 흔들리지 않는 자기 인정이 필요한 때이다. 관계 안에서 존재하되, 관계에 얽매이지 않는, 스스로 자신이 한 일과 자기 존재를 인정하고 만족하는 삶이 결과적으로 건강한 관계를 유지할 수 있게 할 것이다.

4장

하늘보다 높은 부모님의
은혜를 어찌 갚으리오?

효자의 희생이 불편한 까닭

1. 지극한 효행과 희생의 구분

효(孝)는 인간의 마음을 나타내는 여러 가지 말들 가운데서도 무게감이 묵직하게 느껴지는 말이다. 아들이 연로한 부모를 업고 있는 모습을 형상화한 '孝'는 약자를 향한 돌봄과 연장자를 위하는 섬김의 의미를 잘 드러낸다. 공자는 그래서 "효는 덕행의 근본이고, 교화가 이로 말미암아 나오는 바이다."[1]라고 하였다. 인간이 맺는 모든 차원의 관계에서 지향해야 하는 상호 존중의 덕목이 바로 이 '효심'에서 비롯된다고 본 것이다. 그래서인지 중국과 우리나라를 비롯한 동아시아 문화권에는 효 사상이 강조되는 사회적, 문학적 담론들이 많다. 특히 한국에는 부모를 지극한 정성으로 모시는 효행담이 상당하다. <동자삼> 이야기와 같이 부모의 병을 낫게 하려고 자신의 어린 아들을 삶아 부모에게 약으로 드리는 이야기, 『삼국유사』의 <손순매아>처럼 가난한 부부가 부모님 봉양을 위하여 어린 아들을 땅에 묻으려고 한 이야기가 그러하다. 하지만 이렇게 극단적인 방식으로 부모를 봉양하는

---

1   "子曰, 孝子, 德之本也, 教之所由生."(『孝經大義』 經1章.)

효행담들을 보면, 선조들이 지향하고자 했던 '효심'은 과연 어떠해야 하는지, 그렇다면 지금 우리가 공감할 수 있는 '효자'의 상은 어떠한 모습인지에 관한 의문이 들게 된다. 이야기에 나타난 효행은 분명 상식적인 수준에서 받아들이기 힘든 양상을 보이기 때문이다.

그래서 위와 같은 효행 설화에 나타나는 슬픔, 비극의 정서는 부모를 향한 자녀의 사랑이나 감동으로 자연스럽게 이어지지 않는다. 효행의 방식은 오히려 충격적이며 청자에게 심리적 불편함과 거부감을 일으킨다. 효행의 훌륭함을 전하고 교화를 유도하려는 이야기 본래의 의도가 수용자에게 온전히 도달되지 못하는 것이다. 상대적으로 효 관념이 강하지 않은 타문화권의 사람들이 우리나라의 효행담에 공감하지 못하리라는 예상은 충분히 가능하다. 그러나 같은 문화권에 있는 우리까지 이 효행담에 공감하지 못한다면 도대체 이 이야기들의 존재 가치는 어디에서 얻어질 수 있을까?

본 연구는 이 지점에서부터 문제를 논의하고자 한다. 보편적으로 구술전승담화는 해당 집단에서 설득력을 얻고 그 가치를 인정받은 이야기들이다. 물론 시대의 변화에 따라 이야기는 시대의 가치에 맞게 변형되고 조정되기도 한다. 그러나 효행 설화에 나타나는 자녀 죽이기 모티프(infanticide)는 변형되지 않았으며 지금의 한국인들에게서조차 공감을 얻어낼 수 없는 소재이다. 선행 연구에서도 이러한 효행 설화가 지닌 기괴함을 지적해왔으며 그것을 여러 관점에서 설명하려는 시도가 있었다. 예를 들면, 서태수[2]는 이러한 극단적 상황이 일어나는 맥락을 설명하기 위해 효행 주체에 투영된 민중의 효 의식을 부모와 자녀의 관계를 중심으로 설명하였는데, 자녀가 부모와 맺는 관계를 생애 주기별 심리발달의 차원에서 설명한 후, 전통적으로 한국

---

2   서태수, 「子女犧牲孝說話를 通해 본 孝行主體의 意識」, 『청람어문교육』 5, 청람어문교육학회, 1991.

사회에서 부모가 자식에게 가지는 애정, 기대감이 한국인의 생사관 및 보상 의식과 복합적으로 드러나는 것이 효 의식이라고 규정하였다. 그는 자녀 살해 모티프 자체에 집중하기보다는 이러한 이야기가 전승되는 한국인의 효 의식을 분석하는 데 집중하였다. 또한 이러한 효행 설화를 구연하는 여성 구연자들이 자녀 포기로 성취되는 효와 모성의 대립을 어떠한 방식으로 합리화하는지를 보여준 정경민의 연구[3]가 있다.

한편 효행 설화에 나타나는 자녀 살해 모티프를 종교적 맥락의 '희생'과 '희생 제의'를 나타내는 상징으로 보고, 효행 설화가 지닌 신화적·종교적 특성 및 그 시대적 변용의 의미를 본격적으로 탐구한 것들이 있다. 이들은 이 책의 문제의식을 날카롭게 하는 데 적잖은 도움을 주었다. 먼저 지라르의 희생과 폭력의 개념을 바탕으로 하여, 자녀 희생을 가족 공동체, 나아가 사회 공동체의 질서 회복을 위한 제의적 매개로 보는 관점에서 시작한 연구들이 있다.[4] 다양한 이본들을 대상으로 하여 각각의 텍스트에서 이끌어낼 수 있는 자녀 살해 모티프의 희생 제의적 성격과 그 사회문화적 의미를 논했다는 점에서 연구의 의의가 있다. 그러나 희생의 목적과 맥락이 되는 신과 제의가 윤리적 가치인 부모와 효로 대체되었다는 논리는 그 타당성이 충분히 설명되지 못했다. 만약 그렇다면 종교적 신성성이나 희생 제의의 기능이 다른 것도 아닌 왜 효 담론에 포섭될 수 있었는지에 대한 고민이 선행되어야 한다.

---

3   정경민, 「자녀희생효설화에 나타난 효와 모성의 문제」, 『한국고전여성문학연구』 24, 한국 고전여성문학회, 2012.

4   신호림, 「희생대체의 원리와 동자삼의 제의적 성격」, 『우리문학연구』 43, 우리문학회, 2014; 신호림, 「'遜順埋兒'條에 나타난 犧牲孝 화소의 불교적 포섭과 그 의미」, 『우리문학연구』 45, 우리문학회, 2015; 신호림, 「희생제의 전통의 와해와 기괴한 효행담의 탄생-<죽은 아들을 묻은 효부>를 중심으로」, 『고전과 해석』 21, 고전문학한문학연구학회, 2016; 신호 림, 「<孝不孝橋> 설화에 내재된 희생제의의 전통과 孝의 의미」, 『실천민속학연구』 29, 실천 민속학회, 2017.

또한 이러한 연구들은 담화 내외에 사회적 이데올로기로서 효를 강조하는 사회 공동체를 전제하는데, 그렇다면 '효'라는 가치와 규율 그리고 그것을 강조하는 구성원들의 존재는 지라르가 규정했던 '폭력'이나 폭력을 유발하는 하나의 맥락으로 은유될 수 있다. 때문에 이미 비슷한 관점을 제시했던 이전의 논의[5](신화에서 어떤 가치를 수호하거나 질서 회복을 위해 희생양이 되는 인물과 서사의 희생 제의 구조를 제시하였음)에서 크게 진전되지는 않았다는 아쉬움이 있다.

이와 관련하여, 효행 설화에서 단편적, 산발적으로 발견되는 희생 제의의 모티프들을 지라르, 프레이저 등의 논의를 통하여 총괄적으로 설명한 심우장의 연구[6]는 상당히 주목할 만하다. 그는 자녀 살해 모티프와 함께 불효 설화에 나타나는 부모 살해 모티프, 그리고 효행이라고 인정되는 자녀들의 '과도한' 수행이 모두 희생 제의의 전통에 연결되고 있음을 세계의 신화와 종교 제의의 사례를 통해 증명하였다. 무엇보다 이 이야기들에서 감지되는 부자연스러움은 희생제의의 전통이 윤리적 서사로서 완전하게 호환되지 못한 것에 기인한다는 점을 밝히며, 희생이 지닌 기능적 이로움과 실제적 행위로서 죽음이라는 해로움이 담화에서 갈등하는 양상들을 설득적으로 제시하였다.

기존 연구의 성과들[7]을 참고하여 판단해 볼 때, 효행 설화는 부모와 자녀

---

5   오세정, 「犠牲叙事」의 構造와 人物 연구―<바리공주>, <지네장터>, <심청전>을 대상으로」, 『語文研究』 30-4, 2002; 오세정, 「무속신화의 희생양과 희생제의」, 『한국고전연구』 7, 한국 고전연구학회, 2001.

6   심우장, 「효행 설화와 희생제의의 전통」, 『실천민속학연구』 10, 실천민속학회, 2007.

7   앞서 거론한 연구들과 함께 참고한 선행 연구들은 다음과 같다.
     강덕희, 「韓國 口傳孝行說話의 研究―父母得病의 治病孝行譚을 中心으로」, 『문창어문논집』 21, 문창어문학회, 1983; 김대숙, 「구비 효행설화의 거시적 조망」, 『구비문학연구』 3, 한국 구비문학회, 1996; 김대숙, 「문헌소재 효행설화의 역사적 전개」, 『구비문학연구』 6, 한국구 비문학회, 1998; 최기숙, 「'효/불효' 설화에 나타난 가족 관계의 문학적 상상과 문화 문법에

의 관계를 다양한 차원 − 신화적, 종교적, 역사적, 사회문화적, 심리적 −에서 복합적으로 반영하는 독특한 담화이다. 곧 그 메시지가 전하는 모종의 단순한 규율성 뒤에 다양한 층위의 요소들이 '중층적'으로 존재하기 때문에 텍스트 층위에서 해석되는 부모-자녀의 관계와 현실 세계에서 경험하는 그것의 관계에는 괴리가 있는 것이다. 무엇보다 종교적·제의적 색채가 짙은 '희생'의 모티프가 육체적, 정서적, 본능적으로 연결되는 혈연에서 이루어지고 있다는 점은 주목을 요한다. 또한 영아 살해(infanticide)가 문학에서든 실제 역사에서든 전 세계적으로 발견되었던 현상[8]이라는 점, 자신을 위해서가 아니라 자기 부모를 위하여 자녀를 죽이는 모티프가 유독 한국의 설화에서 '효행'으로 인식된다는 점은 이러한 이야기의 특수성을 시사한다.

그러므로 영아 살해 모티프는 한국의 특수한 가족 문화나 효 담론의 자장 안에서만 다루기보다는 인류 보편적인 관점 안에서 그 개별성을 살필 필요가 있다. 더불어 효행 설화가 내포하는 신화적·종교적 사유, 구술문학 양식의 특징, 현실 세계의 각 층위를 구분하면서 읽어야 할 것이다. 이를 위하여 효행 설화를 객관적으로 분석할 수 있는 도구나 일관적인 키워드를 설정할 필요가 있다. 모든 효행 설화에는 부모와 자녀가 등장하므로 일단 이 책에서는 이들 관계를 분석하는 틀로서 부모와 자녀의 '증여 관계'에 집중하고자

관한 비판적 독해 − '불효를 이용해 효도하게 하기(431-1)' 유형을 중심으로」, 『구비문학연구』 31, 2010; 최기숙, 「구비설화에 나타난 노인 세대의 자식에 대한 기대 수준과 가족관」, 『여성문학연구』 28, 한국여성문학학회, 2012; 이강엽, 「효행담(孝行談)에 나타난 부모의 역할과 공감(共感)의 문제」, 『국제어문』 63, 2014; 정제호, 「희생제의 서사의 문화적 함의와 트랜스미디어 스토리텔링 양상」, 『구비문학연구』 54, 한국구비문학회, 2019.

8 E. Wellisch, *Issac and Oedipus*, Routledge, 1999, pp.11-16. 고대에 켈트족, 골족이 정치, 종교적 맥락에서 행했던 영아 살해를 비롯하여 스웨덴, 스파르타, 중동, 이집트, 멕시코, 오스트레일리아, 인도 등지의 영아 살해 풍습도 발견할 수 있다. 전쟁을 앞두고 승리를 확신하기 위해서, 풍요를 기원하는 제의에서, 혹은 신체적으로 완전하지 못한 사회 구성원을 제거한다는 등의 다양한 이유가 영아 살해의 명분이 되었다.

한다. 효행담은 '자녀가 부모에게 필요한(결핍된) 무엇을 제공한다'가 중심 내용이 되는 서사이다. 모든 전통구술담화에서는 인물들이 무엇을 얻기 위해 노력한다. 인물이 가지려는 대상은 그에게 중요한 의미를 지니기 마련이다. 이 책에서 다룰 효행 설화에서 주인공은 부모를 살리기 위해, 즉 부모의 생명을 '얻기 위해' 자신의 자녀를 '잃어야만' 한다. 이러한 역설적인 상황은 한국의 가족 문화와 한국인이 지닌 '효' 의식의 배경이 되는 중요한 서사적 장치로 보인다.

문제는 이러한 이야기들에서 강조되는 극진한 봉양의 행위가 곧바로 '희생'으로 인식되면서 효는 희생을 강요하는 하나의 힘이자 강제된 규율로 읽히기 십상이라는 것이다. 효행 설화와 희생 제의에 관련한 연구들이 지라르의 논의를 많이 인용했던 것은 이러한 프레임에서 기인한다. 그래서 효행 설화는 부모를 향한 효심을 강요하는 사회 규범으로서 인식되고, 그 노골적인 교훈성 때문에 갈수록 공감대를 잃게 된다.

하지만 여기서 다시 물어야 할 것이 있다. 과연 '희생'(犧牲)은 무엇인가? 주지하다시피 희생은 종교 제의에서 발생한 관습이다. 그러나 지금 희생의 용법은 너무나 광범위하다. 그것은 맥락에 따라, 은유적으로 포기·헌신·형벌 그리고 피와 살해, 죽음과 같은 의미들로도 쓰인다. 마찬가지로 이것은 슬픔·두려움·억울함·숭고함 등의 다양한 정서들까지 수반한다. 그래서 희생은 그것이 본래 지니고 있던 맥락에서의 기능보다는 그 말을 통해 환기되는 다양한 상황과 정서, 그리고 희생 행위의 극적인 과도함을 중심으로 의미장을 형성한다. 그런 점에서 효행 설화를 '희생'이나 '희생 제의'와 관련시킨 그간의 연구들이 희생을 명확하게 정의하지 않은 채 논의를 해왔다는 점은 상당히 문제적이다. 이제 효행 설화의 자녀 살해 모티프를 조금 더 객관적으로 이해하기 위해서는 희생의 정확한 개념이 무엇인지, 어떤 점에서 자녀 살해를 희생이라 할 수 있는지부터 분석해야 한다. 그러려면 인류 역사에서 희생이 발생했던, 그것이 필요했던 본래의 제의적 맥락은 무엇이었는지를 정확하게 규명할 필요가 있다.

2. 희생의 개념

'희생'(犧牲, sacrifice)의 개념을 명확하게 하려면 인류학에서 이 주제를 다루어온 방식을 참고할 필요가 있다. 왜냐하면 희생이 처음으로 발생했던 맥락은 종교와 제의 영역이었으며, 이 주제를 인간의 본성, 심리, 역사, 사회 문화와 관련하여 연구해온 분야가 인류학이기 때문이다. 위베르(H. Hubert) 와 모스(M. Mauss)는 이전의 연구자들이 생각한 희생의 개념으로부터 자신들의 구조적 개념을 변별하였다. 이들은 희생을 이루는 보편적 구성 요소로서 희생하는 사람(희생조작자), 희생되는 것(희생물), 그리고 희생의 절차(장소, 도구, 시작과 끝)를 제시하였다.[9] 이는 인도의 브라만 경전과 성서만을 대상으로 한 분석에 기인하였기 때문에 보편 타당성을 확신할 수 없지만, 원시 종교의 희생 제의에서 이것들이 공통적으로 발견되는 요건임에는 분명하다.

그러나 희생을 둘러싼 '관계'에 집중하기 위해 우선 희생하는 사람과 희생되는 것에 먼저 집중할 필요가 있다. 이들에 따르면 '희생하는 사람'(희생조작자)은 "희생으로 인해 혜택을 누리거나 그것의 효과를 경험하는 주체"[10]를 일컬으며 희생하는 사람은 때때로 개인이나 집단이 될 수도 있다. '희생되는 것'(희생물 혹은 희생자)은 신성화를 위해 희생되는 대상을 가리킨다.[11] 신성화

---

9   Henri Hubert and Marcel Mauss, trans. W.D.Halls, "*Sacrifice: Its Nature and Functions*", The University of Chicago Press, 1964, pp.19-49.

10 Ibid., p.10.

11 Ibid., p.10.

는 그 대상과 상황에 따라 늘 같은 종류의 것은 아니지만 희생되는 것은 그 자체가 종교적 맥락에서 이전과 다른 상태로 변환됨을 뜻한다.[12] 그런데 여기서 의문이 발생한다. 희생하는 사람이 누리는 혜택이나 경험하는 효과란 무엇인가? 그리고 희생되는 것은 왜 신성화되어야 하는가? 이 두 질문은 희생과 관련된 다른 존재를 상정하게 된다. 곧 희생물은 누구를 위한 것인가? 두말할 필요 없이 희생 제물은 본래 신에게 바치는 것이었다. 희생하는 사람은 희생물을 신에게 바침으로써 신과 소통하고 그로부터 자신이 기대하는 바를 얻고자 하였다. 정리하자면 희생(犧牲)은 '희생하는 자', '희생물', 그리고 '희생을 받는 자'의 삼자 관계에서 성립되는 행위이다. 이것은 무언가를 주고받는 '증여'가 이루어지는 삼자 관계와 정확히 일치한다.[13]

이들 세 가지 요소 중 하나라도 빠지면 희생은 성립하지 않는다.[14] 이 개념을 강조하는 이유는 희생이 불러일으키는 어떠한 관념들이나 은유적 사용에서 비롯된 수많은 이론과 해석들을 이 책의 논의와 구분하기 위해서이다. 희생은 '증여자와 수신자의 관계에서 일어나는 기능적인 행위'라고 보는 것이 이 책에서 희생을 바라보는 기본 관점이다.[15] 물론 고대의 종교적 희생

---

12 Ibid., pp.9-10.

13 "제거하고, 부정하고, 파괴하는 것이 희생은 아니다. 희생은 발신인, 수신인, 그리고 보내는 물건을 필요로 한다. 선물교환에서처럼 셋이 한 벌을 이룬다. 이 세 개의 항은 즉시 하나의 법칙에 따라 접합된다." 마르셀 에나프, 『진리의 가격』, 김혁 옮김, 눌민, 2018, 282쪽.

14 "한마디로 **제물**의 파괴를 통해 **신**에게 말을 거는 **희생하는 존재**가 없다면, 희생의 행위가 아니다. 이는 부자연스러운 유비를 낳을 뿐이다. (바치는 자, 받는 자, 그리고 바쳐진 것) 이 삼원 구조는 희생의 존재 이유를 설명하는 핵심이다. 우리는 표면적인 유사성을 보여주는 모든 형태와 거리를 둘 것이다. 그러지 않으면 피를 흘리거나 손실이 발생하는 곳이라면 어디서든지 희생을 발견할 위험이 있다. 그 경우 희생의 개념은 완전히 적절성을 잃을 것이다." 마르셀 에나프, 2018, 286쪽. 진한 글씨는 이 책 필자의 강조.

15 이러한 관점에서 지라르가 말하는 '희생'이나 '희생양'은 희생의 근원적 개념과 맥락에서 벗어난다. 그가 논의했던 폭력이 향하는 대상, 일종의 대체재로서 희생양은 그것을 받는 자가 없기 때문이다. 사회의 질서 유지를 위한다는 명목이나 일시적인 효과 안에서 폭력과

제의는 지금 남아 있지 않다. 그럼에도 불구하고 희생이 발생했던 실제적 맥락을 되짚어보는 이유는 희생이 어느 사회에서나 발견되는 인류 공통의 관습이 아니었기 때문이다. 희생 제의는 보편적인 관행이 아니다.[16] 희생은 특정한 사회에서, 특정한 시기에, 특정한 조건에서 발생하였다가 지금은 은 유적 의미만 남긴 채 사라진 제의다. 결론적으로 희생 제의는 농경 목축 사회에서만 발견되며 구석기를 비롯한 수렵 채집 사회에서는 발견되지 않는 특수한 현상이다.[17] 희생 제의의 유무는 해당 사회 구성원들이 자연과 맺는 관계, 그리고 우주를 바라보는 세계관의 차이에서 비롯된다.

예를 들면, 수렵 채집 사회에서 자연은 정령들이 거주하는 곳으로 인식된 다. 사냥꾼은 함부로 사냥하지 않는다. 숲, 동식물의 정령을 믿으며 그것을 채집하고 사냥하는 것은 그것들이 사냥꾼들에게 그렇게 하기를 허락했기 때문이다. 인간에게 자연은 가까이에 있는, 인간에게 이미 주어진 것이면서 도 존중해야 하는 협력자로서 인식된다. 엄격한 의미에서 수렵 채집 사회에 서는 모든 생명체들이 정령이자 신이기 때문에 절대적 존재로서 인격화된 신은 존재하지 않는다. 반면 농경 목축 사회에서 인간에게 자연은 그들이 다스리고 지배해야 하는 대상으로 인식된다. 내 땅에서 나는 농작물과 내가 키우는 가축들은 자연 그 자체가 허락했다기보다 내가 신에게 그것들을 통 제할 권한을 부여받았기 때문이다. 내가 가진 것은 자연으로부터 받은 것이

희생을 다루는 그의 방식은 일견 수용할 만한 부분도 있지만, 모방 경쟁에 빠진 인간의 욕구, 자신의 정체성을 약자의 희생을 통해 유지한다는 그의 인간 해석은 그의 주제처럼 지나치게 폭력적이다. 무엇보다 지라르의 희생 논리는 희생이 환기하는 살해 행위 및 희생 되는 대상의 소외성에 치우쳐 있다는 점에서 희생을 이미 은유적 차원에서 다루었음을 알 수 있다.

16 모리스 고들리에, 『증여의 수수께끼』, 오창현 옮김, 문학동네, 257쪽.

17 Michael Bourdillon and Meyer Fortes(eds), *Sacrifice*, Academic Press, 1980, p.82. 마르셀 에나프, 2018, 260-278쪽.

아니라 내가 생산해 낸 것이 된다. 이제 농경 목축 사회에서 자연은 야생, 무질서한 세계로 여겨지고 인간과 더욱 멀어진다. 같은 방식으로 신도 더 높은 곳으로 상승한다. 수렵채집 사회와 같이 늘 곁에 있던 정령들은 이름이 있는 전지전능한 신으로 변한다. 그리고 이러한 신들에게 희생 제물을 바치는 것은 내가 돌려받을 것에 대한 일종의 투자가 된다.

이러한 이행에서 중요한 것은 가축을 물려주는 것과 그것을 모은 사람의 협조, 즉 조상들의 협조를 확보하는 일이다. 이는 조상의 영혼과 사이좋게 지내기를 요구한다. 보이지 않는 존재들과의 관계에서 조상은 그때까지 자연과의 동맹을 보증했던 영(靈)의 역할을 넘겨 받았다. 숲의 정령들과 맺은 평등하고 친숙한 동맹 관계는 이제 종족의 창시자들에 대한 숭배와 복종 관계로 대체된다…(중략)…한마디로 동맹 관계가 사라지고 그 자리에 상속, 조상 그리고 가문이 부여하는 정체성이 지배하는 출계 관계가 대신 들어선 것이다. 자연, 시간 그리고 다른 집단과의 관계가 모두 바뀐다. 선물은 더는 자연에서 오지 않고 조상들로부터 온다. 가축이라는 선물은 상속자의 손에 들어간다. 그리고 아들들만 상속을 받게 되면서 여자를 데려가는 쪽은 여자를 주는 쪽보다 우위에 선다. 친족체계 전체가 변화하며 우리는 실로 위계와 채무의 세계로 들어간다. 바로 희생의 세계이다.[18]

무엇을 "기르는 일은 정령들이 주는 것을 그저 받는 게 아니라 이미 얻은 것이 끝없이 재생산되도록 통제하고 보장하는 것이다."[19] 이와 관련하여 농경 목축 사회에서 신에게 바치는 희생 제물이 사냥으로 잡은 야생 동물이

---

18 마르셀 에나프(2018), 앞의 책, 270-271쪽.
19 위의 책, 272쪽.

아니라 사람이 기르던 가축이었다는 점에 주목하자. 야생의 것은 내가 생산해 낸 것이 아니다. "자기가 소유하지 않은 것, 자기로부터 유래하지 않은 것"[20]은 희생 제물이 될 수 없다. 희생 제물은 "애초에 주어진 것이 아니라 생산된 것"[21]이어야 하며, 나에게 속한 것이어야 한다. "희생하는 사람과 희생된 것 사이에 이러한 근접성, 소유 그리고 종속성"[22]은 세계 보편적으로 발견되는 양상이다. 한마디로 희생은 나 혹은 나에게 속한 것[23]을 신에게 바침으로써 신으로부터 나의 것을 더욱 늘릴 수 있는 은총을 받기 위한 목적에서 이루어진다. 그러므로 종교 제의적 맥락에서 행해졌던 희생의 개념을 다음과 같이 정의할 수 있겠다. '번영과 풍요를 기원하면서 내가 가진 것, 나에게 속한 것을 포기하고 신에게 바침으로써 그와 소통하고 그로부터 약속과 권리를 보장받으려고 하는 제의적 행위'가 희생이다.

그렇다면 효행 설화에 나타나는 자녀 살해 모티프를 희생이라고 볼 수 있는가? 이 문제는 조금 복잡하다. 원시 종교에서 행해졌던 희생이 문학의 맥락에 그대로 재현되지 않기 때문이다. 그러나 일단 희생이 성립하는 세 가지 요건인 희생하는 자(희생조작자), 희생되는 것(희생물), 희생을 받는 자에 집중한다면 불필요한 혼란을 줄일 수 있다. 이들 삼자 관계가 분명히 드러나는 효행 설화도 있고, 그렇지 않은 것들도 있다. 이 책에서는 우선 전자의

---

20 앞의 책, 273쪽. 수렵채집 사회에서 희생 제의가 없는 이유가 여기에서 명백해진다.

21 위의 책, 273쪽.

22 위의 책, 274쪽.

23 이와 관련하여 지라르가 실제 희생되어야 하는 것과 희생 대체물 사이의 <유사성>을 지적한 것은 꽤 흥미롭다. "희생에 관한 일반 연구에서는 인간 희생물과 동물 희생물을 따로 떼어서 생각할 필요가 없다. 희생대체 원칙이 실제 희생물과 희생물이 될 뻔한 것 사이의 <유사성>에 기반을 두고 있는 이상 인간이라고 해서 이 조건이 만족되지 않는다고 걱정할 필요는 없다. 다시 말해 사회가 어떤 범주의 사람을 보호하기 위해 다른 범주의 사람을 제물로 바치는 것을 제도화한다고 해서 놀랄 것은 없다는 말이다." 르네 지라르, 『폭력과 성스러움』, 김진식·박무호 옮김, 민음사, 1995, 22-23쪽.

이야기들을 중심으로 분석한 뒤에 후자에 해당하는 이야기들을 '희생이 은유화'된 양상으로 정의하고 분석한다. 결과적으로 희생이 기능하는 방식을 종교 제의의 희생 맥락과 견주어본다면 희생 모티프에 내재한 효의 사유가 어떠한 논리에서 설명될 수 있는지 볼 수 있을 것이다.

3. 효행 설화의 희생 구조와 효과

효행 설화에서 희생의 개념에 가장 부합하는 이야기는 <동자삼>이다.

한 부부가 어린 아들과 함께 연로한 어머니를 모시고 살았다. 어머니가 병환이 들어 자리에 눕게 되자 아들은 어머니의 병을 낫게 하려고 노력했지만 소용없었다. 하루는 한 스님이 시주를 받으러 집에 왔다. 스님은 아들의 사정을 듣더니 그의 어린 아들을 삶아 어머니에게 약으로 대접하면 그 병이 나을 것이라고 말해준다. 아들 내외는 이 말을 듣고 고민하다가 자식이야 또 나으면 그만이지만, 어머니는 한번 돌아가시면 다시 볼 수 없으니 아들을 희생하기로 결심한다. 남편은 서당에 간 아들을 데리러 가고, 아내는 가마솥에 물을 담아 끓였다. 아들이 집에 도착하자 두 사람은 아들을 가마솥에 넣고 뚜껑을 닫고 힘껏 눌렀다. 마침내 뚜껑을 열고 아들을 달인 물을 어머니에게 대접하니 어머니의 병이 나았다. 그러나 죽은 줄 알았던 아들이 대문으로 들어오고, 이들 부부는 자신들이 삶았던 것이 아들이 아니라 사실은 아들의 모습으로 변신한 큰 동자삼이었다는 것을 알게 되고 기뻐한다. 부부의 효심에 하늘이 감동하여 동자삼을 내려주신 것이다.[24]

---

24 <효자와 동자삼>, 『대계』 2-3(강원도), 92-94쪽; <동자삼과 효자>, 『대계』 2-6(강원도),

각 편에 따라 세부적인 요소들이 다르게 나타나기도 하지만, <동자삼>의 내용은 거의 대동소이하다. 무엇보다 변하지 않는 사항은 <동자삼>의 희생 모티프가 다음과 같은 삼자 관계 안에서 일어난다는 점이다.

[표 1] <동자삼>과 종교 제의의 희생 구조

받는 자	어머니(부모) ↑	신(조물주, 부족신) ↑
희생 제물	어린 아들 ↑	농작물, 가축물
바치는 자	나	농경 목축인(부족)
희생 효과	부모 병 구환 (후손 생존)	풍요 (재생산)

이야기에서 희생을 받는 자가 신에서 '부모'로 바뀌면서, 희생을 바치는 자는 '나'(자식)로, 희생 제물은 다름 아닌 나의 '어린 아들'(손주)로 대체된다. 앞서 언급했듯이, 희생 제물은 희생을 바치는 자를 대신하는 것으로서 그에게 '속한 것'이어야 한다. 따라서 나의 분신인 자녀는 희생물의 조건을 만족한다. 내게 속한 것이자 내가 생산한 존재이기 때문이다. 이처럼 희생물의 조건이 주인공의 혈육으로 한정되면서 인물에게 닥친 선택의 순간은 그야말로 극적으로 고조된다. 부모와 자녀 둘 중에서 하나를 선택하는 것과 같은

629-631쪽; <어머니를 위하여 아들을 삶아 드린 효자>, 『대계』 4-2(충청남도), 199-201쪽; <박씨 효자문 전설>, 『대계』 4-5(충청남도), 231-232쪽; <박효자 전설[童子蔘]>, 『대계』 4-5(충청남도), 416-422쪽; <아들 삶아 부모를 봉양한 효자(童子蔘)>, 『대계』 5-2(전라북도), 787-788쪽; <둔갑하는 동삼(童蔘)을 감동시킨 효자>, 『대계』 5-4(전라북도), 1012-1019쪽; <자식 죽여 효도한 효자>, 『대계』 5-7(전라북도), 745-746쪽; <효자와 동삼>, 『대계』 6-3(전라남도), 96-98쪽; <아들 삶아 먹여 어머니병 구완한 효자>, 『대계』 7-13(경상북도), 302-304쪽; <효자이야기 (2)>, 『대계』 8-1(경상남도), 218-222쪽; <자식 삶아 효도한 효자>, 『대계』 8-6(경상남도), 83-88쪽.

상황이다. 그러나 이야기의 구연자와 향유자, 심지어 이야기 속의 병이 든 부모라도 어린 손주의 희생을 당연히 여길 리가 없다. 그것을 진정한 효행이라고 생각할 리도 없다. 그럼에도 불구하고 이야기는 그 희생을 주인공이 받아들이는지 시험한다. 이는 단지 부모를 향한 자식의 치사랑이 자식을 향한 부모의 내리사랑을 능가하는지를 묻는 수준이 아니다. 그보다 더 절대적인 관계와 힘의 논리를 드러내는 과정이다. 우리는 이와 비슷한 관계를 성서의 아브라함과 이사악의 희생 시도에서도 찾아볼 수 있다.

[표 2] 아케다(AKEDAH)의 구조

받는 자	야훼(신) ↑
희생 제물	이사악(아들) ↑
바치는 자	아브라함(나)
희생 효과	후손의 번영(재생산)

성서에 따르면 하느님은 아이를 낳지 못하던 아브라함의 아내 사라에게 아들을 약속한다. 그리고 약속대로 사라는 아들 이사악을 낳았다. 그러나 하느님은 아브라함에게 명령한다. 하나밖에 없는 네 아들 이사악을 나에게 번제물로 바치라고 말이다.[25] 아브라함은 아들을 희생하기로 결정한다. <동자삼> 이야기에서처럼 성서에서도 자녀를 희생해야 하는 아브라함의 번민이나 고통은 전혀 서술되지 않는다. 신화에서 인물의 감정보다 중요한 것은 인물이 하는 행위이다. 일어나야 하는 행위들을 통해 도출되는 결말이 그 신화가 추구하는 세계이기 때문이다. <동자삼>은 신화가 아니지만 이야기

---

25 Akedah(아케다)는 히브리어로 '결박되어 있는(묶여 있는) 이사악'을 뜻한다. 그러나 아브라함이 이사악을 하느님께 번제물로 바치기 위해 자녀를 살해하려 했던 이야기 자체를 가리키기도 한다.

안에서 뚜렷하게 추구하는 가치가 있고, 그것을 드러내는 방법으로서 제의적 희생을 차용하고 있다는 점에서 신화적 요소를 지니고 있다고 볼 수 있다. <아케다>와 <동자삼>에서 주목할 점은 인물의 자녀 희생이 모두 자신의 창조주를 위해 행해진다는 것과 그 희생의 결과가 후손을 보장하는 것으로 이어진다는 것이다. 그리고 그것은 누구나 바라는 기복 사항이지만, 사람의 의지와 노력만으로는 성취하기 힘든, 일종의 신이 내리는 '복'(福)이라고 할 수 있다.

[표 1]의 희생 구조는 한국의 조상 숭배 관념과 제사 문화를 생각하게 한다. 이러한 문화 전통에서 부모는 나의 존재를 마련해 준 창조자의 지위를 가진다. 부모가 나를 낳았다는 불가역적인 시간 질서 안에서 그렇다. 부모는 나를 낳아준 가장 가까운 조상이자 신적 존재이다. 그래서 살아 있는 부모든 돌아가신 부모든 그들을 잘 모시는 것은 나를 위한 것이기도 하다. 한국에서 전통적으로 돌아가신 부모를 위해 삼 년 상을 치르거나 때마다 그에게 제사 지내는 것, 살아 있는 부모를 잘 봉양해야 한다고 믿는 것은 '효'라는 후손의 도리와 기복 신앙이 만난 복합적인 담론이라 할 수 있다. 조상이나 부모에게 향한 효행은 복으로 돌아온다는 믿음은 중요하다. 이러한 논리로 보았을 때, 효행 설화에서 나타나는 부모의 병환은 나를 존재하게 한 창조자가 죽어간다는 것을 뜻한다. 그래서 부모의 죽음이나 병은 바로 나의 위기이자 후손의 위기로 인식될 수 있다. 나와 내 후손을 돌봐줄 가장 가까운 조상의 힘이 약화되고 있음을 뜻하기 때문이다. 곧 신화적 맥락에서 제의가 필요한 때이다.

이와 비슷한 상황이 <호랑이에게 준 손주> 이야기에도 나타난다.

한 부부가 홀아버지를 모시고 살았다. 하루는 아버지가 이웃 마을에 잔치를 가셨는데 밤늦도록 돌아오지 않으셨다. 며느리는 걱정이 되어 아버지가 어디쯤 오시는지 보려고 어린 아들을 업고 산길에 올라갔는데, 아버지께서는 술에

취해서 한쪽 길에 쓰러져 잠이 들어 있었다. 그러나 그 옆에 호랑이가 서 있는 것을 보고 며느리는 자신의 아이를 호랑이에게 던져 주며 아버지는 제발 살려주고 이 아이를 데려가라고 한다. 호랑이가 아이를 입에 물고 사라지자 며느리는 아버지를 부축하여 집으로 모시고 왔다. 다음날 아버지가 일어나 손주를 찾으니 며느리는 간밤에 있었던 일을 말씀드린다. 아버지가 어찌하여 손주를 호랑이에게 주었냐며 슬퍼하였는데 그때 한 이웃이 문밖에서 아이를 데리고 들어왔다. 호랑이가 아이를 잡아먹지 않고 아이를 마을에 두고 간 것이었다.[26]

이 유형의 이야기는 아버지를 위해 희생하는(희생을 만드는) 인물이 아들이 아니라 며느리라는 것이 특징이다. 구술자들은 효자와 효부를 거의 동일한 의미로 인식하는 경향이 있는데, 그래서인지 효행 설화에 효부담이 많이 섞여 있는 것을 볼 수 있다. 며느리는 호랑이를 시아버지를 해치려는 맹수로 인식하고 위험에 처한 시아버지를 살리기 위해 자신의 아들을 호랑이에게 던져 준다. 이때 희생물인 아들을 받는 자는 시아버지가 아니라 호랑이다.

이들 이야기에서 희생물을 받는 부모나 호랑이는 신성(神性)의 의미 자질을 공유한다. 나를 창조한 부모, 산신(山神)으로서 숭배되는 호랑이는 한국 문화에서 실제로 각각 가정 제사, 마을 신앙에서 제의의 대상이 된다. 특히 이야기에서 호랑이가 효자들의 효행을 돕는 조력자로 많이 등장한다는 점은 효행 설화가 제의의 은유적[27]·환유적[28] 차원을 두루 반영하고 있음을 알 수

---

26 <부모 위해 자식 버린 효자>, 『대계』 9-3(제주도), 656-660쪽; <아버지 대신 아기를 바친 도효자>, 『대계』 7-13(경상북도), 641-648쪽.

27 본래 풍요를 기원하는 희생 제의가 이야기에서 부모의 삶을 기원하는 희생 행위로 나타나는 것.

28 제의와 관련하여 환기되는 모든 인접 요소들. 예를 들면 제의를 받는 산신으로서 호랑이 혹은 제의가 요구되는 결핍의 상황 등을 뜻함.

있다.

희생의 결과는 어떠한가? 신에게 바치는 희생은 희생을 바쳤던 자의 번영과 풍요로 돌아온다. 이는 희생 제물로서 포기했던 생명과 생산을 갑절로 돌려받는 것이다. 마찬가지로 부모에게 바쳤던 희생은 부모가 병에서 회복하고, 내가 포기했던 아들이 살아 돌아오는 것으로 되받는다. 신화적 차원, 의미론적 관점에서 이 두 가지의 결과는 모두 '재생'과 '삶'의 영역에 속한다.[29] 흥미로운 점은 이러한 희생 제의 구조가 한국의 효행 설화에서는 다양한 방식으로 변이된다는 점이다. 엄밀히 말하면 희생이 성립되는 세 가지 요건 중에 희생을 받는 자(부모)는 없어지거나 모호해지고, 희생하는 자(효자)와 희생물(어린 손주 혹은 여타 희생을 환기하게 하는 지극한 효행)만이 강조된다. 희생은 이러한 이야기들에서 '은유적'으로 다루어지고 있다. 그리고 가장 중요한 점으로서, 희생적 행위의 효과인 보상은 정작 부모가 아니라 하늘, 신령, 국가나 이웃들로부터 받게 된다.

4. 증여 관계가 불분명해지는 은유적 희생의 양상

효행 설화에서 은유적 희생은 그 증여의 삼자 관계가 뚜렷하게 성립되지

---

29 희생시켰던 아들이 생환하지 않고 부부와 노부모만이 삶을 유지하는 이야기들도 있다. 또한 아들은 죽었지만 그들의 효행이 인정받아 보상받는 이야기들도 있다. 하지만 이러한 경우도 희생의 효과가 가져오는 재생, 삶, 번영의 의미에 연결된다. 왜냐하면 주인공 부부가 자녀를 희생할 때 하는 말에서 이와 관련된 중요한 의미가 드러나기 때문이다. 그들은 '자식은 또 낳으면 되지만 부모는 한번 돌아가시면 다시 못 모신다'라는 말로 희생의 정당성을 내세운다. 여기서 부모는 개체성, 개별성, 절대성이 인정되는 독립된 존재로 나타나는 것에 반해, 자녀는 개별적 존재로서가 아니라 존재의 결과물, 곧 '생식'을 통해 얻어지는 '생산물'로서 인식된다. 인물의 결정과 행위에서 자기 존재(나의 삶)를 통하여 존속될 가계가 이미 담화에서 전세되고 있으므로 포괄적인 의미에서 '생'과 '삶'으로 수렴된다.

않는다. 대표적인 이야기가 『삼국유사』의 <손순매아>이다. 이는 문헌 바깥에서도 비슷하게 전승되어 <손순매아>형 효자 설화가 있을 정도이다. 구술자의 내용을 바탕으로 정리한 이야기는 다음과 같다.

가난한 부부가 노모를 부양하며 살고 있었다. 그들에게는 어린 아들이 하나 있었는데 끼니 때마다 어린 아들이 어머니가 드실 밥과 반찬을 거의 다 먹는 바람에 어머니는 식사를 많이 드시지 못했다. 어머니는 손주가 잘 먹는 것이 보기 좋아 손주를 나무라지도 않았다. 부부는 아들 때문에 어머니를 제대로 봉양하지 못하는 것이 맘에 걸렸다. 결국 부부는 자식은 또 낳으면 되지만 어머니는 돌아가시면 다시 모실 수가 없다며 아들을 산에 가서 파묻고 오기로 하였다. 한밤중에 아이를 산에 데리고 가서 땅을 파던 부부는 땅 속에서 뭔가 단단한 것을 발견하였는데 그것은 큰 석종(혹은 북, 황금, 금화가 든 항아리 등)이었다.[30] 부부는 석종을 가지고 아이와 함께 집으로 돌아왔다. 석종의 소리가 임금에게까지 들렸고 임금은 석종을 가진 부부를 찾아 그들의 사연을 듣게 되었다. 임금이 그들의 효성에 감동하여 큰 상을 내리고 석종을 궁궐로 가지고 온다.[31]

---

30 석종이 아니라 다른 재화가 나올 경우, 부부는 이것으로 아들을 희생하려고 했던 자신들의 효행을 보상받는다.

31 <효자와 돌종>, 『대계』 1-9(경기도), 87-91쪽; <아들 생매장하려다 금을 얻어 부모를 봉양한 효자>, 『대계』 5-2(전라북도), 784-785쪽; <효자와 효부>, 『대계』 5-6(전라북도), 354쪽; <효자 손순>, 『대계』 7-1(경상북도), 118-121쪽, 324-327쪽; <효자 손순 (1)>, 『대계』 7-1(경상북도), 33-34쪽; <효자 손순 (2)>, 『대계』 7-1(경상북도), 35쪽; <아들 생매장하려 한 효자>, 『대계』 7-15(경상북도), 480-481쪽; <효자 손순>, 『대계』 8-5(경상남도), 992-999쪽; <효자 손순>, 『대계』 8-8(경상남도), 602-603쪽; <효자와 금북>, 『대계』 8-8(경상남도), 184-185쪽; <효자와 방울>, 『대계』 8-11(경상남도), 171-173쪽; <북골 효자>, 『대계』 8-13(경상남도), 309-314쪽.

이야기에서 부부가 묻으려는 아이(희생물)는 어머니에게 드리기 위한 것이 아니다. 여기서 직접적으로 희생(제물)을 받는 존재는 없다. 따라서 엄밀한 의미에서 부부의 행동은 희생이 아니다. 그러나 희생이 일종의 '포기'라는 점에서 어머니의 봉양을 위하여 자녀 양육을 포기한 것은 은유적 차원의 희생이라고 볼 수 있다.

한편, 이와 같은 선택의 상황이 제시되지 않은 채 주인공의 자녀가 살해되는 경우가 있다. <손주 죽인 조부모> 유형의 이야기가 그러하다. 이 이야기에서 희생의 요건을 충족하는 삼자 관계는 어긋나면서 중첩된다.

> 박문수 어사가 길을 가는데 한 여자와 남자가 서로 맞절하는 것을 보았다. 그가 이상히 여겨 사연을 물으니 여자가 말하길, 밭에서 남편과 함께 일하다가 자신은 남편의 점심을 차려서 가지고 오려고 집에 갔다고 한다. 집에 가보니 치매를 앓는 시어머니가 닭고기를 먹고 싶어서 닭을 삶아났다고 하셔서 가마솥을 열어보니 세 살된 자신의 아들을 삶아났더라고 하였다. 며느리는 어머니께서 얼마나 닭고기를 드시고 싶었으면 그랬겠냐며 닭을 잡아다 드리려고 닭장에서 닭을 잡느라고 시간이 많이 걸려서 늦었다고 하였다. 이 말을 들은 남편이 자기 아내가 효부인 것에 감탄하여 아내에게 절을 하였고, 아내는 남편의 절을 받을 수만은 없어 함께 맞절을 한 것이라고 하였다. 박문수 어사가 이 사람이 효자라며 그 사람을 기념하는 효자각을 세워주었다고 한다.[32]

나이가 들어 정신이 온전하지 않거나 조부모의 실수(잠결에 아이를 누르거나 가마솥에 빠뜨림) 때문에 손주가 죽임을 당하는 이야기는 위와 같은 내용으로 대동소이하게 발견된다. 마찬가지로 이 경우에도 '희생된 손주를 받는'

---

32   <어사 박문수와 효자 효부>, 『대계』 8-13(경상남도), 129-130쪽.

존재는 없다. 그러나 며느리가 진짜 닭을 다시 잡아 어머니를 대접하므로 '희생물을 받는 존재'는 있다. 물론 죽은 손주의 고기를 먹는 이야기도 있으나 흔하지 않다.(아이의 고기를 먹는 경우, 천벌을 받는 것으로 끝난다)[33] 이 이야기에서 손주는 주인공 부부의 노모에 의해 희생된다. 그러나 이것은 치매를 앓는 노모가 손주를 닭으로 착각하고 저지른 실수이므로 제의적 희생이라 할 수 없다. 그러나 며느리가 노모를 제대로 대접하기 위해 진짜 닭을 잡아 준비한다는 점에서 '희생하는 행위'(희생하는 자)는 분명히 존재한다. 효행 설화는 주지하듯이, '자녀가 부모에게 필요한(결핍된) 무엇을 제공한다'는 서사를 기본 구조로 하고 있다. 이들 부부, 곧 며느리는 아들의 억울한 죽음을 뒤로 하고, 노모가 먹고 싶어한 진짜 닭을 희생하여 고기로 대접함으로써 제의적 상황을 완성한다. 즉 이러한 이야기에서도 효행은 신과 같은 존재인 부모를 배불리 잘 먹이고, 살린다는 것을 제일 목적으로 두고 있음이 잘 드러난다.[34]

효행 설화가 부모의 병을 낫게 하려고, 아니면 부모에게 드릴 음식을 구하려고 자녀가 힘써 노력하는 모습들이 주가 되는 것은 이러한 맥락에서 연유한다. 이들의 지극한 노력이 은유적 차원의 희생으로 조명되는 것은 부모를 섬기는 마음, 부모에 대한 관념이 절대적 존재를 향한 그것과 같기 때문이다. 또한 돌아가신 부모의 묘소에서 삼 년 상을 치르는 효자와 그의 곁을 지키는 호랑이 이야기는 부모의 묘소, 아들의 지극한 효행이 비호받아야 할 '신성한' 것임을 뜻한다. 같은 맥락에서 병석에 누운 부모가 찾는 음식을 구하는

---

33 <망령든 할미의 효자아들>, 『대계』 7-13(경상북도), 301-302쪽.

34 심우장은 희생 제의가 공동체의 질서와 신의 권능을 회복하기 위한 의식이라는 점을 강조하면서 효행 설화에 나타나는 희생의 의미를 다음과 같이 설명하였다. "어떤 것으로도 대체가 될 수 없는 유일한 존재인 부모를 늙음으로부터, 아픔으로부터 또는 배고픔으로부터 구할 수 있어야만 세상이 제대로 돌아갈 수 있다고 생각했던 것이다." 심우장, 앞의 논문, 2007, 197쪽.

행위도 마치 제물을 구하는 신성한 행위로 해석될 수 있다.

옛날에 어머니와 아들이 살고 있었다. 어머니가 연로해지셔서 병석에 누우시자 아들은 어머니를 살리기 위해 노력했지만, 어머니의 병이 나아질 기미는 보이지 않았다. 하루는 어머니가 아들에게 죽기 전에 홍시를 먹었으면 소원이 없겠다고 말하였다. 그러나 때는 여름이라 그때까지 감나무에 달려 있을 홍시를 구할 수는 없었다. 아들은 감나무를 매일 찾아다녔지만 홍시를 찾을 수는 없었다. 하루는 아들이 감나무 아래에서 신령님께 홍시를 구할 수 있게 해달라고 빌고 있었는데 호랑이 한 마리가 그에게 다가와 엎드렸다. 아들은 호랑이 등에 탔고 호랑이는 쏜살같이 달려 저녁 즈음 어느 집에 아들을 데려다 주었다. 아들이 그 집에 들어가니 주인은 돌아가신 아버지의 제사를 지내고 있었다. 제사가 끝나고 음복으로 나온 것을 보니 홍시가 있었다. 아들이 홍시를 먹지 않고 집에 가지고 가려고 하자 주인이 사연을 물었고, 아들은 집에 계신 어머니의 사연을 말씀드렸다. 주인은 그 말을 듣고 자신의 아버지께서도 생전에 홍시를 좋아하셔서 매년 홍시를 제사 때까지 보관해왔는데, 올해는 희한하게 홍시가 많이 썩지 않고 잘 보존된 것이 많았다면서 홍시를 더 싸주었다. 아들이 밖으로 나오자 호랑이가 다시 나타나서 아들을 등에 업고 집까지 데려다주었다. 아들이 구해온 홍시를 먹고 어머니의 병이 나았다.[35]

---

35 <효자와 연시>, 『대계』 1-9(경기도), 82-87쪽; <효자 이야기>, 『대계』 3-1(충청북도), 444-446쪽; <겨울에 홍시(紅柿) 구한 효녀>, 『대계』 3-2(충청북도), 169-172쪽; <여름에 홍시(紅柿)를 구한 효자>, 『대계』 3-3(충청북도), 36-38쪽; <호랑이가 도와 준 효자>, 『대계』 4-4(충청남도), 604-607쪽; <호랑이 타고 홍시 구한 효자>, 『대계』 5-2(전라북도), 180-184쪽; <오뉴월에 홍시 구한 효자>, 『대계』 6-4(전라남도), 474-475쪽; <홍시 구해 봉양한 효자>, 『대계』 7-8(경상북도), 434-435쪽; <감홍시를 구한 효자와 호랑이>, 『대계』 7-10(경상북도), 607-608쪽; <도효자의 효성>, 『대계』 7-10(경상북도), 786-788쪽; <호랑이 덕에 홍시 구한 효자>, 『대계』 7-15(경상북도), 530-531쪽; <효자와 감홍시>, 『대계』 7-16(경상북도), 69-70쪽; <도효자의 두 가지 효행>, 『대계』 7-17(경상북도), 56-59쪽; <유월에 홍시를 구한

<홍시 구한 효자> 이야기에서 엄밀한 의미의 '(생명을) 희생하는 자'와 '희생물'은 없다. 은유적 차원에서 봤을 때, 죽어가는 어머니(희생을 받는 자)가 드시고 싶어하는 홍시(희생물)를 한여름에 찾으려고 애쓰는 효자(희생물을 준비하는 자)가 있을 뿐이다. 이때 조력자가 등장한다. 효자를 '제의적 장소'로 안내하는 호랑이와 돌아가신 아버지(조상)에게 드릴 '제물'로서 홍시를 보관해왔던 주인이다. 이들의 비현실적인 조합은 효자의 노력에 조력하면서 효행 그 자체의 가치와 신성을 강조한다. 이 이야기에서 아들은 제의적 차원에서 희생을 준비하지 않으며 희생물도 없다. 그러나 아들의 (은유적) 희생에 가까운 노력과 그에 상응하는 보상으로서 부모의 치병은 희생 제의의 결과로 받게 되는 복과 같다. 본래적 의미의 희생하는 자와 희생물은 흐릿해지고 효행의 신성성을 강조하는 조력자와 효행의 보상(희생의 효과)만이 뚜렷하게 강조되는 것이다.

　　그런데 여기서 주목할 것이 있다. 효행 설화에서 본래적 개념으로서 제의

[표 3] 희생의 증여 관계와 보상 관계

		농경목축사회		<동자삼> 등의 효행설화		효행설화(은유적 희생)	
희생의 증여 관계	희생의 보상 관계	신	신	부모	초월적 존재 (하늘, 신령)	부모	초월적 존재 국가와 사회
		↑	↓	↑	↓	↑	↓
		희생물	번영과 풍요	희생물 (나의 자녀)	치병, 자녀의 재생	지극한 정성	치병, 명성과 부
		↑	↓	↑	↑	↑	↓
		부족	부족	나	부모, 나	나	부모, 나

　　도효자>, 『대계』 7-17(경상북도), 319-323쪽; <오뉴월에 감을 구한 도효자>, 『대계』 7-17 (경상북도), 492-493쪽; <오월에 홍시를 구한 도효자>, 『대계』 7-18(경상북도), 53-55쪽; <효자와 홍시(紅枾)>, 『대계』 8-6(경상남도), 215-218쪽; <효자와 호랑이>, 『대계』 8-8(경상남도), 646-647쪽.

적 희생이든 은유적 차원의 희생이든, 희생의 결과로서 얻게 되는 효과, 즉 보상은 부모로부터 주어지지 않는다는 것이다. 희생을 성립하게 하는 세 가지 요건은 농경 목축 사회에서나 효행 설화에서나 발견될 수 있지만, 희생의 효과로서 주어지는 보상의 증여 관계는 결코 동일하지 않다.

[표 3]은 농경 목축 사회에서 행해졌던 희생의 증여 및 보상 관계가 한국의 효행 설화에서는 조금 다른 양상으로 나타나는 것을 보여준다. 전자는 희생물을 받는 자(신)가 그것에 보답하는 의미로 희생물을 준비한 이에게 더 많은 복을 주지만(인간은 분명 그러한 복이 신으로부터 주어진다고 믿으므로), 효행 설화에서 부모를 향한 자녀의 희생은 부모가 아닌 다른 존재로부터 보상을 받게 된다. 이러한 구조는 본래의 희생이 형성하는 삼자 중심의 증여 관계를 사자 관계로 뒤바꿈으로써 희생의 본래 '목적'을 그림자화한다. 곧 농경 목축 사회의 희생 제의가 의도하고 기대하는 것, 그에게 줌으로써 그로부터 다시 되돌려받는 일대일 대응 관계가 성립되지 않는다는 뜻이다. 그런 점에서 이야기에서 나타나는 자녀의 희생과 보상은 그렇게 간단하지 않다. 희생이나 지극한 봉양은 부모를 위해 이루어지지만 자녀는 그에 대한 대가를 부모로부터 받지 못한다. 그렇다면 인물은 왜 희생하여 부모를 살리고 봉양하려 하는가? 인물은 그것을 통해 무엇을 얻는가? 인물이 행하는 희생의 동기와 목적이 불분명해지면서 그의 희생은 마치 맹목적인 충성처럼 인식된다. 물론 사람된 도리로 부모가 죽는 모습을 지켜 보고만 있을 수는 없으므로, 그리고 부모가 나를 낳아주고 길러준 은혜에 보답하기 위해서라고 답할 수도 있겠다. 그러나 이러한 대답은 전통적이고 상식적인 효 관념을 되풀이하여 보여줄 뿐이다.

무엇보다 희생의 보상 유무를 떠나서 보상을 해주는 주체가 초월적 존재, 혹은 국가 및 사회의 모습으로 등장한다는 점이 효 관념의 문화적 맥락을 보여주는 핵심적인 요소이다. 이에 관한 논의는 뒤에서 이어지겠지만, 일단 여기서 이야기의 주인공이 '왜 희생하는가?'에 대한 질문을 하는 것은 중요하다. '효'에 관한 사유를 재고하게 하기 때문이다. 그리고 이 질문은 '왜 인간은 신에게 계속 희생물을 바쳐야 하는가?'와 연결된다. 이미 논의했듯이 희생의 세계는 '부채'의 세계다(2절 참조). "인간이 신에게 주는 것은 사실상 돌려주는 것"[36]이다. 곧 갚는다는 뜻이다. 문제는 이 부채가 결코 한 번의 희생으로 상환되지 않는다는 점이다. 내가 키운 가축 한 마리를 희생하여 열 마리 가축을 얻었다면, 그리고 나중에 열 마리를 다시 희생함으로써 백 마리를 얻었다면, 과연 신으로부터 얻은 복은 어떻게 갚아질 수 있는가? 그러므로 희생 제의는 계속된다. 말 그대로 희생은 부채의 세계이기 때문이다. 그렇다면 효행 설화에서 자녀는 부모에게서 받은 생명과 삶을 무엇으로 갚고 있는가? 그것은 과연 상쇄할 수 있는 부채인가?

5. 증여 관계의 지속과 확장: 희생이 효행으로, 효행이 윤리로

희생의 논리를 고려하였을 때, 세계의 모든 신화에서 생명이 늘 최고의 가치를 지닌 것으로 그려지는 것은 우연이 아니다. 이 책의 주제와 관련하여 부모와 자녀가 생명을 주고받는 증여가 가장 잘 드러나는 신화가 있다. 제주도 본풀이에는 죽은 부모를 살리는 자식들이 나타난다.

"느네 어멍국(母)을 춫이커건(찾으려면) 삼천전 저석궁 지픈 궁에 가두완시메 질러죽은(저절로 죽은) 쉐가죽베경 울랑국범천왕(무악기로서 북과 징)을 마련허영 드리쿵쿵 내쿵쿵 드리 울렴시민 어멍국을 춫이리라."

---

36   마르셀 에나프, 앞의 책, 2018, 290쪽.

"어서 걸랑 그럽소서."…(중략)…그차단 빙(病)든 뭉셍이(망아지) 가죽 벳겨단 대제김을 서련ᄒ고 삼동막에 살장귀 울쩡 마련ᄒ여아전 삼천전 저석궁 들어간다.

"설운 어머님 지픈 궁에 들었건 야픈 궁으로 살려옵서." 두일뤠 열나을 디리울려 내올렸더니 삼천전저석궁에서, "밤낮 몰라 울어가고 울어오니 노가단풍아기씨를 궁 벳겻디 내여노라." 어멍국을 살려단…(하략)

〈초공본풀이〉[37]

…일곱성젠(七兄弟) 서천꽃밧 올라가 황세곤간 지달레여 도환셍꼿(환생꽃)을 타다네 오동나라 주천강 연못딜간, "멩천ᄀ뜬 하늘님아, 주천강 연못이나 뿔게 허여 줍서. 어머님 신체나 촛으리다." 주천강 연못이 삽시예 촛아지난, 어머님 죽은 뻬(骨)는 슬그랑 허여시니 도리도리 모다 난 도환셍꼿을 놓고 금풍체(金扇)로 후리니, 감태ᄀ뜬 머리 허붕치멍, "아이고, 봄줌이라 늦게 잤저." 어머님이 인간 도살아 오랐구나.

〈문전본풀이〉[38]

…어머님 뻬(骨)를 도리도리(차례로 질서있게) 몯아놓고 도환셍꼿을 노난 "아이, 봄줌이라 오래도 잤저." 머리 글거, 어머님이 살아온다.

〈이공본풀이〉[39]

〈초공본풀이〉에서 젯부기 삼형제의 과거 합격을 시기하던 삼천선비는 그들의 어머니를 깊은 궁에 가두어 목을 매단다. 젯부기 삼형제는 아버지를

---

37   현용준, 『제주도무속자료사전』, 각, 2007, 147-148쪽.
38   위의 책, 345쪽.
39   위의 책, 114쪽.

찾아가 어머니를 살릴 방도를 구하고 아버지가 방법을 알려주자 그들은 무악기와 제구를 갖추어 의례를 행한다. 옥황에서 이들의 악기 소리를 듣고 어머니를 궁 밖으로 내어주고, 아들들은 어머니를 죽음에서 다시 살린다. <문전본풀이>에서도 계모에게 살해당한 어머니를 아들들이 생명꽃으로 되살리며, <이공본풀이>의 할락궁이도 계부에게 살해당한 어머니를 친부가 준 생명꽃으로 되살린다. 이들 신화에서 부모의 죽음에 당면한 자녀들의 행동은 그러한 부모를 '다시 살리는 것'에 집중한다. 그들에게 '생명을 다시 부여'하는 것이다. 부모의 죽음을 받아들이지 않고 그들의 재생을 서사에서 가장 중요한 사건으로 다루는 것, 자녀가 부모에게 생명을 다시 부여함으로써 신이 되는 결말은 효행 설화의 부모 자녀 관계의 증여 구조와 유사하다.

다만 본풀이에서 부모-자녀 간의 관계는 극단적인 희생을 요구하는 '효'를 강조하지 않는다. 부모의 죽음이라는 문제 상황은 오로지 부모를 되살리는 행위, 곧 자식의 '생명 증여'를 통해 해결되고, 그것으로 질서가 회복된다. 그러나 효행 설화에서 부모의 죽음이나 병환은 신화에서처럼 쉽게 해결되지 못한다. 자신의 자녀를 포기해야 하는 극단적인 희생 제의(3절)나 은유적 차원의 희생 행위(4절)를 통해서만 질서가 회복되는 양상을 보인다. 사실 효행 설화의 주인공이나 현실 세계의 자녀들은 부모에게서 태어났으므로 불가역적인 시간 질서(내가 부모의 조상이 될 수 없다는) 안에서 부모에게 생명을 증여할 수 없다. 초월적 인간도 아니며 초현실의 세계에 놓이지도 않은 자녀는 결코 죽어가는 부모를 살릴 수 없다. 다시 말해, 생명을 생명으로만 갚을 수 있는 신화의 세계나, 생명의 번영과 풍요를 생명을 바치는 희생으로서만 보장받을 수 있는 제의의 논리 안에서 본다면, 현실 세계에서 자녀가 부모로부터 받은 생명과 삶은 결코 '갚아질 수 없는 부채'가 된다. 마치 신에게서 받은 복(재산의 풍요, 자손의 번영 등)을 인간은 도저히 갚을 수 없기에 자신이 생산해 낸 것들을 끊임없이 신에게 희생으로 바치는 것처럼, 자녀는 부모에게 끊임없이 무언가를 바쳐야 한다. 그것은 봉양과 같은 물질적 차원에서부터 공경, 사랑과 같은 정념의 차원에 이르기까지 어떤 정성된 마음과 행위를 요구한다. 그러므로 자녀는 부모가 약자가 되었을 때 그들의 삶을 영위하는 데 최선을 다해야 하는 것이다. 심지어 부모가 죽더라도 살아 있는 나는 그들이 내세에서도 대접받을 수 있도록, 또한 그들의 분신이기도 한 내가 삶을 잘살 수 있도록 제사를 통해 부모를 기린다. 따라서 효행 설화의 다양한 희생 모티프는 생의 위기를 맞은 부모에게 자녀가 무엇으로 보답할 수 있을 것인가에 대한 한국인의 신화적 사유를 보여준다고 할 수 있다.

문제는 효행 설화의 희생 모티프가 희생이 거행되었던 농경 목축 사회라는 본래적 맥락은 제거된 채, 단지 그 희생의 행위나 자녀의 지극한 충성만이 부각되기 때문에 현대인에게 쉽게 공감을 얻기 힘들다는 것이다. 희생은 종교적 제의에서 인간이 신으로부터 실질적인 보상을 얻으려고 하는, 신에 대한 믿음을 바탕으로 하는 기능적이고 의도적인 커뮤니케이션이다. 여기서 신과 인간의 관계는 부모와 자녀 관계처럼 혈연을 바탕으로 하는 애정을 수반하지 않는다. 오히려 계산적이며, 따라서 신에게 바치는 희생은 보답을 기대하고 행해지는, 그럼으로써 반드시 응답을 받아야 하는 도전적인 행위이다.[40]

이와 달리 효행 설화에서 자녀가 부모에게 행하는 희생은 부모로부터 보답이 되어 돌아오지 않는다. 오히려 주인공의 희생 행위와 전혀 상관없는 국가나 사회 혹은 하늘로부터 보상을 받는다. 그에게 줌으로써 그에게서 돌려받으려고 하는 희생의 계산성이 이야기에서는 소거되어 있는 것이다. 그것은 혈연을 바탕으로 하는 애정과 부모에 대한 충성에서 비롯된 희생으

---

40 "공희(供犧)의 파괴는 바로 증여를 목적으로 하고 있는데, 이 증여에는 반드시 답례가 있다." 마르셀 모스, 『증여론』, 이상률 옮김, 한길사, 83쪽.

로 그려질 뿐이다. 그래서 부모에게 희생을 바친 자녀가 부모가 아닌 하늘, 국가, 사회로부터 보상받게 되면서 희생의 증여 관계는 자녀의 행위를 판단하고 보상하는 또 다른 존재와의 관계로 확장되고 만다. 그래서 희생적인 효행은 필연적으로 또 다른 존재의 인정을 받기 위해 행해지는 불편한 실천이 되고 만다. 이러한 방식으로 희생의 증여 관계의 바깥에 있는 제삼자의 인정과 보상은 그러한 희생을 인간이 행할 수 있는 가장 높은 차원의 윤리적 실천으로 인식하게 만든다. 효행 설화는 이와 같은 방식으로 부모-자녀 관계가 이상적인 모델로 보이게 만드는 과정을 내포하고 있다. 이것은 마치 인물의 행위가 강화되어야 할 어떤 것임을 강조하면서 이야기 전반에 간섭하고 있는 어떤 '힘의 시선'이기도 하다. 그래서 아쉽게도 효행 설화의 희생은 부모를 향한 맹목적인 충성으로 보일 수밖에 없는 것이다.

그러나 희생의 본래적 맥락과 개념을 이해하고 효행 설화를 본다면, 이들의 이야기에서 희생은 나의 창조주, 즉 부모로부터 받은 '생명'과 '삶'을 갚기 위한 '제의적 증여'이다. 또한 효행 설화는 생명과 삶의 가치를 여전히 최고의 가치로 여기는 '신화적 사유'의 산물이다. 그러므로 효행 설화는 부모-자녀 관계가 위계적이고 절대적인 양상을 보였던 과거에 비하여 서로 친근하고 상호 인격적으로 평등한 양상을 띠는 현대 사회에는 이해하기가 쉽지 않은 '상징적 담화'이다. 결과적으로 효행 설화는 부모로부터 받은 생명과 삶이 얼마만큼의 가치가 있는지를 제의적, 신화적, 문학적 층위에서 '희생'을 통해 역설한다. 말 그대로 희생에서 '피와 살'을 지닌 '생명'은 값을 매길 수 없으며, 그만큼 제물로서 가장 신성하고 값진 것이기 때문이다.[41]

---

41 "피 흘리기는 특별한 의미를 지니는 것으로 보인다. 어디서나 피는 생명 자체와 등가이다. 그리고 생명은 더없는 가치를 나타낸다." 마르셀 에나프, 앞의 책, 2018, 283쪽.

6. 전통적 효 사상을 벗어난 새로운 '효'의 개념

　한국 문화의 바깥에 있는 사람들과 현대의 한국인들에게조차 희생 모티프가 나타나는 효행 설화는 상당히 불편하게 다가온다. 부모를 위한 자녀의 극단적인 희생이 충격적으로 느껴지기 때문이다. 그러나 우리는 그러한 자녀의 행위 자체를 '효행'으로, 그 자녀를 '효자' 또는 '효녀'라고 불러왔던 것을 문제로 인식할 필요가 있다. 자녀가 부모를 위해 지극한 정성을 기울인다는 것은 분명 아름다운 일이나, 외면으로 보이는 '행위'만을 강조하여 그것을 효행이라고 칭하고 부모에 대한 자식의 의무이자 사랑이라고 인식하는 것은 부모-자녀 관계를 일방향의 관점에서 편협하게 바라보게 만든다.

　사실 한국의 효 사상은 안타깝게도 인간의 도리, 봉양 행위, 제사 의례 등 주로 부모를 향한 '의무'(obligation)와 '책임'(responsibility)을 수행하는 '실천 윤리'를 중심으로 관념되어 왔다. 여기에 연장자를 우대하는 장유유서(長幼有序)의 문화까지 복합되면서 자녀는 부모에게 주로 순종하고 배우며, 부모는 자녀를 가르치고 통솔함으로써 이들의 관계는 위계 관계로서 인식되는 경향이 짙었다. 하지만 이러한 관념은 부모와 자녀가 서로 형성할 수 있는 다양한 관계의 양상을 의식적, 무의식적으로 배제한다. 현실 세계에서 부모는 자녀에게 친근하게 사랑을 표현할 수 있고, 자애로울 수 있으며, 때로는 잘못한 일을 하는 자녀를 꾸짖음으로써 어른의 본보기를 가르칠 수도 있다. 또한 자녀는 부모의 사랑을 받고 세상을 살아가는 이치와 도리를 부모로부터 배우고 그들을 존경하며 때로는 실망하면서도, 그들이 노쇠해졌을 때는 따뜻하게 돌볼 수 있다. 그 과정에서 부모와 자녀가 서로 주고받는 모든 정념이 효를 가능하게 하는 토대가 되는 것이다.

　하지만 한국의 효행 설화는 희생으로서만 갚을 수 있는 생명의 가치를 중층의 신화적 사유 안에 감춘 채, 인물의 과도한 희생 '행위'에만 집중한 담화로 전승되어 왔다. 그것을 곧바로 효행(孝行)이라 치환할 수 있었던 것은 인물 간의 관계와 그 관계에서 일어나는 희생 행위가 아주 강렬한 정념과 심상을 남기기 때문이다. 그러한 효과는 유리한 전승 조건을 형성했다. 물론 '효행 설화'의 용어 자체에 오류가 있다고 주장하는 것은 아니다. 구술 문학의 특성상 담화가 '인물'의 유형이나 그의 '행위'를 중심으로 기억되고 명명되는 것은 당연하다. 다만 지적하려는 것은 담화에 나타나는 특정한 유형의 인물(효자)과 그의 행위(효행)에 내재한 집단의 사유는 현실 세계의 인간이 생각하고 느끼는 방식(논리, 감정, 가치 등)과 상당한 거리가 존재한다는 것이다. 또한 인물들의 행위의 정당성을 평가하는 존재가 다양한 차원에서 존재하는 구술전통담화의 특성도 염두에 두어야 한다. 곧 효행 설화에서 희생의 증여 관계와 그에 대한 타자의 인정 행위는 마치 그러한 희생을 주고받는 부모-자녀 관계가 이상적인 모델로 보이도록 제시하기 때문에 희생 행위는 폭력으로, 효행은 맹목적 충성처럼 인식되어 버린다. 의무와 책임을 중심으로 하는 '효' 프레임이 형성되는 것이다.

하지만 효가 과연 그러한가? 효행 설화는 극단적인 희생의 양상들 때문에 비록 효의 가치를 설득적으로 전달하지 못하지만, 우리가 왜 그토록 부모를 잘 섬겨야 하는가에 대한 근본적인 물음을 촉발한다. 희생은 '내가 받은 생명을 되갚기 위한 끊임없는 증여'라는 점에서 내가 부모에게 할 수 있는 모든 좋은 것들, 심지어 부모를 향한 정념까지도 포함한다. 흔히들 '마음에서 우러나오는 행동'이 중요하다고 말한다. 그것은 행위의 '진정성'을 지향한다는 것이다. 사람은 마음을 가지고 있으며, 따라서 어떤 감정과 인식이 내면에서 형성되었을 때 비로소 행동하는 경우가 더 자연스럽다. 곧 효행 그 자체보다 그것을 가능하게 하는 '효심'(孝心)에 관심을 가져야 하는 것이다. 그러므로 남은 문제는 이제 우리가 새롭게 찾아야 할 '효'의 의미이다. 효는 더 이상 윤리적 의무와 책임을 기반으로 하는 실천보다는 그것을 가능하게 하는 '정념'으로서 부모를 향한 '사랑'과 '친애'의 감정을 회복하는 것에 중점을 둬야 한다. 현대의 육아 담론이 부모와 자녀의 감정적 소통을 강조한다는 점을 고려할 때, 이 시대의 효는 부모와 자녀가 주고받는 긍정적 감정의 힘과 그것을 통해 형성되는 건강한 애착 관계를 바탕으로 새롭게 정립되어야 할 것이다.

5장

'부모 사랑'의 서사에서 '부모 되기'의 서사로

새로운 시대의 부모상 찾기

한국의 옛이야기에서 효행 설화가 차지하는 분량은 방대하다. 그만큼 부모 세대가 이상적으로 생각한 자녀상(像)으로서 효자 관념은 뚜렷하다고 볼 수 있다. 그러나 거꾸로 이상적인 부모상을 가늠할 수 있는 옛이야기들은 많지 않다. 부모는 기껏해야 효행 설화에서 효자나 불효자의 행위 대상으로 등장하거나 위인들의 이야기에서 그들을 낳고 키운 조력자로 등장한다. '자녀'의 역할을 보여주는 효행 설화의 방대함에 비하여 '부모'의 역할을 집중적으로 보여주는 이야기는 찾기가 쉽지 않은 것이다.[1] 부모가 자식을 사랑하고 돌보는 것은 당연하기 때문일까? 그럴 수도 있다. 사실 사람들은 당연한 주제를 이야깃거리로 삼지 않는다. 사람들은 일상에서 흔하게 접할 수 있는

---

1   한국의 고전문학에서 드물지만, 상대적으로 이상적인 부모상이 형상화된 고소설 <포의교집>이 있다. 여기서 '양노인'은 기존의 고소설 인물들과 달리 상당히 진보적이고 발전된 부모의 모습을 보여준다. "그는 보호자나 양육자로서의 책임을 다하는 동시에 자식의 잘못된 행위를 교정하도록 이끈다…양노인은 부모 서사에서 핵심인 부모에게 기초적으로 요구되는 사랑과 책임감에 의해 자녀를 보호하고 양육하는가의 문제와 자녀를 하나의 인격체로 존중하며 그 자유의지와 독립성을 인정하는가의 문제를 완벽하게 수행한 인물이라고 할 수 있다." 신경남, 「고소설 속 가족의 관계상을 통한 관계 회복의 서사 진단 시론-<포의교집>의 부모서사」, 『겨레어문학』 제63집, 겨레어문학회, 2019, 129-130쪽.

것들보다는 새롭고 희귀한 것을 발견하고 이야기하기를 좋아한다. 전통 사회에서 효자비, 효녀비, 열녀비 등을 세우고 기념했던 것도 그러한 일들이 흔하게 일어날 만한 것이 아니었고, 공동체에서도 권장할 만한 이로운 현상이라고 여겨졌기 때문이다. 하지만 훌륭한 부모를 기리는 담론은 없었다. 이러한 사실은 흥미로우면서도 문제적인 지점이다. 이는 과거에 부모 역할에 관한 구체적인 기대나 이상적인 이미지가 없었다는 것을 뜻하는가? 부모가 자녀를 사랑하는 이야기, 잘 가르치고 키우는 이야기가 드문 것은 부모가 그러해야 하는 것이 당연해서인가?

어느 쪽이건 간에 우리는 이어지는 질문을 제기할 수 있다. 시대적으로 뚜렷하게 권장되었던 부모상이 없었다는 사실이 만약 자녀에 대한 부모의 역할, 예를 들면 사랑, 양육, 훈육 등이 정말 당연한 것으로서 여겨졌기 때문이라면 부모로서 지녀야 할 당연한 자질들에 대해 생각해볼 필요가 있다. '무엇이 당연하다'는 것은 그것이 '자연스럽다'는 말일 터인데, 자녀에게 쏟는 부모의 애정과 정성, 자녀에게 기대하는 바람이 정말 자연스럽게 우러나오는 본능이라고 할 수 있는가? 만약 그렇다면 친부모에 의해 저질러지는 영아 유기, 아동 학대[2]와 같은 끔찍한 사건들은 어떻게 설명할 수 있는가? 또한 설령 부성애·모성애가 인간이 가진 '본능'이라고 할지라도 그러한 사랑을 지녔다고 해서 모두가 자신들의 자녀에게 좋은 부모라고 인정받기는 어렵다. 본능이 생존을 가능하게 할지는 몰라도 삶의 양식을 질적으로 반드시 더 낫게 만들지는 않기 때문이다. 인간의 삶에서 생존율을 높이고 삶의

---

2   조사에 따르면 아동 학대 가해자가 양부모인 경우는 극소수다. 오히려 대부분의 아동 학대는 친부모가 가해자인 것으로 나타났다. 보건복지부가 발표한 '아동학대 주요 통계'에 따르면 2019년 아동학대 사례는 3만 45건으로 4년 전 1만 1715건에 비해 세 배 가까이 증가했다. 이중 양부모가 학대 가해자인 경우는 0.3%(94건)에 불과했다. 반면 친부 또는 친모가 가해자인 경우는 72.3%에 달했다. <친자식은 안 때린다고? 아동학대 주범은 '친부모'>, 정석준, 아주경제, 2021.5.10.

질을 높이는 것은 서로 '우호적인 관계'를 맺는 것이다. 곧 본능적 정서만큼 필요한 것은 그러한 관계를 유지하게 하는 방법과 유지하려는 의지이다.

우리는 효행 설화에서 자녀가 어떻게 하면 부모를 기쁘게 하고 장수하게 할 수 있는지에 관한 다양한 이야기들을 보았다. 어쩌면 '효'는 부모를 향한 자녀의 본능적인 애정과 그와 올바른 관계를 유지하려는 자녀의 의지를 포괄적으로 일컫는 말이라고도 볼 수 있겠다. 그러나 자녀를 향한 부모의 사랑, 자녀와 올바른 관계를 유지하기 위한 부모의 다양한 방법과 노력을 함께 가리키는 언어를 우리는 아직 가지지 못했다. 자녀의 역할에 집중하는 효 담론이 보편적인 가치를 지니기 위해서는 여기에 응하는 부모의 역할을 명시할만한 언어와 담론이 필요하다. 관계는 언제나 상호적 관점에서 비추어져야 하며 더군다나 현대 사회의 부모 역할 담론은 어느 때보다 중요하게 다루어지고 있기 때문이다.

한국의 옛이야기에서 부모상과 부모 역할 담론은 잘 드러나지 않지만, 아이러니하게도 지금의 한국 사회에서 상황은 달라 보인다. 앞서 언급했듯이, 사회적으로 '부모 되기'의 의미를 논하는 추세가 부쩍 높아졌으며 덩달아 자녀 양육, 교육의 문제는 대중으로부터 늘 관심을 받는 주제이다. 실제로 정치·경제·사회·문화 등이 변화하면서 우리는 점진적으로 개인의 행복이나 만족감에 가치를 두기 시작하였다. 더불어 결혼 및 출산에 대한 태도, 자녀를 비롯한 약자로서 어린이에 대한 관점[3]도 함께 변화했다. 심리학과 교육학

---

3   어린이를 바라보는 관점은 구한말부터 한국의 민족주의, 일본의 제국주의, 산업화, 독재정
     권의 영향을 거쳐오면서 점진적으로 변화하였다. 그러나 어린이는 존재 그 자체로서보다는
     국가적 사회적 맥락에서 어떤 목표를 이루기 위한 수단으로서 이미지화되어 왔으며, 진정
     한 의미에서 어린이의 해방, 어린이의 인권은 최근에서 들어서야 논의되었다고 볼 수 있다.
     홍성태, <연속기획－한국사회의 편견과 차별의 구조 10-아동: 근대화 과정에서 어린이는
     어떻게 자라왔는가－한국사회에서의 어린이 담론의 변화>, 『당대비평』, 생각의나무, 2004.
     3, 245-255쪽.

관련 학문의 대중화도 부모 자녀 관계에 관심을 갖게 한 요인이 되었다고 볼 수 있다. 실제로 현재 인터넷 포털 사이트의 검색창에 '부모' 혹은 '자녀'를 검색어로 입력만 하더라도 엄청난 양의 기사, 서적, 영상 들을 볼 수 있다. 그야말로 부모 역할 담론이 어느 때보다 풍성한 시기이다. '어떠한 부모가 되어야 하는가?' '자녀를 어떻게 키울 것인가?' 말 그대로 효자 되기 어려운 만큼 좋은 부모가 되는 것도 어려워 보인다.

4장에서 효행 설화를 다루면서 우리는 자녀 희생 모티프에 내재된 한국인의 생명 의식을 살펴보았다. 그것은 한국인이 무의식적으로 형성해온 부모-자녀 관계에 대한 신화적 사유라고 할 수 있을 것이다. 그러나 5장에서 우리는 부모-자녀 관계를 신화적 차원에서가 아니라 현실 사회의 맥락에서 다루고자 한다. 욜로족,[4] 딩크족,[5] 비혼(非婚)주의와 같이 이전의 결혼 제도에서 탈피하려는 사람들이 늘어남에 따라 혼인과 출산은 선택이 되었으며, 덩달아 부모가 되는 것도 선택이 되었다. 한편 부모가 되기로 선택한 사람들은 자녀를 사랑하는 마음을 어떻게 표현할 것인지, 자녀와 어떻게 원만한 관계를 유지할 것인가에 대해 고민한다. 이것은 자녀를 향한 본능적 사랑, 원활한 관계를 위한 의식적 방법과 노력을 수반한다. 이와 같은 부모 역할 담론이 부상되고 있음에도 우리는 여전히 대상 자체를 지시하는 '부모'라는 말로 자녀에 대한 다양한 부모상을 추상적으로 관념할 수 있을 뿐이다. 5장에서는 한국의 사회 문화에서 부모 중심의 역할 담론이 어떠한 양상으로 나타나는지를 살펴보고, 앞으로 부모-자녀 관계에서 실질적으로 추구되어야 할 바람

---

4   YOLO: '인생은 한 번뿐이다'를 뜻하는 You Only Live Once의 앞 글자를 딴 용어로 현재 자신의 행복을 가장 중시하며 소비하는 태도를 말한다. 즉, 미래 또는 타인을 위해 희생하지 않고 현재의 행복을 위해 소비하는 라이프스타일이라 할 수 있다. [네이버 지식백과] 욜로(시사상식사전, pmg 지식엔진연구소, 최종 수정일 2021.6.1.)

5   DINK: Double Income, No Kids의 약칭이다. 정상적인 부부생활을 영위하면서 의도적으로 자녀를 두지 않는 맞벌이부부를 일컫는 용어이다. 두산백과 http://www.doopedia.co.kr

직한 태도로서 '정서'를 중심으로 한 상호 존중과 이해가 무엇인지에 대하여
논의할 것이다.

1. 새로운 가족 설화로서 부모님 사랑의 서사

논의를 시작하기 전에, 효행 설화에서 부모를 산에 버리려고 했던 불효자
이야기를 한 편 소개한다.

> 한 어머니가 아들 하나만 바라보고 살았다. 어느 날 집에 스님이 시주를
> 하러 들어왔는데, 어머니가 스님에게 쌀을 조금 퍼주었다. 그러자 며느리는
> 자기 남편에게 어머니가 스님에게 쌀을 다 퍼줘서 먹을 것이 없다고 투덜거렸
> 다. 결국 아들 내외는 어머니를 산속에 버리고 오기로 결심하였다. 아들이
> 어머니를 업고 산으로 올라갔는데 어머니는 산길을 지나면서 나뭇잎을 훑으
> 며 '나무아미타불'을 읊었다. 아들이 산꼭대기에 도착하여 어머니를 내려놓고
> 는 묻기를, 왜 내 등 뒤에서 잎사귀를 훑으며 나무아미타불을 외셨냐고 물었
> 다. 그러자 어머니는 네가 다시 내려갈 때에 나뭇잎과 나뭇가지에 눈이 찔리지
> 않게 해달라고 빌었던 것이라고 대답하였다. 그제서야 아들이 어머니의 사랑
> 을 깨닫고 어머니를 다시 집으로 업어와 효도하였다.[6]

이 이야기는 자신의 어머니를 산에 버리려고 했던 아들이 어머니의 사랑
을 뒤늦게 깨닫고 효자가 되었다는 내용이다. 이 외에도 고려장을 시도하려
던 아들이 비슷한 상황을 경험한 후 어머니의 사랑을 깨닫는 이야기가 있다.[7]

---

6   <효자가 된 불효자>, 『대계』 6-5(전라남도), 550-551쪽.

얼핏 보면 서사 속 인물의 갈등이 모성에 의하여 간단하게 해결되는 것처럼 보이지만, 이들의 모자 관계는 서사에서 재현되지 못한 또다른 시간을 함축한다. 곧 고려장을 시도하기 이전에 이들 모자가 보내온 시간에 대해 생각하게 한다. 어머니는 분명 아들 하나만을 바라보고 살아왔으며 아들로부터 버림받는 순간에도 아들을 사랑하는 것으로 보인다. 그러나 아들은 그런 어머니의 사랑을 어머니와 헤어지려는 순간에야 깨닫게 된다.

이처럼 부모가 자녀에게 쏟는 사랑이 고스란히 자녀에게 잘 전달될 수 없음을 보여주는 이야기가 또 있다.

> 추운 겨울날 아들이 아버지에게 소여물을 쑤어 달라고 하였다. 아버지가 날이 이렇게 추운데 어떻게 여물을 쑤겠냐고 하자 아들은 날이 춥다고 소를 굶길 수는 없지 않느냐며 아버지를 바깥에 내보냈다. 할 수 없이 아버지는 시린 손으로 직접 여물을 쑤어 소에게 먹이고 있었다. 그때 손자가 발가벗은 몸으로 마루로 뛰어나오자 아들이 혼을 내며 이렇게 나오면 얼어 죽는다며 얼른 자기 아들을 방으로 들여보냈다. 그것을 보고 있던 아버지가 자신의 아들에게 나도 너 어릴 때는 그렇게 너를 위하며 키웠다고 말하였다. 아들이 깨우친 바가 있어 아버지를 방에 들어가게 하고 자신이 소여물을 만들어 주었다고 한다.[8]

사랑을 주는 대상이 어머니에서 아버지로 바뀌었을 뿐, 앞의 이야기와

---

7   <부모의 사랑은 끝이 없다>, 『대계』 8-13(경상남도), 314-315쪽. 고려장을 당하는 어머니가 늦은 밤 자신을 산에 두고 다시 내려갈 아들이 길 잃을 것을 염려하였다. 그래서 어머니는 지게에 올라앉아 오는 길에 검불을 끊어 땅에 떨어뜨려 놓았고 아들이 그것을 보고 무사히 집에 돌아갈 수 있게 하였다.

8   <효자 이야기(4)>, 『대계』 1-8(경기도), 522-523쪽.

비슷한 내용이다. 자녀는 부모가 자기를 어떠한 마음으로 키워왔는지, 그 마음의 온도와 무게를 느끼고 나서야 부모의 사랑을 깨닫는다. 흔히들 부모의 사랑은 끝이 없으며, 나를 제일 사랑하는 사람은 부모라고 말한다. 그런데 위의 이야기들에서 자식은 부모의 사랑을 그만큼 체감하지 못하는 것으로 보인다. 두 이야기 모두 자녀를 향한 부모의 애정을 부모가 '표현'하고서야 자녀가 그것을 알게 된다. 여기서 부모의 고백은 자녀가 스스로 잊고 있었던 사랑의 기억을 소환하는 포문으로서 기능한다. 이는 부모라는 존재가 나를 낳아주고 길러주었던 대상에서 나를 언제나 사랑해왔던 사람으로 인식하게 하는 지점이다. 그래서 이 이야기들은 얼핏 불효자의 깨달음에 초점을 두는 것 같지만, 동시에 부모가 자녀에게 '표현하는 사랑', 더 정확하게는 '솔직하게 표현하는 사랑'의 중요성을 함께 암시한다. '내가 너를 사랑한다'는 직접적 표명은 부모와 자녀의 생물학적인 위계 관계를 정서적 애착 관계 안에 통합하면서 갈등하던 부모-자녀 관계를 화해로 이끈다.

물론 애정을 표현하는 말 자체가 중요한 것은 아니다. 말로는 사랑한다면서 사랑을 느낄 수 없는 행동만을 보여준다면 사랑한다는 말은 거짓말에 불과하다. 문제는 부모가 자녀에게 쏟는 애정과 관심이 그들의 언행을 통하여 적절하게 표현되지 못한다는 점이다. 부모의 관점에서 사랑은 다양한 방식으로 표현될 수 있다. 심지어 자녀를 바른 길로 이끌기 위하여 꾸짖는 것조차 부모에게는 사랑이다. 그러나 자녀의 관점에서 그것을 사랑으로 받아들이는 것은 쉽지 않다. 안다고 하더라도 그 뜻을 이해하는 데는 시간이 걸린다.

'엄부자모'(嚴父慈母), 곧 엄격한 아버지와 인자한 어머니는 한국 사회에서 오래된 부모상이다. 실제로 한국의 자녀가 표상하는 부모상을 조사한 연구에서도 아버지에 대한 대표적인 사회적 표상은 '엄격함'이었다. 그 다음으로 '고생하심'과 '인자함', '존경스러움', '애정을 느낌', '의지가 됨' 등이 이어졌다. 반대로 어머니에 대한 대표적인 사회적 표상은 '인자함'이었으며, 그 다음이 '고생하심', '희생하심', '애정을 느낌', '강인함', '간섭함'이 나타났다.[9] 자녀 개인의 경험에 따라 정도의 차이는 있겠지만 가장 많은 응답을 보인 표상을 볼 때 '엄부자모'의 전형은 여전하다. 또한 공통적으로 부모가 가정의 생계와 자녀 양육을 위해서 고생하고 희생하셨다는 인식이 나타난다. 다른 연구의 조사에서는 중년 세대의 대부분은 자신의 부모 세대를 "'좋은 어른', '옹고집 어른', '책임지는 어른', 그리고 '감독하는 어른'으로서 표현"[10]한다. 부모를 개인적, 정서적 관계 안에서 기억하기보다 '아랫사람을 보호하고 이끄는 어른'의 이미지로 각인하고 있다는 점에서 부모는 사회(공동체)적 지도자이자 규율적 존재로 그려진다. 흥미로운 점은 자녀가 표상하는 부모의 사랑은 어머니의 인자함에서는 직접적으로 드러나지만 그 외의 것들에는 잘 드러나지 않는다는 것이다. 오히려 자녀를 위해 살아왔던 부모의 고단한 삶에 대한 인정과 존경, 강인함 등이 자녀가 기억하는 부모상의 전체적인 그림이라 할 수 있다.

한국의 전통적인 가족 문화에서 부모와 자녀의 감정적 교류는 사실 친숙한 경험이 아니다. 자상한 부모, 친구 같은 부모의 이미지는 한국 문화에서 그 역사가 짧다. 근대 산업의 발달로 성취한 경제적 부와 서구 핵가족 문화의 유입으로 인하여 한국의 부모-자녀 관계는 이전의 위계 관계에서 조금 탈피될 수 있었다. 먹고 사는 일에 바빠 자녀에게 많은 관심을 쏟을 수 없었던 부모는 여전히 많았지만, 자녀를 농사일을 돕는 일손으로 여기거나 자녀들과 지척에서 계속 터전을 지키고 살았던 농업 사회가 흔들리면서 부모들은 자녀들을 도시로 보내기 위해, 새로운 시대의 사람으로 성공시키기 위해

9   박영신·김의철 지음, 『한국인의 부모자녀관계』, 교육과학사, 2004, 147쪽.
10   임수연·손영우, 「청소년 자녀를 둔 부모 세대의 자아상과 그들이 바라본 자신의 부모에 대한 모습」, 『청소년학연구』 제26권 제10호, 한국청소년학회, 2019, 228쪽.

그들을 학교에 보내고 학문을 배우게 하는 데 힘썼다. 가진 땅으로 많은 곡식을 얻는 부자보다 남부럽지 않은 직업으로 많은 돈을 버는 사람이 성공한 사람으로 인식되었기 때문이다. 자식의 성공이 곧 부모의 성공으로 인식되는 것은 한국에서는 보편적이면서 자연스러운 일이다.

한편 90년대의 IMF 사태로 국가 경제가 어려워지면서 한국 사회는 가족해체의 위기를 겪게 되었다. 경제 위기, 기업 부도, 그리고 실직 현상은 가장으로서 아버지의 권위와 그의 존재 기반을 충분히 무너뜨릴 수 있었고, 가정경제의 위기는 비단 한두 집만의 상황이 아니었다. 이 시기부터 가족을 소재로 하는 서사가 문학, 드라마, 영화 등의 각종 매체에서 집중적으로 다루어지기 시작한 건 우연이 아니다.[11] 90년대 후반부터 2000년대 후반까지 이런 현상은 계속 이어졌다. 게다가 90년대에는 경제적으로 안정된 시기에 진입한 자녀 세대들이 부모의 삶과 역할, 그들의 애환을 이해하려는 움직임을 보이기 시작하였다. 부모로부터 배워온 삶의 가치, 어릴 때는 자각하지 못했던 부모의 사랑을 재현하고 공유하는 움직임들이 한국의 대중 매체나 문학에서 발견된다. 90년대부터 붐을 일으키기 시작한 부모 서사 콘텐츠들, 예를들어 소설에서 김정현의 『아버지』,[12] 조창인의 『가시고기』, TV 드라마로

---

11   "1990년대 말 국가부도사태의 경제 위기 이후 가족 해체 현상이 빠르게 진행되면서 텔레비전 가족드라마의 사회문화적 기능이 강화되었다. 빠르게 변화하는 실제 현실의 가족 구성과 달리 가족드라마에서만큼은 3대 이상의 대가족이 모여 살면서 부모 세대의 연륜과 지혜를 자식 세대에게 가르쳐주는 방식으로 형상화되고 있는 것이다. 이는 곧 일련의 가족드라마가 급격한 사회 변화와 함께 해체되는 전통적 의미의 가족에 대한 향수와 복원에 대한 갈망을 담아내고 있음을 의미한다." 윤석진, 「한국 텔레비전 가족드라마의 가족자유주의 양상－KBS2 TV 주말연속극을 대상으로」, 『어문논총』 제34호, 전남대학교 한국어문학연구소, 2019, 38쪽.

12   『아버지』는 『가시고기』에 비하여 부성애가 집중적으로 조명된 작품은 아니다. 그보다는 중년 가장의 외로움과 가족에 대한 책임감이 비교적 보수적으로 그려졌다. 마지막까지 가족에게 짐이 되지 않기 위해 안락사를 택하는 주인공 정수는 약해진 모습을 보이고 싶어 하지 않는 전통 사회 한국 남성의 이미지를 전형적으로 보여준다.

인기리에 방영되었던 <엄마의 바다>, <부모님 전상서>, <내 딸 서영이>, 한국 영화 <친정엄마>,[13] <허삼관>, 최근에는 <신과 함께>[14]까지 이러한 작품들에는 누구나 경험했던 것이라 믿을 수 있는 부모의 사랑이 감동적으로 그려진다. 실존했던 부모들이 표현하지 못했던 사랑이 바로 이것이었음을, 자녀는 그 사랑을 너무 늦게 깨달을 수밖에 없음을 보여주는 것이 이들 서사의 주된 흐름이라고 볼 수 있다.

결국 부모-자녀 간의 문제는 바로 '표현되지 못하는 사랑'에서 비롯된다. 이것은 사랑을 표현하거나 표현받지 못하고 자란 부모 세대의 서투름이다. 또한 그러한 부모에게 적절하게 대응하지 못하는 자녀의 어리숙함이기도 하다. 아래에 제시된 예문은 출간 당시 베스트셀러로서 오랫동안 관심을 받았던 『가시고기』의 대목이다. 백혈병에 걸린 어린 아들을 부양하느라 자기 몸을 돌보지 못한 호연은 자신이 간암에 걸려 더 이상 아들을 돌볼 수 없는 상태라는 것을 알고, 가족을 버리고 프랑스로 떠났던 아내에게 아들 다움이를 보내기로 결심한다. 첫 번째 예문은 다움이가 아버지의 행동에 의문을 품고 하는 말이며, 두 번째 예문은 호연이 아들을 억지로 떠나보낼 때 마음 속으로 말하는 부분이다.

내가 이 세상에서 사랑하는 사람은 아빠뿐이고, 아빠가 사랑하는 사람도 나뿐이죠. 사랑하는 사람끼리는 언제까지나 함께 있어야 한다고 말한 건 바로

---

13 이 영화는 상영이 종영된 후에 최근까지 연극으로도 공연되었다.

14 <신과 함께>에는 어려운 형편에서 두 아들을 키우는, 눈이 잘 보이지 않는 어머니가 등장한다. 동생과 어머니를 두고 가출한 김자홍은 갑작스러운 사고로 목숨을 잃고 저승에 간다. 그곳에서 자홍은 이승에서 일어났던 일들을 되돌아보게 되는데 그때 자신의 어머니가 얼마나 자신을 걱정하고 사랑했는지를 깨닫게 된다. 얼핏 인과응보가 주요한 메시지로 보이지만, 사실 영화의 결말부에서 부모의 사랑을 다루는 부분은 관람객들에게 꽤 성공적으로 어필하였다.

아빠예요. 그렇게 중요한 걸 왜 잊어버렸을까요. 내가 없어지면 아빠는 어떻게 될까요. 아빠 말대로 속이 시원할까요. 자꾸만 가시고기가 생각납니다. 돌 틈에 머리를 박고 죽어가는 아빠 가시고기 말예요. 내가 없어지면 아빠는 슬프고 또 슬퍼서, 정말로 아빠 가시고기처럼 될지도 몰라요. 내가 엄마를 따라 프랑스로 가게 된다면요, 아빠가 쬐끔만 슬퍼했으면 좋겠어요. 쬐끔만 슬퍼하면 우린 언젠간 다시 만날 수 있겠죠.[15]

　　그는 알고 있었다. 끝이었고, 그러므로 아이가 한번쯤 돌아보아도 된다는 사실을. 그러나 그는 또 알고 있었다. 오랜 갈망과 안타까움과 애착의 띠를 이젠 풀어야 한다는 것을. 아이는 마지막 순간까지 돌아보지 않았다. 아이가 소아병동을 돌아 완전히 사라진 다음, 그때까지 두 손을 무릎 위에 올려놓고 허리를 꼿꼿이 세워두었던 자세를 무너뜨렸다. 그리고 벤치 위를 엉금엉금 기어 조각[16]을 집어들었다. 그는 조각에 얼굴을 묻고 울음을 토해내기 시작했다.
　　잘 가라, 아들아. 잘 가라, 나의 아들아. 이젠 영영 너를 볼 날이 없겠지. 너의 목소리를 들을 길이 없겠지. 너의 따뜻한 손을 어루만질 수 없겠지. 다시는 너를 가슴 가득 안아볼 수 없겠지. 하지만 아들아. 아아, 나의 전부인 아들아.[17]

부모가 자신의 사랑을 자녀에게 온전히 표현하지 못하는 상황은 위 소설에서만 발견되는 것이 아니다. 친근한 부모, 개방적인 가정 분위기와는 거리가 먼 한국의 전통적인 가족 문화는 근현대 한국 문학에도 잘 그려져 있다. 곧 서로에게 온전하게 솔직할 수 없었던 부모와 자녀 그리고 여기에서 비롯된 상처들이 있다. 한국에서 대중에게 잘 알려진 이청준의 『눈길』은 당시의

15　조창인, 『가시고기』, 밝은세상, 2000, 269쪽.
16　다움이가 아빠 호연에게 주려고 직접 만든 조각을 가리킴.
17　조창인(2000), 위의 책, 280쪽.

기성 세대가 일반적으로 경험했던 부모-자녀 관계, 곧 둥지를 떠난 자녀와 빈 둥지에서 자녀를 그리는 부모, 그리고 서로에 대한 마음을 솔직하게 표현하지 못하는 모자 관계를 보여준다.

> "눈길을 혼자 돌아가다 보니 그 길엔 아직도 우리 둘 말고는 아무도 지나간 사람이 없지 않았겠냐. 눈발이 그친 그 신작로엔 눈 위에 저하고 나하고 둘이 걸어온 발자국만 나란히 이어져 있구나."
>
> "그래서 어머님은 그 발자국 때문에 아들 생각이 더 간절하셨겠네요."
>
> "간절하다뿐이었겠냐. 신작로를 지나고 산길을 들어서도 굽이굽이 돌아온 그 몹쓸 발자국들에 아직도 도란도란 저 아그 목소리나 따뜻한 온기가 남아 있는 듯만 싶었제. 산비둘기만 푸르르 날아올라도 저 아그 넋이 새가 되어 다시 되돌아오는 듯 놀라지고, 나무들이 눈을 쓰고 서 있는 것만 보아도 뒤에서 금세 저 아그 모습이 뛰어나올 것만 싶었지야. 하다 보니 나는 굽이굽이 외지기만 한 그 산길을 저 아그 발자국만 따라 밟고 왔더니라. 내 자석아, 내 자석아, 너하고 둘이 온 길을 이제는 이 몹쓸 늙은 것 혼자서 너를 보내고 돌아가고 있구나!"
>
> "어머님 그때 우시지 않았어요?"
>
> "울기만 했겠냐. 오목오목 디뎌논 그 아그 발자국마다 한도 없는 눈물을 뿌리며 돌아왔제. 내 자석아, 내 자석아, 부디 몸이나 성히 지내거라. 부디부디 너라도 좋은 운 타서 복 받고 살거라… 눈 앞이 가리도록 눈물을 떨구면서 눈물로 저 아그 앞길만 빌고 왔제.[18]

아내와 함께 어머니를 방문한 '나'는 막상 노인과 노인이 사는 초가집에서

---

18   이청준, 『눈길』, 문학과지성사, 2012, 165-166쪽.

불편함을 느끼고 서둘러 집으로 돌아가려고 한다. 아내는 그런 나의 마음을 눈치채고, 묵혀 두었던 문제를 풀기라고 하려는 듯 노인에게 지나간 일들을 자꾸 묻는다. 위의 대목은 주인공 '나'가 외지에서 유학하던 시절, 이미 팔린 고향집에 찾아온 나를 그 집에서 먹이고 재운 후 다음 날 새벽녘에 다시 배웅을 따라나섰던 어머니의 기억을 서술한 부분이다. 오래전 일임에도 노인과 나는 그날의 일을 서로 기억하고 있다. 그러나 나는 노인과 함께 걸어온 길까지만 기억할 뿐, 노인이 홀로 되돌아 간 눈길은 전혀 알지 못했다. 둘이 걸어온 눈길을 밟으며 노인이 느꼈을 감정을 '나'는 외면하려 하지만 그럴 수가 없다. 알고는 있었지만 어머니가 차마 말로 표현하지 못했던 사랑, 그 사랑만큼 아들에게 무언가를 해줄 수 없게 만들었던 가난, 그래서 서로 솔직하게 나누지 못했던 그 감정은 '나'에게도 '눈꺼풀 밑으로 뜨겁게 차오르는' 그러나 '꾹꾹 눌러 참'아야 하는 '달콤한 슬픔'으로 표현된다.

부모 서사에서 공통적으로 발견되는 슬픔의 파토스는 대부분 부모가 '표현하지 못했던 사랑'과 자녀가 '감지하지 못했던 사랑'의 간극, 갈등, 그리고 화해를 소재로 삼는다. 아이러니하게도 오해는 그들이 갈등하게 되는 발단이 되는 동시에 부모의 사랑을 가장 잘 드러내는 장치가 된다. 부모는 자신의 마음을 온전히 꺼내어 자녀에게 보여줄 수 없다. 때로는 그러한 상황과 한계가 부모와 자녀 모두에게 아픈 상처가 된다. 다시 돌아갈 수 없는 시간이기에 더욱 아련한 마음이 든다. 그래서 이제 자녀에게 남은 상처는 그에게 부여될 부모로서의 삶에 이정표가 될 것이다.

부모 서사는 이러한 일련의 스토리를 기본 구조로 하고 있는데, 그것은 누군가에게는 실제 경험에 근접한 허구일 수도 있고, 또 다른 누군가에게는 허구를 통해서라도 경험하고 싶은 사랑일 수도 있다. 어쨌거나 부모 서사는 부모와 자녀 사이에 일어날 수 있는 보편적 경험을 허구화하면서 전형화된 부모의 사랑과 부모상을 구축한다. 그리고 이것은 결과적으로 사회 구성원들이 공유하는 부모에 관한 기억이나 정서를 드러내고 재생산한다. 대부분의 기성 세대가 감정 소통에서는 미숙했지만, 자녀들의 성공이나 행복을 위해서는 희생을 감수했던 부모상을 공유하는 현상은 이와 관련이 있다. 부모들은 자녀에 대한 사랑을 말로 표현하지는 못했지만, 그들을 돌보며 열심히 살아내는 것으로 그 사랑을 보여준 것이다.

나는 예상하지 못한 아버지의 모습에 놀랐다. 아버지가 떠나는 아들을 보며 울 거라고는 생각하지 못했다. 한 번도 겉으로 표현한 적 없지만 아버지가 나를 많이 사랑했다는 사실을 그때 처음 알았다. 아버지는 강한 분으로 평생 눈물을 보이지 않았다. 전형적인 한국의 아버지들처럼 당신의 감정을 자식에게 표현할 줄도 몰랐다. 특히 아들인 내게는. 아버지는 나를 아들로서 좀 더 강하게 키우고 싶었던 것이다. 그러나 그 아들이 얼마나 아버지의 사랑을 갈구했으며 아버지의 따뜻한 말 한마디를 원했는지도 모르셨다. 내가 어린 시절 겪은 아픔은 사랑의 문제가 아니다. 아버지는 내가 어린아이였을 때나 힘들게 지낸 사춘기 시절에도 여전히 나를 사랑하셨다. 하지만 나는 너무 오랫동안 아버지가 나를 사랑한다는 사실을 깨닫지 못했다. 한 번도 표현하지 않으셨기 때문이다. 내가 경험한 아픔은 사랑과 애정의 결핍이 아닌 소통의 문제였다. 나의 상처는 우리나라 가정에서 보편적으로 겪는 문제일 것이다. 그런 이들에게 나는 사랑은 마음으로 전해지는 것이 아니라 대화와 포옹으로 통해 전달된다는 사실을 분명히 말하고 싶다.[19]

위의 글은 한 가족 상담 전문가가 아버지의 사랑을 느꼈던 사건을 회상하며 쓴 글이다. 그가 묘사하는 아버지는 감정 표현에 서툰 전형적인 한국의

---

19 최광현, 『가족의 두 얼굴』, 부키, 2015, 228-229쪽.

남성상에 가깝다. 이처럼 감정 표현이 자연스럽지 않았던 가정에서 자란 세대들은 부모의 그러한 경향을 반복할 가능성이 높다. 칭찬하거나 칭찬받는 것에 미숙하고, 기쁘고 신나는 감정을 자유롭게 표현하지 못하는 어른들이 많은 것이다. 특히 남자라는 이유로 어렸을 때부터 감정 표현을 억압받아 온 한국 사회의 남성들은 눈물 흘리는 것을 부끄러워한다. 한국 사회는 여전히 성인 남성의 감정 표현에는 보수적이다.[20]

한국 사회가 개인의 감정에 관심을 가지고, 다양한 감정들을 언어로 구체화하고 그것의 표현을 권장하기 시작한 지는 불과 이십 년도 지나지 않았다. 특히 남자들에게 감정 표현은 남성성과는 거리가 먼 것이었고, 특히 배우자나 자식에게 사랑을 드러내는 것은 점잖치 못한 행위로 인식되었다. 오히려 절제된 사랑이 미덕으로 여겨졌다. 그러나 근래에는 정신적·심리적 건강은 물론 원활한 사회적 관계를 맺기 위하여 자신이 느끼는 감정이 정확히 무엇인지 언어로 표현하고 전달하는 방식에 관심을 기울이고 있다. 개인의 자율성이나 주체성을 회복하는 움직임, 그리고 행복이 나 자신을 스스로 존중하는 데서부터 시작한다는 사회적 공감이 주류가 된 것이다.[21]

---

20 물론 슬픔의 표현이 비교적 관대하게 허용되는 상황이 몇 있다. 부모의 죽음, 자녀의 상실과 관련한 경우이다. 그러한 상황에서 슬픔을 표현하는 것은 통시적, 보편적으로 받아들일 만한 행동이다. 예로부터 부모-자녀 관계는 피와 살로 맺어진 천륜(天倫)이라고 인식되며, 따라서 하늘이 맺어준 인연이기에 죽어서도 끊어지지 않는 절대적인 관계이다. 그런 존재의 생물학적 소멸 앞에서 남겨진 한쪽(부모든, 자녀든)이 무한한 슬픔을 느끼는 것은 당연하다고 보는 것이다.

21 근래에 '감정'과 '행복'을 키워드로 하는 서적이 홍수를 이룰 만큼 많이 출간되었다. 인간관계, 일에서 비롯되는 스트레스를 해소하고 나의 감정과 내면에 집중하는 방법, 타인의 시선과 인정으로부터 자유로워지는 삶, 성인은 물론 청소년, 어린이, 유아의 감정을 구체화하고 표현하는 다양한 책들(대표적으로 『나는 나답게 살기로 했다』(2021), 『죽고 싶지만 떡볶이는 먹고 싶다』(2019), 『내 아이를 위한 엄마의 감정 공부』(2021), 『스스로 행복하라』(2021) 등)이 그러하다. 미디어에서도 방송 프로그램에 등장한 다양한 분야의 전문가들이 개인의 '감정'과 '행복'의 연관 관계, 그것을 바라보는 관점과 방법에 대한 조언들을 제안한다.

하지만 시대가 흐르면서 현시대의 부모-자녀 간의 정서 표현은 부모가 '표현하지 못한 사랑'과 자녀가 '감지하지 못한 사랑'의 간극에서 오는 슬픔의 파토스에만 집중되어 있지 않다. 현세대의 부모는 어떻게 하면 부모의 사랑을 자녀에게 효과적으로 표현할 수 있을지, 사랑을 바탕으로 자녀를 어떻게 잘 키우고, 어떻게 그들과 원만한 관계를 유지할 수 있을지에 대해 고민한다. 그리고 실제로 전문가들은 부모가 알아야 할 유용한 양육 방법들을 생애 주기의 여러 단계에서 세분화하여 제시하고 있다. 말 그대로 부모의 사랑을 깨달은 자녀 세대는 이제 진화한 부모상을 스스로 창조하고 있다.

2. 자녀 육아 담론의 논리와 시대적 의미

지금은 종영되었지만 <우리 아이가 달라졌어요>[22]라는 방송 프로그램을 기억할 것이다. 육아 고민을 안고 있는 가정에 전문가가 방문하여 아이의 행동, 부모의 육아 방식에서 문제를 찾아 해결하는 과정을 보여주는 프로그램이었다. 과거에는 아이들이 부모의 속을 썩이면, '아직 어린아이라 그렇겠지' 혹은 '성격이 다른 아이들과 좀 달라서 그렇겠지'하고 반복되는 상황들을 방치하는 경우가 많았다. 아이의 행동이 문제가 아니라고 생각하거나, 문제라고 인식하더라도 그것은 아이의 기질에서 비롯된 문제이지 부모의 양육 방식이나 부모가 아이를 대하는 태도의 문제라고 생각하지 못했기 때문이다. 부모의 변화가 아이를 긍정적으로 달라지게 하는 과정을 보여준 이 프로그램은 대중에게 많은 관심을 얻었고 어린 자녀를 키우는 부모의 육아 관점도 진보적으로 변화하였다.

---

22 SBS에서 2006년부터 2015년까지 방영된 시사, 교양 프로그램.

육아와 자녀 교육에 관한 콘텐츠들은 지금도 넘쳐난다. 일반 대중을 대상으로 한 다양한 온-오프라인 강의, 서적, 방송 프로그램, 심지어 인터넷 상에서 부모들이 모여 만든 온갖 온라인 카페, 밴드 들은 마치 완벽한 부모가 되는 방법을 너도나도 퍼뜨리기에 바빠 보인다. 바야흐로 관심의 대상이었던 '부모 사랑'의 서사는 '부모 되기'의 서사로 바뀌었다. 옛이야기에서 거의 볼 수 없었던 부모상이 현대에서 이런 방식으로 만들어지고 부흥하고 있는 것은 아닌가하는 생각마저 들 정도이다. 왜 갑자기 부모 담론인가? 부모 되기의 담론이 왜 이렇게 중요한 이슈가 되었을까?

전통 사회에서 평범한 사람들의 삶은 거의 대동소이했다. 때가 되면 결혼해서 아이를 낳고 키우며 자신의 터전에서 생계를 유지하며 살았다. 정도의 차이는 있었지만, 대체로 삶의 선택지가 다양하지 않았다. 그러나 산업 사회가 되고 사람들의 교육 수준이 높아지면서 고향을 떠나 다른 삶을 살 수 있는 기회가 많아졌다. 여권(女權)이 신장되면서 교육을 받은 여성들 또한 결혼 후에 오로지 가정 살림과 자녀 양육에 자신의 삶을 바칠 필요가 없었다. 자유롭고 주체적인 삶, 다양성이 존중되어야 한다고 믿는 세상에서 이제 결혼은 다들 하는 것이 아니라 하나의 선택이 되었다. 지금처럼 결혼 시기가 늦어지거나 독신을 주장하는 사람들이 많아지게 된 것은 지금의 젊은 세대들이 겪는 어려움에도 기인한다. 구직난, 치솟는 집값은 누군가와 함께할 미래를 불안하게 한다. 부모의 경제적 지원 없이는 결혼도 힘든 세상이 되었고, 설령 결혼한다고 하더라도 부부가 모두 직업을 가진 경우에는 아이를 낳아 기르는 일도 쉽지 않게 되었다. 차라리 결혼하지 않고 혼자 지내면서 적당히 즐기고 살자는 욜로족의 삶이 편한 것이다. 사실 즐길 것이 이토록 많은 세상에서 아이를 키운다는 것은 내 생활을 포기하는 것과 같다. 과거에 부모님들이 자녀를 키우기 위해 고된 삶을 사는 것과는 또 다른 차원에서 희생이다.

육아하는 엄마들이 모여 있는 온라인의 육아맘 카페에는 전업주부, 워킹맘들의 고충들을 볼 수 있다. 젖먹이 자녀를 먹이고 재우는 일에서부터 어린이집, 초등학교 과정까지 자녀 양육과 관련하여 궁금한 점, 고민되는 점, 힘든 일상들이 망라되어 있다. 다양한 카테고리가 설정되어 있어서 필요한 정보를 서로 주고받을 수 있다. 이전 세대와 달리 자아실현의 상이 다양한 여성들에게 아내와 엄마의 역할은 감당하기가 만만치 않다. 출산한 여성에게만 육아가 힘든 것은 아니다. 남성은 남편, 아버지로서 양육에 적극적인 참여를 요구받는다. 발달심리, 아동심리 등의 학계에서 자녀와 엄마의 관계뿐만 아니라 아빠와 맺는 긍정적인 관계가 아이의 사회성 발달에도 상당한 영향을 준다는 연구 결과[23]가 대중적으로 알려지면서 이제 남편의 가사 활동이나 육아 참여는 권장되는 수준을 넘어 필수가 되었다. 아빠와 자녀가 함께 시간을 보내면서 서로를 더 이해하게 되고 성장하는 모습을 담은 TV 예능 프로그램들의 인기도 이러한 흐름을 더욱 부추겼다.[24]

이러한 변화들은 핵가족 문화의 유대를 강화한다. 부부가 지향하는 평등

---

23 "실제로 영국의 뉴캐슬 대학에서 1958년에 태어난 영국인 남녀 1만 1천여 명을 대상으로 조사한 결과 어린 시절 아빠와 독서, 여행 등 재미있고 가치 있는 시간을 많이 보내면 그렇지 않은 경우보다 IQ가 높고 사회적인 신분 상승 능력이 더 큰 것으로 나타났다…(중략)… 자녀의 언어 능력 역시 생각과는 달리 엄마보다 아빠의 영향을 더욱 많이 받는 것으로 입증되었다. 이 연구는 노스캐롤라이나 대학 연구팀에 의해 밝혀졌는데, 자녀에게 다양한 언어를 사용하는 아빠를 둔 아이의 언어 능력이 훨씬 발달했다 이에 비해 엄마가 다양한 단어를 사용한다고 해서 아이의 언어 바달에 큰 영향을 미치지 못했다." 결과적으로 아이의 발달에 있어 아빠만이 끼칠 수 있는 영향이 있다는 것이 밝혀졌다. 리처드 플레처, 김양미 옮김, 『0~3세, 아빠 육아가 아이 미래를 결정한다』, 글담출판사, 2012, 67-69쪽.

24 "<아빠! 어디 가?>(MBC, 2013.1~2015.1), <슈퍼맨이 돌아왔다>(KBS2, 2013.11~), <오! 마이 베이비>(SBS, 2014.1~2016.8), <엄마의 탄생>(KBS1, 2014.5~2015.5)과 같이 방송사별로 일정한 기간을 두고 육아를 콘셉트로 한 프로그램이 제작되면서 '육아 리얼리티 프로그램'이라고 하는 새로운 장르가 리얼리티 예능 프로그램 안에서 구축되었다." 김윤희, 「리얼리티 예능 프로그램의 가족 서사 고찰-<슈퍼맨이 돌아왔다>를 중심으로」, 『인문콘텐츠』 제47호, 인문콘텐츠학회, 2017, 185쪽.

한 애정 관계는 양쪽의 공평한 가사 분담과 육아 활동으로 이어지며, 자녀가 부모 모두와 균형적으로 맺는 애착 관계는 화목한 가정 분위기를 만든다. 가족 간에 적절하게 형성된 애착 관계는 열린 마음으로 언제든지 무슨 문제든 서로 대화할 수 있는 바탕이 된다. 결과적으로 가족 구성원 모두가 서로 소통하는 가정, 특히 자녀와 대화를 통해 원만한 관계를 유지하는 부모가 이 시대에 이상적인 부모상이 되고 있다. 문제는 서로의 마음을 표현하고 이해하는 일이 성인 부모와 나이 어린 자녀 관계에서는 쉽지 않은 일이라는 것이다. 어린 시절의 동심을 기억하기에는 훌쩍 커버린 어른들, 경쟁 사회에서 살아남기 위해 치열하게 사는 부모들에게 어린 자녀들의 마음을 충분히 돌보는 일은 어려운 과제이다.

다음은 이러한 부모들을 대상으로 가족 문제 솔루션을 제시하는 프로그램(채널A, <요즘 육아 금쪽같은 내 새끼>)에서 진행되었던 어린이 인터뷰 자료다. 첫 번째는 잠시도 가만히 있지 못하는 ADHD 판정을 받은 남아(미취학 아동)의 속마음 인터뷰이다. 이 아이는 엄한 한국인 아버지와 그 말을 따를 수밖에 없는 벨라루스 출신 엄마, 그리고 어린 여동생을 두고 있다. 얌전히 있지 못하는 탓에 늘 아버지로부터 "가만히 있어!", "안돼!", "하지마."와 같은 꾸중을 듣는 것에 적지 않은 스트레스를 받고 있었다.

〈속마음 인터뷰 1〉

코끼리: "드디어 왔구나, 금쪽아. 자기소개 좀 해줄래?"

금쪽이: "이름은 이지우고, 일곱 살."

코끼리: "엄마는 어디가 예뻐?"

금쪽이: "눈은 다이아몬드 색깔, 금발머리⋯ 나 닮았지!"

코끼리: "아빠는 어떤 사람이야?"

금쪽이: "아빠는? 날 이해하지 못해."

'하지마', '안돼', 너무 많이 해. 밖에서도 혼내고 집에서도 혼내."

코끼리: "아빠가 많이 안 놀아줘?"

금쪽이: "나는 아빠가 항상 보고 싶어. 근데 항상 늦게 와. 아빠는 항상 바빠."

코끼리: "그럼 아빠가 어떻게 해줬으면 좋겠어?"

금쪽이: "화 안냈으면 좋겠어…"

"엄마 아빠가 안 싸웠으면 좋겠어."

코끼리: "동생은 어때?"

금쪽이: "날 괴롭히는 성격이야. 날 항상 싫어하는 성격이야."

코끼리: "그래서 동생을 때리는 거야?"

금쪽이: "아리야(동생)가 날 괴롭혀서 나도 괴롭힌 거지."

"아리가 거짓말할 때 나는 기분이 상해."

코끼리: "그럼 너의 마음을 누가 제일 잘 알아줘?"

금쪽이: "가족 중에는 없어…"

"그래서 마음이 너무너무 아파." (잠시 말없이 아이가 눈물을 훔친다.)

코끼리: "왜 그래?"

금쪽이: "어… 슬퍼요…"

"그래도 엄마 아빠 없으면 못 살 것 같아요."

코끼리: "그럼 가족들에게 한마디 할까?"

금쪽이: "아리(동생), 내가 사랑해 줄게…"

"엄마 아빠 사랑해."[25]

인터뷰 속 남아는 아버지에게 혼나는 것을 두려워하면서도 아버지와 늘 같이 놀고픈 마음이 있다는 것을 털어놓는다. 그리고 자신의 속마음을 잘

---

25 채널A <요즘 육아 금쪽같은 내 새끼>, 45회, 2021.4.16. 방영 자료.

이해해주는 가족이 없다며 속상해한다. 하지만 그러한 고백 뒤에 곧바로 눈물을 흘리는데, 그럼에도 불구하고 자신은 여전히 가족이 소중하고 가족들을 사랑하고 있음을 느꼈기 때문이다.

다음은 엄마와 선생님께 자꾸 거짓말을 하는 여아(초등학생)의 속마음 인터뷰이다. 이 여학생은 엄마가 강요하는 학업 스케줄 때문에 상당한 스트레스를 받고 있었다. 엄마로부터 따뜻한 말을 들어본 기억이 없고, 그저 자신이 해야 하는 일을 했는지 안 했는지를 따지는 엄마 때문에 마음이 힘든 아이다. 엄마에게 당장 혼나지 않기 위해서 급하게 거짓말을 하는 버릇이 생겼다.

〈속마음 인터뷰 2〉

코끼리: 안녕, 나는 말하는 코끼리야.

금쪽이: 아 깜짝이야!

코끼리: 나한테 궁금한 거 없어?

금쪽이: 왜 파란색이야?

코끼리: 네가 파란색 좋아하잖아.

금쪽이: 아. 맞네.

코끼리: 너희 엄마는 왜 너보고 거짓말쟁이라고 하는 걸까?

금쪽이: 나는 그냥, 엄마한테 혼나지 않으려고 거짓말하는 건데.

코끼리: 어떤 거짓말을 했는데?

금쪽이: 그냥 많은 거짓말… 그냥… 뫼비우스의 띠 같은 거야.
사실대로 말하면 그게 또 거짓말이 되지.
정확히 말하면, 뫼비우스 띠에서 시작점에서 사실로 출발했는데 한 번 돌아갔다 오면 거짓이 되는 거지…

코끼리: 그럼 속상하겠다.

금쪽이: 슬퍼.

코끼리: 슬플 때 하는 거 있어?

금쪽이: 책을 읽어… 책을 읽으면 친구들이 와서 위로해주니까…

나는 슬플 때 주로 〈몽실언니〉를 읽어. 그러면 슬픔이 누그러지니까…

코끼리: 책을 읽으면 슬픔이 사라져?

금쪽이: 응.

코끼리: 다시 태어나면 너는 뭘로 태어나고 싶니?

금쪽이: 새.

코끼리: 왜?

금쪽이: 새는 자유로우니까…

코끼리: 누구로부터 자유롭고 싶은데?

금쪽이: 엄마.

코끼리: 엄마는 너를 어떻게 생각하고 있을까?

금쪽이: 그냥… 필요없는 존재?

코끼리: 필요없는 존재?

금쪽이: 그렇게 생각하는 것 같아.

코끼리: 그럼 넌 엄마에게 바라는 거 있어?

금쪽이: 엄마가 조금만 날 더 사랑해주었으면 좋겠어…

(반려동물인) 희망이, 사랑이처럼만…

패널 1: (엄마가) 그렇게 사랑을 하는데… 엄마의 사랑을 아가가 못 느끼고

있네요… 우리 금쪽이가…[26]

이 여학생은 그저 엄마에게 혼나기 싫었을 뿐이다. 엄마가 시키는 공부가

---

26   채널A 〈요즘 육아 금쪽같은 내 새끼〉, 65회, 2021.9.3. 방영 자료.

하기 싫어서 숙제를 하지 않았을 뿐이고, 했더라도 다 하지 않고 조금만 하는 날이 많아지면서 이 아이는 엄마와의 갈등을 피하기 위해 엄마는 물론 선생님, 주변 사람들에게 거짓말을 하기 시작하였다. 이것을 아이의 문제로 인식한 엄마는 딸을 더욱 몰아붙이면서 딸과 더 대립하게 되었고 갈등이 깊어지게 된 것이었다. 그러나 엄마는 자신의 딸이 학업에 재능을 보였기 때문에 딸이 잘 되길 바라는 마음에서 공부를 강요해왔던 것이었다. 그러나 아이는 그것이 사랑의 표현이 아니라 오히려 사랑의 결여라고 느껴왔던 것이다.

이 프로그램의 하이라이트라고 할 수 있는 '속마음 인터뷰'는 아이가 자신의 부모에게 직접 꺼내지 못했던 말, 표현하지 못했던 감정들을 코끼리 인형과 이야기하면서 풀어나가는 방식으로 진행된다. 백이면 백 스튜디오에 나온 부모들은 아이의 말을 듣고 눈물을 쏟는다. 아이의 마음을 너무 몰라줬던 것, 그래서 아이의 행동에 지속적으로 잘못된 피드백을 줬다는 자책감, 그리고 금쪽같은 자녀에게 해서는 안 되었을 말과 행동들에 부모들은 부끄러움을 느낀다. 또한 아이의 입장에서 좋은 부모가 아니였음에도 불구하고 여전히 엄마 아빠를 사랑한다고 말하는 아이의 순수함은 해당 부모뿐 아니라 스튜디오에 있는 패널들까지도 눈물짓게 한다.

물론 아이와 부모의 문제가 이 눈물바다 한 번에 모두 해결되는 것은 아니다. 기본적으로 부모와 자녀 모두에게 뒷받침되어야 할 기술적인 처방도 수반되어야 한다. 하지만 이 프로그램에서 핵심은 '우리는 가족이고, 서로 사랑하고 사랑받길 바란다'는 사실이다. 가족 간의 사랑은 보편적인 진리처럼 보인다. 그러나 육체적, 정신적으로 성숙도의 차이가 있고, 서로 세대가 다른 부모와 자녀가 일상을 사는 것은 늘 순조롭지만은 않다. 어린 자녀를 보호하고 가르쳐야 하는 의무가 있는 부모는 자녀를 향한 관심과 걱정을 주의, 경고와 같은 훈육 행위를 중심으로 표현한다. 그것은 '다 자녀가 잘 되길 바라는 마음'에서 비롯된 것이지만, 자녀는 엄한 부모보다는 자신과 함께 놀아주고, 내 말을 잘 들어주는 부모의 모습을 '사랑'이라고 기억한다.[27] 부모-자녀 간에 감정적인 교류와 애착이 중요해지는 이유이다. 현대의 육아 담론은 자녀에게 사랑을 말로 표현하는 기술, 훈육하는 순간에도 자녀가 존중받는 느낌 속에서 부모의 메시지를 잘 받아들일 수 있게 하는 방법에 집중되어 있다. 수많은 육아 지침서의 조언들이 너무 기술적이고 다양하고 어려워보여도 그 안의 핵심은 하나다. 자녀를 사랑하는 만큼 자녀를 독립된 인격체로 존중하라는 것이다. 상대의 말과 행동의 의도가 무엇인지 알려고 노력하고 그것을 존중하는 것이 사랑이자 소통하는 기술이라고 말이다.

자녀가 "마음을 알아달라는 것은 마음대로 하게 해달라는 것이 아니"[28]라 "나의 마음이 있다는 것, 나의 생각이 있다는 것을 받아들여 달라는"[29] 뜻이라고 한다. 즉 "내 마음과 내 생각은 나의 것임을 인정받고 싶은 것"[30]이며 "그것이 정말 사랑하는 당신의 것과 달라도 당신에게 나 자체로 존중받고"[31] 인정받고 싶은 것이다. 우리는 "인정받을 때 가장 편안"[32]해지기 때문이다.

---

27 "…부모는 이 세상에서 아이를 가장 사랑해줘야 하는 사람입니다. 부모가 너무 근엄하면 아이와 감정적인 교감을 하기 어려워요. 부모와 감정적인 교감이 없으면 아이들은 생각보다 많이 힘들어합니다. 부모가 지나치게 엄하면 아이는 긍정적이고 아주 따뜻한 사랑의 감정 교감이 없기 때문에 어린아이들은 부모가 자신을 사랑하지 않는다고까지 생각해요. 큰 아이들은 자신이 부모로부터 마음으로 사랑을 받았다는 생각을 안 합니다. 아이들은 자라면 "부모로서 책임은 다하셨죠. 저를 나쁘게 대하지는 않으셨으니까 부모를 원망할 구석은 없어요. 그런데 마음으로 사랑을 받았다고 느끼지는 않아요."라고 얘기합니다. 부모로서 억울할 수 있어요. 하지만 아이들은 부모에게 사랑받았다고 느끼고 부모와 관계가 좋아야 행복해요…(중략)…양육에서는 아이와 부모가 친한 것이 가장 중요합니다." 오은영, 『금쪽이들의 진짜 마음속』, 오은라이프사이언스, 2022, 371쪽.
28 오은영, 『어떻게 말해줘야 할까』, 김영사, 2020, 130쪽.
29 위의 책, 130쪽.
30 위의 책, 130쪽.
31 위의 책, 130쪽.
32 위의 책, 130쪽.

부모가 내 마음을 인정해주는 것, 부모가 아이의 마음에 '수긍'하는 것 그것이 소통하는 부모 자녀 관계에서 기초가 되는 행위이다. 그런데 상대의 마음을 알고 인정하는 일, 특히 부모가 나이 어린 자녀의 생각을 경청하고 수긍해주는 일은 한국의 전통적인 가족 문화에서는 좀처럼 찾아보기 힘든 모습이다. 사회적으로 어린이는 제대로 된 인격체로 존중받지 못했을뿐더러 오히려 자식은 부모의 말에 무조건 순종함으로써 효를 실천할 수 있다고 인식되었다.

부모의 말에 순종하는 아들이 진정한 효자라고 말하는 <진짜 효자> 이야기 두 편을 보면 이와 같은 인식을 엿볼 수 있다.

두 노인이 서로 자신의 아들이 효자라고 자랑하다가 서로의 집에 가서 아들들을 보고 효자인지 아닌지를 확인해보자고 하였다. 한 노인이 먼저 자신의 집에 다른 노인을 데리고 갔다. 그 집 아들이 인제 오시냐며 날이 저물었다고 넌지시 이야기하자 그의 아버지는 친구를 만나 이야기하다 보니 늦었다고 말했다. 그리고 나서 노인은 다짜고짜 아들에게 사다리를 꺼내 처마 끝에 세우라고 하였다. 아들이 군말없이 아버지의 명대로 하자, 다음에는 변소에 가서 똥장군을 가득 채워서 나오라고 하였다. 아들이 마찬가지로 그대로 하자 이번에는 그것을 지게에 이고 지붕 위로 며느리와 같이 올라가라고 하였다. 아들 내외가 시키는대로 하자 그 노인은 우리 아들이 이렇다고 말한다. 이제 다른 노인이 자신의 집에 그 노인을 데려갔다. 아들은 일찍 안 오시고 왜 이렇게 늦었냐며 들어오는 아버지에게 볼멘소리를 했다. 노인이 아들에게 지붕에 사다리를 대라고 시키니 아들이 그리하였다. 그러나 아버지가 변소에 가서 똥장군을 채워오라고 하자 아들은 그건 뭐 하시려고 그러냐며 이유를 묻는다. 아버지가 그냥 시키는 대로 하라고 하자 아들은 욕을 하고서는 제방으로 들어가 버렸다. 부모 명을 잘 받드는 사람이 효자이다.[33]

남원 사매면 고산골에 진주 형씨 효자가 있었다. 마침 어사 한 명이 그 마을을 지나가다가 두 노인이 어떤 사람을 두고 정말 효자라며 칭찬하는 것을 듣고 자기도 그 사람을 보러 갔다. 그 집에 가니 노망이 든 노인이 한겨울 눈이 쌓여있는데도 아들을 야단치면서 말하기를 남들은 모두 이종 모내기한 다고 바쁜데 왜 집에서 문 닫고 앉아 있냐고 한다. 아들은 조용히 소 한 마리를 끌고 나와 눈밭을 따비로 갈았다. 그러자 노인은 안심하고 문을 닫고 들어갔다. 어사가 며칠을 더 살피니 그 아들의 행위가 효자라고 하기 손색이 없어서 나라에 보고했더니 효자문을 세워주었다.[34]

첫 번째 이야기에는 얼토당토없이 이상한 일을 시키는 아버지의 말에 순종하는 아들과 아버지의 명령에 토를 달고 불복하는 아들이 나온다. 연유가 어떻든 간에 일단 부모님이 명을 내리면 묵묵히 그 명을 따르는 아들이 진짜 효자라고 말한다. 두 번째 이야기도 비슷한 메시지를 담고 있다. 나이가 들어 정신이 온전하지 못한 아버지가 계절에 맞지 않는 일을 시키는데도 아들은 아버지의 마음을 가라앉히기 위해 한겨울에 눈밭을 따비로 간다. 이치가 옳고 그른 것을 따지지 않고 아버지가 바라보는 관점을 존중하고 그 마음을 편하게 해주려는 아들의 행동을 효행으로 본 것이다.

얼핏 보면 이야기에서 진정한 효는 부모님 말씀을 거역하지 않고 순명하는 것이라고 말하는 것 같지만, 사실은 상대가 요구하는 것을 파악하고 받아들이는 '마음'에 관하여 말하고 있다. 첫 번째 이야기에서 양쪽 집의 아들은 아버지가 집에 들어서면서부터 전혀 다른 태도를 보인다. 먼저 등장한 아들은 아버지가 다른 일행과 귀가하셨을 때에 평소와 달리 늦은 시간에 돌아오

33 <효자와 불효자>, 『대계』 2-3(강원도), 673-676쪽.
34 <눈(雪)을 간 효자>, 『대계』 5-2(전라북도), 231-232쪽.

셨음을 넌지시 말씀드린다. 다른 노인의 아들이 아버지에게 늦게 오셨다고 볼멘소리를 하는 모습과는 상반된다. 아버지가 늦게 귀가할 만한 사정이 있으리라 생각한 첫 번째 아들이 아버지를 더 배려하고 있다는 것이 드러난다. 또한 아버지가 다짜고짜 이상한 일을 시키는데도 첫 번째 아들은 이유를 묻지 않고 그대로 다 실행한다. 아버지가 진짜로 바라는 바가 무엇인지 파악하였거나, 그렇지 않았더라도 일단 아버지의 명령을 수행하면 그 의도를 알게 될 것이라고 생각한 것이다. 그러나 다른 노인의 아들은 아버지에게 왜 이러한 일들을 해야 하는지 자신에게 설명하기를 요구한다. 아버지가 원하는 일이 있고 그 일을 나에게 시키려면 먼저 나를 설득하라는 것과 같다.

이처럼 부모가 진정으로 원하는 것이 무엇인지를 자녀가 이해하고 그것을 인정하는 이야기가 하나 더 있다.

> 옛날 어느 마을에 효자라고 소문난 사람이 살았는데 풍문에 다른 마을에도 효자라고 이름난 사람이 있다는 것을 들었다. 그래서 그 집을 찾아가 얼마나 효자인지 확인해보려고 하였다. 그 집에 가니 아들은 나무하러 가고 없고 어머니만 있었다. 아들이 나무를 해서 돌아오자 어머니는 그 나무를 볕에 말리려고 일을 하는데, 찾아간 사람은 이것을 보고 늙은 어머니를 일하게 하는 것이 효자는 아니라고 생각하고 그 아들을 나무랐다. 그러자 효자는 효행이 별것이 아니라며 자기 부모가 하고 싶은 것을 하도록 하고 마음을 편하게 해드리는 것이 효도라며 우리 어머니는 그 일도 당신이 원해서 하는 일이라고 하였다. 그러자 그 사람은 그 말이 맞다며 감탄하였다.[35]

이야기에는 어머니가 하고 싶은 일을 하시도록 지켜보는 아들이 등장한

---

[35] <참 효자>, 『대계』 8-7(경상남도), 40-44쪽.

다. 이름난 효자라고 해서 찾아가 봤더니 노모에게 거친 나무 장작을 만지도록 하는 아들이 이상하게 보이는 것이 당연하다. 그러나 아들은 어머니가 조금이라도 도울 일거리가 생기면 몸을 움직이고자 하시는 분임을 알고 그 성향을 존중해 드린다. 상대가 무엇을 하고 싶어하는지, 무슨 마음인지를 인지하고 존중하는 마음이 부모 자녀 관계에서 '효'의 덕목이라고 해석되는 것이다.

이 이야기들이 효자 설화나 효행 설화로 불리는 까닭에 주요한 메시지를 해석하는 방향이 이미 좁혀져 있다는 것은 부인할 수 없다. 그래서 마치 자녀가 부모의 말에 순종하는 것, 부모가 하고 싶은 것을 하실 수 있게 해드리는 것이 자녀의 도리인 것처럼 초점이 맞추어져 있다. 그러나 이처럼 상대의 말과 생각을 존중하는 것은 비단 부모를 향한 자녀의 태도에만 적용되는 덕목은 아니다. 아랫사람, 곧 자녀를 향한 부모의 태도에도 적용될 수 있다. 자녀들에게 부모의 말에 순종하는 것이 효라고 하는 것은, 결과적으로 부모가 자녀에게 하는 말들은 모두 자녀가 잘되라고 하는 말들이니 부모의 그러한 사랑과 뜻을 짐작하여 따르라는 말과 같다. 마찬가지로 현대의 부모가 자녀를 걱정하는 마음에서 이러저러한 것들을 권장하거나 금지하는 것도 결국 자녀가 잘 되기를 바라는 사랑인 것이다. 하지만 현대의 육아 담론은 부모의 사랑 논리를 자녀의 입장에서 정반대로 돌려놓는다. 부모의 사랑과 뜻을 자녀가 알아듣고 잘 따르길 바라기 전에, 부모 자신이 먼저 자녀의 마음과 뜻을 알아주고 받아주어야 한다고 말한다. 부모로부터 나의 생각과 느낌을 존중받으며 자란 아이들은 나 자신은 물론 타인을 존중하고 공감하는 능력도 발달된다는 논리가 여기에서 비롯된다.

　…많은 부모들이 자녀를 대할 때 하나의 인격체로서 존중하기보다 '보호해 줘야만 하는 존재'로 여긴다. 인간은 본능적으로 타인에게 무시당하는 것을

매우 싫어하는데, 자꾸 보호를 앞세우다 보면 '넌 아직 어려서 안돼, 넌 못해, 넌 어려서 몰라도 돼'와 같은 태도로 일관하게 된다. 그리고 이러한 상태가 지속되다 보면 아이의 마음 속에는 '나는 안될 거야' 혹은 '난 못할 거야'하는 열등감이 생겨난다…(중략)…**자존감은 교육학적으로 '긍정적인 자아상'이라고 표현하는데, 자기 자신에게 가치를 부여하고 사랑하는 마음을 일컫는다. 본인 스스로 얼마나 긍정적으로 생각하는지 평가하는 척도로 자존감이 높을수록 실패나 좌절을 겪어도 포기하지 않고, 어떤 일이든지 담대하게 헤쳐나가는 사람으로 성장하게 된다**…(중략)…아이의 행동을 바로잡기 전에 **아이의 마음부터 읽어주자.** 아이가 잘못하거나 투정을 부릴 때, 잘못된 행동을 혼내기에 앞서 먼저 **아이를 이해하자.** '우리 ○○가 그래서 기분이 안 좋구나'하는 아이의 현재 상태에 대한 **공감이 먼저이다.**[36]

'나'의 생각과 감정을 인정받는 것, 곧 '나'의 존재가 부모에게 온전하게 받아들여지는 경험이 자녀의 자존감을 키워준다는 것이 요지이다. '자존감'은 부모가 자녀를 존중하는 양육 방식을 통해 키워지는데, 동시에 그것은 한 주체가 성장기를 지나 성인이 되어서도 삶을 살아가는 데 필요한 동력으로 보인다. 실패와 좌절로부터 일어서는 힘, 다른 이의 인정이나 평가에 연연하기보다 스스로 자신을 인정하는 용기, 즉 자존감은 지금의 무한 경쟁 구조에서 사람들이 느끼는 피로감을 처방하는 심리적 기제이다. 따라서 요즘 회자되는 '자기회복', '자기효능감' 등의 대중화된 심리학 용어들은 모두 이 '자존감'과 관련되어 있다.

이러한 맥락에서 최근 몇 년간 유행처럼 번져온 현대인들의 '자존감' 회복

---

36 <존중으로 형성되는 아이의 '자존감'>, 베이비뉴스, 김선녀, 2012.4.23. https://www.ibaby-news.com/news/articleView.html?idxno=6323

하기 신드롬은 지금의 육아 담론과 일맥상통해 있다. 지금의 육아와 교육 담론이 유아, 어린이, 청소년 들을 하나의 인격체로서 존중하는 데 집중하는 것은 이를 통해 향상되는 '자존감'이 미래 세대인 자녀들에게뿐만 아니라 현대의 성인들에게도 필요한 개념이기 때문이다. 과거의 가족 문화와 학교 문화에서 어린이와 청소년은 '개인'이 느끼는 감정의 '좋고 나쁨'을 표현하기보다는 그들이 배워야 할 대상의 '옳고 그름'이 무엇인지를 중심으로 지도받아왔다. '자존감' 또는 '긍정적 자아상'과 같이 개인의 표상과 관련된 개념들은 양육과 교육 담론에서 등장하지 않았던 개념들이다. 자존감이 무엇인지 모르고, 그것을 키울 기회도 제공받지 못했던 세대는 이제 스스로 그것을 찾고 가지려고 한다. 그들에게 자존감은 그들이 받아보지 못한 사랑의 열매(씨앗을 품은)이지만, 그들의 자녀에게는 배워서라도 전해주고 키워주고 싶은 사랑의 씨앗이기도 한 것이다.

그래서 지금의 육아 담론은 기성 세대를 비추는 거울이면서, 자녀를 통해 바라보는 미래적 주체의 청사진이라고 할 수 있다. 현대의 부모 세대는 그들의 부모가 표현하지 못했던 부모의 속 깊은 사랑을 이제는 이해할 수 있게 되었다. 그러나 모르고 놓쳐버린 사랑처럼 여전히 아쉬운 그 사랑을 이제 자녀에게는 기억될 수 있는 사랑으로 전해주고자 노력하는 중이다. 존중, 자존감 같은 것들이 나에게 부족하다고 하여도 자녀에게 건강한 자존감의 씨앗을 뿌려주려는 이들의 노력은 이미 그 자체로 성장하는 어른의 모습을 보여주는 것이다.

3. 사랑의 증여 관계: '내리사랑'과 '효'(孝)의 선순환

5장을 시작하면서 우리에게 '효'와 대응할 수 있는 부모의 자녀 사랑을 가리킬만한 적절한 용어가 없다는 것을 언급하였다. 흔히들 '내리사랑'이라고 표현하기도 하는데 '효'라는 단어가 지닌 윤리·도덕적 덕목의 뉘앙스와는 다르게 이 말은 더 자연스럽고 본능적인 의미를 지닌다. 자녀에 대한 부모의 사랑을 나타내는 한자어 중에는 '자애'(慈愛)도 있다. 그러나 엄부자모(嚴父慈母)라는 말이 있듯이, '자애'는 주로 모성애와 관련하여 자주 쓰이며 윗사람이 아랫사람에 베푸는 사랑이라는 뜻이어서 위계적인 느낌이 있다. 한편 삼강오륜에서 부모 자식 관계를 표현한 부자유친(父子有親)에 쓰인 '친'은 이에 비하면 중립적이다. 물론 '효친'(孝親)이라고 하여 자녀가 부모에게 효도함을 뜻하는 단어도 있지만, '친'(親)의 한 글자만 놓고 봤을 때 이 말은 포괄적인 의미를 지닌다. '친하다', '가깝다', '사랑하다' 혹은 '돕다'라는 뜻이 있다. 부모와 자녀 사이에서 반드시 갖추어져야 할 행위들이다.

이들 중에서 '내리사랑'은 방향상 '치사랑'(손아랫사람이 윗사람을 사랑함)과 정확히 대응하는 말이다. 윗세대로부터 받은 사랑이 물 흐르듯이 자연스럽게 아래 세대로 흐른다는 뜻이어서 사랑의 시간이 지속됨을, 부모의 사랑이 전수되고 반복되는 이미지를 형성한다. 여기서 강조하고자 하는 것은 사랑의 '지속'과 '반복'이다.

잠시 초점을 옮겨 내리사랑의 지속과 반복을 문화적 관습의 맥락에서 생각해보자. 앞선 세대에서 관념되고 실천되는 것들이 뒤따른 세대에도 이어지는 것은 인류 문명의 역사에서 보편적으로 발견되는 양상이다. 의식적이든 무의식적이든 우리는 보고 배워온 것을 그대로 따라하고 유지하려고 한다. 그것이 가능한 것은 인간이 본래 '따라 하고 흉내 내는 존재'이기 때문이다. 인간은 동물들처럼 타고난 유전자에 의해 많은 것들이 결정되지 않고, 태어나고 자란 환경과 문화에 의해 많은 것들이 형성되는 존재이다. 그래서 인간은 다른 동물들보다 월등히 '사회적'이다. 그리고 인간의 사회성은 무엇보다 미러링(mirroring), 즉 '모방 행위'에서 비롯된다. 모방 행동은 침팬지,

고릴라와 같은 영장류에서 발견되는 학습 행동이라 할 수 있는데, 인간에게도 그것은 중요한 자극이자 모든 행동 양식의 기제이다. 일명 '거울신경세포'(mirror neuron)[37]라고 불리는 이 세포가 우리 인간의 모든 역사와 문화를 가능하게 했다고 해도 과언이 아니다. 한 사회의 오래된 관습이나 믿음을 바꾸기가 어려운 까닭은 어린 시절에 우리가 부모를 모방하면서 우리 몸에 깊이 배어든, 그리고 오래전에 잊혀진 '인상'에 복종하고 있기 때문이다.[38] 우리나라 속담에 '아이 보는 데는 찬물도 못 마신다'는 말이 있다. 아이 앞에서는 행동거지를 조심히 해서 아이가 나쁜 것을 따라 하지 않도록 해야 한다는 뜻이다.[39] 이 말은 본래 따라 하기를 잘하는, 따라 하면서 배우고 성장하는 인간 존재의 본성을 단적으로 시사한다.

내리사랑을 이야기하면서 갑자기 인간의 모방 능력을 화두로 꺼낸 이유는 가족이라는 울타리 안에서 자녀는 부모의 모습을 가장 많이 보며, 또 그 언행을 반드시 따라 하기 때문이다. 곧 부모는 자녀의 모델이다. 우리 조상들은 일찍부터 가정 내의 모방 행위의 중요성을 인지한 것으로 보인다. 효행 설화에도 따라 하기와 관련된 이야기가 있다. 바로 <효자 따라하다 혼난 불효자> 이야기이다.

---

37 거울신경세포는 1990년대에 이탈리아 파르카의 연구실에서 유인원 행동 연구 과정에서 발견된 세포이다. 이것은 우리가 컵을 향해 손을 뻗는 것처럼 어떤 행동을 할 때 활성화되지만, 다른 사람이 컵을 향해 손을 뻗는 것을 볼 때에도 활성화된다. 거울신경세포는 영장류가 남의 행동을 따라하는 데 도움을 주는 것으로 보인다. 서로 다른 집단에 속한 원숭이들은 약간 다른 방식으로 열매를 처리하는데, 어린 원숭이들은 어른들이 하는 것을 보고 충실하게 따라한다. 사실 영장류는 타고난 순응주의자이다. 프란스 드 발, 이충호 옮김, 『동물의 감정에 관한 생각』, 세종, 2019, 147-148쪽.

38 데즈먼드 모리스, 김석희 옮김, 『털없는 원숭이: 동물학적 인간론』(50주년 기념판), 문예춘추사, 2020, 176쪽.

39 앞절에서 언급했듯이 감정 표현을 잘 하지 못하는 아버지를 둔 아들이 똑같이 자신의 자녀에게도 감정 표현을 못하는 경우도 이와 같은 모방 학습의 이론으로 설명될 수 있다.

부모가 온(온전한, 완전한) 효자여야 자식이 반효자라는 말이 있다. 어느 마을에 효자라고 이름난 사람이 있었는데, 불효자로 이름난 사람이 효자를 찾아가 어떻게 하면 효자 노릇을 할 수 있는지 물었다. 그러자 그 효자는 소 죽 끓이러 나갈 때에는 아버지 바지를 따뜻하게 해드리려고 내가 먼저 그 바지를 입고 드리고, 아버지 담뱃대도 담아서 뜨뜻하게 해드린다고 하였다. 그리고 아버지가 밤에 주무실 때에는 이불 밑에 손을 넣어서 따뜻한지 봐 드리는 것이 효라고 하였다. 불효자가 집에 가서 그대로 실행하니 그 아들은 아버지 바지를 함부로 입는다고 아버지에게 혼이 나고, 아버지 담뱃대를 함부로 만진다고 혼이 나고, 이불에 손을 넣어서 바람 들어오게 한다고 혼이 났다. 효자는 억지로 되는 것이 아니라 부모가 먼저 잘해야 효자가 된다.[40]

이처럼 효자가 가르쳐주는 일을 그대로 따라 하다가 도리어 부모에게 꾸중만 듣게 되는 불효자 이야기를 꽤 찾아볼 수 있다. 위의 마지막 구절에서 알 수 있듯이, 대체로 구연자는 이야기 말미에 '효자도 부모를 잘 만나야 될 수 있고, 효행도 부모가 잘 알아줘야 된다'는 식의 논평을 붙인다.[41] 이 말은 부모가 효행을 보여야 자녀도 그것을 본받아 효행을 한다는 말이다. 하지만 한편으로는 자녀가 하는 행동을 부모의 관점에서 성급하게 보지 말고 그 의도를 찬찬히 볼 필요가 있다는 말도 된다. 이 이야기에서는 불효자가 효자의 행동을 따라 하자 부모는 아들이 평소에 행해왔던 무례함을 기준으로 아들의 행동을 해석하고 오히려 꾸짖는다. 어쩌면 부모 자신들도 그런

---

40 <부모가 잘해야 효자가 나는 법>, 『대계』 3-3(충청북도), 451-452쪽.

41 "그래서 윗물이 맑아야 아랫물이 맑다구 그러구, 부모가 어질어야 효자 난다는 겨." <효자 노릇>, 『대계』 4-1(충청남도), 70쪽. "효자 노릇을 할려면 부모를 잘 둬야 효자 노릇을 한다 그말여." <효자노릇>, 『대계』 1-2(경기도), 417쪽. "효자도 의논이 맞아야 효자질 해 묵겄다 쿤다꼬. [청중이 아들을 욕하자] 망할 놈이 아이고(아니고) 부모가 첫째는 참아야지. 그거 관해서 한 이야깁니더." <효자와 불효자>, 『대계』 8-3(경상남도), 285쪽.

일을 해본 적이 없기 때문에 그것이 효도의 하나라고 생각하지 못한 탓도 있다. 부모의 입장에서는 내가 행하지 않았던 효는 받을 수도 없을뿐더러, 내 아들이 효행을 보여도 그 의도를 알아차릴 수 없는 것이다. 자녀의 입장에서도 자기가 가정 안에서 보고 배우지 못한 것을 다른 사람에게 배워 하루 이틀 안에 잘할 수는 없는 노릇이다.

가정에서, 특히 부모-자녀 관계에서 '효'와 '내리사랑'은 원만한 관계를 유지하기 위한 덕목이다. 그러나 효와 내리사랑은 위의 이야기에서처럼 단순히 어떤 행위를 모델로 삼아 모방하는 차원에서만 성립되는 것이 아니다. 4장에서 언급한 바와 같이, 부모와 자녀가 사랑을 주고받는 '증여 관계'라고 할 때 '효'와 '내리사랑'은 명백히 '사랑'의 정서가 교류되는 관계에서 표상된다.

우선, '효'는 자식이 부모에게서 받은 생명과 사랑을 갚는 '보은'의 덕목이다. 더불어 효의 실천과 효과의 관점에서 효는 부모가 자녀에게 보일 수 있는 모범적인 행위이다. 효는 그것이 실천되어야 할 이론적 명분과 실제적 효과를 모두 가진다. 반면 '내리사랑'은 부모가 자녀에게 쏟는 무조건적인 사랑이다. 여기에는 어떤 목적이 없다. 다만 그 사랑의 방식과 질이 중요하다. 앞에서 보았듯이, 부모의 사랑은 적절하게 잘 표현될 필요가 있다. 자녀를 하나의 인격체로 존중하면서 자녀의 생각과 감정을 인정해주는 양육은 부모의 사랑을 가장 확실하고 효율적으로 표현하는 방법이다. 그러한 양육은 나의 자녀가 다시 후손에게 전달해줄 수 있는 사랑의 방식이다. 부모로부터 존중받은 경험들이 '자존감'이 높은 온전한 자아를 형성한다면, 그것은 한 개체가 누릴 삶을 지지해주는 '동력'을 선물받았다고 할 수 있을 것이다. 따라서 증여의 맥락에서 볼 때, 자녀가 존중받으면서 경험한 부모의 사랑(내리사랑)은 자녀에게 그 무엇보다도 강력한 '부채감'을 형성한다. 상호 존중을 바탕으로 한 애착 관계는 상대를 향한 태도나 자신의 성향에 깃들어 있는 긍정적인 정서를 항시적으로 가동하게 한다. 사랑받고 존중받은 기억은 원초적으로 어렴풋이 기억되는 생명에 대한 부채 의식을 뛰어넘는다. 곧 효와 내리사랑은 부모-자녀 관계에서 지속되는 증여와 모방을 함축적으로 지시하는 덕목이다.

이제 4장과 5장의 논의를 거쳐 궁극적으로 제시하고자 하는 부모-자녀의 관계를 다음의 표를 통해 나타내고자 한다. 자녀의 '효'와 부모의 '내리사랑'은 서로 사랑(존중이 바탕이 된)을 '증여'하는 '모방'을 통해 '되갚음'의 방식으로 선순환될 수 있다.

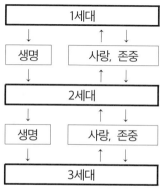

[표 1] 부모 자녀의 역할 선순환
모형

이렇게 보면 내리사랑과 효는 윗세대와 아랫세대가 서로 존중(Respect)과 사랑(Affection)을 주고받는 행위를 그 방향에 따라 다르게 일컫는 말이다. 부모에게서 받은 '내리사랑'(존중과 사랑)을 자녀는 '효'(존중과 사랑)로서 되갚는다(Return). 더불어 자녀가 받은 사랑은 다시 자신의 자녀에게 주는 것으로 이어진다. 이때의 내리사랑은 자녀에게 애정을 증여하는 것이면서 동시에 부모에게서 받은 사랑을 아래로 되갚는 행위가 된다. 부모에게서 받은 '생명'만큼은 효로서 온전히 되갚을 수 없기 때문에(4장에서 말한 '갚을 수 없는 부채': 부모-자녀 관계에서 생명은 소급하여 주고받을 수 없으므로) 자신이 받은 생명과 사랑을 자녀에게 대신 주는 것으로 해석할 수 있는 것이다.

또한 모방의 관점에서 부모가 조부모에게 효행하는 것을 보고 자란 자녀는 보고 배운 효행을 그대로 자신의 부모에게도 실천한다. 물론 효행을 실천할 수 있는 자발적인 동기의 바탕이 되는 것이 자신이 부모에게 받은 사랑과 존중이라는 것은 말할 것도 없다. 제시된 부모-자녀 역할 관계의 모형은 단순해 보이지만, 사실 생명, 존중, 사랑이 순환되는 구조에는 복합적인 요소들이 함께 작용한다. 생물학적 인간으로서 생식 과정, 인간의 태생적 본능인 부성애·모성애와 모방 학습, 자녀 양육에서 형성되는 정서적 증여 관계, 증여받은 자의 부채 의식이 촉발하는 되갚음의 윤리 등은 인간이 삶에서 경험하는 모든 종류의 관계와 행위들을 함축한다. 말 그대로 가정은 인간이 경험하는 세상과 모든 관계의 축소판인 것이다.

4장의 논의를 통해 자녀희생 효행 설화는 부모에게서 받은 생명을 되갚을 수 없는 부채로 표상하고 있음을 살펴보았다. 그것은 어떤 것과도 바꿀 수 없는 생명 자체의 귀중함을 나타낸다. 더불어 부모와 나의 존재가, 즉 그들의 역할이 시간을 통해 역전될 수 없다는 우주 질서의 이치를 가리키기도 한다. 주어진 시간 속에서 생명을 주고받고, 존중하고 서로 사랑하는 관계는 우리가 기억해야 할 가장 이상적인 증여 관계이다. 이청준의『눈길』에서 '나'는 끊임없이 어머니에게 진 '빚'이 결코 없다고 되뇌이지만, 그것은 무엇으로도 갚을 길 없는 빚, 어떻게 하더라도 벗어날 수 없는 채무 관계로 엮인 자녀의 역설적 존재를 보여준다. 하지만 그 빚을 가장 현실적이고 이상적인 방법으로 덜어내는 부모-자녀의 증여 모델이 있다. 상대를 향한 '존중'과 '사랑'은 오로지 '존중'과 '사랑'으로서 되갚을 수 있으며 그것은 곧 '상대를 인정'하는 행위이다. 현 세대의 부모는 자신의 부모가 표현하지 못했던 사랑을 아쉬워하기보다 지금 자녀에게 줄 수 있는 사랑을 그들에게 애써 보여줄 필요가 있다. 그러한 노력이 스스로 자존감을 생성해내는 진정한 어른이 되는 과정이며, 서로가 서로를 온전히 인정함으로써 공감대를 형성하고 소통하는 부모-자녀 관계의 길일 것이다. 결국 '마음'(감정)을 알아주는 것이 모든 관계의 기초가 된다.

참고문헌

머리말 / 1장

1. 자료 및 각 편 목록

『한국구비문학대계』 각 권, 한국정신문화연구원, 1980-1987.

한국구비문학대계 DB https://gubi.aks.ac.kr/

유의양, 『春官通考』

정약용, 『與猶堂全書』

한국고전종합 DB http://db.itkc.or.kr

유형	제목	자료명	구연자
	선녀와 나무꾼	한국구비문학대계 1-4 (197-199)	이항훈, 男
나무꾼 승천	선녀와 나뭇군	한국구비문학대계 1-4 (706-715)	박운봉, 男
	선녀와 나무꾼	한국구비문학대계 1-4 (797-799)	이순희, 女
	선녀와 나무꾼 (고양이 나라의 옥새)	한국구비문학대계 1-6 (622-632)	신천선, 男
	나뭇군과 선녀	한국구비문학대계 2-7 (239-241)	한양숙, 女
	나무꾼과 선녀	한국구비문학대계 3-2 (411-414)	이화옥, 女
	나뭇군과 선녀	한국구비문학대계 4-2 (219-228)	오영석, 男
	나뭇군과 선녀	한국구비문학대계 4-3 (390-414)	유중손, 男
	나뭇군과 선녀	한국구비문학대계 4-4 (788-798)	편만순, 男
	천국의 시련	한국구비문학대계 4-5 (302-316)	황태만, 男
	나뭇군과 선녀	한국구비문학대계 5-2 (379-383)	백옥련화, 女
	나뭇군과 선녀	한국구비문학대계 5-7 (418-419)	이금녀, 女
	나무꾼과 선녀	한국구비문학대계 6-1 (81-88)	박길종, 男
	멧돼지의 보은	한국구비문학대계 6-5 (36-41)	오미례, 女
	나무꾼과 시녀	한국구비문학대계 6-5 (167-170)	이난자, 女
	나뭇군과 선녀	한국구비문학대계 6-8 (633-637)	김일현, 男

	은혜갚은 쥐	한국구비문학대계 7-4 (165-167)	이종선, 女
	나뭇군과 선녀	한국구비문학대계 7-12 (171-173)	최순금, 女
	선녀와 나뭇군	한국구비문학대계 7-16 (504-508)	김을년, 女
	쥐에게 은혜 베풀어 옥황상제 사위된 이야기	한국구비문학대계 8-6 (138-145)	권기동, 男
	은혜 갚은 짐승들	한국구비문학대계 8-6 (910-919)	김쌍근, 男
	짐승을 구해 은혜를 입은 사람	한국구비문학대계 8-11 (272-277)	안복덕, 女
	금강산 선녀	한국구비문학대계 8-14 (507-508)	문영자, 女
	선녀와 나무꾼	증편 한국구비문학대계 1-14 (212-213)	고익순, 女
나무꾼 지상회귀	뻐꾸기의 유래	한국구비문학대계 1-3 (68-71)	박윤희, 男
	선녀와 나무꾼 (다시 찾은 옥새)	한국구비문학대계 1-6 (58-79)	이복진, 男
	나뭇군과 선녀	한국구비문학대계 1-7 (287-292)	김순이, 女
	선녀와 나무꾼 (뻐꾹새의 유래)	한국구비문학대계 1-7 (839-842)	윤태선, 男
	닭이 높은 데서 우는 유래	한국구비문학대계 3-2 (250-258)	이근식, 男
	나뭇군과 선녀	한국구비문학대계 4-2 (340-346)	김홍진, 男
	나뭇군과 선녀	한국구비문학대계 6-3 (111-116)	장갑춘, 男
	나뭇군과 선녀	한국구비문학대계 6-11 (527-532)	오문역, 女
	나뭇군과 선녀, 노루이야기	한국구비문학대계 7-1 (268-271)	이선재, 女
	나뭇군과 선녀	한국구비문학대계 8-9 (357-361)	구점선, 女
동반 하강	사슴 도와주고 옥황상제 딸을 색시로 얻은 난수	한국구비문학대계 6-6 (354-359)	최석금, 男
	선녀와 머슴	한국구비문학대계 6-3 (341-344)	최상근, 男
	은혜 갚은 노루	증편 한국구비문학대계 4-7 (361-364)	이연향, 女

2. 논저

구오, 『선녀는 참지 않았다』, 위즈덤하우스, 2019.

권애자, 「<나무꾼과 선녀> 설화에 나타난 결혼관의 유형과 그 사회적 의미」, 『국학연구 론총』 제22집, 택민국학연구원, 2018, 263-291쪽.

김경섭, 「여성생애담으로서 시집살이담의 의의와 구연 양상」, 『겨레어문학』 제48집, 겨레어문학회, 2012, 5-35쪽.

김대숙, 「'나무꾼과 선녀' 설화의 민담적 성격과 주제에 관한 연구」, 『국어국문학』 제 137권, 국어국문학회, 2004, 329-351쪽.

김연수, 『전통혼례 제도사와 시집살이 문화의 탄생』, 민속원, 2018.

김영희, 「구전이야기 연행과 공동체 경계의 재구성」, 『동양고전연구』 제42집, 동양고 전학회, 2011, 139-198쪽.

김정애, 「<나무꾼과 선녀>의 결말 양상에 대한 문학치료적 해석의 의의」, 『문학치료연 구』 제23집, 한국문학치료학회, 2012, 228-257쪽.

김현주, 『장남과 그의 아내』, 새물결, 2001.

노제운, 「옛이야기의 의미와 가치의 생산적 수용을 위한 수업 사례 연구-초등학생 대상 수업활동을 중심으로」, 『동화와 번역』 제23집, 건국대학교 동화와번역연구소, 2013, 62-109쪽.

_____, 「<나무꾼과 선녀> 그림책에 나타난 '혼인'의 의미 고찰」, 『동화와 번역』 제36 집, 건국대학교 동화와번역연구소, 2018, 83-115쪽.

박혜숙, 「여성 자기서사체의 인식」, 『여성문학연구』 제8권, 한국여성문학학회, 2002, 7-30쪽.

배원룡, 『나무꾼과 선녀 설화 연구』, 집문당, 1993.

서은아, 「<나무꾼과 선녀>의 인물갈등 연구」, 서울여자대학교 대학원 박사학위논문, 2005.

_____, 「<나무꾼과 선녀>의 부부갈등 중 '선녀의 개인적 결점'으로 인한 갈등과 그 문학 치료적 가능성 탐색」, 『문학치료연구』 제2집, 한국문학치료학회, 2005, 169-195쪽.

_____, 『나무꾼과 선녀의 부부갈등과 문학치료』, 지식과교양, 2011.

신동흔·김종군·김경섭, 「도심공원 이야기판의 과거와 현재-서울 종로구 이야기판을 중심으로」, 『구비문학연구』 제23집, 한국구비문학회, 2006, 519-561쪽.

신동흔, 「시집살이담의 담화적 특성과 의의-'가슴저린 기억'에서 만나는 문학과 역 사」, 『구비문학연구』 제32집, 한국구비문학회, 2011, 1-36쪽.

신동흔 외, 『시집살이 이야기 집성 3』, 박이정, 2013.

신동흔 외, 『시집살이 이야기 집성 4』, 박이정, 2013.

신태수, 「나무꾼과 선녀 설화의 신화적 성격」, 『어문학』 통권 제89호, 한국어문학회, 2005, 156-178쪽.

심승구, 「조선시대 왕실혼례의 추이와 특성」, 『조선시대사학보』 제41집, 조선시대사학회, 2007, 79-139쪽.

양민정, 「나무꾼과 선녀형 설화의 비교를 통한 다문화 가정의 가족의식 교육 연구-한국, 중국, 베트남, 몽골 설화를 중심으로」, 『국제지역연구』 제15권, 한국외국어대학교 국제지역연구센터, 2012, 45-65쪽.

오세정, 「한국 전래동화에 나타난 설화 다시 쓰기의 문제」, 『한국문학이론과 비평』 제18집, 한국문학이론과 비평학회, 2014, 5-29쪽.

오정미, 「이주여성의 문화적응과 설화의 활용-설화 <선녀와 나무꾼>과 설화 <우렁각시>를 중심으로」, 『구비문학연구』 제27권, 한국구비문학회, 2008, 1-34쪽.

우도혁·김종일, 「구비설화를 활용한 한국문화교육 연구-결혼이주여성을 중심으로」, 『동서비교문화저널』 제47호, 한국동서비교문학학회, 2019, 161-185쪽.

이부영, 『韓國民譚의 深層分析-分析心理學的 接近』, 집문당, 2000.

전영태, 「<나무꾼과 선녀>에 대한 통합적 해석」, 『선청어문』 33권, 故 김광해 교수 추모 특집호, 서울대학교 국어교육과, 2005, 219-249쪽.

진영, 「<선녀와 나무꾼>의 신화적 재해석」, 『동아시아고대학』 제47집, 동아시아고대학회, 2017, 221-242쪽.

한경혜, 「생애사 연구를 통해 본 남성의 삶」, 한국가정관리학회 제38차 추계학술발표대회자료집, 2005, 1-30쪽.

한복용, 「조선시대 친영제도의 전개과정」, 『중앙법학』 제9집, 중앙법학회, 2007, 1023-1047쪽.

Maurice Halbwachs, *On Collective Memory*, The University of Chicago Press, 1992.

3. 신문기사 및 잡지

『전라도닷컴』 203호, 2019년 3월호.

<정현백 여성부 장관 "나무꾼은 성폭행범">, 박서연 기자, 미디어 오늘, 2018.7.14. http://www.mediatoday.co.kr/news/articleView.html?mod=news&act=articleView&idx no=143626

2장

1. 자료 및 각 편 목록

『한국구비문학대계』 각 권, 한국정신문화연구원, 1980-1987.

한국구비문학대계 DB https://gubi.aks.ac.kr

순번	제목	출전
1	술고래 사위	『대계』 1-1, 288-289쪽
2	보쌈으로 얻은 사위	『대계』 1-1, 403-411쪽
3	사위가 된 머슴	『대계』 1-1, 486-490쪽
4	동서 이준경과 피서방 사위	『대계』 1-1, 726-738쪽
5	거짓말로 대감 사위되기	『대계』 1-1, 755-756쪽
6	동고의 사위	『대계』 1-2, 74-77쪽
7	거짓말 잘하는 사위	『대계』 1-2, 525-526쪽
8	배짱좋은 사위	『대계』 1-7, 164-173쪽
9	병조판서 된 막내사위	『대계』 1-8, 125-128쪽
10	사위 고르기	『대계』 1-8, 342-344쪽
11	장인을 속여 평양감사된 사위	『대계』 2-5, 251-267쪽
12	궁리 깊은 사위	『대계』 2-6, 205-207쪽
13	바보사위 (1) [일편절편 꿀종지]	『대계』 2-6, 571-573쪽
14	수수께끼 잘 푸는 큰 사위	『대계』 2-6, 580-582쪽
15	미련한 사위 (1) [나박김치가 먹고 싶어]	『대계』 2-6, 594-596쪽
16	미련한 사위 (2) [메밀국수 먹고 싶어]	『대계』 2-6, 596-597쪽
17	바보사위 (2) [올래쫄래 거디딕에 푸디딕]	『대계』 2-6, 607-608쪽
18	정승의 사위가 된 황도령	『대계』 2-7, 57-469쪽
19	꾀많은 막내사위	『대계』 2-8, 341-357쪽
20	꾀로 처가집을 살린 사위들	『대계』 2-8, 755-757쪽
21	콩죽 서 말 먹은 사위	『대계』 2-8, 848-851쪽
22	삼 정승 사위 된 한림학사	『대계』 2-9, 199-203쪽
23	사위 괄시한 처가	『대계』 3-1, 174-179쪽
24	양반 딸 엉큼하게 병 고치고 사위된 머슴	『대계』 3-2, 500-509쪽
25	거짓말 좋아하는 장인 버릇고친 사위	『대계』 3-2, 679-682쪽

26	괄시한 사위한테 망신 당하는 처가	『대계』 3-2, 742-749쪽
27	엉터리 명궁(名弓) 사위	『대계』 3-2, 786-791쪽
28	상객가서 한 실수를 장인에게 덮어 씌운 사위	『대계』 3-3, 266-274쪽
29	이인(異人)사위 얻은 황정승(黃正承)	『대계』 3-3, 57-61쪽
30	처가집에 나팔소리 들려 준 사위	『대계』 3-3, 89-95쪽
31	거짓말 하나하고 부자집 사위가 된 이야기	『대계』 3-3, 276-277쪽
32	바보 사위	『대계』 3-3, 361-363쪽
33	바보사위의 실수	『대계』 3-3, 363-366쪽
34	바보 사위	『대계』 3-3, 530-532쪽
35	거짓말하고 대감댁 사위 된 촌놈	『대계』 3-3, 563-569쪽
36	바보사위의 실수	『대계』 3-4, 580-584쪽
37	꿈 때문에 임금 사위 된 사람	『대계』 4-1, 486-487쪽
38	바보 사위	『대계』 4-2, 205-208쪽
39	구박한 사위에게 망신 당한 장모	『대계』 4-2, 228-233쪽
40	화담 선생과 건달 사위	『대계』 4-2, 491-495쪽
41	정승과 꾀 많은 사위	『대계』 4-2, 578-589쪽
42	권율과 그의 사위 신립, 오성, 정충신	『대계』 4-3, 183-191쪽
43	문장 사위	『대계』 4-3, 624-626쪽
44	무식한 사위의 문자	『대계』 4-3, 642-643쪽
45	사위의 대리 글짓기	『대계』 4-3, 643-645쪽
46	글 잘하는 막내 사위	『대계』 4-4, 159-162쪽
47	감나무 위의 사위	『대계』 4-4, 894-896쪽
48	거짓말 잘 하는 사위	『대계』 4-4, 946-950쪽
49	꾀많은 사위	『대계』 4-5, 124-131쪽
50	글 시험으로 사위감 고른 훈장	『대계』 4-5, 630-631쪽
51	허풍선 문답 해결한 맏사위	『대계』 4-5, 672-679쪽
52	글 잘 짓고 위신 세운 사위	『대계』 4-5, 846-848쪽
53	거짓말 잘하는 사위 얻고 망신당하다	『대계』 4-5, 907-912쪽
54	꿀떡 잊어버린 바보 사위	『대계』 4-6, 103-106쪽
55	바보 사위	『대계』 4-6, 154-155쪽
56	꿀편을 잊어버린 바보 사위	『대계』 4-6, 531-532쪽
57	바보 사위	『대계』 4-6, 583-584쪽

58	거짓말 잘 하는 사위 고르기	『대계』 5-2, 496-500쪽
59	훈장의 사위	『대계』 5-4, 902-905쪽
60	도둑질 시험을 통과한 사위	『대계』 5-5, 116-117쪽
61	끝이 없는 얘기로 부잣집 사위된 총각	『대계』 5-5, 229-232쪽
62	명당얻고 주인집 사위된 머슴	『대계』 5-5, 232-259쪽
63	사위 자격 시험	『대계』 5-5, 327-329쪽
64	불공(佛功) 드려 어사또 사위를 얻은 사람	『대계』 5-5, 640-642쪽
65	정승사위가 된 거지	『대계』 5-6, 145-148쪽
66	이야기 잘하는 막내 사위	『대계』 5-6, 336-338쪽
67	홍시로 변한 사위 똥	『대계』 5-7, 212-213쪽
68	멍청한 사위	『대계』 5-7, 215-217쪽
69	잘 고른 사위	『대계』 5-7, 379-385쪽
70	처가집 식구 속여먹은 사위	『대계』 6-2, 73-84쪽
71	장인 도둑 버릇 고친 사위	『대계』 6-2, 670-675쪽
72	모자란 사위	『대계』 6-3, 260-263쪽
73	꾀로 평양감사 지낸 사위	『대계』 6-4, 31-36쪽
74	오줌싸개 사위	『대계』 6-4, 307-309쪽
75	가난한 셋째 사위의 등과	『대계』 6-4, 676-682쪽
76	머슴 사위	『대계』 6-5, 122-124쪽
77	바보 사위의 꾀	『대계』 6-5, 127-129쪽
78	장인영감 속인 딸과 사위	『대계』 6-6, 226-230쪽
79	장인 속인 사위, 시아버지 속인 며느리	『대계』 6-8, 168-174쪽
80	장인 속여 부자된 사위	『대계』 6-8, 168-174쪽
81	등신 사위	『대계』 7-4, 28-30쪽
82	세 사위의 버릇	『대계』 7-4, 49-50쪽
83	거짓말 잘하는 사위삼기	『대계』 7-4, 54-56쪽
84	김활랑, 정승 사위 되다	『대계』 7-6, 404-406쪽
85	경주 최부자 사위(계속)	『대계』 7-6, 494-499쪽
86	바보 사위	『대계』 7-6, 642-645쪽
87	세째 사위	『대계』 7-6, 715-718쪽
88	엇질이 사위	『대계』 7-7, 485-489쪽
89	정승의 무식한 사위	『대계』 7-8, 65-78쪽

90	정승된 곰보사위	『대계』 7-8, 515-525쪽
91	괄시받은 막내 사위의 보복	『대계』 7-9, 76-81쪽
92	이야기를 잘하는 사위	『대계』 7-9, 315-317쪽
93	사위를 미워하는 장인과 이에 맞서는 사위	『대계』 7-9, 426-437쪽
94	성질 급한 사위	『대계』 7-9, 894-895쪽
95	장인에게 거짓말 하는 사위	『대계』 7-9, 1004-1006쪽
96	상전의 사위가 된 방학중	『대계』 7-10, 43-45쪽
97	거짓말 잘하는 사위	『대계』 7-10, 710-716쪽
98	성질 급한 사위	『대계』 7-10, 716-718쪽
99	벼락부자 된 형제와 훈련대장 사위	『대계』 7-11, 48-53쪽
100	거짓말 잘하는 사위 고르기	『대계』 7-11, 598-602쪽
101	사위보다 딸년이 더 도둑이다	『대계』 7-11, 720-722쪽
102	배반하고 간 사위들의 삼급제	『대계』 7-12, 709-714쪽
103	원님 사위 된 아이의 기지	『대계』 7-13, 275-279쪽
104	한량(閑良) 사위들의 활쏘기 시합	『대계』 7-13, 787-791쪽
105	거짓말 잘하는 사위 고르기	『대계』 7-14, 75-77쪽
106	허우대 좋은 사위의 임기응변	『대계』 7-14, 712-715쪽
107	임란 피난지를 마련한 이인 사위	『대계』 7-15, 518-520쪽
108	바보 사위	『대계』 7-16, 37-39쪽
109	정승 사위 된 허풍선이	『대계』 7-16, 122-123쪽
110	정승 사위된 거지	『대계』 7-16, 369-375쪽
111	안동부사의 사위가 된 별감 아들	『대계』 7-17, 160-162쪽
112	한 잔하는 딸과 사위 (1)	『대계』 7-17, 340-344쪽
113	한 잔하는 딸과 사위 (2)	『대계』 7-17, 407-411쪽
114	염통골로 장가든 숙맥 사위	『대계』 7-17, 600-601쪽
115	문자 쓰다가 장인 잃은 사위	『대계』 7-18, 300쪽
116	천냥점으로 판서 사위된 사람	『대계』 7-18, 328-333쪽
117	바보 사위	『대계』 8-1, 79-80쪽
118	장자와 사위	『대계』 8-2, 152-155쪽
119	앞 일을 잘 아는 사위	『대계』 8-2, 284-287쪽
120	바보 사위	『대계』 8-2, 362-363쪽
121	바보 사위	『대계』 8-3, 383-387쪽

122	바보 사위	『대계』 8-3, 575-576쪽
123	바보 사위	『대계』 8-4, 151-152쪽
124	사위 불알 딴 장모	『대계』 8-5, 98-100쪽
125	거짓말쟁이 사위 고르기	『대계』 8-5, 266-267쪽
126	사위란 놈이 야지게 들어온다	『대계』 8-5, 305-306쪽
127	정승 사위된 짖궂은 아들	『대계』 8-5, 337-340쪽
128	거짓말 잘하는 사위 고르는 이야기	『대계』 8-6, 51-53쪽
129	호식 면하고 김정승 사위된 이야기	『대계』 8-6, 342-357쪽
130	송진사 사위	『대계』 8-6, 379-383쪽
131	사위 덕에 재앙 면한 이야기	『대계』 8-6, 453-459쪽
132	장인 장모에게 묘자리 빼앗긴 사위	『대계』 8-6, 683-689쪽
133	거짓말 잘 하는 사위 고르기	『대계』 8-6, 809-810쪽
134	바보 사위	『대계』 8-7, 346-349쪽
135	사위 호랑이	『대계』 8-7, 502-504쪽
136	바보 사위와 똑똑한 아내	『대계』 8-8, 154-163쪽
137	임금님 사위 고르기	『대계』 8-8, 590-592쪽
138	바보 사위	『대계』 8-9, 198-199쪽
139	바보 사위	『대계』 8-9, 802-806쪽
140	못난 사위 불비 맞기	『대계』 8-9, 819-820쪽
141	바보 사위	『대계』 8-9, 1057-1061쪽
142	바보 사위의 입춘대길(立春大吉) 배우기	『대계』 8-11, 230-232쪽
143	거짓말 잘하는 사위 구하기	『대계』 8-11, 232-236쪽
144	바보 사위	『대계』 8-12, 483-485쪽
145	보쌈 바람에 부자집 사위가 된 총각	『대계』 8-13, 465-469쪽
146	장모 신임 얻은 못난 사위	『대계』 8-14, 307-321쪽
147	왕과 거짓말쟁이 사위	『대계』 8-14, 764-767쪽
148	거짓말 사위	『대계』 9-1, 152-155쪽
149	처부의 도움으로 부자 된 사위	『대계』 9-3, 280-288쪽

2. 논저

김교봉, 「바보 사위 설화의 희극미와 그 의미」, 『민속 어문논총』, 최정여 박사 송수기념
　　논총편찬회, 계명대출판부, 1983, 637-652쪽.

강성숙, 「바보 사위 설화 연구—바보 우행의 의미와 수용 양상을 중심으로」, 『한국고전여성문학연구』 제13권, 고전여성문학연구회, 2006, 137-174쪽.

김민수, 「배반하고 간 사위들의 삼급제를 통해 본 관계의 상호성과 문제 해결의 원리」, 『겨레어문학』 58, 겨레어문학회, 2017, 67-95쪽.

김복순, 「순웃음을 통해 본 바보사위민담의 의미」, 『인문과학연구』 제17집, 강원대학교 인문과학연구소, 2007, 1-28쪽.

김용의, 「바보 신랑 이야기의 생성과 한국의 혼인 풍속」, 『호남문화연구』 49, 호남문학연구회, 2011, 31-60쪽.

박현숙, 「설화에 나타난 '새식구 들이기'에 대한 두 가지 시선—<며느리 고르기>와 <사위 고르기> 설화의 비교」, 『구비문학연구』 제30집, 한국구비문학회, 2010, 1-36쪽.

박혜숙, 「여성 자기서사체의 인식」, 『여성문학연구』 8, 한국여성문학학회, 2002, 7-30쪽.

서광회, 「농촌부부의 배우자역할평가와 결혼만족도」, 한국교원대학교 대학원 석사학위논문, 1992.

서영숙, 「처가식구—사위 관계 서사민요의 구조적 특징과 의미」, 『열상고전연구』 제29집, 열상고전연구회, 2009, 261-292쪽.

서은아, 「현대 장모와 사위 사이의 갈등해결을 위한 설화의 문학치료적 가능성 탐색」, 『인문학연구』 제34권, 충남대학교 인문과학연구소, 2007, 185-210쪽.

신연우, 「바보사위 설화의 신화적 소인」, 『연민학지』 9, 연민학회, 2001, 315-335쪽.

심우장, 「거짓말의 딜레마와 이야기의 역설」, 『구비문학연구』 제28집, 한국구비문학회, 2009, 301-331쪽.

양순미·유영주, 「농촌부부의 배우자에 대한 역할기대, 역할수행평가, 역할상이성이 결혼만족감에 미치는 영향」, 『한국가족관계학회지』, 제7권 1호, 한국가족관계학회, 2002a, 75-91쪽.

윤승준, 「기대와 실망, 괄시와 보복의 서사—구전설화 속 처가와 사위의 관계」, 『한민족문화연구』 제37집, 한민족문화연구회, 2011, 65-98쪽.

이강엽, 「禮樂으로 본 바보사위담」, 『한국민속학』 제44집, 한국민속학회, 2006, 275-304쪽.

이순구 외, 「조선시대 가족제도의 변화와 여성」, 『한국 고전문학 속의 가족과 여성』, 월인, 2007.

이순아, 「사위설화연구」, 전북대학교 교육대학원 석사학위논문, 2002.

장정순, 「바보 사위 설화 연구」, 영남대학교 교육대학원 석사학위논문, 2004.

전영림, 「바보사위 설화 연구」, 동국대학교 교육대학원 석사학위논문, 2009.

전주희, 「한국의 혼인과 가족 문화의 관점에서 본 <선녀와 나무꾼>-결혼 생활에 관한 집단 기억과 공유된 정서를 중심으로」, 『한국고전여성문학연구』 제39집, 한국고전여성문학회, 2019, 101-153쪽.

조은상, 「설화 <거짓말 세 마디로 사위된 사람>의 발달적 의미-'동시적 개별화'를 중심으로」, 『고전문학과 교육』 42, 한국고전문학교육학회, 2019, 123-154쪽.

최미영, 「바보 사위 설화와 며느리 설화 비교 연구」, 단국대학교 교육대학원 석사학위논문, 2013.

하은하, 「<거짓말 세 마디>의 서사적 특성과 그 문학치료적 효용」, 『고전문학과 교육』 13, 한국고전문학교육학회, 2007, 317-336쪽.

한국고전여성문학회, 『한국 고전문학 속의 가족과 여성』, 월인, 2007.

로버트 치알디니·더글러스 켄릭·스티븐 뉴버그 외, 김아영 옮김, 『사회심리학』, 웅진지식하우스, 2020.

3장

1. 자료

『한국구비문학대계』 각 권(본문 연구자료 목록에 제시함), 한국정신문화연구원, 1980-1987.

한국구비문학대계 DB https://gubi.aks.ac.kr

2. 논저

김금숙, 「부의 권력 유지와 며느리 리스크-부자 패망담 중 <며느리의 손님 끊기> 유형을 중심으로」, 『동양고전연구』 제74집, 동양고전학회, 2019, 309-336쪽.

김선희, 「한국 가족내 여성의 갈등에 대한 철학적 분석」, 『한국여성철학』 창간호, 한국여성철학회, 2001, 95-111쪽.

김신정, 「한국 며느리 설화 연구」, 서강대학교 대학원 석사학위논문, 2008.

김정희, 「세대 갈등 해결을 위한 구비설화 기반 서사지도 구축 연구」, 『문화콘텐츠연구』 16, 건국대학교 글로컬문화전략연구소, 2019, 45-90쪽.

김희정, 「며느리 설화 연구」, 전북대학교 교육대학원 석사학위논문, 2000.

박현숙, 「<시어머니 길들인 며느리> 설화에 반영된 현실과 극복의 문제-실제 시집살이 체험담과 비교를 중심으로」, 『구비문학연구』 제31집, 한국구비문학회, 2010, 403-434쪽.

서소영·김명자, 「며느리의 시부모부양에 따른 보상, 부양의식, 부양행동 분석」, 『한국가족관계학회지』 3권 2호, 한국가족관계학회, 1998, 81-107쪽.

손문숙, 「韓國 며느리 說話 硏究」, 동아대학교 대학원 박사학위논문, 2004.

신동흔 외, 『시집살이 이야기 집성』 1-5권, 박이정, 2013.

양민정, 「효부 설화를 활용한 결혼 이주여성의 가족의식 교육 방안 연구」, 『세계문학비교연구』 제37집, 세계문학비교학회, 2011, 123-148쪽.

오정미, 「설화에 대한 다문화적 접근과 문화교육-며느리 설화를 중심으로」, 건국대학교 대학원 박사학위논문, 2012.

_____, 「결혼이주여성을 위한 문화교육과 문화적응: 설화 <시부모 길들인 며느리>를 중심으로」, 『한국언어문화학』 9, 국제한국언어문화학회, 2012, 153-172쪽.

이영수, 「'며느리가 장모되고 시아버지가 사위된 이야기형' 설화 연구」, 『어문론집』 제60집, 중앙어문학회, 2014, 155-186쪽.

이은희, 「설화에 나타난 고부관계 연구: 문제상황주체로서의 며느리를 중심으로」, 강원대학교 대학원 석사학위논문, 2003.

이인경, 「기혼여성의 삶, 타자 혹은 주체-구비설화로 본 이면적 진실」, 한국고전여성문학연구 16권, 한국고전여성문학회 2008, 251-283쪽.

이인정, 「며느리와 딸로부터 수발받는 노인의 우울수준 및 우울관련요인의 차이」, 『보건사회연구』 33, 한국보건사회연구원, 2013, 124-154쪽.

이현지, 「부양책임이 부양부담과 향후 부양의지에 미치는 영향-심신기능손상 노인의 부양가족을 중심으로」, 『한국노년학』 제27권 4호, 한국노년학회, 2007, 1015-1030쪽.

전주희, 「사위 관련 설화 연구-사위와 처가의 관계, 이야기의 통과의례적 성격을 중심으로」, 『구비문학연구』 제58집, 한국구비문학회, 2020, 101-153쪽.

정요일, 『논어 강의』 天, 새문사, 2010.

정요일, 『논어 강의』 地, 새문사, 2010.

조남득, 「지혜로 살림 일으킨 며느리설화 연구」, 한국교원대학교 교육대학원 석사학위논문, 2008.

최운식, 「며느리감 고르기 설화에 나타난 부자 며느리의 조건과 경제의식」, 『한국민속학』 제41집, 한국민속학회, 2005, 459-480쪽.

팽정옥, 「며느리가 지각하는 시어머니 부양스트레스와 고부관계의 질 연구」, 인제대학교대학원 석사학위논문, 2010.

4장

1. 자료 및 자료 목록

『한국구비문학대계』 각 권, 한국정신문화연구원, 1980-1987.

현용준, 『세주도무속자료사진』, 각, 2007.

『孝經大義』

한국구비문학대계 DB https://gubi.aks.ac.kr

순번	제목	출전	순번	제목	출전
1	효자효부	1-1, 141-143쪽	152	아버지 결혼시킨 며느리와 봉효자	6-8, 735-740쪽
2	불효자 이야기	1-2, 125-126쪽	153	황새잡은 효자	6-8, 869-871쪽
3	수양효자	1-2, 235-238쪽	154	효자 손순 (1)	7-1, 33-34쪽
4	정말효자	1-2, 312-314쪽	155	효자 손순(2)	7-1, 35쪽
5	효자노릇	1-2, 416-417쪽	156	효자 손순	7-1, 118-121쪽
6	불은면 효녀	1-7, 72-74쪽	157	효자 손순	7-1, 324-327쪽
7	효자되는 법	1-7, 427-428쪽	158	오효자와 호랑이	7-2, 243-248쪽
8	효자 김창우	1-7, 507-508쪽	159	효자충신 장막동	7-2. 291-294쪽
9	효자 묘 이야기	1-7, 687-688쪽	160	명당잡은 불효자	7-2, 300-302쪽
10	엄동설한에 죽순과 딸기를 얻은 효자	1-7, 772-773쪽	161	효자가 되려는 아들	7-2, 663-665쪽
11	효자 이야기(1)	1-8, 398-400쪽	162	애기를 안 보이는 것이 효자	7-2, 665-66쪽
12	효자 이야기(2)	1-8, 401-406쪽	163	효자동 유래	7-3, 179-181쪽
13	효자 이야기(3)	1-8, 514-515쪽	164	효자동의 유례	7-3, 220-223쪽
14	효자 이야기(4)	1-8, 522-523쪽	165	낳은 불효자와 얻은 효자	7-3, 394-399쪽
15	효자와 연시	1-9, 82-87쪽	166	정만서와 불효자식	7-3, 625-628쪽

37	효자 이야기	3-1, 179-181쪽	188	효자와 호랑이	7-11, 539-541쪽
38	효자 이야기	3-1, 395-396쪽	189	효자 손수고	7-11, 595-598쪽
39	효자 이야기	3-1, 444-446쪽	190	효자 김성옥	7-11, 661-664쪽
40	효자와 솔개	3-1, 447-449쪽	191	대신 감옥가는 효자와 열녀	7-11, 664-671쪽
41	늙은 아버지 장가들인 효자	3-2, 155-161쪽	192	앉은뱅이 모친 고친 효자와 산삼	7-11, 677-681쪽
42	겨울에 홍시 구한 효녀	3-2, 169-172쪽	193	효자 홍영섭	7-12, 242-243쪽
43	아버지 장가들인 효자	3-2, 337-339쪽	194	영친의 세 효자	7-12, 714-716쪽
44	부모가 잘해야 효자 나는 법	3-2, 386-387쪽	195	망령든 할미의 효자아들	7-13, 301-302쪽
45	하늘이 알아주는 효자	3-2, 459-464쪽	196	아들 삶아 먹여 어머니병 구완한 효자	7-13, 302-304쪽
46	효자문이 선 내력	3-2, 664-665쪽	197	천당 간 효자와 지옥 간 불효자	7-14, 153-155쪽
47	여름에 홍시를 구한 효자	3-3, 36-38쪽	198	사효자 굴	7-14, 244-245쪽
48	효자 이야기	3-3, 449쪽	199	길러준 아버지를 구한 효자	7-14, 361-365쪽
49	부모가 잘해야 효자가 나는 법	3-3, 451-452쪽	200	소를 보고 깨달아 효자 된 사람	7-14, 402-404쪽
50	효녀 이야기	3-3, 471-475쪽	201	김효자에게 감동한 곽효자	7-14, 482-484쪽
51	효자와 효부	3-3, 721-722쪽	202	효자와 불효자	7-15, 169-170쪽
52	홀어머니 시집 보낸 효자	3-4, 84-89쪽	203	열냥으로 천석꾼 된 효자일가	7-15, 183-188쪽
53	홀어머니 시집보낸 어린효자	3-4, 100-101쪽	204	천연투수에 일용물 십팔께에 봉 한마리 구한 효자	7-15, 219-220쪽
54	넓적다리 베어 서모의 병 고친 효녀	3-4, 691-692쪽	205	두 효자와 두 개의 구슬	7-15, 224-226쪽
55	효자를 도와준 호랑이 무덤	3-4, 732-736쪽	206	등과한 효자	7-15, 273-274쪽

56	양부를 잘 모신 효자 매한손	3-4, 750-751쪽	207	효자가 놓은 칠성다리	7-15, 396-397쪽
57	명을 잇은 효자 오이	3-4, 850-852쪽	208	아들을 생매장하려 한 효자	7-15, 480-481쪽
58	효자 삼형제	4-1, 67-68쪽	209	불효자 때문에 깨뜨린 효자의 보물단지	7-15, 508-509쪽
59	효자 노릇	4-1, 69-70쪽	210	호랑이 덕에 홍시 구한 효자	7-15, 530-531쪽
60	효자 머슴	4-1, 274-275쪽	211	효자와 감홍지	7-16, 69-70쪽
61	어머니를 위하여 아들을 삶아 드린 효자	4-2, 199-201쪽	212	효자 열녀 난 묘터	7-16, 92-93쪽
62	물줄기를 가른 효자	4-2, 471-473쪽	213	도효자의 두 가지 효행	7-17, 56-59쪽
63	불효자식을 효자로 만들다	4-2, 555-556쪽	214	상사바위에서 떨어진 효녀	7-17, 303-304쪽
64	효자별천해 준 어사 박문수	4-2, 632-633쪽	215	유월에 홍시를 구한 도효자	7-17, 319-323쪽
65	불효자 버릇 고치기	4-2, 757-761쪽	216	오뉴월에 감을 구한 도효자	7-17, 492-493쪽
66	효자 바위 전설 (1)	4-3, 25-26쪽	217	독수리가 물어다 준 도효자의 고기	7-17, 493-494쪽
67	효자 바위 전설 (2)	4-3, 27-28쪽	218	아들 죽인 어머니를 위로한 효자	7-17, 546-547쪽
68	효자 바위 전설 (3)	4-3, 50-52쪽	219	아버지 대신 아기를 바친 도효자	7-17, 641-648쪽
69	효방리의 효자 전설	4-4, 182-183쪽	220	효부에게 큰 절한 효자	7-18, 37-39쪽
70	가난한 효자	4-4, 339-341쪽	221	효문동 효자	7-18, 51-52쪽
71	강효자 전설	4-4, 580-582쪽	222	효동리의 효자각 유래	7-18, 53쪽
72	호랑이로 변신한 효자	4-4, 449-452쪽	223	오월에 홍시를 구한 도효자	7-18, 53-55쪽
73	호랑이가 도와준 효자	4-4, 604-607쪽	224	솔개가 도와준 효자	7-18, 55쪽

74	원님의 불효자 징치	4-5, 114-115쪽	225	군수가 판단한 효자와 열녀	7-18, 304-305쪽
75	박씨 효자문 전설	4-5, 231-232쪽	226	효자이야기 (1)	8-1, 216-218쪽
76	효자 황팔도	4-5, 232-235쪽	227	효자이야기 (2)	8-1, 218-222쪽
77	부모 말씀에 순종하는 것이 효자	4-5, 261-268쪽	228	효자와 천도복숭아	8-1, 266-274쪽
78	효자 황팔도	4-5, 410-416쪽	229	효자 동생과 불효 형	8-1, 274-277쪽
79	박효자 전설	4-5, 416-422쪽	230	산신령이 돌봐준 효자	8-1, 429-436쪽
80	하늘이 낸 효자 전설	4-5, 587-589쪽	231	거제 효자	8-2, 51-53쪽
81	황효자 황호랭이	4-5, 731-735쪽	232	불효자가 효자되기	8-2, 476-481쪽
82	효부효자의 정문과 박어사	4-5, 949-952쪽	233	효자 하세희	8-3, 176-177쪽
83	효자 전설	4-5, 1046-1048쪽	234	불효자와 그 아버지	8-3, 283-284쪽
84	복 받은 4대 효자	4-6, 260-279쪽	235	효자와 불효자	8-3, 284-285쪽
85	적덕하고 명당 쓴 효자	4-6, 318-340쪽	236	만고 효자 김진옥	8-3, 306-308쪽
86	하늘이 도와 준 효자	4-6, 432-439쪽	237	불효자와 고려장	8-3, 318-320쪽
87	호랑이 타고 홍시 구한 효자	5-2, 180-184쪽	238	양자 효자	8-3, 323-327쪽
88	벌 받은 거짓 효자	5-2, 184-187쪽	239	불효자와 불효부	8-3, 328-333쪽
89	눈(雪)을 간 효자	5-2, 231-232쪽	240	불효녀	8-3, 341-343쪽
90	덕진못과 효자	5-2, 276-277쪽	241	효자 아들	8-3, 387-390쪽
91	맹꽁이가 된 불효자	5-2, 385-387쪽	242	아내를 효부되게 한 효자	8-4, 44-45쪽
92	기계 유씨 효자	5-2, 488-489쪽	243	호랑이의 도움으로 잉어를 구한 효자	8-4, 592-594쪽
93	호랑이가 된 효자 남편	5-2, 570-571쪽	244	어머니 재가시킨 효자	8-4, 690-692쪽
94	구씨 효자비	5-2, 582쪽	245	부모 원수 갚은 효자와 열녀	8-5, 570-579쪽
95	기계유씨 효자비	5-2, 582-583쪽	246	효자 손순	8-5, 992-999쪽

96	효자 이야기	5-2, 705-706쪽	247	자식 삶아 효도한 효자	8-6, 83-88쪽
97	아들 생매장하려다 금을 얻어 부모를 봉양한 효자	5-2, 784-785쪽	248	효자와 홍시	8-6, 215-218쪽
98	아들 삶아 부모를 봉양한 효자	5-2, 787-788쪽	249	참 효자	8-7, 40-44쪽
99	호랑이를 타고 다닌 정효자	5-4, 38-41쪽	250	서가장 신효자와 호랑이	8-7, 185-187쪽
100	불효자식에 대한 복수	5-4, 56-62쪽	251	마흘리 어은동 효자비	8-7, 530-531쪽
101	효자 이야기	5-4, 166-168쪽	252	효부와 효자	8-7, 593-597쪽
102	버릇나쁜 효자	5-4, 835-836쪽	253	부북면 청운리 효자비 유래	8-7, 600-602쪽
103	어사 박문수와 효자 우익	5-4, 652-657쪽	254	개가 된 어머니를 부처로 만든 효자	8-8, 169-171쪽
104	남매를 소생시킨 효자	5-4, 752-763쪽	255	효자와 금북	8-8, 184-185쪽
105	하늘이 감동한 효자	5-4, 842-844쪽	256	황후가 된 효녀	8-8, 187-190쪽
106	둔갑하는 동삼을 감동시킨 효자	5-4, 1012-1019쪽	257	저승에서 어머니를 만나고 온 효자	8-8, 195-196쪽
107	효자가 된 버릇없는 아들	5-5, 337-341쪽	258	효자 손순	8-8, 602-603쪽
108	육효자전	5-6, 43-50쪽	259	효자와 호랑이	8-8, 646-647쪽
109	효자와 효부	5-6, 354쪽	260	범이 된 봉의리 효자	8-8, 668-671쪽
110	새어머니 얻어 드린 효자	5-6, 327-328쪽	261	반효자 전설	8-9, 382-385쪽
111	글을 지어 아버지 살린 효자	5-6, 411-414쪽	262	효자 이야기	8-9, 738-742쪽
112	효자교	5-6, 699-700쪽	263	여름에 홍시를 구한 효자	8-9, 904-906쪽
113	산신이 돌본 박효자	5-7, 11-13쪽	264	효자와 자라	8-9, 1016-1021쪽
114	박문수와 효녀	5-7, 376-379쪽	265	황효자 전설	8-9, 1042-1043쪽

115	친아들보다 수양아들이 더 효자	5-7, 625-628쪽	266	효자와 잉어	8-10, 347-348쪽
116	자식 죽여 효도한 효자	5-7, 745-746쪽	267	함안 군북의 효자 금은선생	8-10, 70-73쪽
117	효자와 효부	6-2, 610-612쪽	268	의령 강효자	8-10, 89-90쪽
118	머슴효자	6-2, 679-681쪽	269	불효자 묘터 고르기	8-10, 606-611쪽
119	불효 아들이 효자된 이야기	6-2, 617-621쪽	270	호식 면한 효녀	8-11, 129-132쪽
120	호랑이와 효자	6-2, 681-683쪽	271	효자와 방울	8-11, 171-173쪽
121	호랑이와 효자	6-2, 709-711쪽	272	현풍 곽씨 집안의 효자	8-11, 256-265쪽
122	효자 자랑	6-2, 715-717쪽	273	저승 갔다온 효자	8-11, 388-404쪽
123	어사 박문수와 효자	6-3, 78-82쪽	274	부모 눈 뜨게 한 효자와 제갈선생	8-11, 434쪽
124	효자와 동삼	6-3, 96-98쪽	275	산신령이 도와 준 효자	8-11, 647-655쪽
125	효자 최혜재	6-3, 242-243쪽	276	효자와 호랑이	8-11, 709-711쪽
126	효자 이야기	6-3, 321-326쪽	277	불효부 효부되기와 불효자 효자되기	8-11, 724-727쪽
127	늦게 배운 효자 노릇	6-3, 435-437쪽	278	활천(活川) 박효자	8-12, 65-67쪽
128	효자 시험	6-4, 42-43쪽	279	효자 송도와 효문동	8-12, 104-112쪽
129	남편 죽인 열녀, 어미죽인 효자	6-4, 110-112쪽	280	복 받은 효자 효부	8-12, 357-358쪽
130	부인덕에 효자가 된 아들	6-4, 242-245쪽	281	장씨 효자	8-12, 452-453쪽
131	효자된 청어장수	6-4, 299-301쪽	282	불효녀	8-12, 488-489쪽
132	아버지를 구하려다 죽은 효자	6-4, 430-431쪽	283	참효자	8-12, 495-497쪽
133	하늘이 안 효자	6-4, 431-434쪽	284	효자 송도와 효문동	8-13, 29-31쪽
134	오뉴월에 홍시 구한 효자	6-4, 474-475쪽	285	산삼이 도와준 효자	8-13, 51-55쪽
135	남편을 효자로 만든 효부	6-4, 488-490쪽	286	딸보다 나은 효자 양아들	8-13, 55-59쪽

136	고려장 법 파기하게 한 효자	6-4, 539-541쪽	287	어사 박문수와 효자 효부	8-13, 129-130쪽
137	효자를 본받아 효자가 된 아들	6-4, 652-653쪽	288	효자와 나무생이	8-13, 161-163쪽
138	효자 이야기	6-4, 674-676쪽	289	북골 효자	8-13, 309-314쪽
139	충으로 고려장 위기 넘기게 한 효자	6-4, 846-849쪽	290	선녀가 도와 준 효자	8-13, 494-497쪽
140	효자 전설	6-5, 243-244쪽	291	염씨 효자 전설	8-14, 32-34쪽
141	효자 이야기(1)	6-5, 263-264쪽	292	늦판에 배운 효자 노릇	8-14, 102-105쪽
142	효자 이야기(2)	6-5, 264-265쪽	293	누가 더 효자인가	8-14, 149쪽
143	효자 이야기	6-5, 514-518쪽	294	효자 이야기	8-14, 240-241쪽
144	방효자 이야기	6-5, 518-521쪽	295	강효자 얘기	8-14, 236-237쪽
145	효자가 된 불효자	6-5, 550-551쪽	296	효자와 효부	8-14, 334-337쪽
146	어매 시집보내고 효자된 아들	6-6, 217-219쪽	297	고생한 어머니와 효자	8-14, 356-357쪽
147	자식 낳고 효자된 불효자식	6-6, 317-319쪽	298	박 효자	9-1, 26-27쪽
148	구렁이가 도운 효자	6-6, 340-341쪽	299	김효자	9-1, 143-144쪽
149	강효자와 뱃나목	6-6, 611-614쪽	300	효녀 이야기	9-3, 611-612쪽
150	부모 뺨 때리던 불효자가 효자를 본받다	6-8, 40-44쪽	301	부모 위해 자식 버린 효자	9-3, 656-660쪽
151	겨울에 능금과 물고기를 구한 효자 차순녕	6-8, 49-51쪽	302	부모가 만들어 놓은 효자	9-3, 690-692쪽

2. 논저

강덕희, 「韓國 口傳孝行說話의 研究－父母得病의 治病孝行譚을 中心으로」, 『문창어문논집』
　　제21집, 문창어문학회, 1983, 367-388쪽.

김대숙, 「구비 효행설화의 거시적 조망」, 『구비문학연구』 제3집, 한국구비문학회, 1996,
　　177-201쪽.

_____,「문헌소재 효행설화의 역사적 전개」,『구비문학연구』제6집, 한국구비문학회, 1998, 21-46쪽.

서태수,「子女犧牲孝說話를 通해 본 孝行主體의 意識」,『청람어문교육』5권, 청람어문교육학회, 1991, 240-271쪽.

신호림,「희생대체의 원리와 동자삼의 제의적 성격」,『우리문학연구』제43집, 우리문학회, 2014, 159-190쪽.

_____,「'遜順埋兒'條에 나타난 犧牲孝 화소의 불교적 포섭과 그 의미」,『우리문학연구』제45집, 우리문학회, 2015, 65-87쪽.

_____,「희생제의 전통의 와해와 기괴한 효행담의 탄생-<죽은 아들을 묻은 효부>를 중심으로」,『고전과 해석』제21집, 고전문학한문학연구학회, 2016, 241-269쪽.

_____,「<孝不孝橋> 설화에 내재된 희생제의의 전통과 孝의 의미」,『실천민속학연구』제29집, 실천민속학회, 2017, 151-178쪽.

심우장,「효행 설화와 희생제의의 전통」,『실천민속학연구』10, 실천민속학회, 2007, 175-203쪽.

오세정,「무속신화의 희생양과 희생제의」,『한국고전연구』7, 한국고전연구학회, 2001.

_____,「犧牲敍事」의 構造와 人物 연구-<바리공주>, <지네장터>, <심청전>을 대상으로」,『語文研究』제30권 4호, 2002, 117-142쪽.

이강엽,「효행담(孝行談)에 나타난 부모의 역할과 공감(共感)의 문제」,『국제어문』제63집, 2014, 137-168쪽.

정경민,「자녀희생효설화에 나타난 효와 모성의 문제」,『한국고전여성문학연구』제24집, 한국고전여성문학회, 2012, 5-42쪽.

정제호,「희생제의 서사의 문화적 함의와 트랜스미디어 스토리텔링 양상」,『구비문학연구』제54집, 한국구비문학회, 2019, 69-97쪽.

최기숙,「'효/불효' 설화에 나타난 가족 관계의 문학적 상상과 문화 문법에 관한 비판적 독해-'불효를 이용해 효도하게 하기(431-1)' 유형을 중심으로」,『구비문학연구』제31집, 2010, 1-41쪽.

_____,「구비설화에 나타난 노인 세대의 자식에 대한 기대 수준과 가족관」,『여성문학연구』제28집, 한국여성문학학회, 2012, 369-412쪽.

르네 지라르,『폭력과 성스러움』, 김진식·박무호 옮김, 민음사, 1995. (Girard, René, *La Violence et le Sacré*, Paris: Bernard Grasset, 1972.)

마르셀 모스,『증여론』, 한길사, 1998. (Marcel Mauss; translated by W.D. Halls, *The* gift: the form and reason for exchange in archaic societies, London; New York: Routledge, 1990.

마르셀 에나프, 김혁 옮김, 『진리의 가격』, 눌민, 2018. (Marcel Hénaff, Le Prix de la vérité: Le Don, l'argent, la philosophie, SEUIL, 2002. The price of truth: gift, money, and philosophy, Stanford University Press, 2010.)

모리스 고들리에, 오창현 옮김, 『증여의 수수께끼』, 문학동네, 2011. (Maurice Godelier, L'e>nigme du don, Arthème Fayard, 1996. The enigma of the gift, University of Chicago Press, 1999.)

E. Wellisch, Issac and Oedipus, Routledge, 1999.

Henri Hubert and Marcel Mauss, trans. W.D.Halls, Sacrifice: Its Nature and Functions, The University of Chicago Press, 1964.

Michael Bourdillon and Meyer Fortes(eds), Sacrifice, Academic Press, 1980.

5장

1. 자료

『한국구비문학대계』 각 권, 한국정신문화연구원, 1980-1987.
한국구비문학대계 DB https://gubi.aks.ac.kr

2. 논저

김윤희, 「리얼리티 예능 프로그램의 가족 서사 고찰 -<슈퍼맨이 돌아왔다>를 중심으로」, 『인문콘텐츠』 제47호, 인문콘텐츠학회, 2017, 179-202쪽.

김정현, 『아버지』, 문이당, 1996.

박영신·김의철 지음, 『한국인의 부모자녀관계』, 교육과학사, 2004.

신경남, 「고소설 속 가족의 관계상을 통한 관계 회복의 서사 진단 시론 -<포의교집>의 부모 서사」, 『겨레어문학』 제63집, 겨레어문학회, 2019, 101-135쪽.

오은영, 『어떻게 말해줘야 할까』, 김영사, 2021.

_____, 『금쪽이들의 진짜 마음속』, 오은라이프사이언스, 2022.

윤석진, 「한국 텔레비전 가족드라마의 가족자유주의 양상 -KBS2 TV 주말연속극을 대상으로」, 『이문논총』 제34호, 전남대학교 한국어문학연구소, 2019, 37-79쪽.

이청준, 『눈길』, 문학과지성사, 2012.

임수연·손영우, 「청소년 자녀를 둔 부모 세대의 자아상과 그들이 바라본 자신의 부모에 대한 모습」, 『청소년학연구』 제26권 제10호, 한국청소년학회, 2019, 211-235쪽.

조창인, 『가시고기』, 밝은세상, 2000.

최광현, 『가족의 두 얼굴』, 부키, 2015.

홍성태, <연속기획-한국사회의 편견과 차별의 구조 10-아동: 근대화 과정에서 어린이는 어떻게 자라왔는가-한국사회에서의 어린이 담론의 변화>, 『당대비평』, 생각의 나무, 2004.3, 245-255쪽.

리처드 플레처, 김양미 옮김, 『0~3세, 아빠 육아가 아이 미래를 결정한다』, 글담출판사, 2012. (Fletcher, Richard, *The Dad Factor*, ReadHowYouWant, 2012.)

데즈먼드 모리스, 김석희 옮김, 『털없는 원숭이: 동물학적 인간론』(50주년 기념판), 문예춘추사, 2020. (Morris, Desmond, *The Naked Ape*, vintage books, 2005.)

프란스 드 발, 이충호 옮김, 『동물의 감정에 관한 생각』, 세종, 2019. (de Waal, Frans, *Mama's Last Hug: PaperbackAnimal Emotions and What They Tell Us about Ourselves*, New York: Norton, 2019.)

3. 신문 기사, 인터넷 자료

네이버 지식백과(시사상식사전, pmg 지식엔진연구소)

두산백과 http://www.doopedia.co.kr

<존중으로 형성되는 아이의 '자존감'>, 베이비뉴스, 김선녀, 2012.4.23. https://www.ibabynews.com/news/articleView.html?idxno=6323

<친자식은 안 때린다고? 아동학대 주범은 '친부모'>, 정석준, 아주경제, 2021.5.10. https://www.ajunews.com/view/20210510160654564

채널A <요즘 육아 금쪽같은 내 새끼>, 45회, 2021.4.16. 방영 자료

채널A <요즘 육아 금쪽같은 내 새끼>, 65회, 2021.9.3. 방영 자료